李泽厚散文集

李泽厚 著　马群林 选编

世界图书出版公司

北京·广州·上海·西安

图书在版编目(CIP)数据

李泽厚散文集 / 李泽厚著；马群林选编.— 北京:世界图书出版有限公司
北京分公司, 2018.3
ISBN 978-7-5192-4327-2

Ⅰ.①李… Ⅱ.①李… ②马… Ⅲ.①散文集 — 中国 — 当代 Ⅳ.①I267

中国版本图书馆CIP数据核字(2018)第021990号

书　　名	李泽厚散文集 LI ZEHOU SANWENJI	
著　　者	李泽厚	
选 编 者	马群林	
责任编辑	陈晓辉	
封面设计	蔡　彬	
出版发行	世界图书出版有限公司北京分公司	
地　　址	北京东城区朝内大街 137 号	
邮　　编	100010	
电　　话	010-64038355（发行）　64037380（客服）　64033507（总编室）	
网　　址	http://www.wpcbj.com.cn	
邮　　箱	wcpbjst@vip.163.com	
销　　售	新华书店	
印　　刷	北京市白帆印务有限公司	
开　　本	880mm×1230mm　1/32	
印　　张	12.75	
字　　数	318 千字	
版　　次	2018 年 3 月第 1 版	
印　　次	2018 年 3 月第 1 次印刷	
国际书号	ISBN 978-7-5192-4327-2	
定　　价	55.00 元	

目　录

序（李泽厚）　　　　　　　　　　　　　　　　　　　1

辑　一　　　　　　　　　　　　　　　　　　　　　　1

　　应某刊物约写的小传　　　　　　　　　　　　　3

　　往事如烟　　　　　　　　　　　　　　　　　　4

　　记忆　　　　　　　　　　　　　　　　　　　　7

　　故园小忆　　　　　　　　　　　　　　　　　　10

　　忆长沙　　　　　　　　　　　　　　　　　　　13

　　泽丽妹妹　　　　　　　　　　　　　　　　　　15

　　海南两记　　　　　　　　　　　　　　　　　　18

　　地坛　　　　　　　　　　　　　　　　　　　　21

　　黄昏散记　　　　　　　　　　　　　　　　　　23

　　晚风（外一章）　　　　　　　　　　　　　　　25

　　忆香港　　　　　　　　　　　　　　　　　　　27

　　蒲公英　　　　　　　　　　　　　　　　　　　29

　　贺《女性人》创刊　　　　　　　　　　　　　　32

　　女性的伟业　　　　　　　　　　　　　　　　　35

　　纪念齐白石　　　　　　　　　　　　　　　　　39

　　悼朱光潜先生　　　　　　　　　　　　　　　　41

　　悼宗白华先生　　　　　　　　　　　　　　　　43

　　悼冯友兰先生　　　　　　　　　　　　　　　　45

悼念 Laura   49

怀伟勋   52

读《陆铿回忆与忏悔录》   55

读黑格尔与康德   58

读周作人的杂感   59

《秦王李世民》观后感   61

读书与写文章   64

我的选择   71

新春话知识   79

推荐《科学研究的艺术》   86

漫说康有为   88

启蒙的走向   91

谁之罪？   96

文明的调停者   99

画廊谈美   102

审美与形式感   109

略论书法   116

破"天下达尊"   120

祝《美学新潮》创刊   123

辑 二   127

宗白华《美学散步》序   129

《李泽厚哲学美学文选》序   133

《中国古代思想史论》后记   136

《中国现代思想史论》后记   140

《李泽厚十年集》（1979—1989）序   143

台湾版《李泽厚论著集》总序   144

台湾版《李泽厚论著集》杂著卷序   147

何兆武《历史理性批判散论》序　　　　　　151

《李泽厚学术文化随笔》跋　　　　　　　　155

《世纪新梦》后记　　　　　　　　　　　　157

《卜松山文集》序　　　　　　　　　　　　160

《己卯五说》序　　　　　　　　　　　　　163

《己卯五说》后记　　　　　　　　　　　　164

《浮生论学》序　　　　　　　　　　　　　166

《历史本体论》序　　　　　　　　　　　　169

《实用理性与乐感文化》后记　　　　　　　172

《中国美术全集》序　　　　　　　　　　　176

《批判哲学的批判》三十周年修订第六版后记　179

王柯平《中国思维方式》序　　　　　　　　182

《李泽厚论教育·人生·美》序　　　　　　185

《哲学纲要》总序　　　　　　　　　　　　186

《论语今读》中华书局版序　　　　　　　　188

《给孩子的美的历程》序　　　　　　　　　190

《美的历程》德译本序　　　　　　　　　　192

《华夏美学》日译本序　　　　　　　　　　195

《康德新解》英译本序　　　　　　　　　　197

辑　三　　　　　　　　　　　　　　　　　203

知识分子的主题　　　　　　　　　　　　　205

提倡启蒙　超越启蒙　　　　　　　　　　　213

虽体解吾犹未变兮　　　　　　　　　　　　222

蓦然回首，那人却在灯火阑珊处　　　　　　228

便无风雪也摧残　　　　　　　　　　　　　234

明月直入，无心可猜　　　　　　　　　　　238

有、空、空而有　　　　　　　　　　　　　242

珍惜 246

儒学是哲学还是宗教？ 249

辑 四 255

"同心圆" 257

"理性的神秘" 272

"情爱多元" 277

"历史在悲剧中前行" 286

要启蒙，不要"蒙启" 291

反思民族主义 295

思想与学问 301

关于哲学论证 305

关于海德格尔 311

关于《红楼梦》 316

关于中国现代诸作家 321

辑 五 327

二十世纪中国（大陆）文艺一瞥 329

编后记（马群林） 383

序

　　人贵有自知之明。我自知并非作家，多年婉谢了一些朋友、学者如刘再复、柳鸣九、林建法以及一些出版社的盛情提议和邀约，坚持不出版什么散文集。但这次却居然放弃了这个坚持，连自己也没想到，真非始料所及。这实在是拗不过杨斌、王炜烨、马群林诸位的过分垂青，锲而不舍地再三劝促，说学者也可以有"学术性散文"，特别是只通过一次电话还没见过面的马先生，非常认真非常积极地多次寄来多种编选目录。然而，我始终不知道如何决定、如何编选是好，我也不知道什么是"学术性散文"，于是，只好顺水推舟，请马群林先生代劳编选。马先生去年曾帮助我编辑了青岛版的《人类学历史本体论》，数年前还颇费心力编了一本我的《短章集》，我觉得难免有断章取义的"语录"之嫌，坚持不表态、不干预、不审读即表示完全不负责任。这次不同，我既同意，便应与马先生商量讨论，但我也只是勉力应对，匆促决定，确实是不能仔细思量、考虑、斟酌了。

　　例如，把我书籍中的序跋和正文中的某些段落、字句抽取选编或摘编出来，作为散文，收入此集，我虽然最后点头称是，但心中总觉不安不妥，因为那只是些理论观念，特别是马先生从各书中摘凑编撰而成文的那十多篇，好些出自对话，并非文章，根本谈不上其为散文，尽管都经我看过，我也做了一些增删修改，但如一些序跋、选编一样，仍然并非散文，我也只能瞠目以对，无话好说，没有什么足够的理由和办法来分辩了：谁叫我"散文"写得太少了呢，不凑上这些，便字数不足，无法成书，也辜负了编摘者费了不少心力的一番好意。而且，我那几篇所谓"纯"散文，也大多是熟人催稿，信笔涂鸦，虽有实情，仍欠文采，自己也不甚关注；至于马先生的编后记，虽也经我看过，但并不完全同意；所有这些，自觉年岁已大，不想再多加思虑，就只好都由它去吧。

马群林先生作为编选者，曾赐"寻求意义"作为书名，我虽未接受，但我这一生倒的确是在寻求意义：生命的意义、人生的意义以及其他一些事物的意义，发而为文章、论说，也是在寻求意义。我记得自己曾经说过，人生本无意义，但人又总要活着活下去，于是便总得去追寻、去接受、去发明某种意义，以支撑或证实自己的活，于是，寻求意义也就常常成了一个巨大而难解的问题。例如今天我这些文章、论说以及这本寻求意义的书的意义到底何在呢？一想，也似乎很不清楚了，于是，唯读者品鉴批评是幸。

这里既谈到个人，似可顺便提及一个问题，即我多次发现有好些关于我的流言、传说，有好有坏，有美有丑，却绝大部分，均为虚构。我不做自述，不愿将诸多痛苦记忆和各种悔恨再次唤醒并存留，所以也坚决不支持为我作传；我愿更宁静地走完这孤独的人生旅程；但虽守生前，却难保死后，也难免这些流言、传说会作为材料。因之借此机会重申一次：除我生前认定的诗文、话语、史实、情况外，其余包括亲属之所言说、友朋之所赞骂，均不足为信，宜审慎鉴别。我非常惊叹一些人想象丰富，甚至能编造出完全子虚乌有的事迹，使我常得不虞之毁誉，毁固不乐意，誉也不敢当，因均不符事实。当然，毁誉由人，自知在我；身后是非，更无所谓。但即使如此，仍应对此生负责，乃做此声明，如蒙注意，幸甚至焉。

此外，马群林先生为此书插入图片四张，以表鄙人"业绩"

和生活，与散文也无干系，但我阅后仍生感慨：年华不再，去日苦多。虽初中便读过"不假良史之辞，不托飞驰之势，而声名自传于后"（曹丕）的名句，但我常说，声名再大，一万年也如尘土；何况我等如此渺末之名，瞬间即如灰烬。当然，所谓"三不朽"主要并不在个体声名，乃在个体声名作为范例也融没其中而为人类独有、世代承续扩展的文化心理结构的不朽，这或许也可作为某种人生意义之所在？家中悬有"睡醒方知乏，人衰不计年"之竹联以颓龄自勉，下联亦有"悟透不觉空"之意：万年毕竟太久，此刻生存重要；虽世局变异但真理长存，愿逝者如斯而未尝往也。

此序。

李泽厚

2017 年丁酉夏日于异域波斋

辑　一

应某刊物约写的小传

李泽厚，男，1930 年 6 月生，湖南长沙人。1945 年湖南宁乡靳江中学，1948 年湖南省立第一师范毕业。任小学教师一年。1954 年北京大学哲学系毕业。1955 年分配至哲学研究所工作至今。履历异常简单，生活极为平淡。虽亦有悲欢曲折，境遇坎坷，但较之同辈中备遭劫难之右派生涯，或下辈知青历经苦辛之艰难道路，此不过茶杯中之风浪而已，何足道哉。然虽鲁迅亦有命交华盖之嗟，我又岂无世路险巇之叹。况少即蒙"不合群"之讥，长复有"不肯暴露思想"、"群众关系不好"之责，虽温良恭俭，以让为先，兢兢业业，半生谨慎，仍不克见谅于人。于是乎，"文革"前四度下放，"文革"中名被××。1960 年则险被一马列主义老太太所整死。但亦由是而索性横下心来，我行我素，既知人事难酬，玲珑不易；不如关起门来，自成一统。富贵非吾愿，声名不可期，只有"坚守自己的信念，沉默而顽强地走自己认为应该走的路。毁誉无动于衷，荣辱在所不计"（1979 年告学生语，见《读书与写文章》），如此而已而已。关键确在于"沉默而顽强"，盖非"沉默"无足以保身全生，非"顽强"不可以韧性持久。是以黄卷青灯，敢辞辛苦？任人责骂，我自怡然。我继续走我自己的路。

1989 年 9 月 15 日于皂君庙东里 12 楼

往事如烟

人们常常说，往事如烟、浮生若梦。其实，梦醒了也还是梦，否则便是死亡，但我们却都活着——我活着正在写这些字，你活着正在看这些字。

人活着很难不成为记忆的负荷者。人们也常说，年纪愈大，愈爱怀旧。不过对我来说，回忆使人痛苦。因之只能回想一些非常表面不含内容而且是小时候的事情。那真是往事如烟，如梦如幻，好像根本不曾存在却又肯定发生过的情景了。

最早是两岁时祖父抱我逛汉口市街的情景。一点也不清晰，只好像有个铜像在那里，这还可能是以后把图片上南京市孙中山铜像混在一起的缘故？但家人说有过这件事。其后是电影院失火，母亲携我逃出，那已是五六岁了，依稀有点印象，但还是不清晰。再其次，是母亲在黄包车上告诉我快下乡了，说乡下的一些人物，其中有一个比我大两岁的表姐。但在记忆中，我又把她与当时同宅邻居也比我大的女孩叫方永（当时小皮球上有个"永"字公司标记，所以记得特别清楚）的混在一起了，而且有种异样感觉。当然还有好些五六岁时的往事：芝麻酱、蜡光纸、叔叔婶婶……都仿仿佛佛、如真似幻，但要讲起来，也会很长。

下面可就是非常清晰对我也非常重要的记忆了。一次是鹧鸪声，这是在宁乡道林便河大屋我家客厅的黄色大方桌前，七岁。一次是躺在小小竹床上，面对灿烂星空，这是在江西赣县夜光山的夏夜里，十一岁。一次是淡月碎在江水中，闪烁不已，这是走在赣县的浮桥上，十二岁。这三次都有一种说不清道不明的异常凉冷的凄怆感，像刀子似的划过心口，难过之极。为什么？我始终也没有弄明白，因为并没有什么具体事件或具体原因。但自那以后，听鸪声，看星空，望水中碎月，经常会涌出那种梦幻似的凄怆感觉。

还记得有一次在火车上，这已是五六十岁的老年了，偶然听到放送《秋水伊人》歌曲，它一下子把我拉回到抗战时沦陷区的农村少年时代，这首歌在那时候是很流行的，也没有什么具体事情，但它令人记起那可怜的寂寞时光。那秋天的落叶，冷清的庭院……与歌曲那么相似。那时我没有任何人来往，独自读着艾青的诗、艾芜的小说、聂绀弩的杂文，生活极其单调穷困。将来会是怎样的呢？当时一点也不清楚。像一条没有前景的路，或者根本没有什么路……

如今一切都已清楚，生活已快到尽头。但那少年时代一切都没有决定的情景，在记忆中仍以如此清新的信息扑面迎来。还有那没有果实的少年情爱，那么纯真、羞涩，其实什么也没有，但后来的激情与狂热总无法与之相比。暮年回首，是那样一种令人心酸的奇怪的味道。便河大屋早已不在，那金桂与银桂，那大院门旁的双石凳，那个有枇杷树的小花园，那被白蚁蛀空了的危险的读书楼……都早已荡然无存，但它们却随着《秋水伊人》的歌声如画似的回来。

记得当时在火车中因此拖延好久才入睡。一觉醒来，以为天亮了，原来才夜三点，是月亮的光线——窗外一轮满月。

火车飞驰过田野、村庄、河流，一切那样安静，车内有时还有各种声响，窗外却毫无，我知道这是隔着双层玻璃窗的缘故。但我看着那毫无声息沉睡着的田野和村庄，远近都有"渔火三两点"似的灯光，灯光也非常安静。不动的山、不动的树、不动的灯光，却又如此不停地旋转、驰过、消失，又重现、又移转、又消失。但总是那样的安静，无声无息，那天地与我没有任何关系……

又是那样说不明的感觉抓住我。这些田野、河水、灯光将一直在那里，月亮也如此，会老照着它们，尽管没有人，人都睡了，人都死了，你、我都没有了，一切仍在那里……

活本偶然，上述这一切更非常偶然，非常个体化：它们只对我有意义。它们不成其为"往事"，而且早已消失得无影无踪，但又依然那么实在。它们如烟似梦，却仍然是我这个个体真实存在的明证。

（原载《明报月刊》2002 年 1 月号）

记　忆

　　记忆本是件奇妙的事。脑科学至今对之仍所知极少，据说现在大致可以论断少年早期和成年晚期的记忆分别储存在脑的不同部位，怪不得老年记忆甚差而年轻往事却可以依然在目。但即使少年记忆，似乎因人还可以分出一些不同的类型来。我上初中时，一个早晨能够背熟好几篇古文以对付考试，但过几天便忘得干干净净；一个同班同学恰好相反，他背熟一篇要费很大气力，花好几个早晨，但考试以后很久，甚至好多年之后，仍然可以一字不忘。这使得我非常羡慕，且因而感慨系之：我那快速记忆并没多大好处，曾经读过、背过那么多的诗词文章，如今在记忆中只剩下一点点残篇断句、零星字语。

　　这是就记忆和遗忘的快慢而言，若就记忆对象而言，人也颇不同。好些人对人的形象记忆很强，见一次面就"过目不忘"。而我对人特别是人的面孔却一点也记不住。我和好些人见过多次面，甚至一起吃过饭、聊过天，只要稍隔一段时间，便不记得了。我很难将人的面孔与他（她）的姓名联系起来，这经常弄得我非常尴尬和狼狈。好些时候常常是假装认识，一直寒暄好一阵后，才终于断定这是某某，才能放下心来交谈。也因为记不住面孔，从而也常对人不打招呼，对方总以为我如此傲慢，简直岂有此理，他（她）哪里知道我就是说不上他（她）是谁，总以为是不认识的人。自然，这一切对我相当不利，我也因之更怕会见生人，怕认识人，但愈不见人，愈难锻炼记人的本领。于是，恶性循环，冉冉至老。

关于记忆，可说的实在不少，使我最惊异的是，有些记忆，我始终搞不明白，到底是真是幻，是真正发生过的情景、事实呢，还是某种梦境残留？例如，明明很清楚一个薄雾的早晨，暮春时分，我（十二岁？）站在一处青绿树丛中，母亲在叫我，有那样一种平静清新的愉快心绪。在我记忆中，这是少时随家在旅途中临时路过某地的情景，但何时、何地、前因后果，却一点也想不起来。想了多次，毫无结果。于是它就好像是根本并不曾发生过的梦境，它到底是真是幻，我至今不能确定。另一个记忆则与之恰好相反，是二十几岁了，情景也是旅途，好像是哪一次从乡下下放回来，一大堆人临时住在某城市（北京？）一处大房间里，好像在等待着再次开拔或分配，记忆中那是一种没有着落的沉重心绪。情景异常清晰，但仔细回想，并没有这件事，每次下放回来都没出现过这种场景和情况。那它应该是属于梦境或幻象了，但我总感觉它是真实发生过或存在过的。它到底是真是幻，我至今也不敢完全确认。我常常想，我这一生经历非常简单，过的几乎是二十年如一日的刻板生活，但居然还会生发出这种种真幻难辨、如此混同的记忆，我真不知道那些经历生活丰富多样而其真境和梦境也一定会极为多样丰富的人会怎样？特别是如果凭个人记忆写历史的话，这如真似幻的情景、故事又会如何交织混合？

人类是历史地存在着，也即是说，是根据记忆在生存着、活动着，人的各种不同和记忆织成了历史的"同一事件"，那"同一"到底有多少真实呢？难道，人本就生活在这真幻参半的人世记忆中？也许，这只与我个人的记忆能力有关，是某种无事生非，但我总觉得，这是一个值得琢磨的有趣问题。

（原载香港《明报月刊》2005 年 10 月号）

［附记：此文发表后，看《时代》杂志刊载居然有不认识自己和子女更无论他人面貌的报道，据云是新发现的某种先天生理病症（*Time*，2006. 7. 17，第 17 页）。看来，我大概是这种病症的轻度患者了，一笑。］

故园小忆

春节之前，《湖南日报》的朋友约我写篇"故园情"的千字文。提起故乡的春节，"大人盼插田，细伢子望过年"，这小时候听来并记住的谚语，使我觉得千字根本不够写。不过，如今坐下真正动笔时，又觉得填不满这一千字了。

因为我不知道说什么好，也不知道从哪里说起好。纷至沓来的回忆和思念使我伤感而困惑。冷静算一下，我在湖南先后不过十余年，最长的一段，在宁乡道林和长沙，也不过八个春秋。但我总觉得那十多年特别是那八年，比我在这里（北京）的三十五年要长得多。有人说，少年的时日比成人长几倍；有人说，记忆像筛子，只留住美好的东西；小时候无忧无虑，美好的记忆多，所以觉得长……这些也许都有道理，但又似乎并不能使我信服。实际上，少年时日并不长，而且也多创伤和痛楚，只是不愿意想它罢了。经常想起并愿随意写下的，大都是早经无意识编选过了的那些宁静、闲散、日长如小年式的悠悠岁月。

这可能与自己偏爱二十年代的某些散文也有关系。记得鲁迅说过，故乡一些东西"也许要哄骗我一生，使我时时反顾"（《朝花夕拾》）。便河老屋早已拆除，是一去不复返了。但那庭院中的金银桂花树，那大门前的两个大石凳，那有着枇杷树的花园，那似乎很长、绕着水塘和竹林的围墙……不仍然存留在记忆中，时时哄骗我去寻觅么？是不是这些给我幼年的心灵成熟中打上印记的东西，老潜在地引导我对时间、存在和人生之谜去时时反顾呢？

我家既非地主，也不是农民，长时期住在城市。但我怀想最深的，却仍然是那些大片金黄色油菜花的田畴，那漫山遍野热情执着的映山红，那充满了甜蜜的润湿感的江南农村的春天气息……这些，确乎已经阔别多年了。

当然，回忆中还有人。亲爱的妈妈，敦厚的弟弟，年迈的祖母，比我大两岁的聪明的表姐……

当然，还有靳江中学。它离家三十里。我每周往返一次，回家过星期天。记得我总愿意邀表姐同路。我们是同班同学，家同在那个便河老屋。当时我十三四岁。有一次在路上，我用硬纸折成戒指形状给她戴在手指上。她只戴了片刻。我们一句话没说，我却感到很高兴。为什么呢？当时并不大明白。只是留下来的记忆，还如此鲜明。但有的时候，却是我一个人走。三十里路长而又长，我只好在路上背要考试的古文，背不出来，便拼命想，这样不知不觉走了不少路。我当时对自己这种既打发长路又利用了时间的"发明"沾沾自喜。

湖南中等教育一向发达。靳江只有初中，地处乡村，且属初办；但回想起来，教员、校舍、图书、同学……都相当不错。我在这里读了不少课外新书，交了张先让、杨章钧、谢振湘等好朋友。还办过壁报，每期四版，刊名《乳燕》，小说创作占了大半篇幅。比我高两班的龚振沪（龚育之）也办了个叫《洞观》的壁报，两版，多自然科学内容，颇有水平。这些都是"民办"的，还有"官办"和班级办的。当时在我们这些小小学生里，自发的辩论和议论似乎还不少，其中一部分，便是针对着学校和校长的。

记得有一次周会，校长周忠箸把我和龚振沪叫上讲台，让我们把一只胳臂举起来，卷起衣袖给全校师生看。他说，这两个学生成绩都非常好，但身体太差，这么瘦弱，这怎么行?! 当时我既害怕，又高兴，印象至深。几年前我问龚育之同志，他说他也记得。去年我在桂林看望这位分别了四十多年的校长，谈及此事时，他当然早已淡忘了。他已八十高龄，仍在大学带研究生，孜孜不倦地搞翻译。想起自己比他当年认真负责地当校长时，年岁大多了。日月不居，盛年难再，虽然发胖，仍苦于身体不好，回首往事，真有点感慨系之的味道。

靳中还有好些事，以后还有更热闹的第一师范……但所有这些"故园情"，不但是琐碎拉杂地往后看，无关大事，而且也毫无关乎春节。于是，我该知趣收场，下笔可以自休矣。

（原载《湖南日报》1986 年 2 月 9 日）

忆长沙

在异域异常寂寞，更难得有来自家乡的音讯。今天早晨，突然接到并不相识、自称小刘的充满乡音的电话，顿时极感亲切。而对他要求作序的事，竟也未能按往常惯例，一口回绝。何况人家说得那么诚恳谦虚。

要我作序的是一本有关长沙的诗文书法。我虽是长沙人，对此想来想去却想不出什么可以说的。当然，我至今还想念长沙，还鲜明记得1946年至1948年经常由左家垄渡河到长沙市的好些情景：黄昏日暮，坐一苇摆渡，风起时随大浪浮沉起伏慑人心魂，和饿着肚皮站在书店看书一整天……

当时，是在第一师范读书，思想是愈来愈左，醉心于《西行漫记》、《历史哲学教程》之类的书，自以为革命正宗，根本瞧不起储安平和《观察》，现在想来，实在幼稚。但尽管思想激进，自己的"小资"情感却仍然非常浓厚，有着各种各样朦胧的憧憬和期待，期待着钟情、恋爱、欢欣……可又什么也没真正发生和得到。回想起来，自己这方面的胆量实在太小。如今时过境迁，人不我待，也莫由追悔，无可如何了。

长沙，那教育会坪，那文运街口，那国货陈列馆，那银星电影院，那九十年代我两次回长沙寻找过的旧石板路，那"淡淡的三月天，杜鹃花开在山坡上，杜鹃花开在小溪旁"的歌声，它们伴随着那时的艰难岁月，将永远留在我的记忆中，给我以温柔和慰藉，苍凉和感伤。

记得还是抗战胜利前，一位并不熟悉以致姓名全忘的年轻人，曾向我出示过自己的一首词作书法，开头那句是"任胡骑饮马大江边，国破不堪羞……"，当时认为非常豪放，便记诵下来了。它使我想起长沙大火和会战。

长沙，这不断离我远去仍又如此亲切的故乡。今天，我再也看不到那万山红遍的杜鹃花了，我大概也很难常回去了。但我仍将深爱着长沙的林林总总：美人、壮士、奇才、豪客，自然也该会喜欢这些尚未见到的诗文墨宝。

就此住笔。是不可以为序，是不足以为序，是为序。

2006 年 4 月 1 日夜半醉匆草

（原载《明报月刊》2007 年 2 月号）

泽丽妹妹

泽丽妹妹是我心中一位最亲近的人。虽然数十年不在一起，平常也少往来和通讯，但不知是什么缘故，一想起她和与她通电话时，总泛起心中那样一种的亲切。今天她已年近八十，但在我的感觉中，她始终是那童年的形象和印记。

那是她苦难的童年，那是她十二三岁便开始孤身奋斗在湖南乡下的艰辛的漫长的岁月：生存、上学、劳动、教书、工作、结婚、养儿育女……她的兄（包括我）姊和妹妹都在大中城市，只有她 1958 年高中毕业后，主动放弃了长沙的城市户口，响应"农村有广阔天地……"的号召，成了共和国第一批下乡知青，以后也就在农村度过了那不容易的一生。她告诉过我，大跃进时无分昼夜地睡在水库湿地上，她告诉过我干部们居然叫公社社员无分男女统统脱掉上衣挑担子以表示干劲，她告诉过我生这病那病，她告诉过我吃不饱饭营养不良……但当我设法在北京购到高价糖寄给她一大包时，她却回信说，她只吃了两块，其他都让别人吃掉了。还有一次，她说很冷，我寄了北方特有的厚棉大衣，她回信说，收到后就给了别人。当时真使我非常恼火非常生气：她告急，我费劲，结果等于零。但又不能说她什么，完全奈何她不得。这就是她。

冬去春来，岁月流逝。尽管有不断的抱怨、牢骚和这病那病，她始终是戴着超千度的厚重近视眼镜劳动、教书、读书、工作，孜孜不倦，诲人不倦。在我总担心瘦小身躯会支撑不住的悠长年月里，她却不仅一切不大在乎似的倔强地生存下来，而且生存得很好。到头来，今天白头发竟比我们兄妹都少得多，脸上皱纹也比我们少，生活态度的豁达愉快也超过我们。而且，桃李满门，众星捧月，有着朋友特别是学生们一呼百应似的关怀和照应，使我由当年的悯惜变成了羡慕。

我们共祖父母的兄妹共五人。亲弟弟一个，虽远在新疆，却非常非常之亲密。按传统礼制为"堂妹"的三人，实际却如亲妹妹一样。我们的双亲在四十年代都不满或刚到四十便在身心悲惨中病逝，两位母亲因念挂儿女年幼均死未瞑目。中华书局即将出版我的七册本《对话集》中收有一张我们五人2008年在被"赐"姓李（本姓王）的始祖即高祖（祖父的祖父）墓前的照片。其中提及我们五人1949年后虽花分五朵，天各一方，一直在不同地区工作和生活，却始终保持联络，嘘寒问暖，相互支持。五人也一直兢兢业业，认真工作，弟弟身为矿长和局领导却每周必下矿一天，与矿工们共同挖煤，八小时不上井，是以"文革"时得到工人们的奋力保护。五人未曾屈就权势依附时毛，却居然有惊无险，未遭巨难，未成右派，算是平安度过此生。这在那个严峻年代，真是很不容易和很幸运的了。新世纪以来，我们更是三年一聚，来自五方，欢笑满堂，都健康地活到高龄。我说，这就足以告慰地下不幸英年早逝的两对双亲和与我们共同生活过的熟悉、亲切的祖母了。

这次，这位泽丽妹妹却又一次显示了她的特点，她带来了她的诗文集，叫我写序。我一时呆住了：我虽然偶知她写诗词，但她从不给我看，也没听说要出集子，如今却令我立即写序，这简直是突然袭击，我了解她素来这样，当年告急便如此。但她大概不知道几年前我已公开宣布封笔，推却了一切文字邀约，得罪了不少人士和朋友，因此这次也不应破例。我严肃推辞了一番，但她坚不让步。这使我很为难：如果我坚决不写，就有点太说不过去了。但写的话，又从哪里说起呢？一部廿四史，从何讲起？而且正在旅途，只有两天，真不知从何下笔。

但非常偶然和奇巧的是，这次我恰恰从美国给她带回了自她初中时起一直到"文革"后给我的大量信件，几十年，有一大堆。其他弟妹的信我也都带回分发了，但仍以泽丽的最多。我想翻翻这些信件，写篇像样的序。但确实太多，而我明天就启程去美，时间来不及了。但它倒提醒我可以概括地讲点过去和家庭身世。至于泽丽的诗文本身，一即将启程，来不及读；二由我来褒贬抑扬自己的妹妹，也不合适；何况我多年不涉此道，决定还是不置一词为宜。于是，草此数行，聊表心意，虽是匆忙，却无虚假，想泽丽深知，敝兄不致见责挨骂为幸。

此序。

岁在甲午，沪上旅次。时寓和平饭店，偶见钱学森蒋英四十年代在该店的结婚照并证词，1947年宛如目前又恍同隔世，不禁怃然，虽与序无涉，感慨又有相关处，乃附记于此。

（原载《东方早报》2014年10月12日）

海南两记

五公祠

海南岛，心向往也久矣，这次算了夙愿。但原来遐想南国的椰林会带来异邦的情调，结果我的第一个突出感觉却是中华文化的大一统。记得在美国曾觉得"自然犹相似耳而文化各殊"，到这里倒恰好相反。其实，就拿自然说，除耸立着的高高的椰子树使久居北地的游客感到有些异样外，青山碧水，金黄色的收割了的田畴，点缀着一些悠闲漫步的大水牛……也完全是一片江南秋色。语言听不懂，但那服饰、姿态、仪容，那笑脸、语调、表情，那些年轻大学生们提出的问题、意见、看法、行为模式……竟和我今年在北京、在上海、在曲阜、在兰州遇到的是那样的相同或相似。我深深地感到：这是一个统一的文化啊。这是好还是坏呢？不知道。但它反正已是一个由来久远的事实了。

当我们的第一个参观项目是五公祠时，这种现实的感觉便变成了历史的确证。凝聚在海南人心中的传统竟形象地凸现在眼前。"五公"是唐的李德裕，宋的李纲，赵鼎、胡铨、李光。他们或曾积极削藩巩固中央，或因主张抗金反秦桧卖国，都一度被贬到这蛮荒岛上。他们并无苏东坡那样的显赫文采，他们的事迹、功勋与海南也毫无直接联系，即使在中原，似也未见有祀奉的专祠，这些"贬官罪人"在这里却偏偏受到了如此的崇敬。这确乎使我有点震惊。那时候，从长安、从杭州贬到这里该是多么遥远，"独上高楼望帝京，鸟飞犹是半年程"（李德裕诗），巨大的时空阻隔倒突出了由这种伦理敬意所显现的文化统一性。遥远的海南原来与中原的命运息息相通，而真实的历史正义总存留在人们的心底。无怪乎五公祠内有好些精彩的对联，如"天地几人才置诸海外，乾坤有正气在此楼中"；"唐宋君王非寡德，海南人士有奇缘"……无怪乎海南本身就出了位大家都知道的抗颜直谏刚正不阿的海瑞。

猴岛与石山

所谓猴岛乃是半岛。但由于要坐船涉水过去，我们还经历了几次"浪遏飞舟"，岛的印象就更自然些。我们在这个猕猴保护区里看到了一群猴子。猴子也没看出有什么特别。我感兴趣并记住了的是饲猴者的某些解说。他看来只有二十来岁，瘦瘦的典型海南人，操着蹩脚的普通话，说得却非常诙谐。他指着那猴群告诉我们，一群猕猴一般有五六十只，其中必有猴王，常一正一副或一正两副，每年"竞选"一次，有力者胜；败者或臣服或他走。猴王有特权，例如他可占有一些母猴，其他猴子只有当他不在时才能和她们调笑。可见，食、色都颇有一定的规矩和等级。这使我立即想起当代一些社会生物学家要把人类社会与动物社会衔接、等同起来。同行中有人开玩笑说，猴群没有终身制和世袭制，比人还"进步"一点。那么，人与动物的划线究竟应该在哪里呢？

来到海南应该讲海。我却总想起那不高也不大但怪石耸立、曲径通幽很引人入胜的石山。石山上有好些题刻，如"灶丹"、"洞中有天天中有洞，山外无景景外无山"，都有特色。于是又一下联想起海南岛的最南端——那在海滩旁冒出的大石上刻着"天涯"、"海角"字样的地方。这些只习惯于诗句中碰到的词汇，在这里似乎成了现实。面对那一望无际的茫茫海洋，接受的不仅是自然美景，不仅是一种浩大的独立的空间意识，而且人文的时间也融化于其中了。对自然风物的观赏变而为"俯仰成古今"的百年孤独式的宇宙感怀。自然与人文在这里渗透了起来，而相互支撑着……这，大概是中国人总喜欢在自然名胜处留下文学的历史和自我意识印记的缘故？

难道，人与动物的划线也在这里？

（原载《人民日报》1986 年 1 月 27 日）

地　坛

　　住在地坛附近二十多年了，不觉得什么；如今要搬走，却分外地留恋它起来。

　　地坛是个很不著名也很不惹眼的公园。几年前，还简直很难说是什么公园，不过是用围墙绕起来有几片树木的大块方地罢了。但对我来说，它却是一块圣地。记得"文化大革命"那年月，上午开完乌烟瘴气的各种批斗会、"学习"会、小组会，下午我总要一个人到这里来散步、透气，也想一些自己愿意想的问题。

　　久而久之，便成了习惯。尽管不是每天必到，但只要有空就来，而且都在下午。在这里，我看过许多次桃李花红白盛开，然后是落英遍地；也欣赏过黄叶满林，西风萧瑟；真是"春花秋月何时了，往事知多少"。特别是黄昏日落，这里人很少，稀疏的树林、宽阔的道路、宁静的氛围，可以使人心旷神怡，悠然自得。平常生活空间小，生存质量低，这时似乎突然得到了解放和充实，感到非常愉快。所以，即使风雨冰雪，即使有一堆事要做，只要下午能抽空，我总要来的。

　　与我似乎抱同样态度但动力有异的，是有时可以看到的那一对对的恋人。他们不管天有多冷，顶着大棉猴，也要紧凑在那些冰凉的椅子上。当然我知道，这是因为没有供给他们更好的约会地方，但我仍为这些热恋所感动。比起北海来，地坛作为恋爱场地，确乎太单调了。我记得在北海有划船、钻山洞、看星空……在地坛，只有这种平凡的安详宁静。但如果习惯了，你却更喜欢它，喜欢这种宁静的厚实和沉着。

前些年，地坛毫无修饰，也不收门票。并且总有一群人，大概是北京的老工人、老居民吧，优哉游哉地在离北门不远的内围墙边蹲着下棋，三五人一堆，有好几堆。每次我都要走过那里，有时站着看半小时。如今，这些似乎都不见了。地坛北门外的平房已变成楼房，地坛里面也装修一新，增添了好些亭台回廊，还有儿童游艺场、茶室、小卖部、售票处。这两年春节还有人山人海的庙会。星期天，这里也是游人如织，熙熙攘攘，非常热闹的了。

这些时候我都不去。我好像仍然偏爱那个似乎荒芜了的安静的地坛。高兴的是，直到今天下午，我到地坛散步时，仍然是那样地游人稀少，仍然可以领略那四顾无人、安宁静美、令人心醉的气氛。

可惜，我毕竟要搬家了，搬到西城之西，再来这里散步的机会大概是没有了。这更使我觉得，我真有幸在它身旁生活多年，度过了那曾有许多艰难的岁月。

1986 年 2 月于和平里九区一号

（原载《北京晚报》1986 年 2 月 10 日）

黄昏散记

又好几天没去散步了，今天顶着寒风，也出去走了半小时，当回身往家转时，突然看到了那个刚上来的满月；原来今日是元宵节，难怪远近都有一些稀疏的鞭炮声，以前却似乎一点也没听到，大概是没有留意。

啊，那月亮，那么大，那么圆，那么贴近，它就好像在那高楼的背后不远。今天有风，空气本也不清洁，那月亮虽没被云掩罩，但也总有点朦朦胧胧。最使我奇怪的是，似乎从来没看到过这么大这么亲切的月亮。我看月亮好多好多次了，记得不久是在科罗拉多两度看到的满月：那么冷，那么远，那么安静。这次却混混浊浊，热热闹闹、朦朦胧胧，但特别亲切，特别惹人喜欢。

主要是它显得那么傻。那个胖脸庞，笑嘻嘻的，圆得过分。于是我想起 E，我想如果我们这时走在这路上。

吃饭时听广播说今夜有月全食。总是这样，刚完满便有巨大的缺陷，欢喜之后便是黑暗，"月有阴晴圆缺……此事古难全"。人生何时能做到心静如水，一波不兴呢？但那样，岂不也就死了么？人便在缺陷中生存，在苦痛中欢欣，然后，"回首向来萧瑟处，归去，也无风雨也无晴"。

E 明日不能来；她将有新的期待、希望和欢乐，而我则如钟表一样，仍将慢慢散步在已很少行人的大道旁，像一切都不曾有过。然而，我总难忘记屠格涅夫《贵族之家》那最后的小说结尾,丽莎——这个决心做了修女的少女——眼睛的睫毛毕竟要轻轻闪动一下。难道这就是人世的芬芳,人生的真谛?没有它,就将地老天荒。

那么,又有什么要再言说的呢?窗外的月亮已升得很高,也不再那么大、那么傻、那么亲切了。我于是停笔。

1989 年元宵匆笔

晚风（外一章）

散步在晚风中，这风是北风。

街上已空无一人。风刮得很凶很冷，不断地卷起各种白天扔掉的废纸：大的、小的、白色的、杂色的、完整的、破碎的、塑料纸、报纸……但并没有刮得多高，不过离地数寸在卷起，移动，又落下而已。

突然听到一种清脆的咔答咔答的声音，非常奇怪的声音，响在这相当静寂只有风声的街道上。仔细一看，原来是一个塑料做成的橘子在空荡的人行道上滚着。原来是它发出的声响。

我停步，看着它时快时慢地独自滚动着。一会儿东南，一会儿西南。明明是随着风的劲头和方向，却依然很像是它在自主、自动和自由地滚。

这滚动，因为平常很少见到，便显得很好笑，很好玩，并有些荒谬感。同时立即想到，它可以是恐怖电影中的好镜头。

你想：一只球在空荡荡的、杳无人迹的灰暗黄昏中，沿着一条对它来说是足够宽广的道路上，自由地滚动着。

1990 年冬·北京

*　　*　　*

像做梦一样，又回到了这个地方。

依旧是古老的小教堂，依旧是舒适的图书馆，依旧是那静悄悄的夜晚的月亮。时间似乎停止了……但还是三年前的那个世界吗？

好像是。好像我不曾回去过。然而，又确然不是了。且不说多少大事已经在这些年里发生，且不说异乡游子的双鬓已经斑白，而且，"毕竟意难平"，心境已难依旧矣。脱身到如此优美宁静的氛围中，怎能不使人更为伤感，更想起那些一去不再复回的悲惨的盛夏的生命？当不堪回头话当年的时候，却偏偏蓦然记起当年未发表的小诗，为何结尾竟会无意识地写成谶语？难道冥冥中真有主宰者在？

谁之罪？……黑格尔（Hegel）曾说，真正的悲剧是由于双方都有其片面的必然而两败俱伤，全无胜者。于是，"只落得一片白茫茫大地真干净"。然而，大地真能干净吗？黑格尔总教训人们去深刻地认识历史，去取得更多的"自我意识"，但学费竟如此高昂，这未免太残酷了。

你能感受（不只是认识）这历史的残酷吗？依旧是春风杨柳，依旧是熙熙攘攘，像什么事情都没有发生，但什么事情都发生过了。

1992 年春·科罗拉多

（原载《中国时报周刊》美洲版，1992 年 2 月）

忆香港

上午接再复为《明报月刊》约稿的电话，夜半收总编辑耀明兄的约稿传真，好像应该为香港说几句新年吉利话。但除了祝福经济恢复和发展外，我实在想不出什么好话来说，毕竟离开已两年多，许多情况即使不淡忘，也是很不了解了。

但是，我经常回忆起香港。

十多年来，我来往香港有好些次。每次，主人和朋友们都热情招待和宴请，使我至今心怀感谢。香港美食名不虚传，香港购物令人愉快。使我更回味的，是香港那灯红电绿与水色山光浑然整体的美丽。

记得那一年在中大会友楼，大玻璃窗面对大海，狭长、安静的公路蜿蜒海岸。隔着玻璃窗，风和日暖，万顷无波，令人心旷神怡，煞是好看。夜晚暴雨，急风嘶啸，树木摇晃，骇浪如奔，在几近墨黑和有些紧张的氛围中，路灯高悬发光，电绿灯红的宏伟建筑明灿如常，开着亮灯却难见身形的车辆依然疾驶而过……这似乎更使人心满意足而感触良多。可惜我不是文学家，写不出这幅幅自然兼城市的壮丽风景。会友楼有本题字册，上面有好些客人题词，记得还有张灏兄的一页。我当晚写了一副对联在册子上：

> 极目江山窗外万顷波涛如奔肺腑
> 回头家国胸中十方块垒欲透云天

那是 1995 年。我由穗过港，被邀讲演，便重申了正遭严厉批判的"西体中用"，心中大概很有块垒闷气。当时香港尚未回归，所以有"回头家国"。日月不居，"块垒"尚未消除，而倏忽竟又十年。

忆香港，我当然更会想起在城大的愉快生活和舒适环境：简洁实用的房室建筑、巧致幽深的后山设计、温文尔雅的文化中心、近在咫尺的购物商场。夏日黄昏，我坐在尖沙咀阶梯大道上享受着海风、晚霞和对岸建筑，其中据说曾惹人不快、钢刀似的插入群体的那座，对我显示着分外的明快和特殊。冬天晚上，我坐在电车上层从西到东无目的地闲逛观览，比较安静的小铺面和喧嚣之极的闹市街交替呈现。香港有这摇摇摆摆的老电车，有车水马龙的新公路，有安宁平静草木繁盛的西式小公园，有香烟缭绕极其俗套的大仙庙。这大概就是香港的智慧：在小块土地上弯弯曲曲，尽量包容；看似山穷水尽，却又柳暗花明。

人们说，人老了，易怀旧。香港并非我的故旧，却仍然令人常常怀想。是什么原因呢？这我倒真是很不清楚了。

（原载香港《明报月刊》2005 年 1 月号）

蒲公英

又到了拔蒲公英的季节。

蒲公英给我最早的印象，是吴凡那幅小女孩吹蒲公英的画，还是非常年轻的时候看到的，至今印象犹存。可见，蒲公英给我的感觉很好。

但在美国后院要拔除的蒲公英，却是开得遍地的灿烂小黄花。这小野花鲜亮、普通、幼小，它一片片地漫布开来，尽管毫无章法，可以说是乱开一气，却使整个庭院显出一片金黄。我觉得挺好，并不难看。不过按美国住家的规矩，却必须铲除。我至今也不了解为何定要铲除的道理，总之要拔掉就是了。于是乎拔。用手，用小铲、大铲、专门制造的铲来拔。大大出我意料的是，这小黄花的根非常坚韧，它长且粗，特别是非常的长。要把它连根铲除或拔出，非常不容易，而且是拔不胜拔。经常是累了大半天，似乎清除了一小片，第二天，就在那块认为已被根除的土地上，迎着阳光，小黄花又照样地茁壮地灿烂地开了起来，一点办法也没有。最后只好雇请专业人员大洒药水予以消灭，反正现代人类的科技发达。

这蒲公英的难拔使我想起五十年代下放劳动时的田间除草。除草劳动种类很多，我特别记起的是，像拔蒲公英一样，拔那长在庄稼中的野草。那野草倒不开花，但像恶霸似的躺在地面，四肢放肆伸开，长得又肥又壮。老乡说它们夺取庄稼的水分和养料，必须拔除。但拔除也不容易，虽说没拔蒲公英这么难，却也要长久蹲下身去，好费一番气力。因此在这劳动中，我很憎恶这些难以拔除却又必须拔除的野草。记得当年暗中思索：人们，当然包括我自己，都读过许多歌颂野草的诗文篇章，从白居易的"离离原上草"到鲁迅著名的野草散文集，都在赞颂野草那顽强的生命力，却从没想过这顽强的生命力恰好是庄稼和农家的死对头。所以我当时想，那些诗文和自己的喜爱确乎是由于没有干过农作耕耘，因之与"劳动人民的思想情感"距离甚远的缘故。我非出自农家，又素不爱劳动，属于当时应下放劳动以改造思想的标准对象，对野草的爱憎不正好证明了这一点吗？但是，我一面除野草，也信服上述理论，活儿也干得不错；一面我又仍然喜爱那"春风吹又生"和鲁迅的野草文章。我欣然接受"拥护劳动人民便应改造思想"的严密逻辑，却又依然不愿体力劳动，不愿改造和"改造"不好。我虽从未在思想检讨会上以野草作例，证说自己改造之痛苦艰难，却的确感到我这脑子里是有矛盾有问题的。正如当年一再宣讲"知识分子最没知识"的经典论证是韭（菜）与麦（苗）不辨，似乎很有道理，因为我的确辨不清。但又立即想到，爱因斯坦可能也分辨不清，为什么必须人人都要分辨得清呢？当然，我并不敢说，心中嘀咕而已。

由蒲公英而想起拔野草，如今一切往矣，俱成陈迹。且回到这目前的拔蒲公英吧。除了难拔之外，它最最使我惊异的是，小黄花过不了多久就变成了圆圆的小白球。在一些郊野，它们还成了大白球。它们高耸、笔直，不摇不摆，但如果你手指稍稍一触，它便顿时粉碎。它们是失去了生命最后岁月的僵尸。它们没有树叶陪衬，没有一丝绿色，就是赤裸裸的狰狞的大白球，彼此比肩挺立在一块、一排、一片。它们与那小黄花似乎毫无干系，完全异类。这使我非常惊骇，这怎么可能呢？怎么可爱的、美丽的、天真烂漫的小黄花竟变成了如此凶悍、绝望、疯狂的大白球了呢？太不可理解了。难道时间一过，岁月一长，就会如此么？就必须如此么？

　　我散步归来，天色渐黑，四野悄然，就那些白团团的大圆球顽强地竖立在那里。面对它们，我却一点也没有岁月流逝的感伤，只感到一种莫名的、真正的恐惧。"繁华如注总无凭，人间何处问多情。"可怕的大白球代替了诗样的小黄花，你于是永远也找不回那失去的柔情和美意。

　　　　　　　　　　　　　　（原载《明报月刊》2007 年 1 月号）

贺《女性人》创刊

　　我的最好的朋友都是女性。这倒不是要有意模仿萨特，说类似的话，而是我自己非常愿意记录下来的一种事实。女人之所以能成为最好朋友，大概是因为可以有各种超语言的交流。这种交流一般不会是学术问题的讨论，和女性常常无法争论，据理辩论也无用处，因为她们似乎从根本上便不大信任逻辑。不过，当对某一问题（也包括学术问题）彼此会心一笑的时候，或者毫不遵循逻辑却争辩得面红耳赤甚至是气急败坏的时候，其交流的内容和包容的意蕴，便并不亚于甚或超过严密论证。有时还似乎可以达到某种"超越的"人生胜境。当然这种交流更多是在日常生活中，在各种各样的现实事务中。在这里，女性朋友似乎更坦率，更真诚，更可以信赖。而生活毕竟远大于学术。

　　生活之大于学术，我想，原因之一在于它的五彩缤纷，在于它有丰富的感性世界。女性是感性世界的当然主人。例如，我所知道的女性，当然也有一些例外，无不喜逛百货公司者。尽管不买东西，并无特定目的，或泛泛浏览，或挑拣细观，对她们来说似乎总是一大赏心乐事。如果买到某种称心的东西，一件衣裳，一个小物件……都可以使她们高兴好半天。开始我很难理解，只好勉强奉陪，但在她们那严肃认真专心致志的快乐中，我突然省悟到由这些满目琳琅的感性物件所获取的快乐，是一种人在真正生活着的快乐，是一种对感性世界的欢欣和肯定。女人绝不像煞有介事的男士们那么单调、干瘪和抽象。

最大的生活快乐之一，当然是性爱的快乐。不过这方面我又是蠢材。大概还是从小时候读小说开始，由于只见叙说男人强奸女人，不见女人如何强奸男士，便误以为性爱的快乐特别是生理快乐专属男人。这一直到很晚很晚，才知道女性之需要性爱以及那生理方面的强度、"力度"、兴奋度，也常常是男人所望尘莫及的。不过，由于种种原因，看来主要是社会原因，在千百年来以男性为中心的社会传统下，女人们的这种强烈的性爱要求和生理快乐的需求，被深深地压抑了、伤害了，甚至被埋葬了。它们牺牲在种种错误的观念、思想、礼俗、规范中，使很多很多女性（特别在以礼教著称的敝中华）一生也没有机会甚至不知道去实现或要求实现自己这种天赋的本性，女人似乎只是为了做妻子做母亲而生活着。从而，女性唤醒自己的性爱快乐，努力去取得与男性完全平等的性爱快乐的权利，似乎也可以作为女权运动的内容之一。特别是这方面在这几十年来大陆中文文献里，在中国今天的现实生活中，很少被人们所提到和强调。

女性对性爱的另一倾向，我觉得，似乎是非常注意和追求心理感受。男性逛妓院，专为满足生理需要，女性（至少一部分）似乎便不如此。记得一位朋友对我说，她所不爱的男人连碰她一下，她也不愿意，尽管可以是好朋友，即使是颇具性感的翩翩少年或魁梧壮士，尽管也动心，但并不像男人那样立刻产生生理上的（被）侵犯欲。她所爱的人，则尽管不漂亮，也愿老抱在一起。所说可能有所夸张，但那重视性爱的心理快乐方面却是无可置疑的。这似乎意味着，在女性性爱中不仅仅是感性而已，而且是感性中融进了某种理性的东西。但这理性又并不是那些可以认知的观念、思想、语言、标准等等，而是已经与感性水乳交融的直接存在，它与感性已是一个东西，所以才会是那说不清道不明的感受和快乐。难怪，在这里，在与女性的亲切交往中，在恋爱中，在做爱中，人们能够获得最温暖的和最堪回味的人生。而人生本义也由此而深沉地淀积着。这，不也就是美吗？不也就是某种"天人合一"的神秘吗？

理性积淀在感性中，与感性水乳交融，女性这一美的特征有时却又可以走向反面。年轻时候读《红楼梦》，不懂那么喜欢青年女性的贾宝玉却极端痛恨大观园里的老婆子们，总以为是后者不具备生理吸引力之故。后来才明白，事情并不如此简单。正因为女人是感性世界的主人，也喜爱和沉溺在感性世界中，于是，女性在人生路途中便经常容易由于各种有关现实利害的主宰、支配、扭曲而使她们的整个感性世界（兴趣、习惯、行为、情感、爱好……）变得庸俗、猥琐、无聊、凶恶和极端丑陋。我曾亲眼看见五十年代初好些天真无邪、热情革命的女学生如何一个个变成两面三刀、口是心非、阿谀逢迎、打小报告的李国香（《芙蓉镇》电影中最成功的形象），也看到过好几位革命几十年本该是光明磊落实际却奸巧阴险的"马列主义老太太"。所以，我所痛恨的人物中也有女性。

这是不是也算女性脆弱的一面，比男人更易受外在环境影响而让自己主宰的感性世界多所污染呢？从而，女人们如何能长久保护其本来是那么玉洁冰清如此丰足的感性世界呢？

愿女人们男人们的感性世界更健康、更深情、更欢快、更美丽。以此祝贺《女性人》的创刊。

女性的伟业

我考大学，理科成绩很好。第一志愿却是哲学，我对命运感兴趣，哲学让你感受和思考命运，人类的、国家的和个人的。我的哲学包括三个问题，第一个问题是如何活，第二个问题是为什么活，第三个问题，活得怎么样，即你的生存状态怎么样。这些都是命运性的问题，人活着多多少少总要面临这些问题。

哲学只提供问题，不提供解答，科学才提供解答，也许有人从哲学能找到一些问题暂时的解答，但这些解答大都靠不住。哲学不能给你人生的答案，只提供你去看世界看问题的角度。

现在这个时代，绝大部分人在为了打拼生活，为了发财。但一些富人那里便开始出现"发财又为了什么？到底该如何活着？"这类问题。当总体生存的问题解决了，更多的人就会追问生存的意义了。

轰轰烈烈的大革命时代，集体崇拜的时代，人活着比较简单，为宏大的目标而奋斗，很少或不需要考虑个体的意义。现在已经没有这种宏伟叙事了，每一个人都要对自己的命运负责，每一个人都要去证明个体存在的价值、生命的意义。这个哲学问题就比较突出。你为什么活着？这是每个人都要面对的问题。你可能会考虑如何建构你的一生，完整你的一生，找到你安身立命的方式。

当然你也可以完全不想不考虑，不想不考虑，也是一种哲学选择。

人本来就是个动物，很偶然生下来了，没有目的。但是毕竟生下来了，活下来了，有了意识，有了社会性，这就有了巨大的悲剧——你活下来了，并且知道活着就一定会死掉，一定会走向那个目的地，所谓那个"无定的必然"，那么人要如何活下去？明知道是无解的，努力建构的一切，必定也会灰飞烟灭，古语就叫做空，海德格尔的哲学也是这种吸引人而又危险的空洞。

人生如此"空洞"，但是人很少去自杀，因为生存是一种动物性的强大本能。于是有人选择后现代主义哲学：就活在当下即刻，不必去想什么，更不必去想过去、未来，当下过把瘾就死。

但这样真行么？过把瘾还活着又怎么办？黑格尔说动物有空间，没有时间。这有深刻道理。野兽认为这个领地是它的，不允许其他动物进来，空间感很强。而人之所以为人，除了动物性的空间感，人还有时间和时间感。我们追怀过去，也会考虑未来。

时间性的体验让人的生活感受更丰富，比如你喜欢一首老歌，因为它记载了你当时求学的时候一段情感。那么这首歌，把你的时间性、那段情感凝固在那里，一放这首歌，你就会想起当年，生命的眷恋，生活的体验，你的心灵会随着这种回顾更加富足。

在这里，理性已经融化在感性中，音乐旋律一起，带动你的是无限感伤，不需要思考，就调动起某段情感，人的时间性就出来了。这不属于动物本能，这是社会性和动物性交织在一起的很细腻复杂的结构。动物性的情感欲望等和社会性交织在一起，才是人性。

人生的意义都是自己寻找的，不是由神来决定的。如果由神来决定命运就好了，自己决定命运是很困苦很艰难的，因为要做各种选择、各种判断、各种决定，无所凭依，又没绝对依靠。

也许这种寻找是一种痛苦，"人生识字忧患始"，特别是知识人的思考确实会带来更多的痛苦，但可能也会带来一些智能的愉快，似乎总比浑浑噩噩过一辈子猪式的"快乐"生活要好。我以前说我们吃饭是为了活着，但活着不是为了吃饭。年轻人保持理想、热情，保持对人类、对社会的关怀，也许会使人活得更有劲头一些吧。

现在中国的特色是前现代、现代、后现代同时并存。进入现代社会，理性控制了一切，激情燃烧的岁月已经过去，黑格尔所说的散文世界来临了。所有人都是急急忙忙地干工作，平平淡淡地过日子，生活非常喧嚣，但又特别单调。即使是生活好一些的人，也并不能完全放开地、无拘无束地享受自由。而下层的打工人群等，为了生存，也很不快活。某种意义上，前现代的不快活和现代生活的不快活在这种特定的环境里，有种无意识的压抑。

在这样一个散文世界里，只好尽量去寻找一些栖居的诗意，珍惜你的人生和生活，要注意到"当时只道是寻常"，其实一点也不寻常。

这也就是说，我欣赏另一种"活在当下"。就是指回到古典，挑水砍柴，莫非妙道，道在伦常日用之中。就是在当下去珍惜每时每刻点滴中蕴含的情感深意。对每一个个体、每一个生命，包括对与自己发生的各种自然或社会的联系，都去珍惜。

中国文化知道活下去很不容易，所以树立一种大关怀，陪同你去建构你生命的价值和意义，走完这个人生路程。孔子说：未知生，焉知死，也就包含这层意思。

我今天说了很多废话，大概都没多少意思，本来就是聊天。但是我想今天我说得最有价值的一句话是劝你：女人都该生孩子和抚育孩子，因为这是女人最大的情感快乐，做妈妈的快乐和幸福远远超过其他包括事业、成就、与丈夫或他人情感关系的快乐或幸福，放弃这个最大的快乐和幸福，我以为是非常可惜的事情。女人可以没有婚姻，但是女人需要孩子。本来，生儿育女便是女人的重要生物本能，社会性渗入后，对孩子的爱更成为长久甚至永恒的爱。母爱最无私最伟大，不是被公认的吗？女性常常比男人有更坚韧更强大的献身精神，不是说"街垒战斗中，战斗到最后一刻的一定是一位女人"吗？我常想，这很可能与无私的母爱有关。所以女性应该认可、接受、欢庆大自然赐予自己生孩子这个生物本能。我看到一些美国女教授、女科学家，有事业，有很大成就，但没有孩子，我总为之惋惜，我以为这是巨大的损失和遗憾。当然，我也看到许多女人有了孩子之后，就没有成就，没有其他，也没有自我。这的确可能是缺失，女人也应该去寻找除孩子外的自己的生活价值，但我仍然认为生养儿女是女性最大的伟业，它一点也不低于男性任何伟大的事业。在这里，我愿与某些女性后现代主义者唱反调。

（朱慧憬的电话采访，原载《文苑》2007 年第 19 期）

纪念齐白石

　　记得在美国到比较大的超级市场买菜时，总喜欢看看有没有"中国白菜"，也就是我们常吃、在国内异常普通的大白菜。美国人一般似乎不大吃，也不盛产，所以并不是随处都可买到。当时很奇怪地使我突然想起齐白石画的大白菜来。我记得这张大白菜的画上还有齐的题词，大意是说，人称牡丹为花中之王，而不知白菜乃菜中之王。准确的词句记不清楚了，这意思是不会错的。因为这画和这题词的特别，给了我相当深刻的印象。但是，就是这个菜中之王，最大众化的普通蔬菜，在美国却有时看不到买不着。因之我当时想，在菜的领域里，这大白菜名副其实，大概有点代表中国的意味？

　　我之喜欢齐白石，胜过喜欢许多别的大家，也胜过喜欢徐悲鸿，大概就由于这个缘故。我总觉得齐白石的构图、画境、笔墨，是地地道道根底深厚的中国意味、中国风韵。它的确是代表中华民族的东西。它是民族的，却又并不保守。我于绘画所知极少，但似乎古人还少有人以大白菜为题材而大写一番的。由此我经常想，这是否与齐的劳动者出身、与他青少年时代的农村生活有关系呢？齐白石的诗、画以及篆刻既不乏上层读书人的风雅韵味，同时又兼有一股粗犷、泼辣、生机勃勃的民间气势。他的特色是把这二者结合得那么好。吴昌硕也很好，但就在这一点上逊色。他的金石味有时使人略感枯索而不及齐之丰润活泼……

离开家乡已经三十多年了，平常很少联系，这次由齐白石的画又突然想起少年时代在便河后园弟弟挑水、祖母种菜的一些琐事。此情此景，似犹在目，然而又毕竟那么遥远了。今天收到湖南寄来的纪念齐白石一百二十周年（1983 年 12 月 25 日）诞辰的通知，仰望南天，就以这不成样子的短文，来纪念这位大艺术家和寄托我对故乡的怀念吧。

（原载《人民日报》1983 年 12 月 20 日）

悼朱光潜先生

朱光潜先生逝世了，我应该写点什么，却不知道写什么才好。凌晨四点钟，我坐在屋里发呆，四周是那样的寂静。

我和朱先生是所谓"论敌"，五十年代激烈地相互批评过，直到朱先生暮年，我也不同意他的美学观点。这大概好些人知道。但是，我和朱先生两个人一块儿喝酒，朱先生私下称赞过我的文章……这些却不一定有许多人知道。那我就从这写起？

我那第一篇美学文章是在当时批朱先生的高潮中写成的。印出油印稿后，我寄了一份给贺麟先生看。贺先生认为不错，便转给了朱先生。朱回信给贺说，他认为这是批评他的文章中最好的一篇。贺把这信给我看了。当时我二十几岁，虽已发了几篇文章，但毕竟是言辞凶厉而知识浅薄的"毛孩子"。这篇文章的口气调门便也不低，被批评者却如此豁达大度，这相当触动了我，虽未对人常说，却至今记得。贺先生也许早淡忘了，但不知那封信还在不？当然，朱先生在一些文章中也动过气，也说过重话，但与有些人写文章来罗织罪状，夸大其词，总想一举搞垮别人，相去何止天壤？我想，学术风格与人品、人格以至人生态度，学术的客观性与个体的主观性，大概的确有些关系。朱先生勤勤恳恳，数十年如一日地写了特别是翻译了那么多的东西，造福于中国现代美学，这是我非常敬佩而想努力学习的。朱先生那半弯的腰，盯着你看时那炯炯有神的大眼睛，带着安徽口音的沉重有力的声调，现在异常清楚地呈现在我的眼前。

因为自己懒于走动，我和朱先生来往不多。在"文革"中，去看过他几次。我们只叙友情，不谈美学。聊陈与义的诗词，谈恩斯特·卡西尔……虽绝口不涉及政治，但我当时那股强烈的愤懑之情总有意无意地表露了出来。我把当时填的一首词给朱先生看了，朱先生却以"牢骚太盛防肠断"来安慰、开导我，并告诉我，他虽然七十多岁，每天坚持运动，要散步很长一段路程，并劝我也搞些运动。朱先生还告诉我，他每天必喝白酒一小盅，多年如此。我也是喜欢喝酒的，于是朱先生便用酒招待我，我们边喝边聊。有一两次我带了点好酒到朱先生那里去聊天，我告诉他，以后当妻子再干涉我喝酒时，我将以高龄的他作为挡箭牌，朱先生听了，莞尔一笑。

"文革"后，朱先生更忙了，以耄耋之年，编文集、选集、全集，应各种访问、邀请、讲学、开会，还要翻译维柯……于是我没再去朱先生那里了。最近两年，听说朱先生身体已不如前，但我消息既不灵通，传闻又时好时坏，加上自己一忙，也就没十分注意。

如今，一声惊雷，先生逝去。回想起当年情景，我真后悔这十年没能再去和朱先生喝酒聊天，那一定会痛快、高兴得多。但这已经没有办法了，生命只有一次，人生不能重复。只是记忆和感情将以更丰富的形态活在人的心底。而这也就是死亡所不能吞噬的人类的有活力的生命和生命的活力。

1986 年 3 月 7 日晨五时匆草

（原载《人民日报》1986 年 3 月 20 日）

悼宗白华先生

宗白华先生逝世了。当我听到病危消息赶到北大校医院时，宗先生刚被抬进太平间。没能与宗先生做最后的话别，只好在他遗体前深深三鞠躬。

我还是老毛病，这许多年，包括为宗先生《美学散步》写序言的时候，我始终没和宗先生交谈过，我没去看望他，事前事后也没征求过他的意见。表面的理由是宗老年纪太大了，有那么多人去找他，我就不必去打扰；实际的原因还是因为我懒，太懒于走动。如今，宗先生故去了，我只能请他饶恕我这个晚辈如此之不恭敬。

但是，这一切已经没有意义了。宗先生一生魏晋风度，向来不在乎这些。这倒更加深了后人的内疚和遗憾。而我也总是在各种遗憾中生活。不过，这次使我最感遗憾并转而为愤怒的却是：宗先生是在他九十寿辰前三天逝世的。宗先生本可以活着和大家一起欢庆这个大寿，却由于十天前医院以病情好转为由一再催促宗先生出院。而且，我还找到了12月4日《光明日报》第一版上的一篇文章，其中说："前不久，一位耄耋之年的教授病情危重，学校领导和校医都很重视，派专车送他转院。不料，汽车在城里开了一圈，竟无一家大医院肯收留，不得已只好仍将其送回学校。原因何在？因为他只是一位三级教授，不够级别。听说此事后，笔者不禁感慨万端，那位教授二十年代即有建树，是国内外知名的学者，不料竟被级别挡住了就医之路……"

据了解，这里所如实描述的就是宗白华先生。后来，当然想尽办法住进了大医院，但仍然由于"不够级别"而得不到特别护理。最后便是上述的出院。

据宗先生家属说，宗先生在出院途中便喊冷。迁进校医院，比正式的大医院室温相差十度。九十老翁当然经不起这种"降温考验"，于是乎，二十年代便与郭沫若、田汉齐名，至今海内外仰慕的一代美学宗师便终于没能等到他那九十大寿而溘然长逝。

也许，宗先生超凡脱俗，并不在乎这个。但我为宗先生哭！我为中国知识分子哭！我为中国哭！

1986 年 2 月 21 日（此文未能刊出，留此存照，并作纪念）

悼冯友兰先生

我算不上冯先生的学生，我没能听他的课，也没有和他一起工作过。

但冯先生从我学生时代起便一直注意我，表彰我。我很少去看望他，这些大都是别人不断转告给我的，我心中非常感激，那个时代很少有人夸奖我、鼓励我。

我常用以自慰的是，几十年来我自觉没有参加对他的"批判"（实际是围攻、打击），尽管我对他的好些看法颇不赞成，尽管当时也有人要我写文章。

冯先生是现代中国已少见的名实相符的哲学家。今天纪念他的最好方式，就应该是认真谈点哲学。

哲学总是从最根本的地方、从所谓"原始现象"谈起，从头谈起。我认为，这个"头"，这个"根本"或"原始现象"，就是"人活着"这一事实。

其他的一切，如"语言"、"上帝"、"纯粹意识"、"客观世界"等等，都是派生的或从属于"人活着"这一事实的。

"人活着"便生发出或包含着三大问题：如何活？为什么活？活得怎样？

作为个体的"人活着"，是一种被扔进一个"与他人共在"的世界中的存在（to be with others, within-the-world），但人又总是一个特定生物族类（人类）的一员而存活着，这不是个体所能选择和决定的。

这种"人活着"也就是日常生活、生活形式或社会存在（everyday life，form of life，social existence）。

可见，"人活着"的第一个含义是"如何活"。所谓"第一个含义"，是指"如何活"比"为什么活"要优先。也就是说，"活"比"活的意义"（what means to be）、非本真（unauthentic）的存在比本真（authentic）的存在要优先。因为只有"活着"才有"活的意义"的问题。

于是先要来察看人如何活。人活着必须食、衣、住、行，亦即人的生产—生活方式，其核心和特征是我十多年前即强调提出过的：以制造—使用工具为基础的群体实践活动，即人类学主体论，或亦可名之曰历史本体论。我以为，语言以及其他许多东西都是从这里生发出来的，所以，是使用—制造工具的活动而非语言，才是"如何活"的根本，才是"存在之家"（the house of Being），至今我仍然坚持这一点。语言的经络——语法、逻辑，便是从"与他人共在"（即群体生存的活动亦即人）、"如何活"（首先又仍然是使用—制造工具）的需要和规范中生发出来，而成为律令的，它首先是伦理的，而后才成为认识—思维的。深奥的问题在于这如何可能，这种可能意味着什么？

但"如何活"不能替代"为什么活"。我在另处说过，没有什么"科学的人生观"。知道了社会法则或群体要求并不就解决了"我为什么活"。人类主体性只是个体主体性的前提，却并不替代后者。

个人被偶然地生下来，抛掷在这个世界里，人生似乎很无聊。但人又是动物，有恋生之情（不会都去自杀），即使如何厌世、悲观、无聊，又还得活着。那为什么活呢？

回答"为什么活"，有各种各样的宗教信念、伦理学说和社会规范。有人为上帝活，有人为子孙活；有人为民族、国家、政党、他人活；有人为自己的名誉、地位、钱财、享受活；有人为活而活；有人无所谓为什么活而活……所有这些，都有某种文学艺术来表现，也都有某种理论、哲学来论证，但又都不见得能解决问题。为什么活？仍然是由你自己去寻求、去选择、去决定。特别是在明天，当"如何活"（人能活下来）大体不成问题的时候，为争取活而活作为"为什么活"的意义和动力（如"革命的人生观"）逐渐消失之后，这问题将更突出。

"活得怎样"则是"为什么活"或"如何活"在某种交融下的现实化形态。"活得怎样"当然不是指你的物质生活怎样，而是指人活在哪种"境界"里。如果说，"如何活"属于人类主体性，"为什么活"属于个体主体性，那么"活得怎样"则是某种无主无客、主客混同、浑然一体的人生—精神状态。冯友兰的《新原人》（我认为这是冯的主要著作）提出的正是"活得怎样"的人生四境："自然境界"、"功利境界"、"道德境界"、"天地境界"。冯从觉解、心性、才命、学养、生死各种角度对此四境做了说明、论证，并批评了将"天地境界"混同于"自然境界"的误解。我以为，这是承接中国古代哲学的一种贡献，冯所说哲学只在于提高人生境界的说法，是对宋明理学所做出的一种现代解释和继承。所以我将冯列入"现代新儒家"（见拙著《中国现代思想史论》）。

对此，海外似大有异议。主要理由有二：一是冯的政治人格（主要指"文革"中积极批孔）不符合儒家品德；二是以熊十力、梁漱溟、牟宗三等人为代表的"现代新儒家"均以活泼的生命或生命力作为儒学精髓，冯之纯逻辑的"理世界"的体系（《新理学》一书）有悖于此。

对此愿作简答。学术与人格之某种分离乃自培根（F. Bacon）以来的现代世界性常见现象（是否应该如此属另一问题，我本人反对分离），海德格尔之例便很突出。尽管海氏一度之纳粹立场与其哲学恐不无深层联系（我作如是观），但海氏哲学之价值仍然巨大。冯之哲学地位当然完全无法与海相比拟，但冯之客观处境和心理状况却较海更为恶劣和复杂。一般而论，熊十力等其他新儒家的公德私谊也并非全无可议之处，有些情况较冯也只五十步百步之差。其中最为清醒卓越、律己甚严的梁漱溟，也曾主动歌颂大跃进，对毛泽东自始至终大有迷恋。毕竟人非圣贤，孰能无过。现代新儒家虽然所崇所奉者为圣为贤，但他们本身到底还是更为复杂的现代人物。当然，包括《三松堂自序》的有关部分，我觉得，仍大有自我掩饰的成分，并未"立其诚"，但比海德格尔的"遗书"还是要好得多。

第二理由似更充分。如以主观心性论来界定"现代新儒家"，冯与熊、梁、牟以及唐君毅等确有根本不同，自可不必列入。不过此种界定过于狭窄，似乎"现代新儒学"便只是熊十力学派，而熊本人也并非专谈心性，从宇宙论到外王学，他也谈了不少，心性论者仍志在外王。梁漱溟也如此。因此此一界定似难成立。

我所谓的"现代新儒学"含义不广不狭，较为确定，指的是"现代宋明理学"亦即 modern neö-confucianism 的准确意义。所以，正如即使奉陆、王或胡（五峰）、刘（蕺山）为正宗，仍不能将程、朱开除出宋明理学一样，"现代新儒家"又何莫不然？熊、牟承续开拓了陆、王，冯则明确宣称自己是"接着程朱讲"的，事实也确乎如此。所以冯之属于"现代新儒家"，乃理所当然。

（原载《明报月刊》1992 年 6 月号）

悼念 Laura

突然得到信息，Laura 过世了，才 46 岁。我已 82 岁，也在生病，为什么是她而不是我死呢？没话能表达我此时的心情。

二十多年前，她 19 岁，到北京上大学一年级，冒冒失失地找到我家来聊天。那么简单、幼稚而又自尊、自信、自我感觉良好，高大、壮实，虽然漂亮却一点也不像上海姑娘。她来过几次，也写过几次信，我回了信。那时我是"名人"，她说因此受到老师、同学的流言蜚语甚至嘲笑责问，她不理睬。后来，干脆回上海去。后来，就没联系。

前几年，突然由我教过书的学校转来了她的信，原来只身来到了美国，奋斗了 20 年。于是再次见面，再次通话和电邮，去年还和她夫妇、再复夫妇等朋友一起乘邮轮看玛雅古迹。她兴致很高，说收获很大。这几年，几乎每隔三两周，她总要来电话聊天，一聊就是一两个小时，仍然是那么单纯、直率、自信、进取、自我感觉非常良好。我经常开玩笑，把人分为自我感觉良好、过分良好、不好、过分不好、没自我感觉五类，自己属于不好或过分不好一类，于是便总容易嘲弄良好和过分良好一类，她也就常常成了我取笑和告诫的对象。这次据她丈夫说，发病前竟毫无征兆，身体感觉一直很好，前三天还游泳，但一发病便诊断为肺癌四期并有脑转移，两个月后更异常痛苦地辞世。这对我的确是太突然、太难以相信了。怎么这样一个奋发有为、自信极强、活泼泼的生命一下子就永远没有了呢？这使我很自责，为什么嘲讽她自我感觉良好呢？

在我枯寂、单调、老年兼异国的岁月里，Laura 的电话是一道靓丽的光彩，但她并不知道每次我都嫌她"烦"，每次也大都是她讲我听。与好些女生不同，Laura 对生活遭遇、人际关系等似乎兴趣不大，一谈便是在我看来乃大而无当的宏观问题：中美关系、文化优劣、理论是非……都是一般女生少有兴趣的题目。女生一般喜欢啰嗦，Laura 倒不例外，一讲就是大抒己见，滔滔不绝。我时而打断，时而嘲笑，她毫不在意，继续讲，有时我就放下听筒，让她独白，自己干别的事，一二十分钟不发声，于是她急了，问"为什么不讲话？"我简单回复后，她又不断地讲，最后终于说，"真不好意思讲这么多"，但下次电话依然如故。今天这一切突然成为过去了。当时嫌她烦，今天再也找不到这"烦"了，再也听不到那热情洋溢、严肃认真的"啰嗦"了。这道靓丽的光彩，永远没有了，我到哪里再去找这"啰嗦"呢？回想起来，真是悲从中来，不可断绝。

Laura 不是我的女朋友，却是虽不很熟但待我很好的女性朋友，我们之间的真诚是心心相印的，讲话素来直来直往、平等自由。Laura 在女性中非常理性，喜欢讲理，大概也因为此，我更像对待年轻男性朋友一样，总是非常严格甚至苛刻地对她反驳、刁难、质疑、责问，不算粗暴，却也过分的简单、干脆、毫不客气，而她每次说不过我时总要停顿一下，然后说"那也是"，表示同意、服气和让步。我现在真后悔为什么要那么"较真"，那么鼓励少而挑剔多，那么苛严而不多做些同情的理解和详细一点的解说？别人肯定不会这样子，我为什么不能更温情一些呢？如今，又到哪里去找她那幼稚、执着、喜爱说理而我本可以温柔一些的讨论呢？

Laura 多次和我商讨她的工作方向。我说："搞文艺创作，不合适，你太理性，概念思维会干扰你；搞理论，也不合适，你太感性，不能进入抽象思维，你是 A-B 血型。"总之我既开玩笑，又是挑毛病。反复交谈后，她似乎重视我这"太理性"的教条看法，最终选定了视觉设计，似乎两边都照顾到了。她非常高兴、满意和雄心勃勃，不断告诉我她虽然非常艰苦却一帆风顺，最近又学到了和创出了什么。我完全外行，没法发表意见。只愿她不断成长和成功。怎么能够设想，就在这成长和成功的起步时，她便没有了呢？多少的辛苦都白费，这太不公平了。

Laura 三月份还和我聊天。四月一日电邮说病了，大夫让休息，没说什么病。五月二十五日电邮说，等她这个疗程后再告诉我病的"来龙去脉"，并寄来两张精心挑选的近照：依然光彩夺目，十分美丽。我却懵懵懂懂，一点也没发觉这就是告别的意思。我便傻等着，等着，一直等着，结果等来的是她六月十九日去世的消息，她丈夫说她让死后才告诉我。为什么呢？仍是自尊心？不像；怕我担忧？不像；要报复我？不像；淡定高傲地离世？也不像。那到底为什么呢？为什么呢？不然，我总可以在她走前向她说最后几句，她临终头脑清晰，是能够明白我说的话的。如今，我又到哪里去说呢？太不公平了。

世上不公平的事本来就多，不料如斯暮岁还要遇到这非常残酷的一次。既不能说，也只能写这几句了。我已封笔多年，这次是破例了，也只有这一次的破例了。

2012 年 7 月

（原载《明报月刊》2012 年第 12 期）

怀伟勋

　　9月初在波士顿一次闲谈中，偶然听说傅伟勋兄得了癌病，使我大吃一惊，顿时心一沉，很不愉快。闪出的第一个念头：我还欠他的文债；第二个念头："斯人也而有斯疾也"，他不应该也不可能得什么癌症。记得当时的心情恍惚，再三问人，结果都说是真的。怎么办呢？……人生总要遭遇各种紧张和不幸，自己不也常陷在恐癌症的阴影中么？上周PSA（诊断有否前列腺癌的化验报告）就还没寄来。

　　伟勋是我自认为在"美籍华人"中最要好的朋友之一。所谓"之一"，也并非还有许多，其实也就是二三人中之一罢了。他大概不会这么认为。因为他交游广阔，好朋友也很多，远不像我这般秉性孤僻，不爱交际。我和伟勋交往也不多，这几年连通信也断了，而见面屈指数来，也不过几次而已。

　　记得第一次见面，是十年前在夏威夷朱子讨论会上。一见如故，痛饮畅叙，弄到过半夜方休。第二天我昏昏然走上讲台，他却根本没与会，睡大觉去了。

　　从那以后，我们几乎是每聚必饮，每饮必醉或半醉。伟勋酒量并不大，却特别喜欢闹酒，尤其人多的时候。我就特别喜欢他闹。当他酒酣耳热，口没遮拦，乘兴骂座时；当他唾沫四溅、高谈阔论或胡说八道时，那机警又热情，那既有小孩般的天真无邪（即使是议论邪行邪念），却仍不失教授学者的修养、风度……总使我非常欣赏、非常高兴，觉得特别痛快。伟勋总使人感到快乐，这太不容易了。

为什么呢？我想大概至少我们这一代中的许多知识分子，平常受到的各种束缚——东方的、西方的、传统的、"革命的"……太多太重了，受到的各种人情世故、利害计较的束缚太多太重了。现代生活本已索然无味，人际情感已薄如片纸，人们的悲欢并不相通；而各种"处世之道"则使得人们各各戴上其假面具，或被迫或主动地做种种周旋和应付。层层心防，种种顾忌，谨言慎行，矫揉造作。虚伪、做作、摆架子、傲慢、言不由衷，比比皆是，并且习以为常，以为这就是正常的生活和自己的生命。也许，只有在家庭中、在爱情中、在旅游大自然和欣赏艺术中，能得到某种自由和补偿。但那毕竟是脱开或逃避广阔人际关系的自由。如今，却有这么一位没做作没架子没虚伪的朋友，不守常规，不拘礼法，凭着酒兴便可以在各种聚会上指点江山，评议人物，没遮拦地随意论说，顿时间使人感到一片忠诚，无欺童叟，过瘾痛快；顿时间使人感到天马行空，脱去束缚。我从小讨厌"世事洞明皆学问，人情练达即文章"这副对联，平日只好关起门来，不去"练达"。如今打开门来，自己也可以直抒胸臆地乱说一通，不必忌讳什么，而海阔天空竟也可以得来如此之容易，即使一时片刻也罢，怎能不高兴而回味良多？别人的感受我不清楚，至少对我是如此。而我是很珍视这一点的。人生本寂寞，又能有几回这样的欢聚和闹酒呢？又有几位能像伟勋这样快人快语呢？

于是，我想起了包遵信和孙长江。他们两位也是喜欢饮酒、健谈、善闹的。尽管各有不同风格，但交谈都能使人感到其直爽忠诚的一面，只是没有伟勋这么豪放和快乐罢了。只要有伟勋和他们在，席上就不会有寂寞，聚谈就更会有兴味，人间就留住了欢欣……长江告诉我，他去看望伟勋了，而且两人还喝了酒，可见伟勋仍然很快乐很乐观。但毕竟人太少了，什么时候能有机会和这些老朋友们再一同聚首再饮再闹呢？什么时候能再听听他们那热情又聪明的胡说八道和"言谈微中"呢？

伟勋是台湾籍人，生长在台湾，受的是日本和美国的教育，英文、日文和德文都很好，写过西方哲学史的大学教材，教的课好像是世界宗教。他那综合中西提出十个生命层次的看法也很有意思、很有价值。尽管他读的多是洋书，喝的多是洋酒，但给我感觉最深的却仍然是他的中国味道。这完全不是谦谦君子和新儒家的味道，而是那有生命活力展示"性情中人"的中国文化。当前，海峡两岸的中国文化谈论得正欢，而所谓"文化中国"这概念也炒得很热了，甚至热得不知所云。但是，似乎很多人并不记得正是傅伟勋最早提出这个语词来沟通两岸的文化、学术的，他大概是在台湾报刊上正式和正面介绍大陆学术情况的第一人。

但直到今天，我还没给他打电话和写信。怕他骂我、催我：我欠他的文债太重。1988 年他几度邀我为他和韦政通兄合作主编的《世界哲学家丛书》写本谭嗣同或康有为或其他人，我没应承。1991 年及今年又多次约我写本自传，放在他所主编的某丛书中，并以特高稿酬打动我。我当时情不可却地含含糊糊地答应了下来，但合同一直放在抽屉里，没有签。结果，不出所料，几次提笔都失败了，我不想写自己，回忆使人痛苦，老写不下去。

于是，代替电话和写信，今天我写了这篇怀念文章来问候他。但不知他看后是否高兴？不过，不高兴也不要紧，下次喝酒时骂我一通就行了。"天凉秋未已，君子意何如？"我衷心祝愿他的病情得到控制，而且慢慢好起来。

1992 年 11 月 7 日于 Madison

（原载《明报月刊》，1992 年第 12 期）

读《陆铿回忆与忏悔录》

　　陆兄的这本书，在定稿前曾给我看过，并嘱我写篇书评。我当时刚到台北，并刚刚宣布"三不"（不讲演，不写文章，不接受采访），只好婉谢。如今我快离开台湾，似乎可以写点什么了。

　　但是，写点什么呢？自己却想不清楚。记得读陆兄书稿时，相当快速，好像是穷一二夜之力就通读完的。这当然是因为文章好，故事吸引人；同时恐怕也因为基本是同代人，某些事情一经提及，如第一次国代大会等，当时的情景、气氛便又浮现眼前。虽往事如烟，却依然似昨，仍令人难以忘怀。然而，毕竟又时日如驶，物事全非，今日当年，恍若隔世。因此陆兄重新娓娓道来，揭其秘辛，时间的过去和现在似乎交融一片，真有如听白头宫女谈往年盛事，虽然亲切又不免感慨系之了。年轻一代不会有这种感受。这一点却更值得使人感慨：历史终将不断淘汰，被人遗忘，只剩下书籍典册中越来越陌生、越来越"中性"的僵硬史料；历史终究是历史，不再存在了。陆兄的书在这方面由于保存了许多第一手史料（如胡适竞选总统、与胡耀邦的谈话，等等等等）无疑极具价值。

　　陆兄年事高，阅历多，交游广，而身体健朗如壮年，对这样的老人，我总不免有些好奇，想请教一些从人生经验到养生之道的问题。而陆兄的回答，便是他在书中所再三讲到的那句话：

"祸兮福所倚"。也就是祸福常相倚转，而难以预测的道理。本来，人就生活在纷至沓来的各种偶然性之中，现代人生，尤其这样。人生中的很多事情，其利害、得失，其价值、意义，并非一目可以了然或一时可以论定。它们每每因缘相继，祸福相随，陆兄以自己坎坷而丰富的一生不断验证着这一点。

正如书中所记述，如果陆兄不是克服各种困难，执意亲去昆明接夫人，就不曾有二十二年的囚禁而倍受苦辛，几乎饿死，但如果不去昆明，当然会顺利地转来台北，以陆兄新闻记者的身份而"初生之犊不畏虎"，如此亢直敢言，恐怕在五十年代就会被送往绿岛而一命呜呼，又岂能有今日？又如，当年捋虎须揭露蒋宋集团的贪污大案，闯下了几乎有性命之忧的大祸，结果却履险如夷，反因此而年轻即名满天下，为后来铺下锦绣前程。此外，如青年时代由湖北去云南得到各种"吉人天相"式的意外支援，如关进监狱反而保全了自己的性命，如此等等。当然，最为惊心动魄的还是那个因"狱吏"叫错号而差点被枪毙的"故事"。如果不是鼓足勇气去"拒绝死亡"（对好些人来说，常常可以是事已如此，分辩无由便糊里糊涂地接受了死亡），陆兄早就成了一名屈死鬼。但是，那位并未叫错号而被枪毙的，不也仍然是屈死鬼么：一个并无过错的好人，只因上级设组命名的偶然而被当做反革命处死，不也是十足冤枉么？只不过屈死的形态和曲直有所不同罢了。世上屈死的鬼何其多也。偶然性的捉弄人，何其残酷和悲惨？！

活着不容易。人生是如此的不确定，偶然性是如此的强大和捉弄着人们，究竟什么是人生的真谛，如何估量生活中的得失、是非、祸福，从而主动把握住自己的一生，不是值得好好思索一番的么？海德格尔常问，"存在是什么？"存在不就是这个么？不只有在对命运（也就是人生偶然性）的询问、探索和行动中，才能充分体会海德格尔之问么？

这就是我读《陆铿回忆与忏悔录》的感想。信笔写来，已离题万里，尚请原谅。

1998 年

读黑格尔与康德

除了中学（主要是初中）时代读鲁迅的书影响自己甚大之外，大学初期（50 年代初）黑格尔的《小逻辑》、《历史哲学·绪论》（记得还是王造时 30 年代的译本）和康德的《判断力批判》，似乎给自己的思维和以后的研究，留下了深刻印痕。

记得初读这三本书时，虽然难啃，但读下来却有一种读其他书少有的惊喜交错的智力愉快。康德那么准确地一下子就抓住了审美现象的要害，胜过他人千言万语的繁复描述，这使我下决心以后一定要硬啃康德的"第一批判"。我感觉康德有一种他人少有、极擅于敏锐发现和准确把握事物（或问题）的独特本领，在认识论、伦理学、美学诸领域，莫不如此，这很值得思考、学习。

黑格尔那无情而有力的宏观抽象思维，则好像提供学人一种判断是非衡量事物的尖锐武器；读黑格尔之后，便很难再满足于任何表面的、描绘的、实证的论议和分析了。尽管我后来相当讨厌黑格尔式的诡辩和体系构建，也并不赞同康德的先验唯心主义，但我仍然觉得，他们两人给了我不少东西。他们给的不是论断，而是智慧；不是观点，而是眼界；不是知识，而是能力。这能力有长处有优点，当然也有短处有缺点，这里就不讲了。

（原载《明报月刊》1999 年 7 月号）

读周作人的杂感

周作人的散文十余年来在大陆风行，好些学人赞不绝口。我还是初中时念过一些，当时很不喜欢。我想这大概是少年偏见，近日闲来无事，便决心再读一番。奇怪的是，读后仍然不喜欢。

就技巧说，就中国散文追求的境界说，周文确乎炉火纯青，达到了很高水平。你看他信手拈来，描写那些草木花鸟、起居饮食、栗子、苋菜、爆竹、萤火、苏州的糕点、绍兴的石板路……或连接儿时记忆，或做些议论点评，不衫不履，平淡道来，却可以使人喜怒全消，身心融化在这琐琐碎碎却又一尘不染的"闲适"、"悠远"中而兴味盎然，舒服之至。这真是对日常平凡生活最杰出的艺术观照。"当时只道是寻常"，如此平凡琐细，在艺术中却可以成为耐人咀嚼的此在的真实、人生的哲理。不过，我转眼一想，又觉得在这方面，中国传统中早有高手，周文似乎并没超出多少。难怪有研究者认为，周文的最高造诣正是那些他摘抄明人笔记的篇什。但他如此善于抄摘缀饰，也算是难得的功夫。

我少时的不喜欢，倒完全是环境的缘故。在百姓饿饭、军人喋血、烽火漫天的年代，平凡人的确难有这种奢侈的闲适心境，自然不会喜欢。据考证，周的某一不食人间烟火的闲适名篇便写于日本皇军进驻京城之际。这不由得使我想起鲁迅说的"从血泊中寻出闲适来"（《病后杂谈》），真乃闲适之极便成了汉奸，陪日本军官参加检阅。但是，时移世变，如今衣食无忧，承平岁月，特别在商业化不断升温的喧嚣中，周文高情雅致，清远淡逸，大可以调节心理，调剂生活，使人获得某种精神享受，自然要受到相当欢迎。这恐怕到将来还会如此的。

有意思的是，周本人其实更重视其散文中的"思想"。他多次这么说过："我一直不相信自己能写好文章，如或偶有所取，那么所可取者也当在于思想而不是文章。总之，我是不会做所谓纯文学的。"（《苦口甘口·自序》）周的确在其散文中不断宣扬启蒙：要求尊重妇女、儿童、个性，指责礼教、道学、八股、韩愈，同时也嘲左派、讥普罗、讽鲁迅；1949年以后还骂"曾剃头"（曾国藩）、"蒋二秃"（蒋介石），讲"祖国的伟大"、"为人民服务"，等等，表达了他的真假"思想"。不过说实在的，人们似乎并不重视这些，主要仍然是欣赏和称道其文章，也就是他所讲他"不会做的纯文学"。

历史竟是这样，像波涛似的将某些人一下子推入谷底，一下子又抬上浪尖。那么，什么是或者到底有没有长久价值或真正标准呢？我却感觉人至少我自己总为历史所限定，不仅思想，而且情感。那过去了却又依然存在的千丝万缕的记忆、感触、情境，总纠缠、萦绕、渗透着当下，很难超然。我可以称道周作人的文学技巧甚至艺术成就，但就是很难亲近或接受他。这大概与自己性急、气躁、无法闲适的个性相关。我仍然喜欢鲁迅，喜欢陶潜、阮籍，也喜欢苏东坡、张岱，就是很难喜欢周作人。我总感觉他做作：但那是一种多么高超的做作啊。

（原载《明报月刊》2002年6月号）

《秦王李世民》 观后感

　　这次在上海有幸看到新上演的话剧《秦王李世民》。第二天讲课时，我又重申了二十五年前的一个旧主张：文艺评论应该从感受（审美感受）出发，而不要从概念（主题、题材、情节、梗概……）出发。这种不同的出发点经常可以导致对艺术作品的不同理解。例如，拿这出戏说，如果根据剧目名称、剧情介绍以及场景安排、人物渲染等等，主角应该是秦王李世民，如剧情说明书所解释的，"这个戏从晋阳兵变写到玄武门之变，虽然没有正面写贞观之治，但是李世民的精神、理想和品格都已经展现出来"（"导演的话"）。但是如果从感受出发，情况似乎并不如此。因为这个戏使人印象最深、感受最强的，并不是李世民。李世民的正面形象，尽管剧中如何着意夸扬高举，老实说，仍然是相当一般甚至单调、贫乏和概念化了的。相反，对比起来，那位身着黄袍却心怀忧恐，纵情声色又并不糊涂的李渊，倒更使人注意些。尽管给他抹上了些丑化的白粉，却仍然具有某种活灵活现的真实性。你看，他既担心建成篡位，又害怕秦王功高；既提防这位秦王，又必须依靠这位大将；既愤慨、忧虑建成、世民图谋皇位，然而他们又毕竟是自己嫡亲的儿子。因而，不管儿子是好是坏，事情是真是假，他总似乎意识到自己处在被图谋被威胁的危险地位。于是他不安、发急、疑虑、试探……容易为各种谗言诽语所激动、所击中，一会儿他获悉密信立即拘捕建成，一会儿几句进言又使他为了给李世民颜色看，执意杀刘仁静……所以这些都使人感到真实可信，而这就正是"典型环境中的典型性格"。什么"典型环境"？封建宫廷中争夺接班人的你死我活的斗争也。什么"典型性格"？在这种"父子不相让，兄弟各为仇"的争斗中诸人物的复杂动荡的行为、活动、性格、心理也。这个戏在表现这一方面应该说是多年未有的可贵尝试，因此这甚至使人怀疑现剧名是否作者有意为掩盖上述主题硬加上去的，如果不是这样的话，那就更是我主张的所谓"创作中的非自觉性"的一个例证了。一笑。

典型总有代表性。旅馆中无书可查，如果翻一下二十四史的"本纪"，这种为继承问题的争斗，恐怕相当突出。有意思的是，好些雄才大略不可一世的英明皇帝，都偏偏要在这个"传位给谁"的问题上翻斤斗，伤脑筋，反复折腾，风波屡起，弄得局面十分紧张，自己也搞得颇为狼狈。秦始皇如此，汉武帝如此，李世民本人不也如此么？都是太子们立了又废，废了又悔。康熙皇帝也同样，最后甚至干脆不立太子，大臣建议立太子就被痛斥；然而结果自己到底如何"驾崩"的，雍正接位搞了什么鬼没有，至今史家仍感烛光斧影，颇为惑疑。为什么著名的"英主"们会这样？为什么总是对自己属意的人反而不放心、不放手、疑虑重重？似乎很值得研究。在太子方面，当然也必然这样。虽身只居一人之下，却总忧心忡忡，喜惧交错，总怕稍有闪失，便一朝被废、断送了唯我独尊的"伟大"前程。于是，或战战兢兢，假装老实；或勾心斗角，尔虞我诈；或抓住时机，抢班夺权。李世民实际便是这样做的，"玄武门之变"如果恢复历史的真实，恐怕是李世民长期计划部署，并抢先下手的结果，李渊从而被迫退位。李建成、李元吉据史书记录也远非无功之臣无能之辈，他们同样带兵打仗，立过功勋（可参阅陈寅恪《唐代政治史述论稿》）。所以我有时想，搞历史的人不宜看历史剧，看了总觉得与史料不符，缺乏历史学科所要求的那种真实性。

　　然而，这并不妨碍艺术的真实。艺术并不是去考证以求得确凿的认知。相反，它通过人物、情景的塑造描绘，给人以深切的感受。拿这个戏说，通过对李渊、李建成等人的活动和心理的表现，使人们在审美中清晰地领悟到、明确地感受到封建社会最上层围绕"接位"问题所展开的政治斗争的严重性。"导演的话"里有"古为今鉴"的话，说的是人心向背与王朝兴亡的关系，其实如果改用在这里，似乎更为确切。因为这出戏实际并看不出有多少前者的内容，使人们感到有兴味有意思的恰恰是后者，即为继承皇位问题宫廷争斗在封建社会里所具有的普遍必然性。那么，从这里，从这种感受、领悟中是否该得出今天应该彻底根除"皇位接班"，建立真正的民主与法制的逻辑认识呢？

　　《文汇报》的同志热情地要我为此戏写点评论，戏只看了一遍，难免误解错读。临行匆促草此数纸，文不成章，言不尽意，这是要请大家特别是上海的同志们原谅的。

1981 年 9 月 5 日晨 7 时于申江饭店 312 室

读书与写文章

今天我和中文系七七级同学座谈，感到很亲切。首先祝大家今后取得远远超过我们这一代人的成就。

你们年轻一代人都走过一段自己的不平凡的道路。在过去的若干年中，你们耽误了不少时间，受到很大损失，付出了很大代价。但是，可以把付出的代价变为巨大的财富，把你们所体会的人生，变成人文—社会科学的新成就。要珍惜自己过去的经历，因为它能更好地帮助你们思考问题。你们这一代在自然科学方面要取得很大成就恐怕很难了，恐怕要靠更年轻的一代。但是，我希望你们在文学艺术创作方面、在哲学社会科学方面以及在未来的行政领导工作方面发挥力量。有些同学刚才跟我说，感到知识太贫乏。我觉得，知识不够，不是太大的问题。其实，一年时间就可以读很多的书。文科和理工科不同，不搞实验，主要靠大量看书。因此我以为有三个条件：一、要有时间，要尽量争取更多的自由的时间读书；二、要有书籍，要依赖图书馆，个人买书藏书毕竟有限；三、要讲究方法。我不认为导师是必要条件。有没有导师并不重要。连自然科学家像爱因斯坦都可以没有什么导师，文科便更如此。当然有导师也很好。不过我上大学的时候，就不愿意做研究生，觉得有导师反而容易受束缚。这看法不知对不对。不过，我觉得重要的是应尽早尽快培养自己独立研究和工作的能力。

学习，有两个方面。除了学习知识，更重要的是培养能力。知识不过是材料。培养能力比积累知识更重要。我讲的能力，包括判断的能力，例如：一本书，一个观点，判断它正确与否，有无价值，以定取舍；选择的能力，例如，一大堆书，选出哪些是你最需要的，哪些大致翻翻就可以了。培根的《论读书》讲得很好，有的书尝尝味就可以了，有的要细细嚼，有的要快读，有的要慢慢消化。有的书不必从头到尾地读，有的书则甚至要读十几遍。读书的方法很重要。读书也不能单凭兴趣，有些书没兴趣也得硬着头皮读。我说要争取最多的时间，不仅是指时间量上的多，而且更是指要善于最大限度地利用时间，提高单位时间的效果。有些书不值得读而去读就是浪费时间。比如看小说，我从小就喜欢看小说，但后来限制只看那些值得看的小说。读书最好是系统地读、有目的地读。比如看俄国小说，从普希金到高尔基，读那些名著，读完了，再读一两本《俄国文学史》，具体材料和史的线索结合起来就组织起你对俄国文学的知识结构。这就是说要善于把知识组织起来，纳入你的结构之内。读书的方法也是多种多样的。要善于总结自己的读书方法和学习经验，在总结中不断改进自己的方法，改进、丰富自己的知识结构，这也就算"自我意识"吧。培养快读习惯，提高阅读速度，也属于争取更多时间之内。古人说"一目十行"，我看可以做到，未尝不好，对某些书，便不必逐字逐句弄懂弄通，而是尽快抓住书里的主要东西，获得总体印象。看别人的论文也可以这样。

文科学生不要单靠教科书和课堂，教科书和课堂给我们的知识是很有限的，恐怕只能占5％到10％。我在大学里基本上没怎么上课，就是上了两年联共（布）党史课，因为你不去不行，他点名。我坐在课堂里没办法，只好自己看书，或者写信，别人还以为我在做笔记。（众笑）其实，我的笔记全是自己的读书笔记。我上大学时，好多课都没有开，中国哲学史没有开，辩证唯物主义和历史唯物主义则是我没有去听。那时候，苏联专家来讲课，选派一些学生去，我没有被选上，当时我自己暗暗高兴，谢天谢地。当时苏联专家名声高，号称马列，其实水平不高。他们经常把黑格尔骂一通，又讲不出多少道理，我当时想，这和马克思列宁讲的并不一致。当时翻译了不少苏联人写的解释马克思主义的小册子，但是我翻读了几本之后就不再看了。现在看起来，我在大学占便宜的是学习了马列的原著，不是读别人转述的材料。所以还是读第一手材料，读原著好。我在解放前，偷偷读过几本马克思写的书，那时是当做禁书来读的，比如《路易·波拿巴政变记》等。我从这些书里看到一种新的研究社会历史的方法，一种新的理论，十分受启发。我们读了第一手材料以后就可以做比较判断，不必先看转述的东西。总之，我是主张依靠图书馆，依靠自己，依靠读原始材料。

下面谈谈"博"的问题。这个问题历来存在，也不容易解决好。我以为，知识博一些，知识领域宽泛一些比较好。在上大学的时候，我对文史哲三个系的弱点有个判断。我以为哲学系的缺点是"空"，不联系具体问题，抽象概念比较多，好处是站得比较高；历史系的弱点是"狭"，好处是钻得比较深，往往对某一点搞得很深，但对其他方面却总以为和自己无关，而不感兴趣，不大关心；中文系的缺点是"浅"，缺乏深度，但好处是读书比较博杂，兴趣广泛。说到贵系，大家可不要见怪呀。（众笑）我当时在哲学系，文史哲三方面的书全看。上午读柏拉图，下午读别林斯基，别人认为没有任何联系，我不管它。所以我从来不按照老师布置的参考书去看，我有自己的读书计划。其中读历史书是很重要的，我至今以为，学习历史是文科的基础，研究某一个问题，最好先读一两本历史书。历史揭示出一个事物的存在的前因后果，从而帮助你分析它的现在和将来。马克思当年是学法律的，但是他最爱哲学和历史。现在一些搞文学史的人，为什么总是跳不出作家作品的圈子？就是因为对历史的研究不够。一般搞哲学史的人不深不透，原因大半也如此。你们的前任校长侯外庐先生的思想史研究，之所以较有深度，就因为他对中国历史比较重视。研究社会现象，有一种历史的眼光，可以使你看得更深，找出规律性的东西。规律是在时间中展示的。你有历史的感受，你看到的就不只是表面的东西，而是规律性的东西。马克思主义的基本要点就是历史唯物论。对于一个事物，应该抓住它的最基本的东西，确定它的历史地位，这样也就了解了它。读历史书也是扩展知识面的一个方面。现在科学发展，一方面是分工越来越细，不再可能出现亚里士多德那样的百科全书式的学者；另一方面，又是各个学科的互相融合，出现了很多边缘科学。比如说控制论，是几个学科凑起来搞，这是从五十年代以来的科学发展的特点。做学生时知识领域面宽一些，将来可以触类旁通。学习上不要搞狭隘的功利主义。学习，要从提高整个知识结构、整个文化素养去考虑。如果自己的知识面太狭窄，分析、综合、选择、判断各种能力必然受影响受限制。

再来谈谈"专"的方面。这里只就写文章来说。读书要博、广、多，写文章我却主张先要专、细、深，从前者说是"以大观小"，这可说是"以小见大"、"由小而大"。你们现在搞毕业论文，我看题目越小越好。不要一开始就搞很大的题目。就我接触到的说，青年人的通病是开头就想搞很大的题目，比如说，"论艺术"、建立"新的美学体系"，等等，但一般很难弄好。你们也许会说，你一开始不也是搞体系，什么"研究题纲"之类的吗？其实那不是我的第一篇文章。我在大学里先搞的题目是近代思想史方面的一些很小的题目。着手研究，先搞大而空的题目，你无法驾驭材料，无法结构文章，往往事倍功半。开始搞的研究题目可以具体一点、小一点，取得经验再逐步扩大。所以，虽然有好些热心的同志建议，我现在仍不打算写建立哲学体系的专著。不是不能写，如果现在写出来，在目前思想界也可以出点风头，但是我觉得靠不住，我想以后更成熟时才能写吧。康德的哲学体系建立至今整整二百年了，今年在西德纪念他的主要著作出版二百周年。康德当时写书的时候，思想界充塞了多少著作啊，而唯有康德的书给予人类思想史以如此长远的影响。所以我们要立志写出有价值的书，写出的东西能经得起时间的检验才好。写出的东西一定要对人类有所贡献，必须有这样的远大抱负。总之，如果读书多、广，又善于用这些较广泛渊博的知识，处理一个小问题，那当然成功率就高了。所以可以有一个大计划，但先搞一个点或者从一个点开始比较好。此外，选择研究题目也很重要，我以为题目不应由别人出。我有某种观点、见解，才去选择题目。写文章和作诗一样，都要有感而发。有的人找不到研究题目，要别人代出题目，自己不知道搞什么，这就搞不好。应该在自己的广泛阅读中，发现问题，找到前人没有解决的问题或空白点，自己又有某些知识和看法，就可以从这个地方着手研究。选择题目，要想想这个题目有多大意义，成功的可能性有多大，要尽量减少盲目性，不能盲目选择目标。就好像石油钻井，要确实估计这个地方有油，才去打井。如果毫无估计，盲目地打，没有油，又随便挪一个地方，挪来挪去，人寿几何？

学术文章有三个因素，前人早已说过。一是"义理"，用我们的话说，就是新观点、新见解。二是"考据"，也就是材料，或者是新鲜的材料，或者是丰富的材料，或者是旧材料有了新的使用和新的解释。三是"词章"，就是文章的逻辑性强，有文采。你每写一篇文章，也应该估计一下可以在哪个方面做得比较突出，有自己的特色。总之，写文章要有新意，没有新意，最好不要写文章。

学术研究与各人的气质也有关系。有的人分析能力强，可以搞细致的精深的问题。现在国外的许多研究细极了，一个作家一部作品的细枝末节考证得十分清楚详细，这也是很有用的。不过就我个人来说，不习惯这样，不习惯一辈子只研究某一个人，考证某一件事、钻某个细节。我也是个人，他也是个人，为什么我就得陪他一辈子呢？划不来。（众笑）但是只要有人有兴致，也可以一辈子只研究一个作家、一本书，一个小问题。这也可以做出很有价值的贡献，现在似乎更应该提倡一下这种细致的专题研究。总之，研究题目、途径、方法可以百花齐放，不拘一格。既不能认为只有考据才算学问，其他都是狗屁、空谈（这其实是二流以下的学者偏见）；也不能认为考据毫无用处，一律取消，这是左的观点。

当有的同学反映目前高校教育同李先生读书时的情况没有多大差别，大家普遍感到不大适宜有创造性的人才的培养时，李说：——

你们现在的情况比我那时要好一些。那时候思想更僵化，全是苏联的那一套。这几十年来，我受到的挫折也是很多的。但是要自己掌握人生的价值，树立自己内在的人格价值观念，毁誉无动于衷，荣辱可以不计。

有的同学谈到学术研究上的困难时，李说：——

学术研究要讲究多谋善断，一个小问题可能越钻越小，以至于钻进牛角尖，出不来了。一个小问题也可能越想越大，大到无边，这样一来，也无法搞了。所以要善断。研究问题要一步步地来，否则"剪不断，理还乱"，永无穷尽。要求把一切都搞懂了以得到绝对真理似的研究结果，这是不可能的。

学术研究要善于比较，在比较中发现特点。比较可以见出现象上的规律，但是不等于见出本质规律。研究和学习都要善于扬长补短，要发现自己的能力，发展自己的特长。

本文是 1979 年夏作者在西北大学中文系座谈会上发言记录稿

（原载《书林》1981 年第 5 期）

我的选择

　　1982 年，《文史哲》编辑部约我写篇谈治学经验的文章，推而又拖，迄今四年，仍然难却。我之所以推、拖，是因为第一，我自省确乎很少值得认真谈论的所谓"经验"；第二，关于谈经验已经写过了。《书林》杂志上就发了两篇，还有一些"访问记"之类。不过现在既已提笔，只好硬着头皮再写一点。讲过的不再重复，下面结合自己谈谈选择问题。

　　在人生道路上，偶然性非常之多。经常一个偶然的机缘，便可以影响、制约、决定相当一段时期甚至整个一生的发展前途。因之，一般说来，如何在面临各种偶然性和可能性时，注意自我选择，注意使偶然性尽量组合成或接近于某种规律性、必然性（社会时代所要求或需要的必然和自我潜能、性格发展的必然），似乎是一种值得研究的问题。在学术道路上，也如此。如何选择在客观上最符合时代、社会或学科发展的需要性，同时有具体环境、条件中的可行性；在主观上又最适合自己的基础、能力、气质、志趣的方向、方法、专业和课题，而不是盲目地随大流或与各种主客观条件"对着干"，便是一件并不容易而最好能自觉意识到的事情。

　　我的好些选择就因为吃了这种盲目性的亏而遭受损失。以后因为注意纠正、补救这盲目性而得到一点成效。

　　我开始着手进行研究工作是在大学一年级。现在看来，为时略嫌早一点：自己太性急了，在基础还不够宽广的时候，牺牲了许多学外文和广泛阅读的时间而钻进了小专题之中。当时正值抗美援朝捐献运动，学校支持身无分文的穷学生们以编卡片或写文章的方式来参加这个运动。记得当时我的同学和朋友赵宋光同志写了一篇讲文字改革的文章在《新建设》杂志发表了。我则努力在写关于谭嗣同哲学思想的稿子。之所以选择谭嗣同也相当偶然，由于中学时代读过一些肖一山、陈恭禄、谭丕谟等人的书，对清史有些知识，对谭嗣同这位英雄同乡的性格有些兴趣，同时又认为谭只活了三十三岁，著作很少，会比较好处理，便未经仔细考虑而决定研究他。应该说，这是相当盲目的。结果一钻进去，就发现问题大不简单，谭的思想极其矛盾、混乱、复杂，涉及古今中外一大堆问题，如佛学、理学、当时的"声光电化"，等等，真是"剪不断，理还乱"，很难梳理清楚；远比研究一个虽有一大堆著作却条理清楚自成系统的思想家要艰难得多。所以我这篇讲谭嗣同思想的文章易稿五次，直到毕业之后才拿出去发表。我研究康有为是在 1952 年秋，比着手搞谭嗣同要晚，但我第一篇学术论文，却是 1955 年 2 月发表在《文史哲》上的《论康有为的〈大同书〉》，因为康的思想就比谭要系统、成熟，比较好弄一些。时隔三十年，这篇讲《大同书》的文章现在看来似乎也还可以，最近《大同书》手稿和康的早年著作的发现倒恰好印证了该文的一些基本判断。而讲谭嗣同的那篇却一直到收入 1979 年出版的《中国近代思想史论》文集中才似乎改得勉强使自己满意。这个"经验"实际上是给自己的一个"教训"。

我常常想，当年我对明清之际也极有兴趣，如果不过早地一头钻进谭嗣同，也许会研究《红楼梦》、李卓吾、王船山……这块未开垦的处女地更为肥沃，更有问题可提，更有宝藏可挖。如当时搞下来，年富力强，劲头十足，到今天大概可以更有成绩更有收获吧。尽管至今仍然对这段有兴趣，但时一过往，何可攀援；临渊羡鱼，退而不能结网，毕竟心有余而力不足了。这就是面临偶然性、盲目性缺乏足够的自我选择的后果。我有时遗憾地回想起这一点，但已经没有办法。

我在搞谭嗣同的同时及稍后，逐渐认识到只钻一点是搞不好这一点的。于是便有意识地把研究面扩展到康有为及整个维新派，并由此而下及革命派和孙中山。当时，像《戊戌变法》一类的资料书还没出版，我用任继愈老师借我使用的借书证（因为学生借书数量限制颇严）在藏书极为丰富的北大图书馆中看了和抄了许多原始资料。（这使我至今觉得，真正要做历史研究应该尽可能查阅原始材料，而不能依靠像上述那种第二手的资料汇编。）这就是说，我意识到，不了解整个维新运动的前前后后，便不能真正了解谭嗣同；中国近现代的个别人物如不与时代思潮相联系，便常常失去了或模糊了他的地位和意义；特别是一些并无突出思想贡献或思想体系的思想家，更如此。这样一来，对谭嗣同思想的研究逐渐变成对中国近代思想史的研究。而中国近代思想史的研究又与当前现实有着深刻的连贯关系。谭嗣同以及近代思想史上的人物和问题便可以不只是对过往思想的单纯复述或史实考证，而似乎还能联系到今日现实的身影。这里并不需要故意的影射，而是昨天的印痕本来就刻记在今日的生活和心灵中。中国近现代的关系尤其如此。于是，对此做出认真的自我意识的反思研究，难道不是一件很有兴趣很有意义的事情吗？

但这种意义的真正发现却是在"文化大革命"前几年和"文革"之中。民粹主义、农民战争、封建传统……无不触目惊心地使我感到应该说点什么。而这点"什么"恰好可以与自己近代思想史的研究结合在一起。所以，当我在"文革"之后连续发表这方面的文章和1978年结集时，我似乎因三十年前所盲目闯入的这个偶然性，终于取得它的规律性、必然性的路途而感到某种慰安。特别是收到好些青年同志当面或写信来说明他们感受的时候。

　　我的研究工作的另一领域是美学。走进这个领域的盲目性似乎不太多：自己从小喜欢文学；中学时代对心理学、哲学又有浓厚兴趣；刚入大学时就读了好些美学书，并且积累了某种看法。所以1956年遇上美学讨论，也就很自然地参加了进去。当时主要是批评朱光潜教授，但我当时觉得，要真能批好，必须有正面的主张。用今天的话，就是"不立不破"，自己倒是较早就明确地意识到了这一点。几十年来我很少写单纯批评的文章。我觉得揭出别人的错误一、二、三并不太难，更重要的应该是能针对这些问题提出一些新意见新看法。我总以为，没有自己的新意，就不必写文章。自然科学绝没有人去完全重复论证前人早已发现的定理、定律，社会科学领域其实也应如此。"人云亦云"、"天下文章一大抄"……的做法、说法，我是不大赞同的。因此，在第一篇批评朱光潜的文章中，我提出了美感二重性、美的客观性与社会性以及形象思维等正面论点。这些论点虽然一直受到一些同志的批评、反对，但我觉得这样比光去批评别人更有意思。

　　美学领域极广大，因此即使确定在这里活动，仍然有许多选择问题。搞什么？如何搞？是对审美心理或艺术现象做实证研究呢，还是研究美的本质？等等。这里有方向的选择问题，也有方法、课题的选择问题。

　　我对微观研究是有兴趣的。历来便喜欢看那些材料翔实、考证精当、题目不大而论证充分的文章，对某些巧妙的考据也常拍案叫绝，惊喜不已。我曾戏称之曰发现了"绝对真理"。对自己的学生、研究生，我也一贯提倡微观研究。我想中国人那么多，搞学问的人也多，如果你攻一点，我钻一点，把每一点的微观世界都搞得繁针密线、清楚翔实，那么合起来便大可观。这比大家挤着去做某些空洞而巨大的题目，有意思得多。我当年搞谭嗣同的哲学思想，研究康有为的《大同书》思想，也是从这种比较细小的专题着手的。

　　但由于自己的主要兴趣仍在哲学，当年考北大，哲学系是第一志愿。同班及高班好友如赵宋光、王承绍等纷纷在第二年转系时，我仍巍然未动。从而尽管对近代思想史、中国思想史、美学、艺术史、心理学以及中国古代史中的好些具体问题都极有兴趣，但我总不能忘情哲学。而且以自己一生精力去钻这些领域内的一两个专题，即使成了专家、权威，似乎也难以满足自己原有学哲学的愿望。而哲学却总是要求更空灵、更综合、更超越一些。至于自己为什么会对哲学有这么大的兴趣，则大概与自己的个性、气质、经历……有关吧。我还记得十二岁上初中一年级时的"精神危机"：想到人终有一死而曾废书旷课数日，徘徊在学校附近的山丘上，看着明亮的自然风景，惶惑不已……

　　我羡慕人们当专门家，但命运似乎注定我当不了；而且也并不太想当。这观念经过"文化大革命"便变得更为明确。从而我的近代思想史、古代思想史、美学、康德……便都采取了宏观的方向和方法。我不求我的著作成为"绝对真理"，不朽永垂。在微观研究尚不甚发达的情况下，去追求准确的宏观勾画是几乎不可能的事情，而稍一偏离，便可以相去甚远。但这种宏观勾画在突破和推翻旧有框架，启发人们去进行新的探索，给予人们以新的勇气和力量去构建新东西，甚至影响到世界观人生观，只要做得好，却又仍然是很有意义的。而这，不也就正是具体的哲学兴趣么？

　　我自知做得很不好，只能表达一点意向，但我想努力去做。我的好些著作粗疏笼统，很可能不久就被各种微观或宏观论著所否定、推翻、替代，但"蜀中无大将，廖化作先锋"，在目前这种著作似乎还没有出现的情况下，为什么不可以承乏一时呢？等将来日月出了，爝火也就可以心安理得地自然消失而毫无遗憾。鲁迅早说过这样的话，他自己便是一个光辉的榜样。晚年他宁肯放弃写中国文学史的重要计划，而撰写一些为当时教授、专家极其看不起的"报屁股文章"——杂文。鲁迅也没再创作，而宁肯去搞那吃力不讨好的《死魂灵》翻译。他为了什么？他选择了什么？这深深地感动着我和教育着我。鲁迅不愧是伟大的爱国者和思想家，而绝不只是专门家。

北京和平里9区1号13号门一层（1963—1986）

在小时候，母亲就教导我要"取法乎上"。但我做得很差。大量的时间无可奈何地被浪费掉了。我虽尽可能避免陷入任何无聊的人事纠纷，但各种纠纷却总要找上门来。也没有办法。这使得我的写作也变得扭曲模糊。有如我在《批判哲学的批判》修订本后记中所说"这些在这本书里都不可能充分展开，只是稍稍提及或一带而过，但即使是一两句话，如能引起注意，在当时我以为便是很有意义的事情"。当然有的也并不只是一两句话，不过总的说来还是相当简略粗疏，"因陋就简"。但有趣的是，拿我的中国近代思想史的研究文章说，五十年代写的那些是比较细致的，例如对谭嗣同"以太"与"仁"的分析、《大同书》年代的辩论，等等，1958年曾将这几篇论文合成《康有为谭嗣同思想研究》一书在上海出版。前两年在海外，才知道香港有此书的翻印本，好些海外学人也对我提及此书。但这本书和这些论文在国内却似乎没引起什么注意或反响。相反的是，近几年我那些粗枝大叶讲章太炎、太平天国、革命派、鲁迅的文章却出我意料地被好些同志特别是青年同志们所关注和欢迎。讲康德的书、讲孔子的文章、《美的历程》也如此。这倒成了自己上述选择的某种鼓励：看来，这方面的工作还是值得和需要去做的。

与这种宏观微观相关，在材料上也有方法选择的问题。例如，是孤本秘籍法还是点石成金法？前者当然很有价值，发现、搜寻前人所未知未见的新材料以做出论证，当然很重要。我自己便非常关心新材料的发现，例如最近王庆成同志从伦敦带回来的关于太平天国的材料便是从来未为人所知而极有价值的，这使我非常兴奋。但是我没有也不可能采取这种方法，我不可能去大量阅读，沙里淘金。我所引用的大都是习见熟知的东西，只是力图做出新的解释而已。又例如，在研究和表述过程中，既可以采取异常清晰的归纳、演绎，条理井然的论议叙述，像冯友兰教授那样，也可以注意或采取非归纳非演绎的直观领悟的描述方式。这两种方法也同样有价值，并无高下之分。我以为，学术作为整体，需要多层次、多角度、多途径、多方法去接近它、处理它、研究它。或宏观或微观、或逻辑或直观、或新材料或新解释……它们并不相互排斥，而毋宁是相互补充相互协同相互渗透的。真理是在整体，而不只在某一个层面、某一种方法、途径或角度上。中国古人早就强调"和而不同"，"声一无听，物一无文"，不要把学术领域搞得太单一化、干巴巴，而应该构成一个多层面多途径多角度多方法的丰富充实的整体。这才接近客观真理。

爱因斯坦的《自述》是很值得读的好文章，其中实际也谈了选择。例如他谈到"……物理学也分成了各个领域，其中每一个领域都能吞噬短暂的一生，而且还没能满足对更深邃的知识的渴望"，从而他"学会了识别出那种能导致深邃知识的东西，而把其他许多东西撇开不管，把许多充塞脑袋并使它偏离主要目标的东西撇开不管"。这不正是选择吗？又如"当我还是一个相当早熟的少年的时候，我就已经深切地意识到，大多数人终生无休止地追逐的那些希望和努力是毫无价值的。而且，我不久就发现了这种追逐的残酷，……精心地用伪善和漂亮的字句掩饰着"（均见《爱因斯坦文集》第一卷）。这不也是选择吗？于是，一切的选择归根到底是人生的选择，是对生活价值和人生意义的选择。"吾宁悃悃款款，朴以忠乎？将送往劳来，斯无穷乎？宁诛锄草茅，以力耕乎？将游大人，以成名乎？……"（《楚辞·卜居》）从屈原到爱因斯坦，古今中外这么多人，每个人都只生活一次，而且都是不可重复和不可逆转的，那么做什么选择呢？人生道路、学术道路将如何走和走向哪里呢？这是要由自己选择和担负责任的啊。

（原载《文史哲》1985年第5期）

新春话知识

——致青年朋友们

　　我喜欢和青年朋友在一起聊天，但懒于写信。《文史知识》要我为青年们讲点"治学之道"，我深知自己确无资格来讲这种"道"，但推托不掉，只好借此机会聊聊天，替代一些回信。既然是聊天，也就不算文章，更非正式议论，只是些闲话罢了。

　　《文史知识》销路据说很好，而且愈来愈好。目前各种读书活动更非常之多，也愈来愈多。知识的重要性在广大青年心目中看来已不成问题。这实在是件大好事。但另一方面，"吾生也有涯，其知也无涯"，我倒似乎有点杞人忧天了。面对书山册海，老师宿儒，艰难试题，各种测验，据说年轻人也颇有困惑恐惧之感。同时，我也经常听到对年轻人的一些批评：这个"不扎实"，那个太浮……据说这也使某些想搞学问的青年同志们背起了精神包袱，总感到自己底子薄、知识少、没基础、不扎实。并且，据说要"扎实"，搞文史的就得从背"四书五经"、读《龙文鞭影》开始……

　　事实究竟如何？年轻人是不是"不扎实"？究竟什么叫"扎实"？听得一多，倒不免使我有些怀疑起来。我记得年轻时，自己便亲耳听人批评过"郭沫若不扎实"、"冯友兰不扎实"、"侯外庐不扎实"……言下之意是他们都没有"真学问"，万万不可学。我想大概是由于他们几位的论著中论议较多而考据较少的缘故吧，或者是在考证、材料上有某些失误的缘故吧。因为郭沫若也搞过不少考据，但我却听说郭的考据"太大胆"、"太浮躁"、"凭才气"、"绝不可信"，总之还是"不扎实"。这些批评给我的印象很深，所以至今也还记得。嗟予小子，当时何敢吭一声，只好眼巴巴地静候批评者们拿出"扎实"的"真学问"来以便遵循。不过，也很遗憾，等了几十年，终于没有见到这个"真学问"。如今，倒不再听到有人说郭、冯、侯诸位"不扎实"了，但这帽子不知怎的又落到好些年轻朋友们头上，似乎成了某种定论。这使我不由得怀疑起来。

我想，这倒不一定就是人们的主观偏见或"嫉贤妒能"，而是有某种客观缘由在。这种缘由之一可能就是所持标准的不同吧。因为学问有时代性，知识有淘汰性。上下两代对知识和学问的观念、要求、需要不必尽同，但人们却并不经常意识到这一点。用旧尺来量新装，于是也就产生了扎实不扎实、有学问没学问的问题。今天，背不出"四书"的年轻人却在研究孔孟，有人皱眉头："不扎实"。但是，在"四书"朱注也能背的前清举子眼里，能背"四书"白文又算得什么"扎实"？今天年轻人不搞考证却又研究文史，有人发脾气："不扎实"。但是，在王念孙父子眼里，现代"扎实"的考证又真有多少分量？章太炎也许还会嘲笑今天的教授们连字都不认识却侈谈学问吧？实际上，现代青年们学外语，懂科学，知道耗散结构和第×次浪潮，我看，在某种意义上，即使比王念孙、章太炎，也自有其优势和"扎实"在。那么，又何必如此自愧勿如，诚惶诚恐呢？年轻人应该自信，不要被庞大的中国故纸堆吓倒了、压坏了。不必老念念于自己基础不好、没有知识。其实，中国文史方面的书，两三年就可以读很多，而有些知识则毫无用处，大可"不屑一顾"。例如某次读书试题中的"知识"——"《红楼梦》中一共有多少个梦"——便属于此类。大脑毕竟有限，缺乏这种连红学专家也未必须知的

"知识"，又有什么了不起，又何必羞惭于自己读《红楼梦》读得"不扎实"呢？

年轻人应该具有自己时代所要求、所需要的知识，而不必处处向老辈看齐，不必过分迷信什么"师承"、"亲授"。老师有的知识可以不必全有，老师所没有的知识有时却必不能无。研究中国文史，也该懂外语、学科学，明了世界大势，"中国书都读不过来，哪有工夫念外语"之类的论调，我以为是不妥的。记得有个材料说，陈寅恪回国时去见夏曾佑，夏说，你懂几国外语多好，我现在感到没书读了。陈当时心里颇不以为然：中国书那么多，怎能说没书读了呢？但后来，陈暮年时却深感夏的话有道理，因为中国书说来说去也就是那些基本东西。这个故事给我的印象也极深。这使我感到鲁迅当年说"不读中国书"、读中国书使人消沉下来等等，也并不完全是气话。

中国要走向现代化的未来，学习、研究中国文史的青年也要走向未来。我们应该在这样一个大前提之下来看待、衡量和估计知识学问的扎实或不扎实。例如，我们今天确乎还需要各种"活字典"和各种博闻强记举一援十的学者专家，但这是不是文史领域中的唯一的方向、标志和道路呢？老实说，如果比死记硬背、比知识量的多寡、字典的大小，人大概比不过将来的机器。前人所艳称的某些"扎实"的学问，至少如编引得、造年表以及某些考证之类，将来很可能要让给机器去做。又譬如，以前读书人都讲究抄书，所谓买书不如抄书。鲁迅就抄过书。抄书当然非常"扎实"，非常有助于知识获得的准确牢靠，但在知识不断爆炸、信息极为庞大，连复印机、计算机也忙不过来的现时代，我们还能盲目地强调不抄书、不背书就"不扎实"的老套吗？有一些研究生来找我，他们说，老师叫他们现在不必考虑什么问题，先读多少多少书，抄多少多少张卡片再说，"这才是真正的学问"。我自己也做卡片，并且从大学时代就做起。但我就不赞成脑子里毫无问题、自己毫无想法去盲目地做卡片，特别是对研究生来说。一大堆卡片并不等于学问。

将近百年前，严复对照中西异同以倡导改革时，除指出"中国首重三纲而西人最明平等"、"中国尊君而西人隆民"、"中国委天数而西人恃人力"等等之外，还说过："中国夸多识，而西人尊新知。"现在这一点似乎仍然如此。只要你掌握、罗列、知道的材料多，能繁征博引，便是"有学问"，而值得或可以吹捧炫耀。否则便不行。我总感觉这好像是原始社会的遗风。在原始社会，谁的胡子长，谁的权威就最大。因为他活得长，经历的事情多，"学问"当然也就最大。但近现代社会却并不是这样。真正的创新家经常有青年人。他们并没有那么多的学问、知识、经验，却偏偏能做出非常重要的发现或发明。从爱迪生到爱因斯坦，我看如果讲知识、学问，恐怕就比不过那些胡子长、头发白的教授专家们。但真正对人类做出了巨大贡献的却是他们的"新知"，而并不是那些教授专家们的"多识"。

其实，在中国也有例子。章学诚的名著《文史通义》、《校雠通义》，检查起来，便"征文考献，辄多谬误"，"其读书亦大卤莽灭裂矣"（《余嘉锡论学杂著》卷下）。大家如苏东坡，当年也经常被人（是刘贡父？记不清了）嘲笑有各种学问上的错漏，但笑者不知何处去，今人仍爱苏东坡。游谈无根，不扎实，再抄引另一个故事如下：

> "东坡《刑赏忠厚之至论》用'皋陶曰"杀之"三，尧曰"宥之"三'，……欧公曰：'此郎必有所据。'及谒谢，首问之，东坡对曰：'何须出处！'……公赏其豪迈。"一作"坡曰……某亦意其如此。欧退而大惊曰：此人可谓善读书善用书，他日文章必独步天下。"（见《宋人轶事汇编》中册）

当然，我并不是提倡"何须出处"、"意其如此"、"读书亦大卤莽灭裂"以造成各种基本知识的错漏欠缺；我自己便强调过："现在有许多爱好美学的青年人耗费了大量的精力和时间苦思冥想，创造庞大的体系，可是连基本的美学知识也没有。因此他们的体系或文章经常是空中楼阁，缺乏学术价值。……科学的发展必须吸收前人和当代的研究成果，不能闭门造车。"（《美学译文丛书·序》）因此这里我想说的不过是：不要迷信，不要困惑压抑在"不扎实"、"没学问"的重力下而失去如欧阳修称赞苏轼的那种年轻人所具有的"善读书善用书"的"豪迈"锐气。因此我倒非常欣赏车尔尼雪夫斯基二十七岁写的博士学位论文（即中译本《生活与美学》）也是以"卤莽灭裂"地贬低艺术，使得学问甚大的老一代名作家屠格涅夫气得发抖的故事；我也仍然相信毛泽东讲的年轻人不要怕教授是至理名言（我如今也是教授，大概不致有某种嫌疑）。

我并不想把"新知"与"多识"、"创造"与"学问"、年轻人与老教授对立起来，恰恰相反，如在《美学译文丛书·序》中所认为的，创新必须有学问。在一定意义上，新知是建筑在旧识的基础之上的。因此，我想说的又不过是：创造需要知识，但知识却并不等于创造。培根说"知识就是力量"。我觉得从知识到力量，其中还需要某种转换。即是说，要使知识（对象）变成力量（主体），还得要有某种科学的选择、组织、建构、融化的工夫，这样才使知识纳入你的智力结构，成为你的能力，符合你的需要而为你所自由驾驭，而不只是像机器那样被动地贮存，凭外在指令来输入输出而已。也就是说，要善于读书，善于吸收融化知识，善于主动地选择、建构、运用和支配知识，使合规律性的知识趋向于、接近于、符合于你的合目的性的意愿和创造。

这里面，问题就很多，就很值得了解探究。青年们在贪婪地热情地吸取知识时，最好有意识地注意到这些问题，以采取最适合自己的具体方法、途径、方式，根据自己的主客观条件和特征去做出可能人各不同的选择和考虑。例如，包括做学问，当学者，便可以有各种不同的形式和类别。海耶克（F. A. Hayek）曾把学者分为头脑清晰型和头脑困惑型两种，也有人分为狐狸型和刺猬型。大体说来，前一类型善于分析和讲授，知识丰富，论证清楚，博闻强记，条理灿然。后一类型则相反，他不见得能记得很多知识，他的论证、讲授也可能很不充分或很不明晰，甚至含混晦涩。他经常忽视或撇开各种细节，却善于抓住或提出一些最重要、最根本的问题、观念或关键，其中蕴含着或具有着极大的创造性、新颖性、原动性。前一类型更善于复述、整理、发展前人的思想、学说和材料；后者却更多沉溺于执着于自己所关注的新事物、新问题，而不知其他。如果借库恩（Thomas Kuhn）的话，前者大抵是常规科学，后者则属创造范式（paradigm）。前者无论在课堂上、舆论界、同行中一般容易被欢迎，后者却常常不为人所注意或接受。当然，这种二分法只是某种抽象化了的分类，在现实中，这两种类型、这两种因素经常是交织、混合在一起，只有程度和比例不同的差异而已。本文之所以讲这些，也只是想说明学问并无一定之规，知识也非僵死之物，我一直认为，"治学之法有多途……不妨各就性之所近，发挥所长"（《走我自己的路》），"研究题目、途径、方法可以百花齐放、不拘一格。既不能认为只有考据才算学问，其他都是狗屁、空谈……也不能认为考据毫无用处"（《读书与写文章》）。对知识，恐怕也是如此。

总之，我们不是玩赏知识，也不是为知识而知识，而是为创新而学知识。青年恰恰是创新欲望和能力最旺盛的时期，不要错过啊。

《文史知识》以知识为刊名，我却讲了这些即使不算反知识，大概也属非知识的闲话。不识时务，必将挨骂。但既然编辑同志如此热诚，那我又岂敢退缩？"虽千万人，吾往矣"，可能有点阿Q精神，也罢，只好如此了。

（原载《文史知识》1985 年第 1 期）

推荐《科学研究的艺术》*

　　这是一本好书。我之所谓好书，除了那些能直接影响人的情感、理想、意志者外，大抵还可分两类：一类是资料丰富而不烦琐，读后使人眼界开阔，知识增多；一类是时有新见，益人神智，即具有启发性。当然有的好书兼此二美，不过较为少见。这本书似属后一类。它通过自然科学和自然科学家的事例，讲了一些我觉得重要而实际又非常有趣的问题。暂录一斑，略窥全豹：

　　"做研究工作的学生若是自己负选题的主要责任（厚按：似亦可释为主要由学生自己考虑、选择或决定选题），那么成功的可能性更大。"（第9页）

　　"对于创造性思维来说，见林比见树更重要。"（第5页）

　　"成功的科学家往往是兴趣广泛的人……多样化会使人观点新鲜，而过于长时期钻研一个狭窄领域则易使人愚钝……"（第4页）

　　甚至表面看来似乎偏颇的某些看法也有意思，例如认为过多地学习语言容易束缚思维，例如说"逻辑推理常常有碍于接受新的真理"、"具有发明天才的人不能积累知识"等等，可能有片面性，但对我们考虑如何在学习和科学研究中更大

---

　　*　贝弗里奇《科学研究的艺术》，陈捷译。

更多地获得创造性，似乎仍有参考价值。不知大家以为如何？

（原载《书林》1984年第2期）

漫说康有为

"冠盖满京华，斯人独憔悴。"在他那一代人中，近十余年来热点研究的思想人物是严复和梁启超，推崇褒扬，无以复加，也旁及章太炎等人。相形之下，这位"领袖"却相当寂寥，评价似乎也每况愈下。什么原因呢？是因为他的学理水平（中学弱于章太炎，西学远逊严复）？是他那造假"作风"（《戊戌奏稿》、"衣带诏"等等）？还是别的什么缘由？

作为政治家的康有为，特别是戊戌维新那一段时期，他是非常拙劣的、愚蠢的，结果导致彻底的失败。早如当年王照、严复等人所指出，他急躁冒进，"间离两宫"，未能省时忖势，周详谋虑，在战略、策略上的大失误，把本有成功希望的变法维新弄砸了。康负有历史责任，他并没有把他的改良主义用心落实在现实政治实践的具体步骤和部署中。

但作为思想家的康有为，他却仍应有崇高地位。回顾百年以来，在观念原创性之强、之早，思想构造之系统完整，对当时影响之巨大，以及开整个时代风气等各个方面，康都远非严复、梁启超或其他任何人所可比拟。他与现代保守主义思想源头的张之洞、激进主义思想源头的谭嗣同，鼎足而三，是中国自由主义的思想源头，至今具有意义。

他是"西体中用"的先驱。《大同书》强调现代工业生产，重视社会经济生活，并舍孔子于不顾，"去家界为天民"，将个人的自由、独立作为未来社会的根本。这是人类学的眼光，并非依据某一文化传统。而在策略上，康则大摇孔子旗号，强调"公羊三世"，循序渐进，是反对革命的改良主义者。这不同于谭嗣同以"平等"为第一要义，"誓杀尽天下君主，使流血满地球"，也不同于张之洞以"教忠"、"正权"为归宿，坚持君主专制的"中体西用"。

包括戊戌后，康拒绝与孙中山联手反满，主张保皇，也是这种改良主张的体现。重要的是，它本有一定的现实可能性。谁能料到光绪、慈禧同时死去？如果光绪活着（这本非常可能），康被召回（这也相当可能），厉行新政，辛亥革命便不一定发生，也不会有以后的军阀混战和其他种种，中国不就完全是另一番景象了吗？

然而，历史就这么偶然。我不以为这里有什么"规律"、"必然"，也不相信什么"必然通过偶然而出现"。当然，也不是一切均偶然。有些历史事件必然性多一些（如成立革命党，要求推翻满清），有些偶然性多一些（如辛亥革命成功），历史要研究的正是这种"偶然"与"必然"比例和结构的复杂关系，即其中必然性、偶然性的各种因素如何组接配置，造成了如此这般的历史事件。特别是在军事史、政治史方面。经济史、思想史的"必然性"则要明显得多，这也可能是今日研究康有为的意义所在。

今日想指出的是，康有为的"西体中用"思想的严重缺陷。他缺少了"转换性创造"这一重要观念。他没认识"中用"不是策略，不是用完就扔的手段，而应成为某种对世界具有重大贡献的新事物的创造。即由"中用"所创造出的"西体"，不止于符合普通性的国际现代化准则或原理，而且将为此国际现代化（也就是今日的全球化吧）增添新的具有世界普遍性的东西。无论在经济上、政治上或文化上。例如，家庭未必须废，"公养"、"公教"未必可行，而以家庭血缘情感纽带为核心的儒家教义和由此而"充之四海"的仁爱情怀，如果去掉千年蒙上的尘垢污染和加以改造，未必不可以具有世界普遍性，未必不可以不亚于基督教而具有广泛的伦理和美学的价值。

康有为在"骨子里"是西化普遍性论者，却矛盾地处在救亡图存而又十分保守落后的中国环境中，他只好以坚定的传统护卫者的面目出现。包括前后期总想立孔学为国教，成为本土宗教，表面上是维护传统，骨子里仍是学西方，学基督教。而这，却恰恰不符合儒学精神。儒学或儒家不需要设立如基督教、伊斯兰教那样的特定宗教组织，而且只要不否定和扔弃祖先，容许人们信奉别的宗教，可以与儒家并行不悖，并无损儒家自己的强大宗教性功能。（详见拙文《"说巫史传统"补》）

康有为的"废家"（大同思想）、"立教"（现实实践），说明他的"西体中用"未得"中用"三昧，没认识"转换性的创造"之特别重要，未真正吃透"工夫即本体"的中国传统。所以，他虽是中国自由派的源头，却需要批判和超越他，自由主义才可以在中国开花结果。这一点至今也仍有现实意义。今日不还有好些学者主张立孔学为国教么？当然这些人大多是"中体西用"论者。

从而，康有为的这些故事，不是值得再次提出引人思索的么？

（原载《明报月刊》2006 年 5 月号）

启蒙的走向

（"五四"七十周年纪念会上发言提纲）

一 启蒙与救亡

1. 1986年在《启蒙与救亡的双重变奏》一文中，其后在《中国现代思想史论》一书中，我提出和初步论证启蒙与救亡作为现代中国和现代中国思想史的主题，开始是相辅相成，而后是救亡压倒启蒙。

这论点遭到批评和反对。理由之一：启蒙是在救亡呼唤下发生的，即五四的启蒙归根结底仍在救亡。

这似无的放矢。因不仅五四，而且上起戊戌，中经辛亥，梁启超、谭嗣同、邹容诸人的启蒙论著和活动，从时务学堂到《新民丛报》，都是为了救亡，这一点我已反复说明，关键在于，经过戊戌、辛亥之后，五四主要人物把重点放在启蒙、文化上，认为只有革新文化，打倒旧道德旧文学，才能救中国，因此不同于以前康、梁、孙、黄把重点放在政治斗争上。但中国现代历史的客观逻辑（主要是日本的侵略）终于使文化启蒙先是从属于救亡，后是完全为救亡所压倒。三十年代，五四的启蒙方面便曾遭到瞿秋白等人的严厉批评；何干之等人提出的"新启蒙运动"，更不过是为唤醒民众参加抗战的宣传鼓动，即救亡活动之一个部分而已。

2. 救亡走着自己的路，即中共领导的农民战争之路：发动和组织广大农民进行武装斗争。其他一切都围绕、配合、服务于这斗争，包括延安整风运动。十年前纪念"五四"六十周年时，曾有文章（周扬）认为五四是第一次启蒙运动，延安整风是第二次启蒙运动，启教条主义之蒙。我对此论颇为怀疑。延安整风是一次思想整肃运动，即批判资产阶级小资产阶级思想，批判个人主义、自由主义、绝对民主主义等等。它与强调个性解放、个人自由的启蒙思潮恰好背道而驰。这思想整肃运动在当时有其极大的现实合理性：为了救亡。在你死我活的战争条件下，需要统一思想，统一意志，团结队伍，组织群众，去打击敌人，消灭敌人，一切其他的课题和任务都得服从和从属在这个有关国家民族生死存亡的主题之下，这难道不应该吗？

当然应该。这整肃从思想上保证了革命的胜利。

3. 武装革命取得成功，中国终于站起来了，再也不受任何世界强国（包括美、苏）的欺侮。于是，在救亡历程中，特别是在军事斗争即战争中所获得的经验、制度、传统、习惯……受到了极大的肯定，被固定化、形式化和神圣化。出身成分、纪律秩序、供给制式的平均观念、一言堂的军事长官意志、"相信和依靠组织"的集体主义、"大公无私"的牺牲精神、"做驯服工具"的螺丝钉哲学（刘少奇）、少数服从多数、下级服从上级的民主集中制等等，无一不作为"革命的传家宝"被广泛地长期地论证、宣传、教育，并推行给全社会，成为某种普遍状态和普遍意识……

以后又如何，大家都知道。

4. 这就是我所说的"救亡压倒启蒙"。这是一个历史事实，谁也没法再去改变这一行程。问题在于今天有无勇气去正视它、提出它和讨论它。

二 激情与理性

1. 启蒙与救亡的双重主题，是从客观形势说的；如果从主观心态看，则理性与激情的错综交织，是另一个双重变奏，它可以作为五四的另一特征。并且影响久远，以至今天。

启蒙当然以理性为向导和标志，五四曾以常识的理性来衡量一切，来打破迷信、否定盲从，解除精神枷锁，它提倡"科学的人生观"。

另一方面，无论是文化运动的启蒙先驱，或是广大学生的爱国活动，五四充分洋溢着冲破重重网罗的激昂热情。如果理性引导人们去思索去认识，那么热情则引导人们去否定去行动。热情与理性在当时的结合，发出了轰然巨响的意识形态的冲击波，这就是对传统文化的彻底批判。

这批判曾经是理性的，它分析、论证了千百年来封建传统的虚伪、残暴种种祸害。

这批判更是激情的，它宣泄了巨大的愤怒和仇恨。

2. 也很明显，两个方面比较起来，激情更多一些。这不但使所谓"好就一切都好，坏就一切都坏"的思维模式风行一时，而且也造成先是笼统否定中国古代传统，后是（在接受马克思主义之后）笼统否定西方资本主义传统，它以一个空悬着的完美乌托邦作为追求目标。

救亡压倒启蒙后，激情与革命的结合成为巨大的行动力量，而所谓"否定的辩证法"则变成了"素朴的"情感反射和简单的"阶级"语言（如立场、观点、方法之类）。"国际悲歌歌一曲，狂飙为我从天落"，本为理性所点燃的激情之火却不断地烧灼着理性自身。五四的激情有余理性不足，在更大规模更大范围内取得了成果，也种下祸根。它也表现为对成功不去做理性的分析和消化；以激情为内容的一切经验被当做革命的圣物，要求人们无条件地去继承去光大。

3. 于是，有了"文革"。"文革"表面上也有某种理性的理论指导，如《共产党宣言》中的"与传统彻底决裂"，但其根底却仍然是某种道德主义加乌托邦的狂热。分析的、建设的理性完全失落，人似乎陷在癫狂中。

4. 之所以如此，也与中国传统的文化心理结构有关，因为没有宗教，情感的狂热与某种经验的实用理性相结合，便排开现代的科学理性而走向这种"癫狂"。从中国古代的农民起义和反对传统中，可以看到儒道互补的情理和谐经常是以这种破坏和谐、癫狂盲动来作为否定的。这是值得密切注意和深入研究的问题。

5. "似曾相识燕归来"。当代中国的时髦意识，从彻底反传统到倡导非理性主义和新权威主义，似乎又一次重复着理性不足、激情有余。尽管它们也有某种理论形态作旗号，但许多时候却连形式逻辑的基本规则也不遵守，从概念模糊到论证过程不遵守同一律，以至"四名词"逻辑错误、自相矛盾，甚至不做任何论证，公开用"他妈的"、"操蛋"之类的词汇来替代说理，等等。

6. 因之我以为，今天要继承五四精神，应特别注意发扬理性，特别是研究如何使民主取得理性的、科学的体现，即如何寓科学精神于民主之中。从而，这便是一种建设的理性和理性的建设。不只是激情而已，不只是否定而已。

7. 发扬理性精神具体表现为建立形式。五四成就最大的正是白话文、新文学、新史学（如疑古）等现代形式的建立，它们标志"游戏规则"（Wittgenstein）的有意识的变换。由新词汇、新语法、新文体所带来的崭新的观念、内容、思想和规范，这形式便不是外在的空洞的框架，而恰恰是一种造形的力量。它以具体的形式亦即新的尺度、标准、结构、规范、语言来构成、实现和宣布新内容的诞生。在这里，形式就是内容，新形式的确立就是新内容的呈现，因为这内容是由于这新形式的建立才现实地产生的。这正是五四的白话文、新文学不同于传统的白话文、白话小说之所在。

可惜的是，在其他领域，特别是在政治领域，五四以来一直没有建立这种现代新形式。启蒙所提出的民主意识，始终没有通过现代化国家所需要的法律形式构建出来。或者初步构造了，却得不到严格遵守和执行。如多次制定宪法，但常常等于一纸空文，并无权威性可言。其他法律更付诸阙如。于是民主永远停留在空洞的条文或激情的口号上，行政则始终凭借和依靠少数人制定的"政策"，灵活办事，主观随意性极大。科学也由于没有论争形式和论争习惯的建立，不但产生后来丝毫不讲道理的所谓"大批判"，而且唯我真理在手，不容他人分说的反科学反民主的心态一直广泛地影响至今。

8. 可见，重要的是真正建立形式：首先是各种法律制度和思想自由的形式。构建理性的形式，树立法律的权威，乃当务之急。如果说，过去革命年代是救亡压倒启蒙，那么在今天，启蒙就是救亡，争取民主、自由、理性、法治，就是使国家富强和现代化的唯一通道。因之，多元、渐进、理性、法治，这就是我所期望的民主与科学的五四精神的具体发扬，这就是我所期望的启蒙在今日的走向。

1989 年 4 月

谁之罪？

五六年前，偶尔和朋友们说起，21 世纪上半叶，伊斯兰可能是世界最大问题，我担心犹太人再遭浩劫。1999 年 2 月，在由亨廷顿做主题讲演、有瑞恰·罗蒂等参加的一次学术会议上，我宣读的英文文章说，"许多可怕事件在民族主义、宗教极端主义或原教旨主义的旗号下发生了，它们经常是盲目情感—信仰和理知专制的混合物。专制的理知用上帝、耶稣或真主的名义号召人们残酷地战斗。""也许明天，在穆斯林和基督教的可能冲突中，具有实用理性和宽容传统、具有众多人口的中国文明能扮演一个和解人和调停者的重要角色。"（此文收入美国科罗拉多学院编的文集内）但我对基督教和伊斯兰教素无研究，也不熟悉，只是这么直觉地提了一下。

可万万没想到，所谓"文明冲突"的悲剧竟这么快地从天而降。两座钢铁巨楼，轰然倒下；数千无辜性命，灰飞烟灭。举世惊骇，我也目瞪口呆。

谁之罪？当然是恐怖分子之罪，也是 CIA 和 FBI 的失职：连这么精心策划、长期准备的行动，竟一点信息也没打听到。但是，罪责就止于此么？

基督教和穆斯林世界的怨恨冤仇可谓久远。我中学时代就知道十字军东征，也知道横跨欧亚、西至西班牙的伊斯兰的大帝国。到今天，为"基督教文明"特别是美国支持的以色列仍在巴勒斯坦杀进杀出，结怨极深，究竟如何了结？

十年前，我去过伊斯坦布尔，观赏了这两大宗教在那里的好些遗迹。记得当年总的印象是，与自己在书本中获得的信息相当一致：十字军的残暴罄竹难书，而伊斯兰则远较宽容和善良。这使我联想起当年美国军队对待本土印第安人那阴险狠毒、背信弃义、赶尽杀绝的桩桩事件。很明显，所有这些都不过是假耶稣之名行掠夺之实，与基督教教义并不相干。

著名人类学家C. Geertz二十年前针对伊斯兰在印尼和摩洛哥的不同，写过重要著作。伊斯兰世界也是形态不一、五色斑斓的，今天一定会有更多差异或发展。听拉登的号令、以战死为荣耀并坚决身体力行的伊斯兰极端分子，大概也只是"一小撮"。尽管这"一小撮"并不小，但距离真正伊斯兰教义确是既远且小的了。

看来，以济世救人为怀的所有宗教，都到了该重新反省和审视自己全部教义的时候了，该注意自己的教义、名号、格言、启示如何和为何会被曲解和误导。那近三千个生命，那一个一个又一个多么生动、多么活跃、多么具体、多么完满的生命，其价值、其意义、其地位、其内容、其分量，岂是这十几个"视死如归"的"圣战勇士"（用中国人的话则是"亡命狂徒"）的所谓"宗教精神"或"伦理价值"所能比拟、匹敌、平衡于万一。

我那篇英文文章在结尾时说，"事实上，真正的冲突总来自经济—政治的利益，但常常掩盖在文化、宗教、民族的旗帜下……如果我们不把任何宗教性道德（例如基督教或伊斯兰教）或传统文化（如'美国式民主'）作为普遍真理或超验价值……就在逻辑上和现实中都难以证明文明冲突的必然性"。

仍然是那句话：谁之罪？当然是恐怖分子之罪。但罪责仅止于此吗？各个方面不都有值得重新检讨、研究和反省的问题么？

特别是中民族主义之毒已深的某些中国网民那种幸灾乐祸的可耻态度，不也值得严重关切和研讨么？

（原载《明报月刊》2001 年 11 月号）

文明的调停者

　　全球化首先是由经济或物质生活带动的。我不大赞成有些人所说，是美帝国主义政治文化的侵略之类的理论。全球化之所以不能抗拒或"大势所趋"，不在于超级大国或跨国公司如何阴险毒辣和厉害，当然也有这些因素，但主要在于全球化能令大多数人民生活有所改善。因为全球化是与工业化、现代化连在一起的，现代化使大多数人的整体生活素质有所提高。尽管它也迅速地和极大地造成了贫富悬殊和各种异化，但两相比较，前者毕竟还是主要的。二十年来的中国情况就是如此。

　　我经常举欧盟的例子。欧洲本来是非常多事的地方，两次世界大战是在那个地方开始的，马克思号召的无产阶级国际革命指的也是那个地方。但是一百多年后，资产阶级、管理科研人才、知识分子却联合起来，排除了语言、文字、文化、宗教种种歧异和矛盾，通过全民投票，实现了经济上的多元统一，十分了不起。可见，历史的前进、社会的推动，不是靠革命，而是靠不断的改良。领导前进的也不是群众，而恰恰是知识阶层和资产阶级。

　　当然，历史总是在悲剧中行进，任何进步，总带来很多负面因素，如道德堕落，"人心不古"，如自然环境的破坏。物质生活的趋同，也带来精神生活的趋同，传统文化不可避免地将有所丧失，汉堡包、牛仔裤、迪斯科、好莱坞无处不有，电影压倒戏曲，流行音乐胜过古典音乐，如此等等。当然也不会全部丧失，特别是深层的东西，相反，它可以在全球化、现代化过程中创新，以保持自己的特色。

例如，中国没有像犹太、基督或伊斯兰那样的宗教，便是这种文化的深层特色。中国的神明是非常世俗的，关帝、妈祖等等都是由人而神的，没有那种唯我独尊超验的绝对权威性。中国宗教信仰着眼于现世的幸福，求神拜佛是为了家宅平安、消灾祛病，不只是拯救灵魂。对死后的期望，也是希望跟现世一样，从远古的明器到今天的冥钞，都希望死者仍能享受人间的生活。孔子不是神，梁武帝把佛教定为国教，唐代佛教地位很高，孔子在佛陀之下，也没有什么不可以。不像上帝或安拉、基督或先知，不可以降低一点地位。中国有烈士，有许多志士仁人慷慨捐躯、为民喋血，但大概很难有为关帝或孔子去自杀献身的，也许中国人过分讲求实际效用了。但不僵硬地执着于非理性的特定信仰，乃是中华文明一大优点。

有学者说，中国要现代化，非要学习基督教不可；也有学者说，要有伊斯兰教的殉教精神。我以为恰恰相反。注重现世生活、历史经验的中国深层文化特色，在缓和、解决全球化过程中的种种困难和问题，在调停执着于一神教义的各宗教、文化的对抗和冲突中，也许能起某种积极作用。所以我曾说，与亨廷顿所说相反，中国文明也许能担任基督教文明和伊斯兰文明冲突中的调停者。当然，这要到未来中国文化的物质力量有了巨大成长之后。

中国文化有很大的包容性、变通性和坚韧性，很注重人的主动性。天地人三才，人可以参天地赞化育，这在许多宗教是不可思议的，人怎么可以做上帝的事情呢？中国人很勤快，强调坚持不懈的韧性奋斗，即使在逆境中也相信只要努力，便可"时来运转"。所以重视经验的合理性，不依靠和强调超验的上帝或先验的理性，历史意识非常强。我想这种种深层文化的东西，应好好了解，对优劣做一些分析，对中国现代化物质文明的发展而言，是很好的思想资源，而且未来也能在全球化的国际文明中起某种作用。例如中国文化中的阴阳观念，既不同于波斯誓不两立的明暗、善恶，也不同于西方的对立、冲突，它强调的是矛盾互补。中国文化中人的地位很高，另方面又非常尊重甚至崇拜自然，并不是人类中心论。人类中心论恰好是从神至高无上、以神为中心发展出来的。今天，将中国深层文化的这些观念应用到现实层面，例如在环境保护和工业发展的问题上，在对待贫富分化问题上，等等，都非常有用。

又如全球化问题，既为大势所趋，便应积极对待，但又要允许反对声音充分表达，以有益于及时处理各种危机和问题，允许两种力量、两种意见并存，做良好的互动，通过"度的艺术"取得平衡，以有益于社会的稳定和发展。这不是依靠绝对的神明、先验的理性，而是从具体实践总结出来的经验合理性，即实用理性。它如能渗透政治、经济、社会等各个方面，便可以使中国在物质生产以及文化发展上不必步西方的后尘，走出一条自己的路，进而影响全世界。

（原载《明报月刊》2002 年 5 月号）

画廊谈美

（给 L. J 的信）

你一定要我谈谈美的问题，怎么好谈呢？美是那样的复杂多样，变化无端，怎么可能用几句话讲清楚？我可没有这种能耐。两千年前，柏拉图就设法追寻美。他认为，美不应该只是美的姑娘、美的器皿，它应该是使一切东西所以成为美的某种共相。用我们今天的话说，就是某种"普遍规律"吧。但这种普遍规律究竟是什么？却至今似乎并未找到。好些美学书，例如芮伽兹等三人合写的《美学基础》，举出了古往今来关于"美是什么"的理论，有十六种之多。真可谓是众说纷纭，莫衷一是了。美好像是个秘密啊，但每个时代又都要对这个古老的秘密做新的猜测和寻觅。既然如此，年轻的朋友，我怎么可能对一个还是秘密的问题作轻率的回答呢？

那么，是否从上次我们一起看的展览会谈起会更好一些？虽然美决不只限于艺术，科学领域中也有美的问题，但人们一般总说：艺术是美最集中最充分的地方。说欣赏艺术是美的享受，你大概也不反对，那天上午我们一口气看了同在美术馆展出的三个展览，你就觉得很满意。还记得吗？一个摄影展览，一个书法，再一个就是"星星美展"。我们当时边看边谈……

在看摄影时，我们为那些捕捉住某一刹那间富有表情的人像，为那些显示出性格的人像，为那些从各种巧妙的角度拍摄出来的自然风景，为那些独出心裁的明暗、色彩、构图喝彩。它们美吗？美！为什么美？因为它们再一次使你看到了人生：从幼儿园啃手指头的小男孩到额上布满皱纹饱历沧桑的老汉，从盛开的深秋花朵到一望无际的绿色丛林……那不是我们的生活和生活环境、生活历程的复现么？车尔尼雪夫斯基曾说，"美是生活"，人毕竟是爱生活的啊。当人们看到自己的生活，特别是看到自己生活的价值和意义时，能不荡漾着会心的愉快？为什么你那样爱看小说，爱看电影？至少原因之一，是你可以随着小说或电影中人物的悲欢离合，他们的经历、故事而尝遍人生，而感受、体会和认识生活吧？我记得你当时点头表示同意。其实，从古希腊亚里士多德的时代起，甚至更早以前，艺术的本质在摹拟（即复现、反映），美是摹拟的理论，就一直是欧洲美学的主流。文艺复兴时代的达·芬奇和莎士比亚（借哈姆莱特之口）都说过，艺术是大自然的镜子。希腊雕刻、文艺复兴时期的绘画、莎士比亚的戏剧……那确乎是至今仍然令人倾倒的美的典范。当然，这些伟大的艺术家和理论家们都知道，并不是任何的摹拟都能成为美，他们或者是主张摹拟现实中美的东西，或者主张"本质的摹拟"，摹拟事物的本质、理想，即典型化。正如我们古代讲的"以形写神"一样，要求通过特定的形象传达出人物的性格、风貌来。艺术要使人们在这个有限的、偶然的、具体的形象、图景、情节、人物性格里，感受到异常丰富的生活的本质、规律和理想。我们每个人的人生道路和生活遭遇都有很大的偶然性。你生下来这件事本身不就很偶然吗！父母赋予你的气质、个性、智能、面貌不也是很偶然的吗？至于后天经历中所遭到的种种，你的恋爱、婚姻、工作、职业、生活、死亡……不都有一定的偶然性而人各不同吗？"人生到处知何似，应似飞鸿踏雪泥。泥上偶然留指爪，鸿飞哪复计东西"，本来就是那样啊。艺术不应该离开人生这种活生生的具体偶然性，而恰恰要在这个生动的、极有限度而人各不同的生活具体性、偶然性里，去探求、去表达、去展现出超脱这有限、偶然和具体，从而对许多人甚至整个人类都适用的普遍性的东西。小至断壁残垣、春花秋月，大到千军万马、伟绩丰功，你不都是在这具体的偶然的有限形象里感受到某种宽广、博大或深邃的生活内容而得到美的愉快吗？我记得上次也是在美术馆，看到四川的一幅油画《一九六八年×月×日初雪》，还有另一幅《春》，一个以"文化大革命"中两派发生武斗结束后的闹哄哄的押运"俘虏"的场景，一个以恰恰相反的赤着双足倚着墙壁的少女的静悄悄画面，却同样提示给人们许多普遍必然性的东西。前者充满了历史悲剧的气氛。在那些或严肃、或疲倦、或嬉笑的男女中学生的形象真实里，难道使人不感叹、不深思是谁捉弄了这些虽然流着血却仍然昂首不屈的天真青年？这是一种多么无谓而悲惨的牺牲！《春》却充满了抒情气氛。那似乎是说，经历了这一场苦难之后，愿生命再从头开始吧，荡漾着对未来的柔情的召唤。艺术不正是由于这种"本质的模拟"，或者说，"写真实"，才美的吗？那么，是否可以说，美是生活，"写真实"就是美呢？

记得我们在看摄影展览中似乎快要得到这个结论，一上二楼就告吹了。记得吗？二楼展出的是邓散木的书法和印谱。面对着那一幅幅时而如松石刚健，时而如柔条披风的大字书法和朱红印章，你这个偏爱西方艺术的年轻人，也不禁赞叹："美！"但这里又哪有一点点生活摹拟的影子呢？"写真实"的美学原则如何用到这里来呢？书法、金石的美在哪里呢？

你当时脱口而出说："看这些东西像听音乐一样。"还说有几幅篆字使你想起了刚看过的舞剧《丝路花雨》中英娘的舞姿。我看这倒抓住了要害。那笔走龙蛇的书法，不正是纸上的音乐和舞蹈么？那迂回曲折的线条，那或阻滞或奔放，展现在空间构造、距离和造型中的自由运动，不正是音乐的节奏、韵律与和弦么？

你的情感不正是随着它们而抑扬起伏、而周旋动荡、而深感愉快么？它们并没有模拟生活中的人物、场景、故事、形象。歌德说："理论是苍白的，生活之树常青。"既然摹拟的理论用不上这里，又何必去削足适履？

其实，也并非没有理论。我们中国的古典美学理论和艺术就恰好是以音乐为核心。很早就有人说，中国是抒情诗的国度。从诗经、楚辞到唐宋诗词……中国文学史的最大篇章是献给抒情诗的。绘画也是这样，为近代西方人所倾倒不已的中国文人画、水墨画，不也是以"写意"为基本特征吗？睁着两只圆眼的怪鸟，几笔横竖交叉的干枝，它没有光影阴暗，没有细节真实，却仍然给人以无穷的意兴趣味和浓烈的情调感染，这不是美吗？画论说："远山一起一伏则有势，疏林或高或下则有情"；诗论、文论说："非长歌何以骋其情"，"诗缘情而绮靡"；乐论说："情动于中，故形于声"……中国美学都围绕情感抒发为中心。叔本华认为音乐是各类艺术的皇冠。莫扎特的欢乐，贝多芬的严肃，舒伯特的对自由的憧憬和叹息，柴可夫斯基的深重的苦难和哀伤……它们使你激动，使你心绪澎湃，情感如潮，你得到了极大的美感愉快。这位紧贴着人们心灵的缪斯是多么美啊。无怪乎自 19 世纪浪漫主义以来，抒发情感的表现论一下就取代了源远流长的古典摹拟论，成为一股不可阻挡的时代之潮泛滥在所有的艺术领域。"美是情感的表现"的克罗齐—科林伍德的美学理论、立普斯的移情说等应运而生，风靡一时。连自然美也认为是情感的"外射"、"移入"或情感的表现。

你在看书法展览时曾认为，它们之所以美还在于线条形体的比例、和谐和变化统一上面。你大概也知道，美是形式结构的比例、和谐以及变化中有统一，可能是中外最早的美学理论了。中国在春秋时就强调"和而不同"，也就是要求不同乐音、颜色、滋味之间保持一定的适当比例，才能使人得到愉快。古希腊毕达哥拉斯更明确指出，美在形式的各部分的对称、和谐和适当比例，它可以用严格的数表达出来。美总必须有具体形式或形象，其中就有比例、和谐与变化统一的普遍规律性在。一张漂亮的脸蛋不正在于它的眼耳口鼻匀称合适吗？一幅美丽的图画不正在于它的各部分的色彩、线条、形象、构图的和谐统一吗？音乐、建筑不用说了，就是文学，形式上的优美（诗歌的节奏、韵律，小说的情节、性格、场景的协调统一，等等）不也是重要条件吗？简单归纳一下，大概可以说，"美在形式的比例、和谐"与"美是摹拟（亦即美是生活或生活的再现）"、"美是情感的表现"，是古今众多关于美的理论中最基本、最有影响，也是最具有代表性的三种看法了。

这三种美的说法都有一定道理，但又都不完满。你记得，当我们走上三楼看那具有西方现代派味道的"星星美展"时，情况就更复杂了。很难说它们是摹拟，也很难说它们就是表现情感，相反，好些作品还带有某些抽象思辨的意味，有的不是表现情感，而是逃避情感。是形式的和谐、统一吗？更不是。相反，它们大多是以对一般形式感的和谐、统一的故意破坏来取得效果。也正是这种对正常的和谐、比例、统一的破坏，以各种似乎是不和谐的色彩、线条、音响、节奏、构图……来给人以一种特殊的感受，这种感受不是要立刻给你以愉快，而是要给你以某种不愉快，然后才是在这不愉快中而感到愉快。因之，这里所出现、所描述、所表达的，经常不是美，相反，而是丑。故意以种种丑陋的、扭曲的、变样的、骚乱的、畸形或根本不成形的形象、图景、情节、故事来强烈地刺激人们，引起某种复杂的心理感受，然而也就在这种复杂而并不愉快的感受中得到心灵的满足和安慰。这种"丑"的现代艺术是一个被资本、金钱、技术、权力高度异化了的世界的心灵对应物啊。人们在这里看到了一个异化了的世界，看到了被异化了的自身，那狂暴的、怪诞的、抽象的、没有意义的、难以言喻的种种，不正是自己被异化了的生活和心灵的复现么？夹杂着日益抽象和精密的科学观念的现代人的复杂混乱的心灵和感受，有时（也只是有时）确实难以用从前那种规规矩矩的写实形象与和谐形式来表达，于是就借助于这种种抽象形象和不和谐的形式了。在欧洲，马蒂斯之后出现了毕加索，罗丹之后有亨利·摩尔，小说有卡夫卡，诗歌有艾略特，一直到今日的荒诞派戏剧。有意思的是，毕加索为了声讨法西斯，终于摈弃了写实形象，将西班牙内战的苦难和激烈用《格尼卡》这张极著名的抽象画来表现，传达出那种种复杂的、激动的理性观念、情感态度和善恶评价，这幅画所以受到人们特别是知识阶层（这个阶层在现代社会以加速度的方式愈来愈大）的热烈赞赏和欢迎，正由于它道出了这些敏感而又脆弱、复杂而又破碎的知识者们的心灵感受，是这些心灵的物态化的对应物。"星星美展"虽然还没有达到这一步，但它所采取的那种不同于古典的写实形象、抒情表现、和谐形式的手段，在那些变形、扭曲或"看不懂"的造形中，不也正好是经历了十年动乱，看遍了社会上、下层的各种悲惨和阴暗，尝过了造反、夺权、派仗、武斗、插队、待业种种酸甜苦辣的破碎心灵的对应物么？政治上的愤怒，情感上的悲伤，思想上的怀疑；对往事的感叹与回想，对未来的苦闷与彷徨；对前途的期待和没有把握；缺乏信心仍然憧憬，尽管渺茫却在希望，对青春年华的悼念痛惜，对人生、真理的探索追求，在蹒跚中的前进与徘徊……所有这种种难以言喻的复杂混乱的思想情感，不都一定程度地在这里以及在近年来的某些小说、散文、诗歌中表现出来了吗？它们美吗？它们传达了经历了无数苦难的青年一代的心声。无怪乎留言本上年轻人写了那么多热烈的语言和同情的赞美。但我想，破碎的心灵终将愈合，美将迈上更新的阶梯。

那么，究竟什么是美呢？随着时代的发展变迁，美的范围和对象愈益扩大，也愈难回答了，虽然我希望以后能做一个回答。但是，在这里，我想要着重告诉你的，却正是它的难以回答。你千万不要为一种固定的说法框住了自己、僵化了自己。美是那样宽广丰富、多种多样啊。如果世界上只有一种美，永恒不变，那该多么单调乏味！美学不应是封闭的体系，而应该是开放的课题。那么美是什么和美在哪里，你就自己去探索、体会、寻求、创造吧。雄姿娇态均为美，万紫千红总是春，美的秘密等待着你去发现。

（原载《文艺报》1981 年第 2 期）

审美与形式感

　　什么是美既然难谈，那么转个弯，先谈对美的具体感受特征，也许更实在一点？人们总是通过美感来感受或认识美的呀。不知你是否同意，在美学史上，这叫做"自下而上的美学"（或者说从美感经验出发的近代美学），以区别于"自上而下的美学"（或者说从哲学原理出发的古典美学）。我们是现代人，这次就从近现代美学所侧重的美感问题谈起，如何？

　　你这热爱文艺的年轻人，你从欣赏艺术、观赏自然……总之，从美那里得到的不正是一种特殊的愉快感受吗？不正是一种或忘怀得失或目断魂销或怡然自乐的满足、快慰或享受吗？无怪乎好些外国美学家要把美说成是"极为强烈的快感"（赫奇生）、"持久的快感"（马歇尔）、"快乐的对象化"（桑塔耶拿）了。中国古代也经常把五色、五音跟五味连在一起讲，把"美"这个字解释为"羊大"：好吃呀。看来，美感与感官快适确乎有某种联系。你的房间墙色不是愉快的浅米黄吗，如果把它刷成"红彤彤"，我想你会受不了，换成墨绿，恐怕也不行。尽管你喜欢彤红和墨绿的毛衣，但毛衣并不是你必须天天面对着一大片的周围环境。外在物质世界的各个方面——从它们的面积、体积、质料、重量到颜色、声音、硬度、光滑度等等，无不给人以刺激，五官感觉的神经系统要做出生理—心理反应。同一座雕像，是黝黑粗糙的青铜还是洁白光滑的大理石，便给人以或强劲或优雅的不同感受；同一电影脚本，是用黑白拍还是用彩色拍，其中也大有文章。做衣服，布料不同于毛料；奏乐曲，速度略变，意味全殊。人们对美的创作和欣赏，总包含有对色彩、形体、质料、音响、线条、节奏、韵律等感知因素，正是它们为美感愉快提供了基础。那位把美定义为"快乐的对象化"的美学家好像说过，如果希腊巴比隆神庙不是大理石的，皇冠不是金的，星星不发光，大海没声息，那还有什么美呢？在这里，值得注意的是，不仅是物质材料（声、色、形等）与视听感官的联系，而更重要的是它们与人的运动感官的联系。对象（客）与感受（主），物质世界和心灵世界实际都处在不断的运动过程中，即使看来是静的东西，其实也有动的因素，美和审美亦复如此。其中就有一种形式结构上巧妙的对应关系和感染作用。在审美感知中，你经常随对象的曲直、大小、高低、肥瘦、快慢等形式、结构、运动而自觉不自觉地做出模拟反应。"我们欣赏颜字那样刚劲，便不由自主地正襟危坐，摹仿他的端庄刚劲；我们欣赏赵字那样秀媚，便不由自主地松散筋肉，摹仿他的潇洒婀娜的姿态。"（朱光潜：《谈美书简》第 84 页）朱先生用"内摹仿"（美学中移情说的一种）来解释美感愉快。格式塔心理学家则把这种现象归结为外在世界的力（物理）与内在世界的力（心理）在形式结构上的"同形同构"，或者说"异质同构"，就是说质料虽异而形式结构相同，它们在大脑中所激起的电脉冲相同，所以才主客协调，物我同一，外在对象与内在情感合拍一致，从而在相映对的对称、均衡、节奏、韵律、秩序、和谐……中，产生美感愉快。一切所谓"移情"、所谓"通感"、所谓"共鸣"非他，均此之谓也。（参看 R·阿海姆《艺术与视知觉》、《艺术心理学新论》）而这也就是艺术家们所非常熟悉、所经常追求、在美学中占有重要地位的"形式感"。它比起那种单纯感官快适，对美感来说当然更为重要，它"表现"的是远为复杂多样的运动感受。不是吗？曲线使人感到运动，直线使人感到挺拔，横线使人感到平稳；红色使人感到要冲出来，蓝色使人感到要退回去；直线、方形、硬物、重音、狂吼、情绪激昂是一个系列，曲线、圆形、软和、低声、细语、柔情又是一种系列。"其得于阳与刚之美者，则其文如霆如电，如长风之出谷，如崇山峻崖，如决大川，如奔骐骥，其光也如杲日，如火，如金镠铁……其得于阴与柔之美者，则其文如升初日，如清风，如云，如霞，如烟，如幽林曲涧……"（姚鼐）我不知道你读不读古文，这段文章是写得相当漂亮的，它没有科学的论证，但集中地、淋漓尽致地把对象与情感（感知）相对应、具有众多"异质同构"的两种基本的形式感说出来了。中国古代讲诗文、论书画以及他们喜欢强调的"气"（生命力）、"势"（力量感）、"神"、"韵"、"理"、"趣"等美学范畴，都经常要提到这种人与自然相统一的高度，其中就包含有主体与对象的异质同构即相对应的形式感问题。本来，自然有昼夜交替季节循环，人体有心脏节奏生老病死，心灵有喜怒哀乐七情六欲，难道它们之间（对象与情感之间、人与自然之间……）就没有某种相映对相呼应的共同的形式、结构、秩序、规律、活力、生命吗？暂且甩开内容不谈，中国古代喜欢讲的"大乐与天地同和"、"言之文也，天地之心哉"、"夫画，天地变通之大法也"、"是有真宰，与之浮沉"，等等，不也是要求艺术家们在形式感上去努力领会、捕捉、把握自然界的种种结构、秩序、生命、力量，参宇宙之奥秘，写天地之辉光，用自己创造的物态化同构把它们体现、表达、展示出来，而引起观赏者们心理上的同构反应？孔子曰，仁者乐山，智者乐水，智者动，仁者静。山、静、坚实稳定的情操；水、动、流转不息的智慧，这不正是形式感上的同构而相通一致？"春山淡冶而如笑，夏山苍翠而如滴，秋山明净而如妆，冬山惨淡而如睡"，"望秋云，神飞扬；临春风，思浩荡"，"喜气写兰，怒气写竹"……不也都如此？欢快愉悦的心情与宽厚柔和的兰叶，激愤强劲的意绪与直硬折角的竹节；树木葱茏一片生意的春山与你欣快的情绪，木叶飘零的秋山与你萧瑟的心境；你站在一泻千丈的瀑布前的那种痛快感，你停在潺潺小溪旁的闲适温情；你观赏暴风雨时获得的气势，你在柳条迎风中感到的轻盈；你在挑选春装时喜爱的活泼生意，你在布置会场时要求的严肃端庄……这里面不都有对象与情感相对应的形式感么？梵高火似的热情不正是通过那炽热的色彩、笔触传达出来？八大山人的枯枝秃笔，使你感染的不也正是那满腔的悲怆激愤？你看那画面上纵横交错的色彩、线条，你听那或激荡或轻柔的音响、旋律，它们之所以使你愉快，使你得到审美享受，不正由于它们恰好与你的情感结构相一致？声无哀乐，应之者心，不正好是你的情感的符号化、对象化、物态化？美的欣赏、创作与形式感的关系，还不密切吗？

那么，是否说，人与对象在形式感上相对应以及所引起的美感就是纯生理、纯形式的呢？对牛弹琴，牛虽不懂，但也能感到愉快而多出奶。你喜欢讲俏皮话，大概要这样问。对。我完全同意。上面提到的快乐说、内模仿说、格式塔说的共同缺点似乎就在这里。它们强调了形式感的生理心理方面，没充分注意社会历史的方面，特别是没重视就在人的生理心理中已经积淀和渗透有社会历史的因素和成果。对象的形式和人的形式感都远非纯自然的东西。两个方面的自然（对象的形式与人的形式感），无论是色、声、线、体态、质料以及对称、均衡、节奏、韵律、秩序、规律等等（形式），也无论是对它们的感受、把握、领会等等（形式感），由于在长期的历史实践中与人类社会生活结了不解之缘，便都"人化"了。"一定的自然质料如色彩、声音……一定的自然规律如整齐一律、变化统一……一定的自然性能如生长、发展……之所以成为美，之所以引起美感愉悦，仍在于长时期（几十万年）在人类的生产劳动中肯定着社会实践，有益、有用、有利于人们，被人们所熟悉、习惯、掌握、运用……所以，客观自然的形式美与实践主体的知觉结构或形式的互相适合、一致、协调，就必然地引起人们的审美愉悦。这种愉悦虽然与生理快感紧相联系，但已是一种具有社会内容的美感形态。……不同的自然规律、形式具有不同的美，对人们产生不同的美感感受，还是由于它们与不同的生活、实践、方面、关系相联系的结果。例如不同的色彩（如红、绿）的不同的美（或热烈或安静），……来自它们与不同的具体方面、生活相联系（红与太阳、热血，绿与植物、庄稼）。……"（拙作《美学论集》第175页）所以，人听音乐感到愉快与牛听音乐而多出奶，毕竟有性质的不同，人能区别莫扎特与贝多芬，能区别贝多芬的"第三交响乐"与"第五交响乐"而分别得到不同的美感，牛未必能如此。人看到红色的兴奋与牛因红色而昂奋，也并不一样。人能分别红旗与红布，牛则不能。即使是"原始人群……染红穿戴、撒抹红粉，也已不是对鲜明夺目的红颜色的动物性的生理反应，而开始有其社会性的巫术礼仪的符号意义在。也就是说，红色本身在想象中被赋予了人类（社会）所独有的符号象征的观念含义。从而，它（红色）诉诸当时原始人群的便已不只是感官愉快，而且其中参与了、储存了特定的观念意了。在对象一方，自然形式（红的色彩）里已经积淀了社会内容，在主体一方，官能感受（对红色的感觉愉快）中已经积淀了观念性的想象含义"（拙作《美的历程》第4页）。可见，自然与人、对象与感情在自然素质和形式感上的映对呼应、同形同构，还是经过人类社会生活的历史实践这个至关重要的中间环节的。形式感、形式美与社会生活仍然是直接间接地相联系，审美中的身心形式感中仍然有着社会历史的因素和成果。

正因为此，看来应该是具有人类普遍性的形式感、形式美中，又仍然或多或少、或自觉（如封建社会把色彩也分成贵贱等级）或不自觉（如不同民族对同一色彩的不同观念，红既可以是喜庆也可以是凶恶；白既可以是纯贞也可以是丧服）显示出时代的、民族的以致阶级的歧异或发展。各个不同时代不同民族的工艺品和建筑物，便是一部历史的见证书。为什么现代工艺的造型是那样的简洁明快，大不同于精工细作繁缛考究的巴洛克、罗可可或清代家具，为什么今天连学术书籍的封面装帧也那样五颜六色鲜艳夺目，大不同于例如上世纪那种严肃庄重，它们不都标志着今天群众性的现代消费生活中的感性的自由、欢乐和解放么？为什么现代艺术中的节奏一般总是比较快速、强烈和明朗，这难道与今天高度工业化社会中的生产、生活、工作的节奏没有关系？画的笔墨、诗的格律、乐的调式、舞的节拍……不也都随社会时代而发展、变异、更新吗？审美形式感的生理—心理的普遍性、共同性与特定的社会、时代、民族的习惯、传统、想象、观念是相互关联、交织、渗透在一起的。从而，在所谓形式感中，实际有着超形式、超感性的东西。不知道你还记得不，我爱说，美在形式却并不就是形式，审美是感性的却并不等于感性，也就是这个意思。人们讲美学，常常强调内容与形式的统一，感性与理性的统一，我们今天没讲多少具体的社会内容，然而仅从形式感这个角度便可以看到，马克思的人化自然说正是正确阐释上述这些统一的基本哲学理论。

也许你又要笑我，三句离不开哲学。是的，不仅艺术有形式感问题，科学也有。科学中，最合规律的经常便是最美的，你不常听到科学家们要赞叹：这个证明、这条定理是多么美啊。有位著名的科学家说，如果要在两种理论———一种更美些，一种则更符合实验———之间进行选择的话，那么他宁愿选择前者（《国外社会科学》1980 年第 1 期第 26 页）。这不是说笑话，里面有深刻的方法论问题。有趣的是，科学家不仅在自己的抽象的思辨、演算、考虑中，由于感受、发现美（如对称性、比例感、和谐感）

而感到审美愉快，而且它们还经常是引导科学家们达到重要科学发现、发明的桥梁：由于美的形式感而觉察这里有客观世界的科学规律在。宇宙本就是如此奇妙，万事万物彼此相通，它们经常遵循着同样的规则、节律和秩序，作为万物之灵的人类，通过漫长的历史实践，正日益广泛地领会着、运用着、感受着它们，通过科学和艺术，像滚雪球似的加速度地深入自然和生活的奥秘，这里面不有着某种哲理吗？这里不需要哲学来解释吗？我想，如果中国哲学"天人合一"（自然与人的统一）的古老词汇，经过马克思主义实践哲学的改造，去掉神秘的、消极被动的方面，应用到这里，应用到美学，那也该是多么美啊。你不会以为我在说胡话吧，别忙于表态，再仔细想想，如何？

（原载《文艺报》1981 年第 6 期）

略论书法

　　一个有意思的现象是，近几年来书法热和美学热同时并兴，平行发展，持续不衰。但两者的联系却又好像看不出。为什么？我不清楚。联系不密切似乎说明用西方美学原理（我国的现代美学来自西方）来解说中国的独有艺术，大概还不是件容易的事。而二热同时兴起，似乎又点明美学与书法有着走向未来的共同基础。马克思不早说过么，人们是按照美的规律来造形的，而到共产主义，人人可以是艺术家。今天，明天，会有越来越多的人在自己的生产和生活中自觉地追求美的规律，也会有越来越多的人来捉笔舞墨，写意抒情。书法是每个人都可以自由游戏的艺术。从离休退休的老干部到年方几岁的小儿童，如今不都在手握巨笔，率性挥毫么？这大概是历史上尚未曾有的事。

　　书法如此广大的群众性和前景给美学提出了一大堆问题。美学属于哲学，而哲学，根据现代西方学院派的观念，是分析语言的学问。书法界关于抽象、形象的激烈论辩，倒首先在这一点可以联系上美学—哲学：如不对概念进行分析、厘定，不先搞清"形象"、"抽象"等词汇的多种含义，讨论容易成为语言的浪费，到头来越辩论越糊涂。

　　何谓"形象"？我想一般是指生活中各种现实存在的或幻想变形的具体物像：山水花鸟、人物故事、体貌动作以及妖魔鬼怪等等。何谓"抽象"？则大概是指非此类具体物象的形体状貌，如线条、色彩、音响等等。足见，"抽象"也者，并非无形体无物质结构之谓。园林里的怪石耸立，寺庙中的香烟缭绕，沙丘风迹，屋漏雨痕……均为有形之物，而与形体全无的思辨抽象不同。思维抽象也有其物质载体的形状符号，书法与它们的不同在于：作为思维抽象的物质形体的符号、记号（从大街上的红绿灯到纸上的数学公式、化学方程……），指示的是一些确定的观念、意义、判断、推理……而书法及其他作为艺术作品的"抽象"却蕴含其全部意义、内容于其自身。就在那线条、旋律、形体、痕迹中，包含着非语言非概念非思辨非符号所能传达、说明、替代、穷尽的某种情感的、观念的、意识和无意识的意味。这"意味"经常是那样的朦胧而丰富，宽广而不确定……它们是真正美学意义上的"有意味的形式"。这"形式"不是由于指示某个确定的观念内容而有其意味，也不是由于模拟外在具体物象而有此意味。它的"意味"即在此形式自身的结构、力量、气概、势能和运动的痕迹或遗迹中。书法就正是这样一种非常典型的"有意味的形式"的艺术。

书法一方面表达的是书写者的"喜怒窘穷，忧悲愉佚，怨恨思慕，酣醉无聊不平……"（韩愈），它从而可以是创作者有意识和无意识的内心秩序的全部展露；另方面，它又是"观于物，见山水崖谷，鸟兽虫鱼，草木之花实，日月列星，风雨水火，雷霆霹雳，歌舞战斗，天地事物之变，可喜可愕，一寓于书"（同上），它可以是"阴阳既生，形势出矣"（蔡邕《九势》）、"上下与天地同流"（孟子）的宇宙普遍性形式和规律的感受同构。书法艺术所表现所传达的，正是这种人与自然、情绪与感受、内在心理秩序结构与外在宇宙（包括社会）秩序结构直接相碰撞、相斗争、相调节、相协奏的伟大生命之歌。这远远超出了任何模拟或借助具体物象具体场景人物所可能表现再现的内容、题材和范围。书法艺术是审美领域内人的自然化①与自然的人化的直接统一的一种典型代表。它直接地作用于人的整个心灵，从而潜移默化地影响着人的身（从指腕神经到气质性格）心（从情感到思想）的各个方面……

前面所引韩愈的话主要讲的是人的自然化方面，即人的情感和书法艺术应该是对整个大自然的节律秩序的感受呼应和同构。自然的人化则表现为在审美捕捉和艺术物态化这个同构中无意识地积淀着社会性时代性的宽广内容。汉碑晋帖，唐法宋意，明清个性……同样的"忧悲愉佚"，同样的"日月列星"，却又仍然有所不同。它们仍然是积淀着不同社会时代特色的韵味风流。那么，在今天，新的韵味风流，新的书法创造又该是些什么呢？这不正是向书法热和美学热共同提出的问题么？

新时代的书法艺术是否一定要离开汉字去创造呢？曰：唯唯否否。那样的确可以更自由更独立地抒写建构主体感受情绪的同构物，实际上它约略相当于抽象表现主义的绘画。但是，获得这种自由和独立的代价却是：（一）失去了继续对汉字原有结构中的美的不断发现、发掘、变化和创新；（二）失去书法艺术美的综合性。

如前所说，书法的美本是独立的，并不依存于其作为汉字符号的文字内容和意义；所以，断碑残简，片楮只字，仍然可以具有极大的审美价值。不过，中国人的审美趣味却总是趋向综合，小说里有诗词，画面中配诗文，诗情又兼画意，戏曲更是如此：集歌、舞、音乐、文学于一炉；即使手工艺品，也以古董为佳，因为除欣赏其技艺外，还可发思古之幽情。总之，似乎在各种艺

---

① 我所说的"人的自然化"不是说退回到动物性，去被动地适应环境；刚好相反，指的是超出自身生物族类的局限，主动地与整个自然的功能、结构、规律相呼应相建构。

术的恰当的彼此交叠中，可以获得更大的审美愉快。书法何不然？挂在厅室里的条幅一般不会是无意义的汉字组合，而总兼有一定的文学的内容或观念的意义。人们不唯观其字，而且赏其文，品其意，而后者交织甚至渗透在前者之中，使这"有意味的形式"一方面获得了更确定的观念意义，另方面又不失其形体结构势能动态的美。两者相得益彰，于是乎玩味流连，乐莫大焉。

（原载《中国书法》1986年第1期）

破"天下达尊"

——贺《青年论坛》创刊周年

孟子曰:"天下有达尊三,爵一,齿一,德一。"(《公孙丑·下》)这个几千年来的不成文法,至今在社会生活中仍非常有效。这种有效在某些方面也许有其合理度和"优越性",但它深深浸延到学术领域,却并不一定是什么好事,连开学术会议也得报官衔、标职务(不是学术职称而是"长"、"书记"、"主任"之类),年高爵大,自然"德劭"。官衔大和胡子长、头发白的便必须或列前排或坐中央,或首席发言或最后总结。开会倒也罢了,无奈发文章出书籍也常按此办理。

这对三者全无而且憨头憨脑、毛手毛脚的年轻人就颇为不利。于是乎,开会发言只好"訚訚如也",未必能侃侃而谈;写文章也只好温吞如也,不得"立异标新"。于是乎,年轻人也就积累了一大堆委屈、牢骚和私下议论,"地火在地下运行、突奔……",终于"突奔"出了个《青年论坛》:年轻人办起自己的刊物来了。他们自己主编,自己负责,自己组稿、审稿、定稿、发稿,不再求名家批准,不再需齿、爵审阅。看来,《青年论坛》带了个好头,这是第一点可贺的。

《青年论坛》创办时找过我,我写了篇小文略表支持。落笔时,在我面前浮现的是这些年来常见的那些认真而颇有些傲气的面容、手势、言语以及信件。我从不怀疑他们的热情和力量,但我总担心他们文章的学术质量。我对他们强调，不要发那些只图一时痛快却经不起科学推敲的文章，免使刊物刚开头就砸锅。结果，一年以来，刊物不仅没砸锅，持续办了下来，而且据说反应还不错。这说明年轻人比我实在要高明得多。这个刊物的确发表了好些在别处较难看到的饶有新意、颇具胆识的文章，提出了或初步论证了好些相当尖锐和敏感的理论问题与实际问题，这恰恰是饱学之士、老师宿儒们所未敢轻易下笔的。尽管这些文章欠成熟，有毛病，但它清楚地显示了年轻一代强烈追求改革的理论锐气和朝气。像《为自由鸣炮》（胡德平）发表以后，《人民日报》理论版转载了。像《论一九五七年》（沉扬）、《胡风系列研究序（上）》（万同林），论及了至今学术界似乎还没人碰或没人敢碰的问题。其中《论一九五七年》的好些论点是具有相当深度的。《青年论坛》敢于在学术上提出问题，研究问题，打破人文学科的陈旧格局和迂腐学风，这是第二点可贺的。

我在创刊号的文章中曾不客气地批评说，"题目大而论证少，分析不够而空话略多"。我原想，这些话大概会因不爱听而被删掉或改动。结果，他们不但欣然接受，只字未动，而且这次还特地要我再公开提些意见。年轻人比我要宽容大度和更有理性。这使我既感动又惭愧且为难了。因为忙于别的事情，他们的刊物我很少看。有的文章看过也淡忘了。倘仅就没忘记的上述两篇文章说，我虽肯定，但也有意见：《论一九五七年》毕竟只是个研究提纲，论证和材料都极不够，不能算一篇真正的学术论文。讲胡风的文章的好些论点，如说胡风在文艺理论上是"第二个鲁迅"，说他与鲁"在性格、经历、能力、贡献等诸多方面常有惊人的相似之处"，等等，我觉得论据极为贫弱，而期期以为不可的。尽管因赞扬胡风，我在那次运动中也被株连。人文学科的研究中要有情感，但感情毕竟不能替代研究，它们的关系究竟如何，这似乎也可以作为一个问题来研究吧。总的说来，《青年论坛》在表达年轻一代的学术意向、交流信息、观念和经验，启发人去做进一步的探索是成功的。但如果严格要求学术性，则应该说还远不够标准。因此，如何在如此浓缩的篇幅限度里加强科学信息和质量，也是一个值得考虑的问题。《青年论坛》编辑部既要我批评，我就批评了，也许批评得不对。《青年论坛》具有欢迎批评、不怕批评的态度并保持下来，这是第三点可贺的。

有开风气之先的魄力和敢于创新的勇气，加上欢迎批评以不断改进自己，以此三对彼三，除陋习，立新规，如能持之以恒，真积力久，则必然恢恢乎其游刃有余，社会主义精神文明于是大有希望。

（原载《人民日报》1985 年 11 月 22 日）

祝 《美学新潮》 创刊

　　不远千里，四川《美学新潮》编辑部的同志们，在出版前夕，要我赶写一篇发刊词，"为我们说几句话"。盛意殷殷，情不可却。但发刊词是不敢写的，只能写几句祝贺的话。

　　好几年了，在中国的所谓"美学热"竟持续不衰，愈来愈多的年轻人或自觉自愿地或情不自禁地卷进了这个热潮，我便遇到过搞环保工作的女大学生，学自然科学的研究生，年轻的海关检查，僻远乡村的中学教师……层出不穷、销路不坏的美学书刊也是一种证明。这都出我意料，是以前根本没想到的。在世界范围内，这似乎也是罕见现象。为什么会这样？我至今也不很清楚。

　　记得在美国偶尔谈及这个情况时，一些人要我解释。我只好说，这有多方面的原因。其中，中国没有宗教传统，而年轻一代却有着对人生理想的执着追求，也许，"美学热"与此不无关系吧？

　　所以，当这个由青年人独立主办的刊物发刊时，我不想再唠叨美学的种种了。我看到的正是广大的青年一代，带着前几代人所没有的对动乱生活的深沉体验、对生活真理的痛苦寻觅，带着他们的回顾和展望，带着他们的忧虑、感伤、欢乐和奋进情怀，在勇敢地探索着；在文艺中，在科学中，在平凡的工作中，在领导的岗位上。这一切，难道与我们时代的美没有关系吗？今天，那古典式的宁静已经打破，喧嚣的市声在取代田园的牧歌，金科玉律的传统逻辑开始失灵，面临的是一个更丰富更复杂也更有趣的多样化的世界。祖国、人类、生命、前途……再一次以新的图景和形式诱惑着美的追求者们。

有如编辑部给我的信中所说："刊物起名《美学新潮》，我们的目的就是想让它代表新的潮流。这既是学术问题的新，又是研究方法的新，更是研究者的新。……用这'三新'，在美学界形成一股势头，这一点我们一定要做到。"我没有看到任何稿件，只看到创刊号的部分目录。从这部分目录中，我似乎看到了这"三新"。当然，我知道，在任何真正的创新之道上，今天正如昨天和明日，总会有弯路，有跌跤，有迷失。然而，我也知道，任何真正新生的势头总是不可阻挡的。从而，我们没有理由去充当那旧时代爱吆喝的警官，只有义务去作支持新生者健康成长的土壤。

……

我为你举手加额
为你窗扉上闪熠的午夜灯光
为你在书柜前弯身的形象
当你向我袒露你的觉醒
说春洪重又漫过了
你的河岸
你没有问问
走过你的窗下时
每夜我怎么想
如果你是树
我就是土壤
想这样提醒你

然而我不敢　　　　　　　　（舒婷：《赠》）

我祝贺踏上旅途的新的开拓者们，我盼望他们的胜利。

（原载《人民日报》1985 年 1 月 3 日）

辑　二

宗白华《美学散步》序

　　八十二岁高龄的宗白华老先生的美学结集由我来作序，实在是惶恐之至：藐予小子，何敢赞一言！

　　我在北京大学读书的时候，朱光潜、宗白华两位美学名家就都在学校里。但当时学校没有美学课，解放初年的社会政治气氛似乎还不可能把美学这样的学科提上日程。我记得当时连中国哲学史的课也没上过，教师们都在思想改造运动之后学习马列和俄文……所以，我虽然早对美学有兴趣，却在学校里始终没有见过朱、宗二位。1957 年我发表两篇美学论文之后，当时我已离开北大，才特地去看望宗先生。现在依稀记得，好像是一个不大暖和的早春天气，我在未名湖畔一间楼上的斗室里见到了这位蔼然长者。谈了些什么，已完全模糊了。只一点至今印象仍鲜明如昨。这就是我文章中谈到艺术时说，"它（指艺术）可以是写作几十本书的题材"。对此，宗先生大为欣赏，这句话本身并没有很多意思，它既非关我的文章论旨，也无若何特别之处，这有什么值得注意的地方呢？我当时颇觉费解，因之印象也就特深。后来，我逐渐明白了：宗先生之所以特别注意了这句话，大概是以他一生欣赏艺术的丰富经历，深深地感叹着这方面有许多文章可作，而当时（以至现在）我们这方面的书又是何等的少。这句在我并无多少意义的抽象议论，在宗先生那里却是有着深切内容的具体感受。无怪乎黑格尔说，同一句话，由不同的人说出，其含义大不一样。

宗先生对艺术确有很多话要说，宗先生是那么热爱它。我知道，并且还碰到过好几次，宗先生或一人，或与三四年轻人结伴，从城外坐公共汽车赶来，拿着手杖，兴致勃勃地参观各种展览会：绘画、书法、文物、陶瓷……直到高龄，仍然如此。他经常指着作品说，这多美呀！至于为何美和美在哪里，却经常是叫人领会，难以言传的。当时北大好些同学都说，宗先生是位欣赏家。

我从小最怕做客，一向懒于走动。和宗先生长谈，也就只那一次。但从上述我感到费解的话里和宗先生那么喜欢看展览里，我终于领悟到宗先生谈话和他写文章的特色之一，是某种带着情感感受的直观把握。这次我读宗先生这许多文章（以前大部没读过）时，又一次感到了这一点，它们相当准确地把握住了那属于艺术本质的东西，特别是有关中国艺术的特征。例如，关于充满人情味的中国艺术中的空间意识，关于音乐、书法是中国艺术的灵魂，关于中西艺术的多次对比，等等。例如，宗先生说："一个充满音乐情趣的宇宙（时空合一体）是中国画家、诗人的艺术境界。"（第89页）"……我们欣赏山水画，也是抬头先看见高远的山峰，然后层层向下，窥见深远的山谷，转向近景林下水边，最后横向平远的沙滩小岛。远山与近景构成一幅平面空间节奏，因为我们的视线是从上至下的流转曲折，是节奏的动。空间在这里不是一个透视法的三进向的空间，以作为布置景物的虚空间架，而是它自己也参加进全幅节奏，受全幅音乐支配着的波动，这正是转虚成实。使虚的空间化为实的生命。"（第92页）

或详或略，或短或长，都总是那种富有哲理情思的直观式的把握，并不作严格的逻辑分析或详尽的系统论证，而是单刀直入，扼要点出，诉诸人们的领悟，从而叫人去思考、去体会。在北大，提起美学，总要讲到朱光潜先生和宗白华先生。朱先生海内权威，早已名扬天下，无容我说。但如果把他们两位老人对照一下，则非常有趣（尽管这种对照只在极有限度的相对意义上）。两人年岁相仿，是同时代人，都学贯中西，造诣极高。但朱先生解放前后著述甚多，宗先生却极少写作。朱先生的文章和思维方式是推理的，宗先生却是抒情的，朱先生偏于文学，宗先生偏于艺术；朱先生更是近代的，西方的，科学的；宗先生更是古典的，中国的，艺术的；朱先生是学者，宗先生是诗人……宗先生本就是二十年代有影响的诗人，出过诗集。二十年代的中国新诗，如同它的新鲜形式一样，我总觉得，它的内容也带着少年时代的生意盎然和空灵、美丽，带着那种对前途充满了新鲜活力的憧憬、期待的心情意绪，带着那种对宇宙、人生、生命的自我觉醒式的探索追求。刚刚经历了"五四"新文化运动的洗礼之后的二十年代的中国，一批批青年从传统母胎里解放或要求解放出来。面对着一个日益工业化的新世界，在一面承袭着古国文化，一面接受着西来思想的敏感的年轻心灵中，发出了对生活、对人生、对自然、对广大世界和无垠宇宙的新的感受、新的发现、新的错愕、感叹、赞美、依恋和悲伤。宗先生当年的《流云小诗》与谢冰心、冯雪峰、康白情、沈尹默、许地山、朱自清等人的小诗和散文一样，都或多或少或浓或淡地散发出这样一种时代音调。而我感到，这样一种对生命活力的倾慕赞美，对宇宙人生的哲理情思，从早年到暮岁，宗先生独特地一直保持了下来，并构成了宗先生这些美学篇章中的鲜明特色。你看那两篇罗丹的文章，写作时间相距数十年，精神面貌何等一致。你看，宗先生再三提到的《周易》、《庄子》，再三强调的中国美学以生意盎然的气韵、活力为主，"以大观小"，而不拘之于模拟形似；宗先生不断讲的"中国人不是像浮士德'追求'着'无限'，乃是在一丘一壑、一花一鸟中发现了无限，所以他的态度是悠然意远而又怡然自足的。他是超脱的，但又不是出世的"（第125页），等等，不正是这本《美学散步》的一贯主题么？不也正是宗先生作为诗人的人生态度么？"天行健，君子以自强不息"的儒家精神、以对待人生的审美态度为特色的庄子哲学，以及并不否弃生命的中国佛学—禅宗，加上屈骚传统，我以为，这就是中国美学的精英和灵魂。宗先生以诗人的锐敏，以近代人的感受，直观式地牢牢把握和强调了这个灵魂（特别是其中的前三者），我以为，这就是本书价值所在。

宗先生诗云：

> 生活的节奏，机器的节奏，
> 推动着社会的车轮，宇宙的旋律。
> 白云在青空飘荡，
> 人群在都会匆忙！
> …………
> 是诗意、是梦境、是凄凉、是回想？
> 缕缕的情丝，织就生命的憧憬。
> 大地在窗外睡眠！
> 窗内的人心，
> 遥领着世界深秘的回音。（第 242 页）

在"机器的节奏"愈来愈快速、"生活的节奏"愈来愈紧张的异化世界里，如何保持住人间的诗意、生命、憧憬和情丝，不正是今日在迈向现代化社会中所值得注意的世界性问题么？不正是今天美的哲学所应研究的问题么？宗先生的《美学散步》能在这方面给我们以启发吗？我想，能的。

自和平宾馆顶楼开会之后，又多年未见宗先生了。不知道宗先生仍然拿着手杖，散步在未名湖畔否？未名湖畔，那也是消逝了我的年轻时光的美的地方啊，我怎能忘怀。我祝愿宗先生的美学散步继续下去，我祝愿长者们长寿更长寿。

（原载《读书》1981 年第 3 期）

《李泽厚哲学美学文选》 序

　　承湖南人民出版社的盛意，前几年就约我编一个选集。当时一方面因忙于别的事情，无暇顾及，另一方面也颇有些犹疑：我能选出些什么来奉献给故乡呢？我感到深深的惭愧和困惑，已经发表的东西离自己主观上的愿望也相距甚远，……这使我真不知如何是好。今天只有硬着头皮来编选了。

　　按惯例，文选应该是所谓代表作的汇集。但我并不清楚到底自己的哪些文章能"当代表"。作文虽已三十余年，我却从不敢自认代表马列，讨伐异端，唯我正宗，余皆"假冒"。我所能说的只是这些文章篇篇都代表我自己的观点、主张，篇篇我都负责，如此而已。好在真"马"假"马"，自有公论，似乎不是摆出架势骂一通就能证明自己的。

　　当然，我也知道，自己的某些文章如《美学三题议》、《意境杂谈》、《典型初探》、《试论形象思维》等篇，曾经引起人们的注意、讨论和批评，大概可以算有"代表性"。但我想，这些文章大都是1962年以前发表的，并曾多次印行过，搞美学的同志们已相当熟悉，尽管至今我仍然坚持这些文章中的论点论证，但又何必自以为是，老炒冷饭呢？于是，最后想出了两条简单的编选原则：第一，尽量选近年发表的以略见新意；第二，尽量不选已收入自己集子中的，以免重复出版，浪费纸张。

　　按此原则，《美的历程》和《中国近代思想史论》这两本流传较广、自己也感到比较亲切的书中的东西，大概可以算是"代表作"吧，我都全部未选。《美学论集》中选了两篇。一篇是《蔡仪新美学的根本问题在哪里?》。之所以选它，是因为蔡仪同志在湖南出版的论文选集中，很荣幸，以我作为批判标题的大文就有两篇，所以我也就选了这篇我并不满意，认为写得很不充分的旧文章，以作为答谢。另一篇是《略论艺术种类》。之所以选它，是因为觉得讲了老半天的美学，却压根儿不谈具体艺术，未免有点煞风景，故录此"略论"，以备一格，但要声明的是，这篇文章中谈到艺术分类的原则，我现在的看法已经改变，来不及做修改说明了。讲康德美学那篇直接选自《美学》杂志，与拙作《批判哲学的批判（康德述评）》一书特别是修订再版中的相同部分，在词句上有些差异，当然仍以拙作该书为准。除此三篇，其他就是近些年发表在各处的散见文章了。其中有一组是讲演的记录稿，相当粗糙，不够格算论文；但它们保存了当时脱口而出而未必会写入正式文章中的一些东西，选入似乎也另有一种"代表性"，全书以短文四篇殿尾，也不算正式论著，聊寄雪泥鸿爪之意云耳。所有这些文章，在内容和文字上都没来得及做加工修改，各篇中有许多重复的意思和材料也未及删削。反正在家乡父老、兄弟姊妹和青年朋友面前，我保存本来的丑样子，并没有多少关系。

　　人生易老，往事如烟。但三十余年前靳江湘水事，却犹历历在目。亦尝有句云："盼得明朝归去也，杜鹃花里觅童年。"我多么向往那热烈地开遍山坡的映山红哟！多年没有见了。它伴随了我的童年和少年，也永远留在我的记忆中。少年时代留下的心理印痕大概很难反映在这种论说文章里，然而我自己却深深地知道它在我的全部生活和工作中的存在和分量。如今，我也有儿子了。他没有辛酸的童年，大概也不致有被无端浪费掉的青壮年。但望他们那一代将不会嘲笑我们这些在各种困境中蹒跚而行的过渡期人物所做的一切。儿子的健壮成长使我更悲痛地记念茹苦含辛养我教我却不幸早逝的母亲。她活到现在该多好！这本来是完全可能的。社会历史和个体生活中的某些偶然总是那样惊心动魄，追悔莫及，令人神伤。今天，我只能以这本不像样子但在家乡出版的小书奉献给她——我儿子所不及见的慈祥的祖母、我亲爱的母亲宁乡陶懋枏。

1984 年 3 月于北京和平里

《中国古代思想史论》后记

　　自己有些不好的习惯。例如，最近几年写文章时总有点心不在焉。有时由于想着"下一个节目"而不能集中全力。编《中国近代思想史论》的集子时，心里想的是《美的历程》；写《历程》时，心里想的是这本书；写这本书时又想着别的……于是每本书便都是急于脱手，匆匆写完、编就、交出、了事。书出版后，自己又总是颇不满意：论证不充分，材料有错漏，文字未修饰，甚至有文法不通的句子。但又无可如何，不想再弄。就这样使自己陷在写书——不满意——再写——再不满意的可笑境地中。

　　与此相关联的近年写作的另一习惯，是尽写些提纲性的东西。从有关中国近代思想史的文章，到《美的历程》，到这本书，都是极为粗略的宏观框架。特别是后两书，上下数千年，十多万字就打发掉。而且，既无考证，又非专题；既无孤本秘笈，僻书僻典，又非旁征博引，材料丰多。我想，这很可能要使某种专家不摇头便叹气的。不过这一点，我倒是自甘如此，有意为之。我记得每次走进图书馆的书库时，几乎总有一种异样的感觉：望洋兴叹，惘然若失。再博览，书总是读不尽的；既然已经有了这么多的书，我何必再来添一本？活着就是为了皓首穷经来写书么？我应该写什么样的书呢？……

　　这种非常幼稚的感受和问题，对我却似乎是种严重的挑战。

"百无一用是书生"，自误入文史领域之后，我是深感自己无用才来写书的。但是，中国有那么多的东西可写，有那么多的重要问题和典籍需要研究，有那么多的荒地急待开垦，我到底搞什么写什么呢？我时常惶惑着。五十年代我曾想穷二十年之力研究和写一本《从嘉靖到乾隆》的明清意识形态史；我也曾想结合上古史研究《三礼》；我也想编阮籍的年谱并搞些考证；我当然更想再深入探索一下中国近代的戊戌辛亥时期；或一生守着康德；此外，美学方面还有好些很有意思的题目。就拿这本书来说，这本书讲了许多儒家，其实我的兴趣也许更在老庄玄禅；这本书都是提纲，其实我更想对其中的一些问题例如宋明理学的发展行程做些细致的分析。我常常想，只要在上述题目中选定一个，在我原有基础上，搞它十年八载，大概是可以搞出一两本"真正"的专著来的。如今垂垂老矣，却始终没能那样做。

有一次与两位年轻记者谈话时，我偶然说到，自己不写五十年前可写的书，不写五十年后可写的书。这被记者们发表了，其实，人各有志，不必一样。我非常爱读那些功力深厚具有长久价值的专题著作，我也羡慕别人考证出几条材料，成为"绝对真理"，或集校某部典籍，永远为人引用……据说这才是所谓"真学问"。大概这样便可以"藏之名山，传之后世"了。但我却很难产生这种"不朽"打算，那个书库张着大口的嘲讽似乎总在我眼前荡漾着。这倒使我终于自暴自弃也自觉自愿地选择了写这种大而无当的、我称之为"野狐禅"的空疏之作。我在另处介绍过，"对于创造性思维来说，见林比见树更重要"（《书林》，1984 年第 2 期）。我只希望我这种尽管粗疏却打算"见林"的书，能对具有创造情怀的年轻一代有所启发或助益。在学术文化和非学术文化领域内，我仍然坚持五年前说过的，"希望属于下一代"（拙文《读书与写文章》，《书林》1981 年第 2 期）；他们将破旧立新，大展宏图，全面创造。我若能"为王先驱"，替他们效力服务，即于愿足矣，又何必他求？特别是当我的这种写作得到了许多青年同志和一些中老年学者的热情支持、鼓励和关怀后，我似乎更加快乐了。

这本书所想讲的便与我所接触的年轻大学生中的两种不同意见有关。一种意见要求彻底打碎传统，全盘输入西方文化以改造民族；另一种希望在打碎中有所保存和继承。前者认为后者在客观上将阻碍现代化的进程；后者认为还应该看到后现代化，要注意高度现代化了的欧美社会所面临的精神困扰。我没有参与这一争论。我仍然是社会存在决定社会意识的理论的信徒，深信当前中国的社会前进首先还是需要基础的变动，需要发展社会生产力、科学技术以及改变相应的各种经济政治体制。在意识形态领域，首先要努力配合这一变化。同时也应该高瞻远瞩，为整个人类和世界的未来探索某些东西。从前一方面说，中华民族的确是太老大了，肩背上到处都是沉重的历史尘垢，以致步履艰难，进步和改革极为不易，"搬动一张桌子也要流血"（记得是鲁迅讲的）。在思想观念上，我们现在某些方面甚至比五四时代还落后，消除农民革命带来的后遗症候的确还需要冲决网罗式的勇敢和自觉。所以本书反对那准宗教式的论理主义，揭示儒、道、墨等思想中的农业小生产的东西，并以《中国近代思想史论》一书作为本书前导。从后一方面说，比较起埃及、巴比伦、印度、玛雅等古文明来，中国文明毕竟又长久地生存延续下来，并形成了世罕其匹、如此巨大的时空实体。历史传统所积累成的文化形式又仍然含有值得珍贵的心理积淀和相对独立性质；并且百年来以及今日许多仁人志士的奋斗精神与这文化传统也并非毫无干系。所以本书又仍然较高估计了作为理性凝聚和积淀的伦理、审美遗产。这实际也涉及历史主义与伦理主义的二律背反问题。我有时总想起卢梭与启蒙主义的矛盾，浪漫派与理性主义的矛盾，康德与黑格尔的矛盾，托尔斯泰与屠格涅夫的矛盾，油画《近卫军临刑的早晨》中雄图大略的彼得大帝与忠诚的无畏勇士们的矛盾，也想起今天实证主义与马尔库塞的矛盾……历史本就在这种悲剧性矛盾中行进。这是一个深刻的问题啊。

本书目标之一，就是想把这类问题（不止这一个）从中国思想史角度提出来，供年轻同志们参考、注意和研究。

目的达到了没有呢？不知道。所涉及那许多问题讲清楚没有呢？不知道。大概没有。怎么办？以后再说。而这，就算这本书的后记吧。

1985 年

《中国现代思想史论》后记

　　按照自己原来的计划，这本书准备最早在 1990 年写成，由于某些原因，现在提前了。因此，首先我得请读者们原谅本书是如此单薄和浮泛。但我估计，即使到 1990 年，这本书大概也无法写得很好，其中原因可以心领神会：这是个太艰难的课题。

　　这本书有意地更多采取了摘引整段原始资料的方式。一则为了给某些资料立案备查，留待以后填补发展；二则希望通过原始资料，由读者自己去欣赏、判断。但由于几乎每天四小时五千字的进行速度，摘引之匆忙、叙述之草简、结构之松散、分析之粗略、文辞之拙劣、思想之浮光掠影，看来比前两本思想史论更为显著。我希望过几年能有机会给三书做统一修订时，对这本书多做些补充。

　　例如，这本书本来打算讲的一个中心主题，是中国近现代六代知识分子（辛亥一代、五四一代、北伐一代、抗战一代、解放一代、红卫兵一代）。这问题在《中国近代思想史论》提出过，原来想在本书中再做些论述。例如第五代的忠诚品格的优点，第六代实用主义、玩世不恭的弱点等等，都需要加以补充和展开。"代"的研究注意于这些"在成年时（17—25 岁）具有共同社会经验的人"在行为习惯、思维模式、情感态度、人生观念、价值尺度、道德标准等各方面具有的历史性格。他们所自夸或叹惜的"我（们）那时候"（my time），实际是具体地展现了历史的波浪式的进行痕迹。仔细研究这些问题对每一历史阶段和每一代人的时代使命、道德责任、现实功能和其间的传递、冲突（如"代沟"）诸问题，对所谓社会年龄、生理年龄和心理年龄的异同和关系，当能有更清晰深切的理解（关于"代"的研究，可参阅 Jalian Marias，*Generations：A Historical Method*）。从而，对这种超越个体的历史结构的维系或突破，便会有更为自觉更为明智的选择。"人世有代谢，往来成古今"，古今正是由"代"的凋谢和承续而形成。这是些很有意思的问题，只好等以后再写了。

中国现代知识分子，如同古代的士大夫一样，确乎起了引领时代步伐的先锋者的作用。由于没有一个强大的资产阶级，这一点便更为突出。中外古今在他们心灵上思想上的错综复杂、融会冲突，是中国近现代史的深层逻辑，至今仍然如此。这些知识分子如何能从传统中转换出来，用创造性的历史工作，把中国真正引向世界，是虽连绵六代却至今尚未完成的课题。这仍是一条漫长的路。

在这个近百年六代知识者的思想旅程中，康有为（第一代）、鲁迅（第二代）、毛泽东（第三代），大概是最重要的三位，无论是就在历史上所起的作用说，或者就思想自身的敏锐、广阔、原创性和复杂度说，或者就思想与个性合为一体从而具有独特的人格特征说，都如此。也正是这三点的综合，使他们成为中国近现代思想史上的最伟大人物。但是，他们还不是世界性的大思想家（如格瓦拉一样，毛泽东六十年代在世界上产生过短暂的政治性的思想影响，但并不具有历史性的世界意义）。正如别林斯基在评论普希金是俄罗斯伟大作家时所说，普希金虽然具有与世界上任何大师相比也毫不逊色的创作才能，但他的创作却仍然不可能与莎士比亚、拜伦、席勒、歌德相比，他的作品内容的深度和广度还不够用这种世界性的尺度来衡量，他还不能产生真正世界性的巨大影响。这是因为俄罗斯民族当时还未真正走进世界的缘故。中国近现代也是如此。因此，当中国作为伟大民族真正走进了世界，当世界各处都感受到它的存在影响的时候，正如英国产生了莎士比亚、休谟、拜伦，法国产生了笛卡儿、帕斯噶、巴尔扎克，德国产生了康德、歌德、马克思、海德格尔，俄国产生了托尔斯泰、陀斯妥耶夫斯基一样，中国也将有它的世界性的思想巨人和文学巨人出现。这大概要到下个世纪了。

　　我愿为明天的欢欣而努力铺路。

1986 年 10 月

《李泽厚十年集》（1979—1989）序

　　此时此地，此情此景，居然有热心人愿意出版我的书，真是感慨系之，何幸如之。正好，十年前后均少有作品，于是出此《十年集》。

　　书分四卷。除订正少数错漏及第二卷中《批判哲学的批判》、第三卷中《中国近代思想史论》有删改外，未作变动。一仍旧貌，以见因缘，为上上好。

　　还说点什么呢？好像有许多话可说，又好像什么话也没有。鲁迅当年曾慨叹向秀《思旧赋》"刚开头就煞了尾"。那么，如其那样，又何不根本不开头呢？没有开头，也就没有结尾。

　　是为序。

1991 年秋 8 月于北京皂君庙

台湾版《李泽厚论著集》总序

    在大陆和台湾的一些朋友，都曾多次建议我出一个"全集"，但我没此打算。"全集"之类似乎是人死之后的事情，而我对自己死后究竟如何，从不考虑。"归日急翻行戍稿，把空名料理传身后"，那种立言不朽的念头，似乎相当淡漠。声名再大，一万年后也仍如灰烬。所以，我的书只为此时此地的人们而写，即使有时收集齐全，也还是为了目前，而非为以后。

    而且，我一向怀疑"全集"。不管是谁的全集，马克思的也好，尼采的也好，孙中山、毛泽东的也好，只要是全集，我常持保留态度，一般不买不读，总觉得它们虚有其表，徒乱人意。为什么要"全"呢？第一，世上的书就够多了，越来越多，越来越读不过来；那么多的"全集"，不是故意使人难以下手和无从卒读么？第二，人有头脸，也有臀部；人有口才，也放臭气；一个人能保留一两本或两三本"精华"，就非常不错了。"全"也有何好处？如果是为了研究者、崇拜者的需要，大可让他们自己去搜全配齐；如果是因对此人特别仇恨，专门编本"后臀集"或"放屁集"以扬丑就行了，何必非"全集"不可？难道"全集"都是精华？即使圣贤豪杰、老师宿儒，也不大可能吧？也许别人可以，但至少我不配。我在此慎重声明：永远也不要有我的"全集"出现。因之，关于这个"论著集"，首先要说明，它不全；第二，虽然保留了一些我并不满意却也不后悔的"少作"或非少作，但它是为了对自己仍有某种纪念意义，对别人或可作为历史痕迹的参考；第三，更重要的是由于我的作品在台湾屡经盗版，错漏改窜，相当严重，并且零零碎碎，各上其市，就不如干脆合编在一起，不管是好是坏，有一较为真实可信的面貌为佳。何况趁此机会，尚可小作修饰，订正错漏，还有正式的可观稿酬，如此等等，那么，又何乐而不为呢？这个"论著集"共十册，以哲学、思想史、美学、杂著四部分相区分。

前数年大陆有几家出版社，包括敝家乡的一家，曾与我面商出"全集"，被我或断然拒绝或含糊其辞地打发了。我也没想到会在台湾出这个"论著集"。至今我没好好想，或者没有想清楚，为什么我的书会在台湾有市场，它们完全是在大陆那种特殊环境中并是针对大陆读者而写的。是共同文化背景吗？或者是共同对中国命运的关心？还是其他什么原因？我不清楚。人们告诉我，在日本和韩国，我的书也受欢迎，而且主要也是青年学人，与大陆、台湾情况近似。对此我当然非常高兴，但也弄不清楚是什么原因。台湾只来过一次，时不过五周，一切对我还很陌生，但有幸能绕岛旅游一周。东海岸的秀丽苍茫，令人心旷神怡；太鲁阁的雄伟险峻，令人神惊目夺。但使我最难忘怀的，却是那最南边颇为奇特的垦丁公园。在那里，我遇到了一批南来度假的女大学生，她们笑语连连，任情打闹，那要满溢出来的青春、自由和欢乐，真使我万分钦慕。如此风光，如此生命，这才是美的本身和哲学本体之所在。当同行友人热心地把我介绍给她们时，除一两位似略有所知外，其他大都茫然，当然也就是说并未读过我的什么著作了。那种茫然若失、稚气可掬的姿态神情，实在是太漂亮了。这使我特别快乐。我说不清楚为什么。也许，我不是作为学者、教授、前辈，而是作为一个最普通的老人，与这批最年轻姑娘们匆匆欢乐地相遇片刻，而又各自东西永不再见这件事本身，比一切更愉快、更美丽、更富有诗意？那么，我的这些书的存在和出版又还有什么价值、什么意义呢？我不知道。

最后，作为总序，该说几句更严肃的话。我的书在台湾早经盗版，这次虽增删重编，于出版者实暂无利可图。在此商业化的社会氛围中，如非余英时教授热诚推荐，一言九鼎；黄进兴先生不惮神费，多方努力；刘振强先生高瞻远瞩，慨然承诺；此书是不可能在台问世的。我应在此向三位先生致谢。特别是英时兄对我殷殷关注之情，至可铭感。

是为"论著集"总序。

1994 年春于 Colo-Springs

台湾版《李泽厚论著集》杂著卷序

　　《走我自己的路》（以下简称《路》）初版于 1986 年，此次删去了重见于前数卷的一些大小文章；"中编"曾收入《路》的台北"风云时代"版（1990 年），这次订正了不少错漏、误排；"下编"则为此次新补入的近作。

　　关于这本书，好像没有多少话可说。总之，如初版自序所开章明义地告白：它是一个"乱七八糟"集，大小论著、散文、杂文、演讲记录、记者访谈，大小俱全，应有尽有。因此，也如以前序文中所两次说明，这本书也许只对作者本人有些意义，因为它存录了这十多年来作者的一些感触、感慨、经历和故事。当然，序中也说过，通过这些，也许能在极小的镜面和限度中，反射出这十余年中国大陆的时代历程。不知是否这个原因，海内外好些读者告诉我，他们愿意甚至喜欢看这本书；我也注意到还常有文章征引这本书。同时这几年对我的大批判，这本书甚至书名也成了主要对象之一。什么要推翻共产党、另建共和国，什么走民主个人主义的路云云，洋洋洒洒，偌大帽子，其批判依据也大都取自本书。看来，仅此两端，也使我有足够的理由将此书收入这个合集了。

　　不过今日翻阅起来，这本书里好些作品，不是应酬文字（如各种序文），便是应景随谈（如各种访谈录之类），实在肤浅得很；但即使如此，也仍然可以看出，从 1976 年毛泽东逝世以来，到1989年风波之前，大致可以分出两段各有不同特色的时光：

从七十年代末到八十年代中，从这本书的一些文章可以看出，这是一个刚刚觉醒、但日益强烈地要求从几十年政治重压和旧有秩序中解脱出来的艰难时期。此时春寒犹重，时有冷风，社会思想还相当沉闷、保守。当年我穿一件带不同颜色的夹克衫去参加一次专家学者云集却一律蓝、灰毛服（甚至没人穿西服）的会议时，被许多人侧目甚至怒目而视，不由得使我颇感孤独和惶恐的情景，至今记忆犹新。我当时提出主编一套主要翻译西方作品的"美学译文丛书"，遭到多少好心的劝阻和恶意的刁难，也使我至今记得。当时青年们刚刚起步学飞，备感压抑、苦恼，处境比我更为困难。于是反映在《路》一书中的，便是为青年们的鼓噪呐喊，反对各种权威和阻力，目标集中在旧势力、旧标准、旧规范。

但自八十年代中期特别是1986年下半年以来，情况有了很大不同。而自1987年"反自由化"继1983年"反精神污染"失败后，官方有点撒手不管的味道，学术氛围和文化情绪开始急剧变易。不但青年一代崭露头角，显示身手，各种书刊丛书层出不穷，主编或实际负责者都是青年学人（研究生或大学助教），其言论之大胆，表述之自由，议论之广泛，都是空前绝后的。只要比较一下1988年与今日的文章论著，便可具体知晓。而且当时随着所谓"文化热"的讨论高潮，激进青年们那股不满现实的反判情绪，便以否定传统、否定中国，甚至否定一切的激烈形态，在学术文化领域中出现了。论证失去逻辑，学术不讲规范，随心所欲地泛说中外古今，主观任意性极大，学风文风之肤浅燥热，达到了极点。青年们一片欢呼，好些人风头十足。对这些，我是颇不以为然而加以讥弹的。于是，我被视为保守、陈旧，成为被某些青年特别"选择"出来的批判对象。

我接受了这一挑战。从此，便变成了两面应战：一面是正统"左派"，一面是激进青年。对前者，我一仍旧贯，韧性斗争；对后者，我也毫不客气，给以回敬。这便是反映在《路》特别是它的"中篇"中那些小文和访谈。我主张要"学点形式逻辑、平面几何"，便是对这些激进青年学人们的半忠告半嘲讽的答复。我强聒不舍地论说学术要重视微观研究，要注意理性训练，等等，都是针对当时那股风尚而发，我担忧那种反理性的情绪泛滥成灾。当然，言者谆谆，听者藐藐，不被注意，无人理睬。这一直到1989年之后才有所改变，青年人重新反思，重视微观，回归传统，开始去搞实证研究了。也许真是因祸得福，可以彻底改变一下数十年来空谈义理的学风和文风。尽管某些人又搞过了头，例如完全鄙弃思想，大捧乾嘉，以之作为唯一学术标准，等等。但即使如此，也没有什么关系。

　　"下编"是1989年特别是1992年春来海外后的作品，当然这已完全是另外一个时期。抱歉的是，我的所有这些存录，分量既小又轻，几乎全系短文。但比之过去，却直截了当一些。例如反对盲目颂赞革命、怀疑群众运动、不相信乌托邦社会工程，强调法治、形式、心理、教育，力主渐进、改良和建设，等等，看法一如往昔，但表达得更为确定、鲜明……使我开始非常惊讶、既而十分欣慰的是，为什么左派先生们偏偏选择我而不选择那些比我远为激进激烈的人物和论著作为主要批判对象呢？为什么要花费那么多的人力物力来批判我呢？是不是因为我这些被激进者斥为保守、卑之无甚高论的东西，比那些貌似激进、实则空洞的言辞论著，反而可能更有影响，从而被视为"极为有害"，必须"肃清流毒"呢？那我自然有理由为之感到欣慰甚至骄傲的了。当然，我也不会太快乐，至今我仍是腹背受责，既获罪于左派巨室，又得罪于青年朋友，日子是不会好过的。不过，我也不想顾及了。人活在世上并没有多少年头，何必如此瞻前顾后、战战兢兢？一生所望唯真理，虽不能至，心向往之，如此而已。

是为序。

1994 年 3 月于 Colo-Springs（有删节）

何兆武《历史理性批判散论》序

记得二十年前写《批判哲学的批判》谈及康德历史哲学和目的论时候，觉得里面有更多的东西值得钻研和发掘。当时限于时间和篇幅，没有去做。后来想做，却全忘了，今天读何兆武兄的大著，其中好些涉及康德，又浮想联翩，且甚为感慨，却仍然无从着笔。康德提出的非社会的社会性、福德两难等观念，今日看来，弥觉珍贵。它似乎也早暗示着：人类将永远在此历史主义与伦理主义的二律背反中悲苦前行而无以逃避。如今，一面是科技发达，寿命延长，衣食住行不断改善；另一面是精神失落，道德困顿，名利纠缠，真情难得。人活着究竟为什么？变得愈加难解。也正因为此，出现了"返璞归真"的各种原教旨主义呐喊，出现了追溯孔孟、崇奉理学的国学新潮……到底"应该"（?!）站在哪里呢？是冷心冷面恭喜发财而将其他搁置？是义愤填膺指斥物欲横流、人心丧尽？是根本不必理会这些，一心营建自己或物质或精神的安乐窝？看来，只有各人自己去选择了。历史总是让各种潮流相互撞击激荡，左旋右拐，来开辟道路。这道路也就充满了偶然。其中，作为个体的人的悲欢离合、苦难幸福，更是千奇百变，难以确定。而这，不也就是所谓"命运"么？记得一位以凶残著名的现代大人物说过一句颇堪玩味的话，大意是：战场伤亡，数字而已；舞台上演的悲剧只属于个人。战争摧毁了多少个心灵躯体，对历史却只是一堆血肉全无的数字。今日在市场狂潮中被淹没吞噬的心灵躯体何止千万，只是没有战争那么惨酷罢了。留下的仍然是一堆有关利润、效益、增长率的经济数字。所谓悲剧只属于个人，不也仍然一样么？个体虽呼喊着、挣扎着要去追回那只属于自己的生命，但历史无情，以百姓为刍狗，远不止是"滚滚长江东逝水，浪花淘尽英雄"，而且对个体来说总常是"长恨此身非我有，何时忘却营营"，于是只有"林花谢了春红，太匆匆"了。

1992年曾游历欧洲各地，其中令我感怀最深的，是雅典的巴特隆神庙。公元前的巨大石建筑，虽残破却庄严地耸立在那不高的山坡上，那么壮健而洁净。它们站在那里已经数千年，我有一种说不出的感动。感动什么呢？讲不清楚。是因为那是几乎征服了全世界的欧洲文明的源头？是因为它可以使人想起城邦民主和自由人的精神？是因为那绚烂而朴实的建筑物本身？……好像都不是。我来自中国，这神庙本与我无关。奇异的是，它却使人感到这也是自己生存的一部分。所以这感动的确是某种惊叹赞赏，但这惊叹赞赏又似乎和对与自己相连的人类生存的确认有关。记得十多年前游罗马，不是宏伟的斗兽场，而是存放尸体、被残酷迫害的基督徒的地下通道，使我有过类似的感动。看来这感动显然有关乎历史。历史在这里双层地栖居着：它是那一去不可复返的特定时空以及由人们不断描述解说着的经验话语；但它又同时是那可以超越特定时空而与我当下交会的某种感情。

"如今四海为家日，故垒萧萧芦荻秋。"暴君们砌起宫殿城堡，显赫一世，而后身死国灭为天下笑，如今则一概是萧萧故垒、断壁残垣。历史到底在哪里呢？或者，究竟什么是"历史"呢？它存留何处？历史当然存留在物质工具、资料、制度、语言、风俗、各种经验以及书本中，存留在和平与战争、自由与专制、奴役与反抗等各种血与火、各种善与恶（善中有恶，恶中有善）的记载中，它们提供前提和"帮助"后人去创造历史。不过，历史不也可以存留在上述那片刻的情感感受中么？不也存留在让人们流连不已的博物馆、艺术馆和废墟故垒中吗？那么，何兆武兄所着意讲解"一切历史都是当代史"（克罗齐）、"一切历史都是思想史"（柯林伍德），是不是也可以从这个构造心理情感角度去理解呢？伦理主义营建心理本体，以展现绝对价值，而这个本体又正是风霜岁月的人类整个历史的积淀；那么，伦理主义与历史主义的二律背反将来是否可能在这里获得某种和解？历史感情的进入心理，是否能使人在创造历史时让那二律背反的悲剧性减少到最低度，从而使人在历史上不再只是数字，而可以是各自具有意义的独特存在呢？

但是，历史"规律"呢？何兆武书中着重介绍了西方"从身份到契约"，即由人身依附到"自由人"的历史和历史学。今天中国似乎正在欢欣中编织着这同一行程。那么，如此重复，是否证明确有某种"不以人的意志为转移"的"客观法则"？那么，上述有血有肉的人的生存"意义"又如何存在呢？何兆武的书说明，18世纪是自然法派的史学，宣讲普遍或先验的自由、平等、博爱，以绝对准绳来衡量历史所遵循的"天意"或"天道"；19世纪史学以具体分析史实的相对主义登场，也仍然宣讲历史的进步，马克思主义便算其中一种。但20世纪以降，"客观规律"被否定，历史进步受谴责，"自由创造"成了史学主角。我知道，今天后现代则更进一步，强调一切均编造，均虚构，均胡说，更何况乎历史？这里，当然也就根除了价值还是史实、主观判断还是客观叙述之类的矛盾烦恼了。所谓历史感情在此便更可笑，从而那巴特隆神庙、那罗马的基督徒地下秘密通道，等等等等，也就不值一文，如同儿戏，完全可以把它们夷为平地，作游乐场。

遗憾的是，至少迄今为止，人们并不这么做，却仍然珍惜它们，保存它们。这又为了什么？人们仍然想历史，谈历史，为什么？除对人要吃饭从而人类宏观经济行程外，我于所谓历史的

"必然性"，一般相当怀疑；但我仍然赞同保存真古迹，读点历史书。为什么？也许，只是为了在这里去发现和领略真正的历史，证明历史并不只是那一去不复返并被完全空间化的可计量测度的时间，它同时可以是如艺术作品永恒存在并不断积淀在人们心理中的情感"时间"，那推撞着人们去有选择地创造历史的活的时间。前者可以是书写着的经验、记忆、工具、出发点，后者则必须是亲历着的感伤、感慨和感情。从而时间—历史终将永恒地作用于人，影响于人，看来又是无可回避的了？！

何兆武兄本人的历史似乎也如此。他比我年长十岁，待人真诚，学问极好，却无端当了十年"现行反革命"。我不但感触到他多年被人欺侮，连宿舍也分不到一间只好住办公室的情况，而且更感受到他的时间、精力长期被侵占剥削，但他却如古代圣贤一样，似乎毫无怨言怒色，总在孜孜不倦地继续他那送往出版社十年也无消息的古典译稿的续篇。一个小小历史"曲折"可以杀死、伤害那么多的人，留下的只是各种数字包括时间数字。但每个人却只有一次生命。如此这般地生活在历史中，不跳出它，又如何活？有比历史更高、更大、更强有力的东西么？人们说：上帝。上帝何在？它不是死在奥斯维辛了吗？于是，只能在你心里。于是我又只好回到真正可珍贵的积淀物——那复杂的历史感情中。也许正因为此，兆武兄强劲地叩问着历史根本问题，便更使我掩卷感伤不已。

《李泽厚学术文化随笔》跋

　　承北京大学王岳川教授盛意，邀约我编这个集子。但我不知如何编法，便请王先生代劳编定。

　　还要我写个"跋"，也不知道如何写，只想起近年来年轻朋友们向我提得最多的一个问题是：出国几年，思想有什么变化？似乎可以借此机会做个简单回答：我还是我，基本看法没有变化。例如，美学上仍然坚持"自然人化"的唯物论和实践论；哲学上仍然是人类学历史本体论和个体创造论（"以美启真"、"以美储善"等）；中国思想史方面依旧是实用理性和乐感文化说。但是，比起八十年代来，毕竟又有了一些变化和有更明确和更发挥了的地方。例如，推崇改良过于革命；解释历史重积累、轻相对（时代性、阶级性）；多谈偶然，少讲必然；提出宗教性私德与社会性公德的区分；以巫史传统为根源来说明中国的"一个世界"观，如此等等。同时认为今日许多流行理论的根本毛病，在于忽视吃饭哲学和心理建设。在形式上，则故意捣乱，主张承继汉唐注疏和宋明语录，以短记、对话和老百姓的语言来反抗"后现代"的"学术规范"：那玄奥繁复的教授话语的通货膨胀。凡此种种，都是逆时髦风头而动。我倒愿意以此反动来迎接二十一世纪，其目标在于走出语言，建立心理，回归古典，重新探求人的价值，幻想也许应当为中国以及人类寻求一条转换性的创造道路，如是云云。既云之后，究竟如何，我并不知晓，真是"浩歌天际热"、"篇终接渺茫"。但我知道，所有这些，对于今日中国年轻或并不年轻的前卫教授群来说，只是陈旧可笑、不值一提、"毫无学术价值"的痴人说梦而已。尽管如此，我仍不想做什么改变。痴呆且任时人笑，后世相知或可能。可能吗？也并不见得，而且更不重要了。

且说我这痴呆老人，近年来几乎每日都散步在这异乡远域的寂寞小溪旁，听流水潺潺，望山色苍苍，不时回忆起五六十年代的各种情景：遥远得恍如隔世，却又仍然那么真实。那些被剥夺的青春时光是多么值得惋惜啊，毕竟是一去不复返了。从而，除了坏蛋外，我也想起好些值得我尊敬的"立德"、"立功"、"立言"的先烈、壮士、名家、学者。但我也说过，"声名再大，一万年也仍如灰烬"（见台湾版《李泽厚论著集》总序）。人生意义并不在"不朽"。那么，生活价值和人生意义究竟何在呢？人活着是为了什么呢？这不是值得我去细细思索、咀嚼的吗？我沿溪行，忘路之远近。

1996 年 11 月于 Colo-Springs

《世纪新梦》后记

　　《十年集》拖了四年，终于出版；承朋友们厚爱，要我出新的集子。抱愧的是，近几年我极少写作，也谢绝了海内外各种稿约。除以在国外教书糊口而没有时间作理由外，真实的原因是，自己越来越不想写作了。写来写去，又有什么意义呢？记得1989年以后，汪国真的短诗、王朔的小说风靡一时，风头十足，它们符合当时的社会氛围和人们心理：暂时抛开世局，以幼嫩的纯情或对一切的侮弄来慰安、来解脱。其后，流行的是张中行的杂著和余秋雨的散文，它们持续畅销，至今不衰。本来，继革命化巨大创伤之后，商品化又漫天盖地在污染中国，这些作品谈龙说虎，抚今追昔，低回流连，婉嘲微讽；真是往事如烟，今日何似，正好适应了"太平盛世"中需要略抒感伤、追求品味，既增知识、还可消闲的高雅心境。连著名的《读书》杂志，不是也不断刊登"闲坐说玄宗"式的或描绘或推崇各种遗老遗少的有趣文字么？学术领域则是"规范"至上，国（或西）学第一，崇考证，赞乾嘉，编材料，纂类书，"学问"才是本钱，其他不过狗屁……所有这些，似乎非常合理地构成了今日中国"欤兮盛哉"的时代主调。但我于这些，都毫无所能，因此又还有什么可写呢？记得以前说过："的确，我一方面非常感谢好些年轻人对我过高的奖赏和评论，但同时也感到我能做或需要我做的，大概也差不多了?！以后将是一个专家的世界：我们也将有尼采专家、胡塞尔专家、海德格尔专家、朱熹专家、董仲舒专家……一个专家辈出、商业繁荣的时代也许是相当单调而喧嚣的。于是，我可以不再写书、出书，而只沉溺在自己喜爱的纯哲学中去。"（《十年集·走我自己的路》第 470 页）这是八年前写的，倒成了我近年的写照，只可惜自己还未能沉溺到哲学中去。原因之一是，这些年来我一直受到两方面的猛烈批判：一个方面批判我是自由化、反对马克思主义；另方面批判我是保守派、死守马克思主义。真是谁是谁非？真理何在？只有天晓得了。两个方面都是武林名派，气势吓人，闵余小子，夹在中间，背负双层高帽，岂不可悲可惧且孤立也哉?！只是我蠢笨如昔、无动于衷，仍然是左摒右挡，"走我自己的路"，因之也就未能专心"沉溺"于哲学了。

而且，今天又居然出集子了，这倒是因为人活着毕竟会说话，总有各种朋友来晤谈来聊天来讨论，于是有了一些对谈记录。此外又有一些不得不写的发言提纲、序言、讲演、记录之类，其结果就成了本书。其中，只有《哲学探寻录》是我主动计划的。这些论著、对谈中，在内容和词句上都有大量雷同之处，因为翻来覆去也就是讲这么点意思。但也有问题极重要，却只数语带过，毫未发挥的地方。总之，繁简不当，失之重复；虽不满意，也无可如何了。此外，还有一些文章，有关版权，不便再入本集。凡此种种，交代一下，也就算本书"后记"吧。

1996 年 2 月于 Colo-Springs

本书 1995 年 4 月交稿，1996 年 2 月作后记。清样早排出而未克印行，乃增补近年长短文数篇，可惜由"复制人"而将引发哲学危机的思索（如何理解"自我"、"生死"、"不朽"……它们均非"身"或先验、普遍的"心"），无法补入。集中最后一篇对谈承一位朋友好意选入，但因故多有删节。其他少数对谈、文章也有类似情况。经济振兴而文难不已，也许这就是中国现代化之路所必须付出之代价？子曰：如之何，如之何。佛说：不可说，不可说。是为又记。

1997年8月于台北旅次

《卜松山文集》序

　　十余年来，在我的思考和文章中，尽管不一定都直接说出，但实际占据核心地位的，大概是所谓"转换性创造"的问题。这也就是有关中国如何能走出一条自己的现代化道路的问题，在经济上、政治上，也在文化上。以中国如此庞大的国家和如此庞大的人口，如果真能走出一条既非过去的社会主义也非今日资本主义的发展新路，其价值和意义将无可估量，将是对人类的最大贡献。而且，在当今世界，大概只有中国还有这种现实的可能性，这种可能性也大概只在这三十年左右。因此，我觉得，中国人文领域内的某些知识分子应该有责任想想这个问题。这一些，好几年前已说过，如在《再说西体中用》一文中；今天不嫌重复，又说一次。

　　我是哲学系出身，对经济、政治完全外行，只能从思想史角度做些考虑。我近年提出的"巫史传统"和"儒学四期"说就是如此。前者是企图总结自己对中国文化特征的探究，认为我前此标出的"实用理性"、"乐感文化"、"一个世界"等等，均应概括为"巫史传统"；现在人们大谈不已的"天人合一"，其根源亦在此处。它设定了后世数千年"宗教、政治、伦理三合一"的格局，今日颇需解构和重建。后者（"儒学四期"）则是针对"儒学第三期发展说"（牟宗三、杜维明）而提出的另种分期。它以为，今日儒学不能止于心性思辨和形上道德，它的新发展必须融会马克思主义、自由主义、存在主义等等，区分宗教性道德（"内圣"）与社会性道德（"外王"），重提文艺复兴，以美学为根基，塑建人的内在主体性（人性）。"巫史传统"是回顾过去，"儒学四期"是展望将来，二者相互交织，仍为人类学历史本体论亦即主体性哲学的具体展开。所以，我仍然赞同 C. Geertz 的看法，即一方面，"人群有诞生日，个人没有"（"Menhave birthdays，but man does not"）；另一方面，"成为人就是成为个体"（"Becoming human is becoming individual"）。这非常接近于我的"积淀"论，即我不以独立个体及其社会契约作为先验的原始设定，而将现代个人主义及其心理构成置放在人类总体的历史行程中去观察其来龙去脉。因之，中国在今日现代化的进程中，似乎应该是：一方面创立在现代自由主义和社会公正基础上的政治—道德体制，以提供行为准则，另方面重建"天地国亲师"的哲学—宗教传统，以情感信仰来范导前者。只有这样，我以为才能越出当前民粹主义、保守主义等各种意识形态的干扰和束缚，非左非右（A. Giddeds："beyond left and right"），不诽不扬（C. Taylor：neither "knock-ers" nor "boasters"），来开创某种融古今中外于一身的新道路。也只有这样，儒学才能与基督教、伊斯兰教相比较而共存，争取形成同一物质文明、多元精神文化而和谐相处的"地球村"世界；也只有这样，才能真正对应后现代主义破碎化的严重挑战。

卜松山（Karl Pohl）教授是我的老朋友了，他是拙著《美的历程》的主要德译者。因此，他的著作用中文出版，对我来说，真是一件值得祝贺和高兴的事情。他的好些看法，例如重视中国文化特别是儒学不追求超越的现世性和"天道即人道"的社群立场，同情 A. MacIntyre 等人对现代西方个人主义的批评，要求道德原则重新回到实际生活、公共利益和历史情境中，指出基于逻辑、理性的西方"硬性"普遍主义与基于美学的中国"软性"普遍主义的不同，以及反对"绝对普遍主义"与"任意相对主义"，凡此等等，与我均大有不谋而合殊途同归的地方。因此，当他要求我为此书写篇短序时，我便想借此机会通过概述自己一些基本观点，以表达一个中国学人对此书所提出的某些重要问题的看法，并以此答谢多年关心我的国内读者。多难兴邦，斯言有证；海天辽阔，无限思量。是为序。

1998 年春

《己卯五说》序

　　本书香港版、台湾版书名为《波斋新说》，兹将《波斋新说》序收录如下：

　　波斋者，美国科罗拉多州（Colorado）波德市（Boulder）之寒舍也。"斋"、"灾"谐音，之所以有"波斋"者，城门失火波灾池鱼而远遁故也。既有今典，乃作书名。虽标新说，实为旧货。旧货被批，新说不改。惜体例不齐，修辞浅陋；文难附骥，逆学海之时潮，力不从心，慨衰年何早至。但愿诸篇相互补充，交织成趣；或以偏概全，可以意逆志。太史公曰：穷天人之际，通古今之变，成一家之言。己不能至，仍向往之。《巫史传统》、《自然人化》拟究天人，《儒法互用》、《历史悲剧》思通古今，《儒学四期》则统四说成一家言也。似此初九明夷之际，亦或贞下起元之时，览故探新，益添怀想；知我骂我，一任诸君。

　　此序。岁次己卯公元一九九九年暮春三月。

《己卯五说》后记

文稿寄出后，心里却忐忑不安。还是老毛病：明知道文章尚需要琢磨，包括润饰辞章，展开论点，一些地方讲得更充分完备一点，但每次却又总是"匆匆写完，编就，交出，了事"（《中国古代思想史论·后记》）。为了除却一件心理负担，反倒加添了不少心理负担：自己既不满意，还怕别人嘲笑。

但毛病改不了。特别是年纪越大，性子似乎越急，也似乎越不想顾及许多。倚老卖老也罢，江郎才尽也罢，破罐破摔也罢，反正这本书稿就这样寄出去了。特别是在此中文书籍奇缺，一些普通资料也无从寻找、查对的情况下，便如此匆匆寄出去了。也许，这又给憎恨我的恶人一个很好的攻击缺口？

我之所谓"恶人"，并非指那些与我有意见（不管是学术意见还是别的什么意见）相左而批评我的人，也不指那些官方半官方的大批判家们，而是指一些与我极少往来、素无瓜葛却不知为什么（我实在弄不明白）对我非常仇视，无端攻击、谩骂的人。

这种攻击见诸笔墨者有之，更多和更恶的却是流言蜚语，无中生有，造谣中伤。我尝自省，这一生也算兢兢业业，直道而行；虽然缺点很多，但从不敢心存不良，惹是生非。只由于性格孤僻，不好交往，便得罪了不少人。而一辈子没权没势，从小到老，总被人无端欺侮，有时生一肚皮气也毫无办法，只好更加关起门来，"遗世独立"，感叹"运交华盖欲何求"。

但近年终于找到了一种阿Q式的排遣法。我对朋友刘再复说，我应该设想自己已经死了。这样，一切攻击谩骂、恶人恶语，对我也就没有刺激，不起作用了。"身后是非谁管得，满村听说蔡中郎。"我倒可以逍遥自在，不出声，只观看世人的各种真假面目，这不挺有趣么？

天气日暖，窗外的枝头、草地都已忙忙碌碌地披上了新绿，并时有小鸟来啄木、窥窗，自然界永远按时作息，总是这样殷勤感人。这里有点像北京，冬天一过，春夏便并不分明地接踵而至，说是春天，似乎已到初夏。记得初中作文曾有过"初夏，永远在我的记忆中，永远在我的诗篇中"的句子。那时是有感于江南水田如画的诗意，如今眼前却完全是另一番景象。一晃五十余年，诗篇始终没有写成，却写了一箩筐挨骂的蠢话。当然也包括这一本。这一本原题名《己卯五说》，后改为《波斋新说》（本书仍用原题书名《己卯五说》），一纪年，一纪事。书稿寄出后，又觉得纪年好。因为我上一辈的父、母、叔、婶都不到四十或刚过四十便谢世了，我真没想到自己能活到这个年份，实在有些高兴。但毕竟时日如驶，精力日减，来日不多，自己的文体、语言、思想都已僵化，不能适应今日各种时髦。看来，我提到的有关情感、偶然、命运的"新说"，是写不成或不应该写了，何况还设想自己已经死去了呢。"相见时难别亦难"，"又是夕阳无语下苍山"。呜呼哀哉，尚飨。

《浮生论学》序

　　陈明自称是我的"忘年交"，小我三十二岁。他对我生活上如走路扶我一把、吃饭让我先来之类很注意；另一方面则是在交谈、讨论时"没大没小"，不仅直呼我名，有时还出言不逊，与我对长辈的态度完全不同。不过，我倒欣赏这位"小朋友"，直率痛快，口没遮拦，交游也甚快活。

　　这个对谈是他提议我赞成，关在北大勺园宾馆里三天弄出来的。我们两人都性急，讲话争先恐后，绝无停歇让磁带空走之时，而且由于毫无拘束，想到便说，所以说东忽西，经常漫出边界，失去中心。虽然匆匆修改一番，基本上仍是这个样子。我说，"论学"毫无分量，单薄粗糙；他说，谈话原汁原味，非常自然。我说，这样发表，没人要看；他说，就是这样，才卖得好。我拗不过他，于是，发表也罢。

　　"浮生论学"这标题来自"浮生记学"。"浮生记学"是我当年答应傅伟勋写学术自传时拟定的。因此又想起了伟勋。伟勋比我小三岁，我在一篇文章里说过，他是我非常喜欢的学人之一。他也是口没遮拦，快人快语，见真性情。在那篇文章里，我曾感叹现代化来临但真情日少，商业繁盛使人喧嚣而更寂寞，因而感到伟勋性格之可贵。据韦政通兄告，伟勋晚年大说不该搞学问，太没意思，总是肆无忌惮地在学人朋友中大谈男女之间的床上欢乐。伟勋是个悟性极高非常聪明的人，他曾根据自己切身体验写过死亡学的著作，成为轰动一时的台湾畅销书。我正想就此和他聊天，他却于1997年匆匆去世了，竟由于癌症多次手术后的意外感染。如此豪爽的一位汉子，一下子就永远没有了。我想起时，总备感怅惘。我也常玩味他晚年癌症手术后的情况：伟勋似乎很快乐，照样喝酒，再三声称决不会死，仍在努力搞学问，但另一方面又极不满足，总感人生没意思。的确，如果不信神，不信鬼，那到底把人生意义放在哪里才好呢？去日苦多，及时行乐？精神上难得满足。著书立说，名垂后世？舍身饲虎，建功立业？贝多芬欢乐颂，浮士德上天堂……就满足了？也未见得。佛说无生，那当然最好，生出来就是痛苦。但既然已生，又舍不得去自杀，如何办？这个最古老的问题仍然日日新地在压迫着人，特别是死亡将近，再一次回首人生的时候。本来，人的生存问题解决后，性的问题、自然本性问题、人生无目的问题，会像《灵山》描写的流浪生活那样，更为突出，更为恼人。有没有、可不可以有无目的的合目的性呢？不知道，很难知道。也许，存在的深奥是有限的人和概念的理性所不能把握的？伟勋晚年"返璞归真"，由学问人竟回到"自然人"，是不是在对人生做这种最后的询问？是不是又一次陷入了对生死、对人生意义究竟何在做挣扎不已的无望追求和苦恼之中？我不敢做此肯定，只是在感伤中怀疑和猜想。也好，由书名触发了对伟勋的怀想，就以此作为对他的悼念：意义难求，愿兄安息。

"浮生记学"既然书名都给了陈明，当然也就不会再写了。记得当时也拟了一些章节标题，例如套用王国维"独上高楼，望断天涯路"、"衣带渐宽终不悔"三部曲以及"黎明期的呐喊"、"原意难寻，六经注我"等名目。其中也有一段要写在北大的光景，北大那几年单调、穷困的"养病"（我当时患肺结核）学生生活，仍然留给了我许多记忆，那毕竟是我的青春岁月。今日重来此地，确是物是人非。物也变了许多，但依稀旧貌，还能找到；人却或老或死，完全不同了。"年年岁岁花相似，岁岁年年人不同"，我不久前曾这样即兴举杯与一位年轻女孩子相互祝贺，将"人不同"随口改为"人亦同"。她很高兴。但我们都知道，青春毕竟是留不住的。那么就努力留住能够代表青春、代表鲜花、代表真实、代表意义的世上真情，又如何呢？这是不是应该算作人间最可珍贵的？

> 那么，还有什么可追求的？……
> 周围静悄悄的，雪落下来没有声音……
> 也没有喜悦，喜悦是对忧虑而言。
> 只落着雪
> ……（《灵山》第 81 页）

那么，这本书如果在胡拉乱扯中，在谈玄论学中，经过非常自然的交谈，从某种意义上也能保留一点点人世真情，不也就有了出版的借口么？也为了这，陈明要发些照片，由他从我的相册里挑选了一批。

陈明要我写序，又胡说一通。但说得如此煞有介事，作股正经，实在有点可笑。

没办法，是为序。

（原载《明报月刊》2001 年 7 月号）

《历史本体论》序

　　本书原来的标题是《己卯五说补》。因为《己卯五说》一书原拟作为自己的封笔之作，即最后一本书，不料写完之后，觉得还有好些话没说或没说完，又随手写了些札记、提纲，整理了一下，便成了这个小册子，以作为《己卯五说》的补充。

　　之所以改题为"历史本体论"（原称"人类学历史本体论"或"人类学本体论"），则是因为这个词汇（指原称）在我多年论著中虽不断提及，却从未专门说明过。特别是作为这个"论"的要点那三句话——"经验变先验，历史建理性，心理成本体"，既然被人嘲笑，就似乎更有必要向读者交代一下，因之便改成了现在的书名和各章节；又因"人类学"三字易生误解，且为通俗起见，就由原称改为现在的简称，但意义未变。当然，这本书并非我这个"论"的全部或整体，相反，它实际上只是画个非常简略和相当片断的大体轮廓，还有好些话没说和没有说完。写得也粗糙之至，我以为重要的地方，如全书首尾两节，偏偏着墨太少，而好些部分又过分累赘，但都没有写好、写清楚。真个是仓促成书，因陋就简。

　　这也许会涉及所谓学术规范问题。如上所说，我这本书只是随手札记，没有多少论证，也没多少引证，甚至有时是跳跃性的表达和书写。就性质说，它属于康德所谓主观"意见"，而并非客观的"认识"，即不是追求被人普遍承认的科学真理，而只是陈述某种个人的看法。如果这些看法能对人有所启发，也就"是这种话语的理想效果"了（《己卯五说·说巫史传统》）。哲学本就属于这个范围。所以，如果本书被人认为根本没有"学术"水平，不符学术规范，应该批判或铲除，那我也心甘情愿，觉得没有什么关系。

十多年前我说过，中国将进入一个专家的时代，我们会有许多符合标准学术规范的各种各样的专家和专家们的专门著作。现在已开始如此，这是大好事。但海德格尔却很不满意这种专门化（professional）的理性哲学，而自称思想者（thinker）。吊诡的是，他的所有著作恰恰又只是少数专业哲学家穷理性之力才能看懂和讨论的对象。他仍然是非常标准的专业化的哲学家。

我不想如此。在叙述上，这本书也采取了与当今哲学晦涩艰深大相径庭的"大众哲学"的通俗路途。我以为，"历史本体论"本是平易道理，毫不高深，因之也就直白道来，而不必说得那么弯弯曲曲，玄奥难懂。这可能又会被人嘲讽为"落伍"、"过时"。可惜我素来不大理会这些，而且正准备请朋友刻一"上世纪中国人"的闲章，如有可能，加印在书的封面上，以验明正身：这确是落后国家过时人物的作品，决非当代英豪们"与国际接轨"的高玄妙著。

此外，本书还搞了个小改革。即外国人名一律原文（多是英文），不作中译。原因是我觉得愿读、愿购这类书的人，大都英文已识之无，著名人物如 Marx、Kant、Hegel 等译成中文，实无必要，而那些不著名不熟悉的，译成中文，因并无统一译法，反而不知是谁，甚至有时猜也猜不出来，我自己便有过这种经验，不如保留英文，更为方便。十五年前我在《美学四讲》一书中，已部分做过这种尝试，即一些人名故意不作中译，没听到什么反对。这次干脆正式提出，是否妥当，静候公论。

最后，抄当年《美学四讲》序文结语如下：

"岁月已逝，新见不多；敝帚自珍，读者明鉴。呜呼。"

2001 年 7 月，时在香港

《实用理性与乐感文化》后记

编完这个集子，有种五味纷陈的感觉：有点高兴，有点悲哀，有点愧疚，有点遗憾，也有点骄傲。真不知从何说起，本也不想再说什么。

但人们，也包括自己，有喜欢先看书籍前言、后记的习惯，想先看看作者本人有些什么感觉或说明。我一向自我感觉不甚良好，对此书我有两个感觉。

一是太重复。有如已收入本书、发表于1994年的《哲学探寻录》结尾所注明："讲来讲去，仍是那些基本观念，像一个同心圆在继续扩展而已。"确乎如此，以后我出版的《论语今读》（1998年）、《己卯五说》（1999年）、《历史本体论》（2002年）以及本书首篇《论实用理性与乐感文化》（2004年），与70年代末出版的《批判哲学的批判——康德述评》和收入本书的80年代初发表的主体性论纲等文，基本观念几乎毫无变化；圆心未动，扩而充之而已。而且，还不只是观念重复，连词句也重复，特别是别人少作或不作的剪贴旧作。这个剪贴法是向鲁迅学的。但鲁迅剪贴的多是论敌文章和报刊消息，而我剪贴的全是自己的文章论著。为何如此？索性再剪贴一段：

> 问：我发现你的一些著作中有时喜欢引证自己，是不是？为什么？

李：是。为了偷懒。一些问题一些看法，以前说过了，这次就干脆直接抄袭前文。因为我也发现好些中西论著，有的还是名作，翻来覆去老是在说那一点意思，不过变一下词句或文章组织而已，如其那样，不如我这样省事。所以我的《华夏美学》一书中就直接抄袭了《美的历程》、《中国古代思想史论》好几处，不必另行造句说那相同的意思了。（《走我自己的路》，安徽文艺出版社，1994 年，第 542 页）

以前还是小段抄引，现在则大段剪贴。除了偷懒外，还有一个原因，因为自己引证剪贴的大都属于自己认为重要而人家却不注意的论断或观念。既不被注意，如其重新遣词造句再说一遍，就不如干脆逐字逐句地重复原文。"重复有一定好处"（《论语今读·前言》），也更为醒目。但不管怎样，这总有点感到愧疚和悲哀了。

第二是太简略。仍然是"引证自己"的剪贴：

《己卯五说》这本书里的五篇文章的确都是提纲，每篇都可以写成一本专著。我原来也是那样计划的，后来放弃了，原因一是时间不够，资料不好找；二是我认为，作为搞哲学的人的著作，提纲也不一定比专著差，主要看所提出的思想和观念。恩格斯的《费尔巴哈论》的附录，即马克思的十一条提纲，不过千字左右吧，就比恩格斯整本书的分量重得多，也重要得多。当然，写成专著，旁征博引，仔细论证，学术性会强许多，说服力会更大……这本书的确留下了许多空隙，值得别人和我自己以后去填补。（《"六经注我"和"我注六经"》，《芙蓉》杂志 2000 年第 2 期）

《己卯五说》如此，《历史本体论》如此，本书也如此。我还辩说过："我不喜欢德国那种沉重做法，写了三大卷，还只是'导论'。我更欣赏《老子》不过五千言，……哲学只能是提纲，不必是巨著。"（见本书《哲学答问》）哲学本只是提问题、提概念、提视角，即使如何展开，也不可能是周详赅备的科学论著。于是，也如《历史本体论》前言所说，我提供的这些基本观念、视角、问题，"如能对人有所启发，也就是这种话语的理想效果。哲学本就属于这个范围"。话虽如此说，总觉得有点遗憾。因为即使是提纲，也仍然可以说得更细密一些，挖掘得更深沉一些，可以把这个同心圆画得更好更圆一些。但由于主客观各种情况和环境，终未能如愿。因之，这个集子对我来说，可算是种岁月的感伤省记；但对读者来说，却可能感到既粗糙又累赘了。对此，我是颇为愧疚不安的。

五六十年代的"前奏"不计，我这个"同心圆"陆陆续续也画了近三十年，虽历经风雨，遭到官方和民间各种凶狠批判，我却圆心未动，半径不减，反陆续伸延；而且重要的是，始终有不少读者予以热情关注和支持。特别是这十多年来，中国的经济、社会、文化、学术变迁都甚为巨大，图书出版争奇斗艳，市场价值几乎淹没一切，却居然始终有读者不厌重复、不怪简略，尤其是不嫌陈旧来读来买我的书，我的书没有炒作，不许宣扬，却包括《批判哲学的批判——康德述评》在内竟多遭盗版，这实在出我意料，有点苦甜交集，受宠若惊，怎能不高兴且骄傲？

我是青春有悔的。宝贵时光被人剥夺，几近二十年的人生最佳时段，被浪费在多次下乡劳动中，各种政治运动中，严重扭曲境遇中，根本没有时间好好读书。而时一过往，何可攀援。所以我特别羡慕今日的年轻学人，尽管他（她）们也受着经济、社会、生活各方面"现代化"的巨大压力，但可争取的自由特别是自由时间，比我们当年还是要大得多。时间性作为自我有限生存和决断明天，却痛苦地不能为自己所拥有，成为非真实的存在，由当年到今日，我虽尽力拼搏，创获毕竟未如所愿；而力不从心，来日苦短，我大概也不能再做什么了。这又怎能不悲哀和遗憾？

　　五味纷陈，并不舒服。年轻学人不再会有这种情况和这些感触，但愿他（她）们不泥国粹，不做洋奴，努力原创。

2004 年 6 月于 Boulder，Colorado

《中国美术全集》序

　　我于美术史艺术史完全是外行，根本没资格没能力也很不适宜为这么大的重要著作写序。但一再推辞不掉，而且比我年长的金维诺教授还亲自写信来邀约，真是却之不恭、受之有愧而不免有点惶恐了。面对如此巨著，面对一大批美术史艺术史的专家学者们，有如我当年为宗白华先生《美学散步》写序时所说，"藐予小子，何敢赞一言"。

　　但既然承诺了，便只好硬着头皮来讲几句佛头着粪的题外话了。我刚从印度归来，看了好些印度的古建筑、雕刻和壁画，如ajanta、ellora石窟，khajurahv的神庙以及泰姬陵，等等，以前我也看过埃及的金字塔和Luxor的巨大宫殿，柬埔寨的吴哥窟，秘鲁的Machupichu以及雅典的巴特隆神庙、欧洲的哥特式教堂。我总震惊于这些石建筑巨大体积给人的震慑和力量感，它们有时几乎以蛮力的形式展示着神（其实是人类总体）的无比强大、优越和威严，从而也常常慨叹中国传统都是木建筑，《洛阳伽蓝记》中描述的那些高耸入云的楼台寺庙统统没能留下。与这种感触相并行的，是对异域艺术狂放情感的强烈感受。带着骷髅项链跳舞的毁灭之神湿婆，既狂欢又恐怖；哥特式教堂狭窄却高耸、空旷的内部空间所传达的神秘、圣洁……它们对情感的激烈刺激，至今仍可依稀感受。而所有这些，中国艺术似乎都没有。为何中国传统缺少巨大的石建筑？我曾查过书本，问过专家，始终未得确解。我怀疑这与中国上古漫长的成熟的氏族体制保有反对滥用人力的原始人道与民主有关（我称之为"巫史传统"），它最后形成和发展为儒家的"礼—仁"思想：对外追求等级秩序的社会和谐，对内追求情理互渗的人性和谐。既不禁欲，也不纵欲；既不否认鬼神，也不强调鬼神，"敬鬼神而远之"。总之，是非常肯定和重视人的现实生存和生活，强调清醒地、实用地、合情地处理它们。"乐者乐也"、"乐以节乐"，包括音乐也是一方面为了快乐，另方面节制快乐。就是说即使快乐也需要有一个"度"，才能有益于个体身心和群体社会，从而维护生活和延续生存。其实，中国各类艺术对功能和形式的种种追求，又何不如此？寻求不同比例、结构的情理互渗，线重于色，自由想象多于感官刺激，抽取概括优于现实模拟，心境表达大于物力呈显，而强调掌握"增之一分则太长，减之一分则太短"的"度"的智慧，则几乎成了中国文化、人生和艺术的核心，而这也就是"中庸"。

中国艺术史的诸多美学范畴和审美观念，无论是韵味、神趣、风骨，无论是雄浑、淡远、典雅，无论是"小中见大"、"以形写神"、"似与不似之间"、"无画处皆成妙境"……不都以不同形态或方式展现出这一特征吗？而且，它们总是那样执着地关注现实，关注这个世界、人间的喜怒哀乐、悲欢离合、苦痛甜欣。即使追求解脱，也大多是在这个世界的大自然山水田园中去寻觅、了悟和超越。即使有时也带上佛陀的面容，说着西天的故事，但这里始终少有蛮力的石块堆和征服，少有物欲放纵的酒神狂欢，也少有灵魂的彻底撕裂、匪夷所思的自残苦行或奇迹神示，少有反理性的迷狂。它总是在不完全否定或排斥现实生活生存中，去强调心灵的神奇和精神的境界。这里有"亲子情、男女爱、夫妇思、师生谊、朋友义、故国思、家园恋、山水花鸟的寄托、普度众生的襟怀以及真理发现的愉快、创造发明的欢欣、战胜艰险的悦乐、天人交会的皈依和神秘经验，来作为人生真谛，生活真理"（拙作《哲学探寻录》）。

"慢慢走，欣赏啊。活着不易，品味人生吧。'当时只道是寻常'，其实一点也不寻常。即使'向西风回首，百事堪哀'，它融化在情感中，也充实了此在。也许，只有这样，才能战胜死亡，克服'忧'、'烦'、'畏'。只有这样，'道在伦常日用之中'才不是道德的律令、超越的上帝、疏离的精神、不动的理式，而是人际的温暖、欢乐的春天"（同上）。

这就是中国艺术史。当各处远古文明纷纷断绝灭亡之时，中国文化和艺术却历经苦难而绵延不断，巍然长存。我们今天还能读孔、孟、老、庄的书，仍然可以在这绵延不断的艺术史长卷中，领略、感受这个民族的生存之道，它那自强不息、厚德载物的韧性精神、栖居诗意、宽广怀抱和伟大心魂。

今天，当又一次外来文化和艺术汹涌而至冲击本土的时日，当我们已有和将有更为雄伟的摩天巨厦、江河大桥，更为靓丽放浪的声色（Music & Sex）、更加迅速跳动时空的岁月，现代将如何与传统再次在艺术中碰撞、渗透和融合呢？中华民族是讲究"变"的，讲究"日日新，又日新"，这部不断传承又不断变易的艺术史能在这方面给我们以某种启迪和启发吗？

我想应该是可以的，是所望焉。

2005 年 12 月 8 日草于北京

《批判哲学的批判》三十周年修订第六版后记

《批判哲学的批判——康德述评》写毕交出于 1976 年 10 月，1979 年 3 月由人民出版社出版，1984 年在该社再版。1994 年三版于安徽文艺出版社，1996 年四版于台北三民书局，2003 年五版于天津社会科学院出版社。这次三联出书，算是第六版。屈指当年完稿，整整三十周年。

每版均小有删改。如再版后记所说，"述"的部分没有改动，"评"的部分稍有增删。以后各版均如此。这本写在"哲学就是认识论"和历来康德研究的传统之中，讲第一批判是我当年用力最多的重头戏，全书十章占了五章半。但我以后没再研究这方面的问题，所以评述稍作删削，大体如旧。美学部分和生平部分也少改动。而有关伦理、政治、历史观的部分则从文字到主旨均有变更。如"告别革命"、物自体问题、重提"要康德还是要黑格尔"等，更明显地展示了向康德的回复，但这并不与初版强调以使用—制造工具界定实践作为基础的人类学本体论相矛盾，而且还把它和"经验变先验，历史建理性，心理成本体"的文化心理结构（人性能力）的主题更加突出了。不过，既是旧作重版，也不宜修订太过，仍想尽量保持原貌，"存其旧貌，以见因缘，为上上好"（台湾版序），因为从中可以看到写作年代的一些情况。

五十年代哲学所同事周礼全对我说，一本人文社科书籍能维持二十年的生命，便很可以了。我始终记得这句话，并以之为奋斗目标。但我没想到，这本在"文化大革命"中写成的书，也居然维持了三十年，可以六版至今。台湾和大陆都有盗版，看来销路还行。这的确使我高兴。但毕竟年月如驶，体脑日衰，我年过七六，干不动了，作为可能是最后一次修订，我本想搞得仔细、彻底一些，包括将脚注弄得更规范一点，而力不从心，没有做成。

《批判哲学的批判》，人民出版社，1979 年 3 月；《中国近代思想史论》，人民出版社，1979 年 7 月；《美的历程》，文物出版社，1981 年 3 月，影响均大。当时尤以《近代》为最，此已难为今人理解了

康德善于社交、会宴、谈论以自娱，我却特别缺乏这方面的才能，与人与世与外界极少主动联系。回首当年孤独的写作情景，似在目前又如隔世。时代氛围、生活样态、社会状况、学术环境、思想情调，今日中国与当时已完全不同了。只我的心境和生活却始终停留在单调和寂寞之中，几十年很少变化，特别这十五年在异国他乡。岁月如斯打发，虽个性使然，无可如何，总有点惋惜和惆怅。再版后记曾引两首龚（自珍）诗作结，这次愿以我很喜欢而用过多次的两联文句作结，因为它似乎很适合我和这

本书：

悲晨曦之易夕，感人生之长勤（陶潜）
课虚无以责有，叩寂寞而求音（陆机）

2006 年 7 月于 Boulder，Colordo

王柯平《中国思维方式》序

　　1992 年我在德国曾说，中西交流不成比例，一般的中国教授和大学生，能举出西方古今人名百人以上，你们除汉学系外，从教授到大学生能举出中国古今人名多少？十个还不到吧。我说这是因为中国现代处在"挨打"的地位，迫切需要了解西方、学习西方；西方恰好相反，中国的存在似乎无关痛痒，从而没有必要去了解中国，这如同 18 世纪的中国自以为天朝上国、世界中心而无须知道西方一样。

　　时日迅速，此话才说过 15 年，"中国制造"竟然泛滥全球。中国经济力量的迅速发展，使汉学不再比肩于埃及学、敦煌学的地位，日益成为与人们生活有现实关联的学问，"汉学"成了"中国研究"学。西方对中国文化了解的需要开始了，但也不过才开始而已。要真正了解，恐怕至少也是 50 年以后的事情吧。

　　不同文化在开始了解阶段，感受和讨论得最多的常常是所谓同异（尤其是文化心理的同异）问题。作为人，同属于人类，不同文化都有衣、食、住、行、性、健、寿、娱各方面，这大概是东海西海，其心相同，其理相同。但另方面，汉服西装，刀叉筷子，文字、语言，伦理、信仰，人们又深感文化之异。盲目说同，乃一厢情愿；严格别异，可文明冲突；因之如何清醒辨识异中之同，同中之异，明异求通，取长补短，似乎才是各文化和平共处协调发展的世界大同之道。

中国传统讲究"和实生物，同则不济"，主张多元，反对同质化。儒家拜祖先、祭天地，却又允许人们信奉其他宗教。千年以前，孔、老、佛便可共聚一堂；现代以来，中西婚礼仍可同日并举；中国人并不感到冲突或罪过。这是如何可能的？这种文化心理是如何组建形成的？不也可以是了解中国或中国传统的一个很好的切入口吗？

王柯平教授以"天人合一"为主题的这本著作，就是以哲学—宗教的高度从这个切口的深层进入。"天人合一"来自巫史传统，所以信奉多神，讲求实效，没有出现专注灵魂拯救、追求天国幸福的唯一神宗教；也正是因为"天人合一"，中国哲学不讲 Being（存在），不重 Essence（本质）与 Substance（实体），而讲 becoming（过程），特重 functions（功效）与 relationships（关系）。阴阳不是光/暗、善/恶、上帝/魔鬼；这里没有二分法，没有本质主义，对世界的把握不是理性的逻辑方式，而是充满情感的审美方式。

正由于此，如王教授在本书所揭示，中国美学"悦志悦神"的最高层次，在"天人合一"指引下便仍然是含有感性因素的"天地境界"，而不是克尔凯郭尔那种完全唾弃和仇视感性的向神皈依。王教授详细讲述了对自然美的"悦心悦意"的欣赏。中国人喜欢在山川美景处刻石留词，这也是其他文化少有或没有的。刻字题词把对自然景色含混朦胧的审美感受，把生理因素或神秘因素突出的审美感受，引向更为确定的道德象征和人间世界，使纯粹美走向依存美。虽然我非常憎恶和反对现在还到处刻石留字附庸风雅，这实际是在破坏自然和环境，但在古代特定限度内这种关注现实、追求天人交感的传统文化心理，却是值得重视和尊敬的。

我曾说，西方的辩证法从语言论辩中产生，是思维的艺术，思辨的智慧；中国的辩证法从战争兵法中产生，是生活的艺术，生存的智慧。前者锻炼培育了人们的思辨理性，产生了高度抽象的理论科学，为中国传统所远远不及。后者锻炼培育了人们的实用能力，产生了众多的技术发明，培育和延续了一个如此众多人口、广阔疆域、有统一文字语言而且历史悠久未断的巨大时空实体。而所有这些中国文化的短处和长处，又都与这个"天人合一"的根本攸关。

由此看来，在今天西方开始感觉需要了解中国的时候，王教授高屋建瓴从这个根本点上来讲中国文化和审美，不是很有其概括力量和深远意义吗？

是为序。

2008 年 1 月 31 日

《李泽厚论教育·人生·美》序

　　杨斌先生是苏州一中的资深教师。多年前和我联系，要写我的传记和编年谱，被我坚决拒绝。以后又写了我的诗词解析，我说诗无达诂，拒绝评论。这次又要做这个选编，我仍然不同意。他说以他多年切身体会，此书编选出版对中小学教师大有裨益；我说这是你的偏爱或偏见，我从不认为我的文章有那么大的作用和影响。我想，人贵有自知之明，不能一到老来便发狂。但是，还是拗不过他。他多年一片好意，三番两次劝说我，我不能拒绝看他寄来的信和概要，看了之后更不好意思回绝他下了不少功夫的成果。但我拒绝看他编写的内容，包括他如何编选和编选什么，我一概不闻不问。因为实在没精力也没兴趣再想和再看过去写的东西，而且一看就想改，改便失去了原貌。因此我要郑重声明，经杨先生同意，我对此书不负责任，功过是非，是好是坏，全由杨先生承担。版税也全归杨先生，尽管他再三推辞，我以"否则便不出书"逼他接受了。

　　书名也是他定的，我并不赞成，觉得太夸张，但想不出替代的，便加了个副标题。我一向认为，中小学老师在指引年轻人的人生道路上可以产生关键性的影响，比大学老师重要得多。那么，这本书就算我对中小学教师们献上的一份敬意吧，愿它能得到你们的喜欢。此为序。

　　　　　　　　　　李泽厚 2010 年 12 月 3 日于美国波镇

《哲学纲要》总序

　　本书由《伦理学纲要》、《认识论纲要》、《存在论纲要》合成，三书均有小序，此处总序只想重申：三书均系旧货，并无新作，为一更醒目之书名，重新组装出版而已。如已有拙著《人类学历史本体论》，则此书无须再购。广告术乎？唯唯否否；告别人生、谢幕学术、留作记念是实。呜呼，"匪贵前誉，孰重后歌；人生实难，死如之何"（陶潜）。月照四松，书以代牲，自寿并兼自祭，尚飨。

庚寅五月李泽厚时年八十序于异域波镇

　　漫画，不知何人所作。李说，《美的历程》读一遍就行了，《人类学历史本体论》读一遍等于没读

北京大学出版社来约此稿，当年沙滩、未名湖畔读哲学景象似又依稀可见。岁月如斯，伤痕犹在，怅惘何已。并此谢谢编辑王炜烨先生。

2010 年 8 月再记于京华寓所

《论语今读》中华书局版序

　　《论语今读》始属稿于 1989 年，成书于 1994—1996 年，1998 年初版于香港天地图书公司，台北允晨、安徽文艺、天津社科、三联书店、江苏文艺相继先后出版并多次印行。各版正文前均冠有"初稿"字样，盖表不甚满意而拟作补改修订之意。岁月迁延，迄今廿载，心多旁骛，精力日衰，虽各版有二三补改之处，均零星偶发，不足提及，而原拟参阅《孔子集语》、《孔子家语》、出土简帛及近年出版之各种《论语》译注、研究，对《今读》全书特别是"译"做一较大修订之计划，已难履行，实成泡影。从而"初稿"字样此次新版便应撤除，虽又增一人生大憾，却无可如何也矣。

　　此次新版增两附录。一为摘用齐鲁书社 2005 年出版幺峻洲编《论语索引》之主要部分。这对查检《论语》任何话语出自何篇何章，举手可得，颇为方便，希望对读者、学者有所助益；二为 1980 年发表之拙文《孔子再评价》。三十五年前之旧作矣，似仍可读，收此文以不忘当年发表时所遇之阻力、艰难和波折，并志《今读》由来有自，即在不断反传统高潮中力求再证传统，而非赶今日"儒教"、"国学"之时髦也。

　　此外，新版增加若干黑体字样，为在繁忙快速之当代阅读中引人注意，亦广告术也，能起作用乎？不可知也。

岁云暮矣，人已残年，来日不多，盍胜警悚；读圣贤书，有何可学，修身立言，俯仰无怍。

李泽厚甲午冬日于异域波城

《给孩子的美的历程》序

亲爱的年轻读者们:

《美的历程》是一本讲欣赏中国传统文艺的书,1981年出版的。一些好心的阿姨、叔叔做了许多压缩删削,给书名加了几个字,特地送给你们。我不清楚如何挑选了这本书,自己年纪大,视力差,不能细看,也不大清楚是如何删削压缩的。但她(他)们认为我是原作者,必须说几句话,即"表个态",写个序。

我也不知道这态和序如何表如何写,我十分感谢她(他)们看中了这本书,又费心费神,做了适合于你们阅读的删减削缩的工作,郑重向你们推荐,认为对你们有帮助。这当然使我非常高兴。但同时我又觉得,你们读这本书可能还是深了一点,用宋丹丹小品中的话来说,这本书仍然是那"相当地"难读、"相当地"难懂。

本来,文学艺术就相当庞大、复杂、多样,中国传统又那么长久,要串起来,读下去、搞明白,就更麻烦、更费劲,也就更难得有兴趣了。

那么,为什么要读这些东西呢?

这是个大问题。

很难讲。

有各种不同的讲法。下面的讲法,是抄录我以前说过、但可能更难懂的几段话:

如同物质的工具确证着人类曾经现实地生活过，并且是后代物质生活的必要前提一样；艺术品也确证人类曾经精神地生活过，而且也是后代精神生活的基础和条件……艺术品作为符号生产，其价值和意义即在这里。这个符号系统是对人类心理—情感的建构和确认。

——《美学四讲》1989

艺术本来是在一定时空中的。它有时代性、历史性，但恰恰又是艺术把时空凝冻起来，成为一个永久的现在。画幅上、电影中、诗词小说里，就是这种凝冻的时空，它毫不真实，却永不消逝。人经常感叹人生无常，去日苦多，时间一去不复返，艺术通过这种凝冻把它变而为体验众多人生的心理途径，直接培育、塑造人的自觉意识，丰富人的心灵，确证人类的生存和个人的存在。

——《美学四讲》1989（略有删削）

……认识的因素在艺术里面，就像水里放了盐，喝水知道咸味，但你看不见盐，也就是你可以感觉到，但不一定很明确。所以，艺术有它的多义性、不明确性、朦胧性。

——《在电影艺术讨论会上的发言》1986

有人说，既然是心理情感的构建，那便与培育"一颗中国心"也有关系。但有这么重要和严重吗？我不知道。我只愿你们在这多义、朦胧和不明确性的领悟琢磨中，能读出些中国传统的味道和兴致来。祝

读这本书快乐！

李泽厚

2016 年 5 月 22 日

《美的历程》德译本序

　　散步在附近的小森林中，今日想及的是如何写《美的历程》德文版序。

　　如何下笔呢？当然，我首先想到的是应该感谢翻译者们。我特别感谢他们如此严肃负责、费了很大功夫逐字逐句地进行了研究和翻译。全书除经我同意略去极个别的词句外，完全与汉文原版一样，包括所有引文，也都译了。而且所有引文都被找明出处，核对原书。英译本搞了八年多才出，图片很漂亮，印刷也好，但可惜翻译错漏不少，好些难译的地方被掠过，很多引文也全删去。因此几位美国朋友建议并准备另一个译本。日译由东京大学教授户川芳郎在做，他告诉我已进行多年。但至今尚未问世，可见译事艰难。韩译本 1991 年出版了，译文如何，我不知道，只注意到译文之后保留了很多汉文诗词和其他材料的汉字原文，想是为了帮助理解译文，韩国懂汉文的人大概还有不少。总之，这本小书因为直接援引了许多中国古典诗、文、评论（画论、书论、诗话、词话等等），造成了翻译上的严重困难。那么多的人名、书名就够人头疼的了，何况还有好些点到为止、未曾细说的各种复杂背景和看法。所以，我对德译者不避艰险，完成翻译，卜松山（Karl—Heinz Pohl）教授主持译事，一丝不苟，深为感动和钦佩。这次我亲身领会了在中国早就闻名的德国人那种极为严格认真的民族精神。

谈到翻译，我在国内国外，在华人中和洋人中，讲得最多的一点是，中外翻译太不均衡。中国翻译西方各方面的作品远远超过西方翻译中国的。因此，并非研究西方的中国知识分子，包括大学生、科技人员、一般干部，大都知道从古希腊到近现代西方的著名作品和人物，例如德国的歌德、席勒、丢勒、贝多芬……西方的知识分子大都知道毛泽东和邓小平，也许还有孔子和老子，但是除汉学家外，究竟有多少人知道陶潜、杜甫、苏轼、范宽、八大山人和鲁迅呢？我们知道《浮士德》、《阴谋与爱情》、《布登勃洛克家族》和《变形记》，但西方有多少人知道《诗经》、《楚辞》、《红楼梦》和《阿Q正传》呢？我们欣赏德国哲人将建筑比拟为"凝冻的音乐"，西方学者是否注意到中国美学将书法看做是流动的音乐和舞蹈呢？

　　我常常说，这不能责怪西方人，理由是他们没有需要去知道。不知道中国，他们照样生活。中国却不然，百余年的落后和挨打，使了解西方、学习西方从而赶上西方，成为中华民族生存的需要。不但科学技术，不但经济政治，而且文学艺术、人文论著；不但西方的今天，而且西方的昨天和前天，都成为我们必须了解必须知道的对象。所以20世纪以来，各种有关西方文化（当然包括德国文化）的翻译作品，大量问世，销路很好，特别是这十年来。

　　我心想，也祝愿，如果我们中国能够从今以后在各方面（首先在经济方面）逐步地、不再受大挫折地发展下去，以如此巨大的时空实体（八千年未间断的历史传统、九百六十万平方公里的疆域，十二亿人口），下个世纪的这个时候，全世界（包括西方）恐怕也非得迫切了解不可了吧?! 中国古典文化不再只有古董似的玩赏价值，汉学不会类似于埃及学、敦煌学仅有纯历史意义，而将成为现实的世界文化中不可缺少的具有深厚价值和贡献的重要组成部分。从而也就会有更多的、越来越多的翻译。特别是，由于中国历史传统并未死去，它依旧活在中国人的心底，积淀为中国人的文化心理结构的一个部分，而将在未来的世界中具有意义、发挥作用。这也正是本书最后一句话的意思所在："俱往矣，但美的历程却是指向未来的。"

在漫步中，我想到百年来中国人最乐于接受、影响中国最大的西方哲学是德国哲学，是马克思、黑格尔、康德以及海德格尔，也想到海德格尔晚年曾与人合作翻译了数章《老子》。那么，在对未来的哲学—美学的追求中，中国哲学与德国哲学、中国学人与德国学人是否会有更多的深沉的对话、交流和合作呢？

这是否可以作为我在这个充满传统文化氛围的美丽古城的小森林中所做的美的想象和向往呢？

是所望焉。

1992 年 7 月于 Tübingen

《华夏美学》日译本序

在我的美学论著中，《美的历程》大概最为流行。大陆两家出版社先后印了八次，台湾盗印版我看到了三种。英、韩、德译本已问世，日译、法译也在进行。但我自己和少数几位朋友却认为，比《美的历程》晚七年出版的《华夏美学》，也许更为重要。这可能是由于自己偏爱哲学的缘故。记得当年在刊物上发表《美的历程》各章节时，曾注明它是"中国美学史"的"外篇"；而"内篇"，即《华夏美学》是也。《华夏美学》涉及的哲学问题，比《美的历程》要多。因此，日译者如此独具慧眼，选中此书，当然令我很高兴。

《华夏美学》提出中国美学仍以儒学为主流，这是颇有异于许多中外论著的。这些论著大都承认儒家在政治、伦理等领域内是主流，但在艺术、美学中，却力主应以道家为主干。本书未能苟同这一流行看法。为何和如何不赞同，请看本书，此处不赘。

其次，更为重要的是，本书强调了中国文化传统和文学艺术，既非模拟，也非表现，而是以陶冶情感、塑造人性为主题，也就是强调内在自然的人化和人的自然化。这种哲学—美学思想对今日和未来，对设想更为健康更为愉悦的 21 世纪的社会生活和人生境地，希望仍有参考价值。

本书香港版和北京版的封底，由一位青年朋友写了一个内容提要，相当精炼地概括了本书内容，免多辞费，抄录如下，以供参考：

> 华夏美学，是指以儒家思想为主体的中华传统美学；它的悠久历史根源在于非酒神型的礼乐传统之中，它的一些基本观点、范畴，它所要解决的问题，它所包含的矛盾，早已蕴含在这个传统根源里。从而，如何处理社会与自然、情感与形式、艺术与政治、天与人等的关系，如何理解自然的人化和人的自然化，成为华夏美学的重心所在。

> 作者渐次论述了远古的礼乐、孔孟的人道、庄生的逍遥、屈子的深情和禅宗的形上追索，得出结论：中国哲学、美学和文艺，以至伦理政治等等，都是建基于一种心理主义上，这种心理主义不是某种经验科学的对象，而是以情感为本体的哲学命题。这个本体，不是上帝，不是道德，不是理智，而是情理相融的人性心理。它既超脱，又内在；既是感性的，又超感性，是为审美的形上学。

最后想说的一点是，我以为中日文化基本上是不相同的。中国好些人认为日本乃儒家文化，我不以为然。本书只约略提及中国禅和日本禅的不同，未及细说。其实，中日文化的不同，很值得研究探索。正因为不同，才更需要了解对方，以相互借鉴和补充。我这本书不知道在这个方面起点作用否？它在日本学者和读者界中会得到什么样的反响？欣欣焉，惴惴焉，余亦不自知其可也。

1992 年春月于 Ann Arbor

《康德新解》 英译本序

本书是在"中国文化大革命"时期的 1972—1976 年写成的，1979 年出版。以后虽多次再版，但因我已离开康德研究的领域，对本书讲述康德的部分未能有什么修改。《康德新解》是最初拟定的书名，因为当时各种情况，未能采用。中文版书名一直是《批判哲学的批判——康德述评》。

何谓《康德新解》？是想在叙述、介绍、解说和评论康德哲学的过程中，初步表达自己的"人类学历史本体论"哲学思想。它以唯物论、实践论和积淀论（The theory of sedimentation）为基础，突出康德"人是什么"（What is the human being）的主题，强调康德提出的"认识如何可能"（先天综合判断如何可能）只能由"人类如何可能"来解答。并认为，康德哲学实质上是提出和探讨"什么是人性"的问题。我认为人性（human nature）不是上帝授予，也不是自然进化的结果，而是百万年人类制造—使用工具的社会群体实践所历史地建立起来的人性心理（human psychology）。这里的心理（psychology），不是指现实的心理经验或经验的实证科学，而是从哲学上认为人类具有自我建构而为动物所无的心理形式结构（psychological forms、structures、frameworks）。所以本书表层述评是由康德讲到马克思，实际上是由马克思回到康德，即由人以制造—使用工具的物质实践活动和社会关系作为生存基础，提出和论说似乎是"先验"的认识、道德、审美的心理形式结构的来由和塑建，这就把康德颠倒了过来，并认为这可以与中国传统儒学联结起来。

也许，在这里我首先需要回答的问题是，我是否马克思主义者？因为书名副标题和书内许多地方都提到了它。

回答是，"yes and no"。

先讲"no"。

"no"有三条。一、我认为马克思主义是一部分现代知识分子对社会现实的革命追求和对未来远景的理论设想，它并不具有阶级性质，从而它并不是某特定阶级的世界观。二、我不认同"阶级斗争是推动历史前进的动力"等学说，不赞成"阶级斗争为纲"、无产阶级专政为马克思主义的必备纲领和核心理论。三、我以康德先验辩证篇为榜样，认为《资本论》以"抽象劳动"、"社会必要劳动时间"这些缺乏经验依据的基本概念，抽象地、逻辑地推论出没有资本、商品、市场经济，是一种缺乏客观现实可能的"先验幻相"，它并无实现的可能性和必要性，设计具体方案和步骤（如人民公社、五七道路）去实现这一幻相的"理想社会"，便会造成巨大灾难。

如果以这三条衡量，我当然不是马克思主义者。

"yes"只有一条，但这一条我认为很根本、很重要。几十年来，我坚持认为制造—使用工具的群体实践活动是人类起源和发展的决定性因素，从而，这也就是认同马克思、恩格斯所提出的制造工具、科技、生产力和经济是自古至今人类社会生活的根本基础。我认为这就是唯物史观的硬核（hard core），这一史观的其他部分，我并不接受。但我认为唯物史观的这一硬核是马克思、恩格斯留下的最可珍贵的遗产。而这恰好可以与重视人的物质生命、此世生存、现实生活的中国儒学非常一致。

此外，我认为"共产主义"与儒学传统的大同理想可以沟通。"货恶其弃于地也，不必藏于己；力恶其不出于身也，不必为己。"（《礼记·礼运》）与共产主义的"各尽所能、各取所需"等，可以相互联结，作为鼓舞人心、团聚人群去改变世界（包括自我身心）的情感信仰和"社会理想"，并成为中国传统的（政治）宗教性道德的组成部分和重要延续。如果以这一标准来衡量，则我仍可以是马克思主义者，而且是儒学—马克思主义者。

为什么要加上儒学？

我以为马克思、恩格斯论证了人类社会的物质生存的历史层面，而没有着重探讨人的内在心理。人性却始终是儒学的中心课题。儒学强调"内圣开外王"。我从哲学上提出"文化—心理结构"（cultural-psychological formation）和"情理结构"（emotional-rational structure）等概念，在科学上，我认为脑科学（brain science）、心理学和教育学，将以实证地、具体地研究人性而成为未来学科的中心。而这又恰恰是对康德提出的"人是什么"、实即"人性是什么"的根本问题的新解。我说过，人类学历史本体论是中国儒学、康德与马克思三合一。但写作本书时，正值毛泽东发动批孔大运动，我不可能谈儒学，而且这毕竟只是一本讲康德的书，所以必须与我几乎同时写作、发表的其他著作（如1976—1978年写作、1980年发表的《孔子再评价》），特别是以后的著作和这些著作中提出的"度的本体性"（proper measure）、"实用理性"（pragmatic reason）、"乐感文化"（The culture of optimism）、"两种道德论"（The two morals）、"情本体"（emotion as substance）等联结起来，才能充分看到这个"三合一"。当然，这个"三合一"只是主体，其中还吸取融入了好些其他的中外学说和思想，包括海德格尔、维特根斯坦、杜威、皮亚杰、希腊等等。

但即便如此，关于"什么是人性"的"三合一"探索，仍然以或明或暗的方式呈现在这本书内。

例如，在认识论，我回答康德那著名的"感性与知性的不可知的共同根源"的问题，认为它不是先验想象，而是人类实践，即认为感性源于个体实践的感觉经验，知性源于人类实践历史的心理形式。康德归诸"先验"的知性范畴和原理，我以为是百万年人类的独特实践对心理结构形式的塑建成果。它通过语言和教育（广义）传递给下代，代代相传，对个体来说，成了"先验"。本书中突出以客观社会性来替代普遍必然性，就是以实用理性和"一个世界"观来倒转那个并无由来的康德的"纯粹理性"，就是强调人通过行动中所不断把握、创造、开发和恒动不居的"度的本体性"，来建立各种确定的客观社会性，以替代那所谓普遍必然的本体世界。对人类学历史本体论哲学而言，不可知只可敬畏者是宇宙为何存在的物质物自体，即宇宙本身，亦我所说的"理性的神秘"之所在。这个"只可思之，不可知之"的物自体及其"宇宙与人协同共在"等根本设定，使"一切发现均发明"的认识论具有无比开拓的前景。所有这些，可能不会为有"两个世界"悠长背景的西方学人所接受，却正是基于中国传统所可做的现代解说。

例如，在伦理学，康德著名的三条"绝对律令"（categorical imperative），我以为其中"普遍立法"和"自由意志"两条，也是百万年人类心理塑建的形式结构。"人是目的"则并非"绝对律令"，它是具有某种普遍性并兼理想性的现代社会性道德（modern social moral）。道德是以理性而非情感为基础，观念是理性的内容，它随时代、社会、文化不同而变迁，理性的形式是意志，它是自古至今人类道德行为和心理的普遍必然性的（仍乃客观社会性的）不变结构。

美学方面当然也是如此。它更涉及个体身心、感性理性的水乳交融等等。

总之，对个人来说的"先验"，实际上是人类总体经验所历史地积淀而建立的，这就是"人类学历史本体论"（A theory of Anthropo-Historical Ontology）所说的"经验变先验，历史建理性，心理成本体"［empirical turns into transcendental（a priori）; history builds up rationality（reason）; psychology grows into substance］。这也就是 A New Key to Kant 的 Key。它是以中国儒学为基地，接受马克思，对康德所做出的一种新的理解和解说。

达尔文以自然进化谈了人类起源，现代社会生物学论证人与动物的相同相似，认为动物也有道德、审美甚至政治等等，本书接受达尔文，但反对后一学说和潮流。达尔文的终点是我另开炉灶的起点。我认为"人是什么"、"人类如何可能"、"人何以为人"已非自然演化所能决定或解释，而属于人类自我塑建问题。从本书开始，到我最近的论著，我一直从中国儒学特别重视人兽区分（the distinction between human being and animals）这一根本观点出发，提出人类心理的文化历史积淀，认为尽管许多动物甚至鸟类也使用工具，但人类为维持生存，百万年必要而充分地制造—使用工具的群体实践，使人类突破了基因极为接近的黑猩猩之类的动物生活，萌生了理性、情理结构、语言（主要是动物所没有而与工具制造使用有关的语义），从而，逐渐开启、产生和决定了对待自然和对待群己关系不同于动物的客观社会特征，开启、产生和决定了逻辑、数学、各种符号系统等不同于动物的人类认识形式和伦理规范、道德律令等不同于动物的行为方式；并且是由后者（伦理）引发出前者（认识）。我特别重视正是它们以后长久的独立发展，反过来不断地构造人生和生成现实，使人类获有了超生物的（supra-biological and super-biological）的肢体、性能、存在、价值和独有的主体性（subjectality，实践、行为、活动）和主观性（subjectivity，心理、认识、审美）。也正是负载着和积淀着这种历史经验，才使语言成为存在之家（house of Being）。尽管以此为基础的现代文明带来了各种祸害灾难，但总体来说，毕竟利大于害，使人类生活和生存迈进了一大步，这正是今日儒学所应重视和书写的"人类简史"。本书未能展开这些，只是通过论述康德，作了一个隐秘的导论。

　　这毕竟是一本四十年前的书了，而且是写在当时中国的恶劣情境中。如果今天来写，肯定会很不一样。我已年老体衰，无力再作，包括书中留下许多缺陷和时代印痕，也不能修改、订正了，我甚至不能够审阅这个英文版的绝大部分译文，深感愧疚，读者谅之。

　　此序。

2016 年 10 月于 Boulder, Colorado

（原载《社会科学报》总 1538 期，2016 年 12 月 19 日）

　　（交付出版前决定将书名改为《*A New Approach to Kant*》即《康德新探》，"谦受益"，古训也。丙申腊月李记）

辑　三

知识分子的主题

    鲁迅本人是知识分子。在鲁迅作品中，知识分子是一个突出主题。这仍然是中国近代民主革命的深刻反映。从戊戌经辛亥到五四，从五四经大革命到三十年代，知识分子是中国革命的先锋和桥梁，同时又具有各种严重的毛病和缺点。他们的命运、道路和前途，他们的成长、变迁和分化，成为鲁迅所十分关心的问题，这个问题在鲁迅思想发展中占有重要地位。它与农民问题同成为鲁迅作品的两大基本主题。这也是中国近代两大历史课题。鲁迅思想的发展与这问题密切相关，也可以说，鲁迅在这个问题上的思想发展是他整个思想发展中的重要组成部分。

    鲁迅对知识分子寄予很大的同情和希望，同时又给以无情的鞭挞和揭露。革命的，灰色的，反动的，先革命而后反动的，吃人的，被人吃的……各种各样知识分子形象，活灵活现地出现在鲁迅笔下，形形色色，蔚为大观。

    《怀旧》、《孔乙己》无论矣，他们是被"四书"、"五经"吃空了灵魂的末代传统知识分子的下层，那种迂臭、愚昧、空虚、受欺侮迫害然而仍不掩其善良的牺牲品，鲁迅是用一种嘲讽而又同情的眼光，看着他们的灭亡的。与此相映对，是鲁迅对曾参加或企望过革命的同辈和下辈知识分子的深切同情。从瑜儿、吕纬甫、魏连殳到涓生、子君，他们的道路和命运，便是鲁迅的亲身经历和见闻。在寂无回响有如荒漠的莽原中，这些曾经满怀豪情闹过革命的知识分子，有的爬上去了，本身变成了反动派或反动派的帮凶。当年赫赫有名的革命派，曾经编印过《黄帝魂》之类的影响很大的革命宣传品的章士钊，不就是典型代表么？但更多的革命知识分子，特别像范爱农那些下层的，却终于连整个身心都被黑暗吞噬掉，完全消失和被人遗忘了。不但范爱农没人知道或无人问及，连当年轰轰烈烈的"鉴湖女侠"，也同样荒坟冷落，不再为人所记忆和提及了。他们虽不过是一两个例子，其实代表着整个一代。出生入死建立功勋的最勇敢的革命党人被杀害，有的退隐消沉了，少数（当年革命派的某些上层人物）成了"新贵"，反动派篡夺大权，依然故我。例如，拿首义地区的两湖来说，被杀的焦达峰、陈作新（湖南的革命派首领人物）的墓木已拱，无人念及；杀人的主谋谭延闿（原立宪派）却成了国民党几十年的要人和大官。这种事例是太多、太多了。面对这种现实，秋瑾、陶成章、范爱农的身影怎能不再三浮现在鲁迅的心头、笔下？

五四运动过后，鲁迅又经历了这样一次"有的高升，有的退隐，有的前进"的分化。不论是当年曾悲歌慷慨为推翻满清建立民国而流血奋斗过的一代，也不论是当年曾振臂高呼为打倒孔家店而雄谈阔论的一代，都逐渐渺无声息，总之是被那巨大深重的旧黑暗势力吃掉或"同化"掉，于是自己也就成了黑暗的一部分（吕纬甫、魏连殳等形象是有深刻典型意义的）。就是"前进"的，究竟能"进"到哪里，鲁迅也颇有怀疑。死者已矣，生者何如？曙光在何处？路在哪里？"新的战友在哪里？"（《自选集·自序》）鲁迅看到一代又一代作为所谓先锋的革命知识分子这种末路和命运，有着巨大的愤慨和悲伤。鲁迅一往情深以歌当哭的那些极其沉郁优美的艺术作品，很多与这一主题有关①：

　　……潮湿的路极其分明，仰看太空，浓云已经散去，挂着一轮圆月，散出冷静的光辉。

　　我快步走着，仿佛要从一种沉重的东西中冲出，但是不能够。耳朵中有什么挣扎着，久之，久之，终于挣扎出来了，隐约像是长嗥，像一匹受伤的狼，当深夜在旷野中嗥叫，惨伤里夹杂着愤怒和悲哀（《彷徨·孤独者》）

　　……新的生路还很多，我必须跨进去，因为我还活着。但我不知道怎样跨出那第一步。有时，仿佛看见那生路就像一条灰白的长蛇，自己蜿蜒着向我奔来，我等着，等着，看看临近，但忽然便消失在黑暗里了。

　　初春的夜，还是那么长。……（《彷徨·伤逝》）

　　极强烈的情感包裹沉淀在极严峻冷静的写实中，出之以中国气派的简洁凝练，构成了鲁迅前期作品所特有美学风格。它使读者深切地感受到、认识到中国革命的艰难和知识分子选择道路的艰难。这两个问题是极为深刻地联系在一起的。它是典型环境中的典型性格和意境。把鲁迅前期作品和思想中的沉重、悲凉、孤独、抑郁，简单地一律看成消极的东西，低估它们的思想价值和美学意义，是不符合事实的。包括像《孤独者》这样冷峻哀伤的作品，使人读后的美学感受，也并不是低沉、消极或颓废；相反，它燃起的是深重的悲哀和强烈的愤慨。鲁迅的小说、散文（如《野草》）所以能如此深入人心，具有那么强大、深刻和持久的感染力量，与这种美学风格直接有关。它使人玩味无穷，一唱

---

　　①　以小说论，在《怀旧》、《狂人日记》、《孔乙己》、《药》、《风波》、《故乡》、《阿Q正传》、《在酒楼上》、《祝福》、《孤独者》、《伤逝》、《铸剑》这些最成功的作品中，以及鲁迅全部小说创作中，一半左右与此主题有关，具有浓厚抒情成分。另一半则是农民问题的主题，这一部分个人抒情成分要少得多。

三叹；低回流连，不能去云。这是那些所谓"通体光明"实乃一览无余的作品所完全不能匹敌的。

但是，到1926—1927年，上述那种沉重的抒情，开始近乎尾声了。斗志方浓，愁绪已淡，比较一下，就很显然：

> 夜九时后，一切星散，一所很大的洋楼里，除我以外，没有别人，我沉静下去了。寂静浓到如酒，令人微醺。望后窗外骨立的乱山中许多白点，是丛冢；一粒深黄色火，是南普陀寺的琉璃灯。前面则海天微茫，黑絮一般的夜色简直似乎要扑到心坎里。我靠了石栏远眺，听得自己的心音，四远还仿佛有无量悲哀，苦恼，零落，死灭，都杂入这寂静中，使它变成药酒，加色，加味，加香。这时，我曾经想要写，但是不能写，无从写。这也就是我所谓"当我沉默着的时候，我觉得充实，我将开口，同时感到空虚"。（《三闲集·怎样写〈夜记之一〉》）

这里仍然孤独，并有哀伤，但已不同于以前之沉重，最后一句是《野草》的题词，它象征走向后期的思绪；而写于1927年春的《铸剑》，悲壮高亢，则可说是这一转折的预告。在后期，特别是在1930年以后的阶段中，鲁迅逐渐试图解决这个知识分子道路和前程问题。这就是认为应该走向工农大众，与广大工农共命运，同呼吸，为他们的利益和要求而创作而斗争。俄国革命的经验和成果，中国革命根据地的斗争，是促使鲁迅明确这个问题的重要因素。前期的孤独悲凉逐渐消去，明朗、坚定、酣畅和一往无前的磅礴气势，形成了后期文笔的风格，但也毕竟丧失了前期更为优美深醇的文采。

从早年和前期起，鲁迅斗争的矛头经常就指向"拿着软刀子的妖魔"（《坟·题记》），即作为"用钢刀的"的帮凶帮忙的高级知识分子如土、洋绅士章士钊、陈西滢等人。随后在上海滩头，则更是与各式各样的知识分子作过战，从"丧家的资本家的乏走狗"到"唯我是无产阶级"的"革命家"。如对创造社、太阳社的论战与对梁实秋、第三种人、民族主义文学的斗争，就是如此。正是在这种极端复杂的斗争中，鲁迅认真地思考了中国知识分子的性格和灵魂，对它进行了阶级的剖析，这成为鲁迅后期一个重要主题。这个主题具有特定的时代重要意义。因为，不同于以前，三十年代有大量知识分子或者从大革命中退下阵来，或者从迅速解体的旧社会和传统家庭中分化游离出来，他们麇集于上海和一些大中城市，数量之大空前。其中一些人信奉着各种时髦的主义和旗号，颇有不平，要求革命，也谋求个人的出路，于是造成了一个颇为热闹的"文坛"，其规模、性质、内容和复杂性，是五四或二十年代所不能比拟的。他们是新的一代。鲁迅与他们的接触和较量，其数量和深广度也是以前没有过的。这样，随着时代的前进，知识分子和青年学生日益增多，解决知识分子在革命中的地位、作用和道路问题，是更为突出和迫切了。

正是这些日益增多的知识分子，鲁迅明确意识到，作为革命者，对工农群众可以起先锋和桥梁的作用；作为反动者，对工农群众却起欺骗和精神毒害的作用。他们是旧文化的承袭者，同时又应该是新时代的开拓人。尽管是枪不是笔才能打倒反动派，但文化战线上的清算任务也仍然很重。从而，鲁迅早年所朦胧地感受到的国民性问题，前期所归结为"文明批评"、"社会批评"的问题，这时很大一部分便落实在知识分子问题上。围绕着知识分子这一主题的"文明批评"和"社会批评"，占了比前更大的比重。也正是在这些新的战斗中，鲁迅自己的思想境界更迅速向前发展了。鲁迅后期更多地引证中国历史，鲁迅这时对中国的文化、历史（都与知识分子问题有关）采取了与前期不大相同的态度。不再是"不读中国书"，不再是"想做奴隶而不得"和"暂时做稳了奴隶的时代"的笼统提法，而是提出中国自古以来"就有埋头苦干的人，有拼命硬干的人，有为民请命的人，有舍身求法的人"（这里面就包括封建时代的某些知识分子）。"说中国人失掉了自信力，用以指一部分人则可，倘若加于全体，那简直是诬蔑。"（《且介亭杂文·中国人失掉自信力了吗》）不再是全体"国民性"问题，而是突出了作为意识形态的制造者、承担者的知识分子问题。鲁迅不仅猛烈地打击那些属于反动阶级一边的知识分子，而且也着重革命内部的"蛀虫"问题，一再指出那些口口声声自称属于无产阶级的知识分子，其阶级性格和世界观实际都是大成问题的。鲁迅一方面对知识分子给予极大的爱护和帮助，同时也不断揭露和批判了知识分子身上的个人主义、利己主义和其他种种劣根性，特别是指出其中一些人实际拖着长长的传统封建意识形态的尾巴，只要条件一具备，气候一适宜，就将暴露出来。例如，从鲁迅同辈和上辈的"想见汉官威仪"，到鲁迅下一辈的"红袖添香夜读书"，到更下一辈或沉溺于《庄子》、《文选》之类的国粹，或呼喊"张大吃人的血口"。总之，帝王思想，才子佳人，或准法西斯……中国是个封建主义极长而资本主义启蒙工作做得极少的社会，封建意识形态及其文化发展得非常完备而成熟，它不但表现在政治、经济上，而且渗透在人们的日常思想、生活、习俗中。它不但凶狠地吃掉人们，而且也笑吟吟地诱惑着人们。鲁迅不断看见他的同辈和下辈由提倡新文化始，以钻故纸堆终，由反对文言文的战斗始，以嘲笑青年写别字终的种种实例，深刻地感到旧势力的巨大和惯于"同化"革命者，并吞没他们。千年陈货可以用新形式出现，而知识分子首当其冲，因为他们身上本来就伏着旧事物的魂灵。所以，从早年到晚岁，鲁迅虽然经历了思想的重大变迁，但始终抓住启蒙不放①。启封

---

① "说到'为什么'做小说吧，我仍抱着十多年前的'启蒙主义'，以为必须是为'人生'，而且改良这人生。"（《南腔北调集·我怎么做起小说来》）

建之蒙，向它作持久的韧性的战斗。特别是在晚年，鲁迅对各种以新形式出现的旧事物，或附在新事物上的旧幽灵，总是剥其画皮，示其本相，以免它们贻害于人民。鲁迅是近代中国最深刻的文学家。

这种启蒙至今不失去它的深刻意义，中国革命将是一个漫长的革命。"四人帮"打着马克思主义和社会主义旗号，实际要求经济、政治、文化全面开倒车，退到封建时代去，他们还是通过知识分子为其鸣锣开道，不就是惊心动魄发人深省的现代历史的一幕么？

鲁迅曾经想写包括自己一代在内的四代知识分子的长篇小说，可惜没有实现。所谓四代，前面已讲。这就是，章太炎一代，这一代是封建末代知识分子，其中的少数先进者参加（或受影响，下同）了戊戌，领导了辛亥。下面是鲁迅一代，这一代的先进者参加了辛亥，领导了五四。再一代的优秀者是五四的积极参加者，1927年大革命（北伐）的各级领导者。最后一代是大革命的参加者或受影响者，以后抗日战争的广大基层的领导者。总之，辛亥的一代，五四的一代，大革命的一代，"三八式"的一代。如果再加上解放的一代（四十年代后期和五十年代）和"文化大革命"红卫兵的一代，是迄今中国革命中的六代知识分子（第七代将是一个全新的历史时期）。每一代都各有其时代所赋予的特点和风貌、教养和精神、优点和局限。例如最早两代处于封建社会彻底瓦解的前期，他们或来自农村环境或与社会有较多的关系和联系，大都沉浸在忠诚的爱国救亡的思想中，比较朴质认真，但他们又具有较浓的士大夫气息，经常很快就复古倒退，回到传统怀抱中去了。第三代眼界更宽、见闻更广，许多成为学者教授，有的首创与农民战争结合进行武装斗争，成为中国革命的栋梁和柱石，第四代大多数是典型的小资产阶级学生知识分子群，聚集于城市，与农村关系更疏远一些了，他们狂热、激昂然而华而不实，人数较多，能量较大，其中很多人在抗日战争中走上"与工农兵相结合"的路途，成了革命的骨干。第五代的绝大多数满怀天真、热情和憧憬接受了革命，他们虔诚驯服，知识少而忏悔多，但长期处于从内心到外在的压抑环境下，作为不大。其中的优秀者在目睹亲历种种事件后，在深思熟虑一些根本问题。第六代是在邪恶的斗争环境中长大成熟的，他们在饱经各种生活曲折、洞悉苦难现实之后，由上当受骗而幡然憬悟，上代人失去了的勇敢和独创开始回到他们身上，再次喊出了反封建的响亮呼声。他们将是指向未来的桥梁和希望。总之，这几代知识分子缩影式地反映了中国革命的道路，他们在辛亥革命失败之后，迈过了启蒙的二十年代（1919—1927），动荡的三十年代（1927—1937），战斗的四十年代（1937—1949），欢乐的五十年代（1949—1957），艰难的六十年代（1957—1969），萧条的七十年代（1969—1976），而以"四人帮"的垮台迈向苏醒的八十年代。当然，所有各代中都有工农出身的知识分子未计在内。每一代又还可再分，并且每代中又有各种不同的类型和性格，有些人则介乎两代之间，有些人则属于此代却具有上一代或下一代的典型特征，如此等等。总之，他们的命运和道路，他们的经历和斗争，他们的要求和理想，他们的悲欢离合和探索追求，他们所付出的沉重代价、牺牲和苦痛，他们所迎来的胜利、欢乐和追求……如果谱写出来，将是一部十分壮丽的中国革命的悲歌。鲁迅的遗志应当有人来完成。

鲁迅是不朽的。只是他，自觉地意识和预见到这个具有重大历史深度的中国知识分子的道路和性格问题，并指出他们有一个继续战斗和自我启蒙的双重任务，它与中国的过去、现在和未来息息相关。

（选自《略论鲁迅思想的发展》，原载《鲁迅研究集刊》第1辑，1978年）

提倡启蒙　超越启蒙

　　鲁迅始终是那样独特地闪烁着光辉，至今仍然有着强大的吸引力，原因在哪里呢？除了他对旧中国和传统文化的鞭挞入里沁人心脾外，我以为最值得注意的是，鲁迅一贯具有的孤独和悲凉所展示的现代内涵和人生意义。关于鲁迅，人们已经写得够多了，本文作者十年前也发表过一篇①。因此这里只想继续论胡、陈之后补充一小点。胡适说过，"世界上最强有力的人就是那个最孤立的人"，但自称为"不可救药的乐观主义者"的浮浅的胡适并不理解这句话。只有鲁迅，才真正身体力行地窥见了、探求了、呈现了这种强有力的孤独。

　　这当然与他早期接受尼采哲学作为人生观有关。贬视庸俗，抨击传统，勇猛入世，呼唤超人，不但是鲁迅一生不断揭露和痛斥国民性麻木的思想武器（从《示众》到《铲共大观》、《太平歌诀》），而且也是他的孤独和悲凉的生活依据（从《孤独者》到《铸剑》到晚年的一些心境）。鲁迅那种背负因袭重担，肩住黑暗闸门所具有的极其深刻沉重的社会历史内容的孤独悲凉，已经有好些论著反复讲过了。本文觉得重要的是，这种孤独悲凉感由于与他对整个人生荒谬的形上感受中的孤独、悲凉纠缠融合在一起，才更使它具有了那强有力的深刻度和生命力。鲁迅也因此

---

　　① 《略论鲁迅思想的发展》，见拙作《中国近代思想史论》。

而成为中国近现代真正最先获有现代意识的思想家和文学家。

尼采说，上帝死了。陀斯妥耶夫斯基说，如果没有上帝，便什么事情都可以干了。并且上帝死了，也就没有什么事情必然发生，一切都是偶然的。总之，是没有什么客观规律、法则、伦理、道德可以遵循了。个体已经从所有这些束缚中解脱出来醒觉出来。于是，面对着的便是一个充满了偶然从而荒谬的世界，所深切感受的，只是自己感性真实的此刻生存，和自己必将走向死亡。

> ……我常觉到一种轻微的紧怯，宛然目睹了"死"的袭来，但同时也深切地感着"生"的存在。
>
> ……也许有人死伤了吧，然而天下却似乎更显得太平。窗外的白杨树的嫩叶，在日光下发乌金光；榆叶梅也比昨日开得更烂漫……①

托尔斯泰《战争与和平》描述过安德烈死亡前对天空等大自然的生的感受，左拉《溃灭》也有类似的描写，其中似乎都有某种宗教意绪，某种对永恒宁静的本体赞颂，然而鲁迅这里却是意识到"死"时所感受到的"生"的光彩，仍然是中国式的刚健情调。正因为这，鲁迅才蔑视那"超然无事地逍遥"，而热爱那"被风沙打击得粗暴"的青年们的"人的魂灵"："我爱这些流血和隐痛的魂灵，因为他使我觉得是在人间，是在人间活着。"②

这是鲁迅在比较高昂的情绪中（1926 年 4 月）写的。在《野草》的这些抒情散文中，多次描写到死。在这里，展示了鲁迅这个"生"的魂灵总是在对"死亡"的意识中，在对人生极大的悲观中，加深了存在的"强力意志"（Will to power）。

---

① 《野草·一觉》。
② 《野草·一觉》。

……窥见死尸，胸腹具破，中无心肝。而脸上却绝不显哀乐之状，但蒙蒙如烟然。

……抉心自食，欲知本味。创痛酷烈，本味何能知？……

……痛定之后，徐徐食之。然其心已陈旧，本味又何由知？……①

这不正是向"绝不显哀乐之状，但蒙蒙如烟然"的活着的死亡去追问本体么？但本体（也即是"本味"）是不可知的，如果创痛酷烈的人生搏斗不是"本味"，那"痛定之后"的人生已经陈腐麻木，更不会是"本味"了。于是只能"于浩歌狂热之际中寒，于天上看见深渊，于一切眼中看见无所有，于无所希望中得救"②。于是，"这是死火，有炎炎的形，但毫不动摇，全体冰结，像珊瑚林……使这冰谷，成红珊瑚色"③。

这里遭遇的远不是个体的死亡意识，而且是那死亡似的人生冰谷。生的火焰在这冰谷里冻僵、死灭，却并不甘心，它使红影无数映照在这昔日冰冷的死谷之中……

……我的心也曾充满过血腥的歌声，血和铁，火焰和毒，恢复和报仇，而忽而这些都空虚了，但有时故意地填以没奈何的自欺的希望。希望，希望，用这希望的盾，抗拒那空虚中的暗夜的袭来，虽然盾后面也依然是空虚中的暗夜……

……悲哉死也，然而更可悲的是他的诗至今没有死。

但是，可惨的人生！……

我只得由我来肉搏这空虚的暗夜了……但暗夜又在哪里

---

① 《野草·墓碣文》。
② 《野草·墓碣文》。
③ 《野草·死火》。

呢？现在没有星，没有月光以至笑的渺茫和爱的翔舞……竟至于并且没有真的暗夜。

　　绝望之为虚妄，正与希望相同。①

　　多么惨淡深重的悲哀，连可以搏斗的对象（"暗夜"）和可以为之搏斗的"身外的青春"（"星"、"月光"、"笑的渺茫和爱的翔舞"），也可以至于没有。那么，人还值得活么？人生道路和生存意义究竟何在呢？于是：

　　　　我不过一个影，要别你而沉没在黑暗里了。然而黑暗又会吞并我，然而光明又会使我消失。然而，我不愿彷徨于明暗之间，我不如在黑暗里沉没。

　　　　然而我终于彷徨于明暗之间，我不知道是黄昏还是黎明。我姑且举灰黑的手装作喝干一杯酒，我将在不知道时候的时候独自远行。

　　　　……

　　　　我独自远行，不但没有你，并且再没有别的影在黑暗里。只有我被黑暗淹没，那世界会属于我自己。②

　　一切都值得怀疑，一切都可能虚妄，一切都并无意义和价值，连绝望本身也虚妄得好笑……但人却还得活着，还得彷徨于明暗是非之间。于是我奋然前进，孤独地前行，没有伙伴，没有歌哭，面对惨淡的人生，向死亡突进。

　　所以，鲁迅喜欢安德列耶夫，喜欢迦尔洵，也喜欢厨川白村。鲁迅对世界的荒谬、怪诞、阴冷感，对死和生的强烈感受是那样的锐敏和深刻，不仅使鲁迅在创作和欣赏的文艺特色和审美兴味（例如对绘画）上，有着明显的现代特征，既不同于郭沫若

---

　　① 《野草·希望》。
　　② 《野草·影的告别》。

那种浮泛叫喊、自我扩张的浪漫主义，也不同于茅盾那种刻意描绘却同样浮浅的写实主义，而且也使鲁迅终其一生的孤独和悲凉，具有形而上学的哲理意味。可惜加缪晚生，否则加缪将西西弗斯（Sisyphus）徒劳无益却必须不停歇的劳动（向山上推石头，石头刚推到山顶就滚下来，又重新开始向上推）比作人生，大概是会得到鲁迅欣赏的吧？鲁迅虽悲观却仍然愤激，虽无所希冀却仍奋力前行。但正因为有这种深刻的形上人生感受，使鲁迅的爱爱憎憎，使鲁迅的现实战斗便具有格外的深沉力量。鲁迅的悲观主义比陈独秀、胡适的乐观主义更有韧性的生命强力。

事实上，这里有两种不同的因素或方面的融合，构成了鲁迅独有的孤独和悲怆（悲凉）。一个方面是形上的人生意义的感受和寻求，鲁迅认真钻研过佛学，鲁迅从尼采到安德列耶夫的现代西方文艺中感受到现代意识，可能还包括日本文学所表达的人生悲哀无托的影响，都使鲁迅的孤独与悲凉具有某种超越的哲理意味。另方面，由于日益卷入实际的战斗历程，与旧文化战，与旧势力战，与章士钊、杨荫榆、陈西滢战，与创造社、太阳社、新月派战，与"革命阵营里的蛀虫战"，与"四条汉子"战……他所感受、承担和认识的现实的黑暗、苦难的深重、战斗的艰难、前景的渺茫、道路的漫长、人民大众的不觉醒、恶势力的虚伪凶残以及他屡次被革命者和一些青年所误解、反对和攻击，受着"来自同一阵营"的冷枪暗箭……都使他感到孤独和悲怆。这是一种具有非常具体的社会历史内容的孤独与悲怆。

然而，正是这两者结合交融才构成了鲁迅的个性特色。因为有后一方面，鲁迅才不会走向纯粹个人主义的超人幻想，才不是那种纯粹个人的失落感、荒谬感、无聊厌倦和脱离现实。因为有前一方面，鲁迅才没有陷入肤浅的"人道主义"、"集体主义"以及科学主义、理性主义中，而忘却对个体"此在"的深沉把握。鲁迅后期的政治色彩异常确定鲜明，几乎压倒其他一切，但他却并没有完全政治化。鲁迅是伟大的启蒙者，他不停地向各种陈旧传统作韧性的长期的尖锐斗争；但同时却又超越了启蒙，他有着对人生意义的超越寻求。他早年所说"向上之民，欲离是有限相对之现世，以超无限绝对之至上"①的精神、观念并未完全消失，尽管他不再认为"迷信可存"，宗教当兴。鲁迅是启蒙者又超越了启蒙，这就使他的启蒙比陈、胡具有更深沉的力量、激情和智慧。

有如一些研究者所注意，鲁迅热爱某些鬼魂。夏济安曾说：

> 鲁迅无疑背负着某些鬼魂，……甚至隐藏着一种秘密的爱恋。他对目连戏鬼魂形象的态度就是一种偏爱。很少有作家能以这样大的热忱来讨论这些令人毛骨悚然的主题……

> 目连戏中最突出的形象是无常和女吊。他们吓人的外貌在鲁迅一生中都保持着魅力。……表现了更深一层的含义：死的美和恐怖，透过浓厚的白粉胭脂的假面，窥探着生命的奥秘。鲁迅并未完成对这一奥秘更深的探究，他谈得更多的是对社会罪恶愤怒的抗议。然而，使他区别于他的同时代人的，正是他承认这种秘密，而且从不否认它的威力，他甚至可以被生活中存在的这种黑暗的威力所镇魇。他同情那些脱离了他们的社会环境而处于孤独时刻的个人。②

这可能说得有点过分，但鲁迅的特点却确乎在于：他把具有具体现实内容的对"社会罪恶愤怒的抗议"，与具有超越社会的形上人生孤独感融合在一起。鲁迅当时还没有，后来他也不知道欧洲的存在主义思潮。但即使知道了，他也仍然不会是现代存在主义者。鲁迅毕竟植根在中国社会的现实土地上，对"社会罪恶

---

① 《集外集拾遗·破恶声论》。
② 《国外鲁迅研究论集》，第375、378页，北京大学出版社，1983年，北京。

愤怒的抗议"和人道主义的历史使命感，要远远大于个体存在的意义寻求。个体的那种现代的荒谬、畏惧、烦厌、孤独，在民族危亡、搏斗剧烈的环境和时刻中，毕竟不能占据中心地位。鲁迅刚强忠挚、爱憎鲜明，基本上和实质上是积极入世的人格个性，无疑也是使鲁迅的形上感受具有着现实战斗内容的重要因素。

但鲁迅即使在激烈的战斗中也仍时时抚摸着生和死，惊心目睹着生命的逝去和灭亡的终将来临。鲁迅不像周作人，用麻醉和麻木来抵挡和掩盖深刻的悲观，用苦茶和隐士的自我解嘲来解脱人生。鲁迅恰恰相反，以愈战愈强的勇士情怀来纪念着这生和死，赞颂着这生和死。所以，鲁迅不仅歌唱复仇的女吊，赞叹"哪怕你铜墙铁壁，哪怕你皇亲国戚"的无常，而且早就歌颂"死火"、暗影、死尸和北方的飞雪：

> 在无边的旷野上，在凛冽的天宇下，闪闪地旋转升腾着的是雨的精魂⋯⋯
>
> 是的，那是孤独的雪，是死掉的雨，是雨的精魂。[①]

鲁迅在自己著作的题记里，也总记下这是他生命的掷去所赢来的坟墓：

> 现在是一年的尽头的深夜，深得这夜将尽了。我的生命，至少一部分的生命，已经耗费在写这些无聊的东西中，而我所获得的，乃是我自己灵魂的荒凉和粗糙。但是，我并不惧惮这些，也不想遮盖这些，而且实在有些爱他们了，因为这是我辗转而生活于风沙中的斑痕。[②]
>
> 这总算是生活的一部分的痕迹。所以，虽然明知道过去已经过去，神魂是无法追蹑的，但总不能那么决绝，还想将

---

① 《野草·雪》。
② 《华盖集·题记》。

糟粕收敛起来，造成一座小小的新坟，一面是埋藏，一面也是留恋。至于不远的踏成平地，那是不想管，也无从管了。①

　　我是很确切地知道一个终点，就是：坟。然而这是大家都知道的，无须谁指引。问题是在从此到那的道路。②

正因为"一面是埋藏，一面也是留恋"；正因为死亡之后会希望有"坟"，即使不久它也将被踏平；也正因为"问题是在从此到那的道路"；所以，生命和死亡于鲁迅便不完全同于现代派。鲁迅把温暖和爱恋仍然留给了人间，即使写于"颓唐"中的《野草》诸篇，仍然洒泻着生命的力量。《希望》、《死火》、《墓碣文》、《过客》、《影的告别》，在惨痛和死灭中仍有奋起；而《秋夜》、《风筝》、《雪》、《腊叶》、《淡淡的血痕》，在冷峻中便藏着极大的和暖、情爱和温柔。鲁迅在这里显然不同于卡夫卡、萨特以及陀斯妥耶夫斯基，他更温暖，他的人间味更强。他不是那永远折磨着人的残酷的上帝。鲁迅把他的情感化为本体，放在他的创作中，留给了人间。

也许，这仍然是儒家"知其不可而为之"、"惟其义尽，所以仁至"的传统？也许这就是"中国的脊梁"、"民族魂"？它毕竟不同于加缪的西绪弗斯的无谓劳动。但鲁迅已经把传统精神置放在现代意识的洗礼下深化了，升华了，具有了超越的形上光彩。

所以，鲁迅的孤独和悲凉才有这强大的力量。

把体验着生和死、背负着一切苦难和黑暗、面对着历史的废墟和荒坟的情感心理，化为形上本体，它就将哺育着人间。他也就是人的主体性，他也就是那"使造物者也羞惭"的人间的猛士。

---

① 《坟·题记》。
② 《坟·写在坟后面》。

叛逆的猛士出于人间；他屹立着，洞见一切已改和现有的废墟和荒坟，记得一切深广和久远的苦痛，正视一切重叠淤积的凝血，深知一切已死，方生，将生和未生。他看透了造化的把戏；他将要起来使人类苏生，或者使人类灭尽，这些造物主的良民们。

　　造物主，怯弱者，羞惭了，于是伏藏。天地在猛士的眼中于是变色。①

　　这就是现代人的"参天地，赞化育"。这是一种尼采和中国传统精神的奇异的融合。这是人的主体性的超人式的昂扬，这也就是艺术所呈现的巨大的心理本体。

　　鲁迅思想和文学的潜在力量就在这里。

　　　　　（选自《胡适　陈独秀　鲁迅》，原载《福建论坛》
　　1987 年第 2 期）

---

　　①　《野草·淡淡的血痕中》。

虽体解吾犹未变兮

加缪说："哲学的根本问题是自杀问题，决定是否值得活着是首要问题。世界究竟是否三维或思想究竟有九个还是十二个范畴等等，都是次要的。"伽达默尔说："人性特征在于人的构建思想超越其自身在世上生存的能力，即想到死，这就是为什么埋葬死者大概是人性形成的基本现象。"如果说，莎士比亚在《哈姆雷特》中以"活还是不活，这就是问题"表现了欧洲文艺复兴提出的特点；那么，屈原大概便是第一个以古典的中国方式在两千年前尖锐地提出了这个"首要问题"的诗人哲学家。并且，他确乎以自己的行动回答了这个问题。这个否定的回答是那样"惊采绝艳"，从而便把这个人性问题——"我值得活着吗？"——提到极为尖锐的和最为深刻的高度。把屈原的艺术提升到无比深邃程度的正是这个"死亡—自杀"的人性主题。它极大地发扬和补充了北方的儒学传统，构成中国优良文化中一个很重要的因素。

如果像庄子那样，"死生无变于己"（《庄子·齐物论》），就不能有这主题；如果像儒学那样，那么平宁而抽象，"存，吾顺事；殁，吾宁也"（张载《正蒙·西铭》），也不会有这主题。屈原正是在明确意识到自己必须选择死亡、自杀的时候，来满怀情感地上天下地，觅遍时空，来追寻，来发问，来倾诉，来诅咒，来执着地探求什么是"是"，什么是"非"，什么是"善"，什么是"恶"，什么是"美"，什么是"丑"。他要求这一切在死亡面前展现出它们的原形，要求就它们的存在和假存在来做出解答。"何昔日之芳草兮，今直为此萧艾也？""何方圜之能周兮，夫孰异道而相安？"（《楚辞·离骚》）政治的成败，历史的命运，生命的价值，远古的传统，它们是合理的吗？是可以理解的吗？生存失去支柱，所以"天问"；污浊必须超越，所以"离骚"。人作为具体的现实存在的依据何在，在这里有了空前的突出。屈原是以这种人的个体血肉之躯的现实存在的重要性和可能性来寻问真理。从而，这真理便不再是观念式的普遍性概念，也不是某种实用性的生活道路，而是"此在"本身。所以，它充满了极为浓烈的情感哀伤。

可以清楚地看到，那是颗受了伤的孤独的心：痛苦、困惑、烦恼、骚乱、愤慨而哀伤。世界和人生在这里已化为非常具体而复杂的个体情感自身，因为这情感与是否生存有着直接联系。事物可以变迁，可以延续，只有我的死是无可重复和无可替代的。以这个我的存在即将消失的"无"，便可以抗衡、可以询问、可以诅咒那一切存在的"有"。它可以那样自由地遨游宇宙，那样无所忌惮地怀疑传统，那样愤慨怨恨地议论当政……有如王夫之所说："唯极于死以为志，故可任性孤行。"（王夫之《楚辞通释》）

他总是那么异常孤独和分外哀伤：

> 鸷鸟之不群兮，自前世而固然。（《楚辞·离骚》）
>
> 世溷浊而莫余知兮，吾方高驰而不顾。（《楚辞·九章·涉江》）
>
> 哀吾生之无乐兮，幽独处乎山中。吾不能变心而从俗兮，固将愁苦而终穷。（同上）
>
> 涕泣交而凄凄兮，思不眠以至曙。终长夜之曼曼兮，掩此哀而不去。（《楚辞·九章·悲回风》）

这个伟大孤独者的最后决定是选择死：

宁溘死以流亡兮，余不忍为此态也。（《楚辞·离骚》）

既莫足与为美政兮，吾将从彭咸之所居。（同上）

宁溘死而流亡兮，恐祸殃之有再。不毕辞而赴渊兮，惜雍君之不识。（《楚辞·九章·惜往日》）

临沅湘之玄渊兮，遂自忍而沉流。卒没身而绝名兮，惜雍君之不昭。（同上）

知死不可让，愿勿爱兮。（《楚辞·九章·怀沙》）

浮江淮而入海兮，从子胥而自适。望大河之洲渚兮，悲申徒之抗迹。骤谏君而不听兮，重任石之何益。心絓结而不解兮，思蹇产而不释。（《楚辞·九章·悲回风》）

王夫之说，屈原的这些作品都是“往复思维，决以沉江自失”、“决意于死，故明其志以告君子”、“盖原自沉时永诀之辞也”（《楚辞通释》）。在文艺史上，决定选择自杀所作的诗篇达到如此高度成就，是罕见的。诗人以其死亡的选择来描述，来想象，来思索，来抒发。生的丰富性、深刻性、生动性被多样而繁复地展示出来，是非、善恶、美丑的不可并存的对立、冲突、变换的尖锐性、复杂性被显露出来，历史和人世的悲剧性、黑暗性和不可知性被提了出来。“伍子逢殃兮，比干菹醢。与前世而皆然兮，吾又何怨乎今之人！”（《楚辞·九章·涉江》）“矰弋机而在上兮，罻罗张而在下。”（《楚辞·九章·惜诵》）“固时俗之工巧兮……竞周容以为度。”（《楚辞·离骚》）“天命反侧，何罚何佑？齐桓九会，卒然身杀。……何圣人之一德，卒其异方？梅伯受醢，箕子佯狂。”（《楚辞·天问》）既然如此，世界和存在是如此之荒诞、丑陋、无道理、没目的，那我又值得活吗？

要驱除掉求活这个极为强大的自然生物本能，要实现与这个丑恶世界做死亡决裂的人性，对一个真有血肉之躯的个体，本是很不容易的。它不是那种"匹夫匹妇自刭于沟渎"式的负气，而是只有自我意识才能做到的以死亡来抗衡荒谬的世界。这抗衡是经过对生死仔细反思后的自我选择。在这反思和选择中，把人性的全部美好的思想情感，包括对生命的眷恋、执着和欢欣，统统凝聚和积淀在这感性情感中了。这情感不同于"礼乐传统"所要求塑造、陶冶的普遍性的群体情感形式，这里的情感是自我在选择死亡而意识世界和回顾生存时所激发的非常具体而个性化的感情。它之所以具体，是因为这些情感始终萦绕着、纠缠于自我参与了的种种具体的政治斗争、危亡形势和切身经历。它丝毫也不"超脱"，而是执着在这些具体事务的状况形势中来判断是非、美丑、善恶。这种判断从而不只是理知的思索，它们更是情感的反映，而且在这里，理知是沉浸、溶化在情感之中的。这当然不是那种"普遍性的情感形式"所能等同或替代的。它之所以个性化，是因为这是屈原以舍弃个体生存为代价的呼号抒发，它是那独一无二、不可重复的存在本身的显露。这也不是那"普遍性的情感形式"所能等同。正是这种异常具体而个性化的感情，给了那"情感的普遍性形式"以重要的突破和扩展。它注入"情感的普遍性形式"以鲜红的活的人血，使这种普遍性形式不再限定在"乐而不淫，哀而不伤"的束缚或框架里，而可以是哀伤之至；使这种形式不只是"乐从和"、"诗言志"，而可以是"怆怏难怀"、"忿怼不容"。这即是说，使这种情感形式在显露和参与人生深度上，获得了空前的悲剧性的沉积意义和冲击力量。

尽管屈原从理知上提出了他之所以选择死亡的某些理论上或伦理上的理由，如不忍见事态发展、祖国沦亡等等，但他不愿听从"渔父"的劝告，不走孔子、庄子和"明哲"古训的道路，都说明这种死亡的选择更是情感上的。他从情感上便觉得活不下去，理知上的"不值得活"在这里明显地展现为情感上的"决不能活"。这种情感上的"决不能活"，如前所说，不是某种本能的冲动或迷狂的信仰，而仍然是融入了、渗透了并且经过了个体的道德责任感的反省之后的积淀产物。它既不神秘，也非狂热，而仍然是一种理性的情感态度。但是，它虽符合理性甚至符合道德，却又超越了它们。它是生死的再反思，涉及了心理本体的建设。

所以，尽管后世有人或讥讽屈原过于"愚忠"，接受了儒家的"奴才哲学"，或指责屈原"露才扬己"（班固《离骚序》），"怀沙赴水……都过常了"（《朱子语类》卷八十），不符合儒家的温厚精神。但是，你能够去死吗？在这个巨大的主题面前，嘲讽者和指责者都将退缩。"千古艰难惟一死，伤心岂独息夫人。"如果说"从容就义"比"慷慨成仁"难，那么自杀死亡比"成仁"、"就义"就似乎更难了。特别当它并不是一时之泄愤、盲目的情绪、狂热的观念，而是在深入反思了生和死、咀嚼了人生的价值和现世的荒谬之后。这种选择死亡和面对死亡的个体情感，强有力地建筑着人类的心理本体。

尽管屈原以死的行动震撼着知识分子，但在儒家传统的支配下，效法屈原自杀的毕竟是极少数，因之，它并不以死的行动而毋宁是以对死的深沉感受和情感反思来替代真正的行动。因之是以它（死亡）来反复锤炼心灵，使心灵担负起整个生存的重量（包括屈辱、扭曲、痛苦……）而日益深厚。不是樱花式的热烈在俄顷，而毋宁如菊、梅、松、竹，以耐力长久为理想的象征。所以后世效法屈原自沉的尽管并不太多，不一定要去死，但屈原所反复锤炼的那种"虽体解吾犹未变兮"、"虽九死其犹未悔"的心理情感，那种由屈原第一次表达出来的死之前的悲愤哀伤、苦痛爱恋，那种纯任志气、袒露性情……总之，那种屈原式的情感操守却一代又一代地培育着中国知识者的心魂，并经常成为生活和创作的原动力量。司马迁忍辱负重的生存，嵇康、阮籍的悲愤哀伤，也都是在死亡面前所产生的深厚沉郁的"此在"的情感本身。他们都考虑过或考虑到去死，尽管他们并没有那样去做，却把经常只有面临死亡才能最大地发现的"在"的意义很好地展露了出来。它们是通过对死的情感思索而发射出来的"在"的光芒。

（选自《华夏美学》第四章第一节，1988 年）

蓦然回首，那人却在灯火阑珊处

禅与儒、道、屈到底有什么同异呢？

与儒家的同异，似乎比较清楚。儒家强调人际关系，重视静中之动，强调动。如《易传》的"生生不息"、"天行健"等等。从而，儒家以雄强刚健为美，它以气胜。无论是孟子，是韩愈，不仅在文艺理论上，而且在艺术风格上，都充分体现这一点。即使是杜甫，沉郁雄浑中的气势凛然，也仍然是其风格特色。像那著名的"前不见古人，后不见来者，念天地之悠悠，独怆然而涕下"（陈子昂），虽也涉及宇宙、历史、人生和存在意义，但它仍然是儒家的襟怀和感伤，而不是禅或道。这种区分是比较明显的。

与道（庄）的同异，比较难做清晰区分。"人们常把庄与禅密切联系起来，认为禅即庄。确乎两者有许多相通、相似以至相同处。如破对待、空物我、泯主客、齐死生、反认知、重解悟、亲自然、寻超脱等等，特别是艺术领域中，庄、禅更常常浑然一体，难以区分。

"但二者又仍然有差别。……庄所树立、夸扬的是某种理想人格，即能做'逍遥游'的'至人'、'真人'、'神人'，禅所强调的却是某种具有神秘经验性质的心灵体验。庄子实质上仍执着于生死，禅则以参透生死关自许，于生死真正无所住心。所以前者（庄）重生，也不认世界为虚幻，只认为不要为种种有限的具体现实事物所束缚，必须超越它们，因之要求把个体提到与宇宙并生的人格高度。它在审美表现上，经常以辽阔胜，以拙大胜。后者（禅）视世界、物我均虚幻，包括整个宇宙以及这种'真人'、'至人'等理想人格也如同'干屎橛'一样，毫无价值。真实的存在只在于心灵的顿悟觉感中。它不重生，亦不轻生。世界的任何事物对它既有意义，也无意义，过而不留，都可以无所谓，所以根本不必去强求什么超越，因为所谓超越本身也是荒谬的，无意义的。从而，它追求的便不是什么理想人格，而只是某种彻悟心境。庄子那里虽也有这种'无所谓'的人生态度，但禅由于有瞬刻永恒感作为'悟解'的基础，便使这种人生态度、心灵境界，这种与宇宙合一的精神体验，比庄子更深刻也更突出。在审美表现上，禅以韵味胜，以精巧胜。"（拙作《中国古代思想史论》）

所以，"乘云气，骑日月，而游乎四海之外"（《庄子·齐物论》），便是道，而非禅。"空山无人，花开水流"（苏轼）便是禅，而非道。因为后者尽管描写的是色（自然），指向的却是空（那虚无的本体）；前者即使描写的是空，指向的仍是实（人格的本体）。"行到水穷处，坐看云起时"（王维），是禅而非道，尽管它似乎很接近道。"平畴交远风，良苗亦怀新"；"采菊东篱下，悠然见南山"（陶潜），却是道而非禅，尽管似乎也有禅意。如果用王维、苏轼的诗和陶潜的诗进一步相比较，似乎便可看到这种差异。尽管陶诗在宋代特别为苏轼捧出来，与王、苏也确有近似，但如仔细品味分辨，则陶诗虽平淡却阔大的人格气韵，与王、苏的精巧聪明的心灵妙境，仍有所不同。这也正是道与禅的相似和相差处。从而就更不用说李白（道）与他们的差异。陶、李均基本属道，但一平宁静远，一高华飘逸。徐复观曾以"主客合一"与"主客凑泊"来区别二者（徐复观《中国文学论集》）。其实它们是庄的两面。王、苏也有大体类似的差异：王近于陶，苏近于李。如以大体相近的客观景物为例，"星垂平野阔，月涌大江流"（杜甫）、"山随平野尽，江入大荒流"（李白）、"江流天地外，山色有无中"（王维），便也略可见出儒、道、禅的不同风味：儒的入世积极，道的洒脱阔大，禅的妙悟自得。胡应麟曾以李、杜这两联相比，认为杜"骨力过之"。所谓"骨力过之"，可说是指杜更显思想、人为和力量，如"垂"、"涌"二字。李随意描来，颇为自然。而王维一联与它们相比，便更淡远。但李、王却缺乏杜那种令人感发兴起、刚毅厚重的积极性格。熊秉明论书法艺术引刘熙载《艺概》认为，张旭与怀素书法之差异，在于"张长史书悲喜双用，怀素书悲喜双遣"，并以"笔触细瘦"、"无重无轻"、"运笔迅速"、"旋出旋灭"等特点以说明后者（熊秉明《中国书法理论体系》）。这其实也正是道（张旭）与禅（怀素）的不同。陈振濂指出黄山谷书法的机锋迅速，浓烈的见性成佛，"以纵代敛，以散寓整，以欹带平，以锐兼钝……是儒雅的晋人和敦厚的唐人所不屑为，也不敢为"（陈振濂《禅书一体话山谷》），并引笪重光语"涪翁精于禅悦，发为笔墨，如散僧入圣，无裘马轻肥气"，用以指明禅的顿悟、透彻、泼辣、锋利等特色。可见，禅作为哲学—美学的特色已经深深地渗到各门文艺创作和欣赏趣味之中了。当然，上述所有这些，都只具有非常相对的意义，千万不可执着和拘泥，特别是在文艺评论和审美品味上，划一个非此即彼的概念分类是很愚蠢的。前章已说，陶（潜）、李（白）是身合儒、道；在这里，王维、苏轼，便可说是身属儒家而心兼禅、道。儒、道、禅在这里已难截然划开了。

与屈相比，禅更淡泊宁静。屈那种强烈执着的情感操守，那种火一般的爱憎态度，那对生死的执着选择，在禅中，是早已看不见了。存留着屈骚传统的玄学时代的士大夫和文艺家们的纵情伤感，那种"木犹如此，人何以堪"，对生的眷恋和死的恐惧，在这里也完全消失了。无论是政治斗争的激情怨愤，或者是人生感伤的情怀意绪，在禅说里都被沉埋起来：既然要超脱尘世，又怎能容许感伤泛滥、激情满怀呢？

　　然而，如果文艺真正没有情感，又如何能成为文艺？所以，有人说得好，"禅而无禅便是诗，诗而无诗禅俨然"（明普荷诗），"以禅作诗，即落道理，不独非诗，并非禅矣"（贺贻孙语）。这也就是我说的，"好些禅诗偈颂由于着意要用某种类比来表达意蕴，常常陷入概念化，实际就变成了论理诗、宣讲诗、说教诗，……具有禅味的诗实际上比许多禅诗更真正接近于禅。……由于它们通过审美形式把某种宁静淡远的情感、意绪、心境引向去融合、触及或领悟宇宙目的、时间意义、永恒之谜……"（拙作《庄玄禅宗漫述》）所以，很有意思的是，以禅喻诗的严羽，一开头便教人"先须熟读《楚辞》，朝夕讽咏以为本"（《沧浪诗话》）。接着就举《古诗十九首》。《楚辞》不正是以情胜吗？《古诗十九首》的特色不也在充满深情吗？禅仍然承继了庄、屈，承继了庄的格、屈的情。庄对大自然盎然生命的顶礼崇拜，屈对生死情操的执着探寻，都被承继下来。只是在这里，禅又加上了自己的"悟"（瞬刻永恒感），三者糅合融化在一起，使"格"与"情"成了对神秘的永恒本体的追求指向，在各种动荡运动中来达到那本体的静，从而"格"与"情"变得似乎更缥缈、聪明、平和而淡泊，变成了一种耐人长久咀嚼的"韵味"。这就是说，当把理想人格和炽烈情感放在人生之谜、宇宙目的这样的智慧之光的照耀下，它们本身虽融化，又并不消失，而且以所谓"冲淡"的"有意味的形式"呈现在这里了。这个"智慧之光"，便不复是魏晋贵族们那种辩才无碍的雅致高谈、玄心洞见，也不再是那风流洒脱的姿容状貌、伤感情怀，在那里，智慧与深情仍有某种勉力造作的痕迹，这里却完全在瞬间的妙语中，融成一体了。

　　所以，充满禅意的作品，即以上述的王维、苏轼的诗来说，比起庄、屈来，便更具有一种充满机巧的智慧美。它们以似乎顿时参悟某种奥秘，而启迪人心，并且是在普通人和普通的景物、境遇的直感中，为非常一般的风花雪月所提供、所启悟。之所以一再说是"妙悟"，乃因为它既非视听言语所得，又不在视听言语之外；风景（包括文艺中的风景）不仍然需要视、听、想象去感知去接受，诗文不也是需要语言或言语去表现去传达的吗？但感知、接受、表现、传达的，又绝不只是风景和言语（意义）而已。"纷纷开且落"，是在有限的时间中的，却启悟你指向超时间的永恒；"鸿飞那复计东西"，是在有限空间中的，然而却启悟你指向那超越的存在。

....

　　古今如梦，何曾梦觉，但有旧欢新怨。异时对，黄楼夜景，为余浩叹。（苏轼词）
　　世路无穷，劳生有限，似此区区长鲜欢。微吟罢，凭征鞍无语，往事千端。……（苏轼词）

人似乎永远陷溺在这无休止的、可怜可叹的生命的盲目运转中而无法超拔，有什么办法呢？人事实上脱不了这个"轮回"之苦。生活尽管无聊，人还得生活，又还得有一大批"旧欢新怨"，这就是感性现实的人生。但人却总希望能够超越这一切。从而，如我前面所说，苏轼所感叹的"人间如梦"、"人生若旅"，便已不同于魏晋或《古诗十九首》中那种人生短暂、盛年不再的悲哀了，这不是个人的生命长短问题，而是人生意义问题。从而，这里的情感不是激昂、热烈的，而毋宁是理智而醒悟、平静而深刻的。现代日本画家东山魁夷的著名散文《一片树叶》中说："无论何时，偶遇美景只会有一次，……如果樱花常开，我们的生命常在，那么两相邂逅就不会动人情怀了。花用自己的凋落闪现出的生的光辉，花是美的，人类在心灵的深处珍惜自己的生命，也热爱自己的生命。人和花的生存，在世界上都是短暂的，可他们萍水相逢了，不知不觉中我们会感到一种欣喜。"但这种欣喜又是充满了惆怅和惋惜的。"日午画舫桥下过，衣香人影太匆匆。"这本无关禅意，但人生偶遇，转瞬即逝，同样多么令人惆怅。这可以是屈加禅，但更倾向于禅。这种惆怅的偶然，在今日的日常生活中不还大量存在么？路遇一位漂亮姑娘，连招呼的机会也没有，便永远随人流而去。这比起"茜纱窗下，我本无缘；黄土垄中，卿何薄命"，应该说是更加孤独和凄凉。所以宝玉不必去勉强参禅，生命本身就是这样。生活、人生、机缘、际遇，本都是这样无情、短促、偶然和有限，或稍纵即逝，或失之交臂；当人回顾时，却已成为永远的遗憾……不正是从这里，使人更深刻地感受永恒本体之谜么？它给你的启悟不正是人生的目的（无目的）、存在的意义（无意义）么？它可以引起的，不正是惆怅、惋惜、思索和无可奈何么？

人沉沦在日常生活中，奔走忙绿于衣食住行、名位利禄，早已把这一切丢失遗忘，已经失去那敏锐的感受能力，很难得去发现和领略这无目的性的永恒本体了。也许，只有在吟诗、读画、听音乐的片刻中；也许，只在观赏大自然的俄顷中，能获得"蓦然回首，那人却在灯火阑珊处"的妙悟境界？

中国传统的心理本体随着禅的加入而更深沉了。禅使儒、道、屈的人际—生命—情感更加哲理化了。既然"人生不相见，动如参与商；今夕复何夕，共此灯烛光"（杜甫诗），那么，就请珍惜这片刻的欢娱吧，珍惜这短暂却可永恒的人间情爱吧！如果说，西方因基督教的背景使虽无目的却仍有目的性，即它指向和归依于人格神的上帝；那么，在这里，无目的性自身便似乎即是目的，即它只在丰富这人类心理的情感本体，也就是说，心理情感本体即是目的。它就是那最后的实在。

（选自《华夏美学》第五章第一节，1988年）

便无风雪也摧残

奥古斯丁曾说，不问我，时间是什么似乎还清楚；一问，反而不清楚了（大意）。

海德格尔写了巨著《存在与时间》，但似乎也没有使人对时间更清楚了多少。

朱自清的散文《匆匆》里如此描写时间：

> ……我的日子滴在时间的流里，没有声音，也没有影子，……洗手的时候，日子从水盆里过去；吃饭的时候，日子从饭碗里过去；默默时，便从凝然的双眼前过去。我觉察他去的匆匆了……在逃去如飞的日子里，只有匆匆罢了……又剩些什么呢？

这只能使人感慨，仍然不知道时间是什么。时间问题始终是那么困扰着哲人、诗家，好像谁也讲不清、道不明。一般问人，人们看看挂在墙上的钟、戴在手上的表。这就是"时间"。"时间"是被人用来作为规范生存、活动的公共标尺，以维持秩序，按时作息，充满了"客观社会性"，如《批判哲学的批判》第三章所说。

那么，时间便如此而已？

又不然。由于时间作为单一向度，与人的"是"、与人的生存直接相连。人意识到自己的青春、存在不再复现，由知晓那无可避免的死亡而意识当下，从而感受到"时间"。这"时间"好像混"过去"、"现在"、"未来"于一体。它不再是那墙上的钟、手上的表，那某年某月某日某时的客观标尺，而是我的存在自身。"在物中，我们哪儿也找不着存在"，"存在并不在时间中，但存在通过时间，通过时间性的东西而被规定为在场、当前"，"此在是时间性的，没有此在，就没有时间"。但是，也正由于对自己"此在"的珍视，知觉自己存在的"有限"，和追求超越此有限存在，便与"时间"处在尖锐矛盾以至斗争中，总想停住或挽回"时间"。"时间"在这里似乎成了希望自己不断延伸或缩短的情感意向。

客观公共的时间作为公共假定，是人们活动、存在的工具；主观心理的时间作为情感"绵延"，与个体有限存在血肉相连；从而既时有不同，也人有不同。有人悲金悼玉，叹惜哀伤；有人强颜欢笑，置之不顾；有人寻寻觅觅，无所适从。人在时间面前，可以丑态毕露。也由之而不断生产着各种宗教和各种艺术，以停住"时间"。

时间逼出了信仰问题。要不要信从一个超越时间的"神"？人是动物，生无目的，要超越这生物的有限和时间，便似乎需要一个目的。"神"当然是这种最好的目的，可供人存放生的意义。这"神"可以是另个世界的上帝，也可以是这个世界的某种永恒理想。或者，它也可以是某种个体心境或"境界"？总之，要求"时间"从这里消失，有限成为无限。这无限，这消失，可以是不断的追求过程，也可以是当下即得"瞬刻永恒"？

信一个全知全能、与人迥然异质，从而也超越时间的神（上帝）？它超乎经验，也非理性所能抵达。理知止处，信仰产生；"正因为荒谬，我才相信"。这个彻底超有限、超时间，当然也超人类总体的"真神"，由它主宰一切，当然从根本上否定了"人类中心"。也就可以扔掉、摆脱、超越人世中由主客观时间带来的种种烦恼，无此无彼，非善非恶。这里不仅舍去肉体，甚至舍弃情感—灵魂。人的情感—灵魂在此世上已沾满尘垢，早被人化，舍去才能与神认同，才能摒去那由于与肉体相连而带来的客观时间的此际生存和主观时间的情感焦灼。不仅万种尘缘，七情六欲，而且包括"得救"、"救赎"之类，也属"凡心"、"俗虑"，最多只是皈依于神的拐杖，并非皈依于神的本身。

从而，宗教区分出许多层次和种类，从各种类型、性能的人格神崇拜到仅有某种主观体认的"终极关怀"，以及由正统宗教衰落而反弹出的各种"邪教"。它说明面向死亡而生存，亦即面向那不可说而又偏偏实在的"时间"，人追求依托，想做成对自己有限性的超越。而其力度可以如此之强大，以致尼采一声"上帝死了"的狂喊，便使整个西方世界惊骇至今。上帝死了，人自为神。但自我膜拜到头来可以走向个体膨胀的反面，引出法西斯和整个社会机器的异化极端。从这一角度说，这也仍然是人生有限的时间性问题带来无归宿的恐惧感而导致的深渊。

苏东坡词云："长恨此身非我有，何时忘却营营。"人的自我被抛掷、沉沦在这个世界上，为生活而奔波忙碌，异化自身，终日营营，忘却真己。纳兰词说："驻马客临碑上字，斗鸡人拨佛前灯，劳劳尘世几时醒？"也是同一个意思。但是，如果真正从尘世"醒来"，忘却一切"营营"，舍弃所有"非本真本己"之后却仍要生存，那么，这生存又是什么呢？那只是一个空洞。尽管人间如梦，悲欢俱幻，"小舟从此逝，江海寄余生"（前引苏词），也还要生。如果连这也除去（除非死亡，这除得去吗？），即除去所有这如梦如幻似的人生，除去一切悲苦欢乐，那又还有什么？不就是那空洞的无底深渊吗？这本是人生最根本、最巨大、最不可解的痛苦所在。所以中国人早就慨叹"闲愁最苦"，醒又何为？"还睡，还睡，解道醒来无味。"而总以佛的一切虚幻，不如无生为最高明。生必带来生老病死，无可脱逃。"畏之所畏，就在在世本身"，这就是"便无风雪也摧残"。

但"最好不要生出来"却仍是生出来的人的想法。想出"最好不要生出来"的人却又不能无生，不能都去自杀；相反，总都要活下去。这样，归根结底，又仍然是不仅身体，而且心灵如何活下去的问题。"担水砍柴，莫非妙道"，禅宗懂得人活着总得打发日子，打发无聊，以填补这"闲愁最苦"的深渊。所以不但让"本真本己"与"非本真本己"妥协并存，而且还合二为一，即不但打坐念经与担水砍柴并存，而且在担水砍柴中也便可以成佛，这就是使心魂达到"最高境界"。这"最高境界"让时间消失，存有不再，超出有限，逃脱摧残。

（选自《历史本体论》第三章第一节，2002 年）

明月直入，无心可猜

下面是三首诗词曲：

淮左名都，竹西佳处，解鞍少驻初程。过春风十里，尽荠麦青青。自胡马窥江去后，废池乔木，犹厌言兵。渐黄昏，清角吹寒，都在空城。

杜郎俊赏，算而今，重到须惊。纵豆蔻词工，青楼梦好，难赋深情。二十四桥仍在，波心荡、冷月无声。念桥边红药，年年知为谁生！（姜白石《扬州慢》）

山松野草带花挑，猛抬头，秣陵重到。残军留废垒，瘦马卧空壕；村郭萧条，城对着夕阳道。……问秦淮旧日窗寮，破纸迎风，坏槛当潮，目断魂消。当年粉黛，何处笙箫？罢灯船，端阳不闹，收酒旗，重九无聊。白鸟飘飘，绿水滔滔，嫩黄花，有些蝶飞，新红叶，无个人瞧。你记得跨清溪半里桥，旧红板没一条。秋水长天人过少，冷清清的落照，剩一树柳弯腰。……（孔尚任《桃花扇》）

秋来何处最销魂，残照西风白下门。他日差池春燕影，只今憔悴晚烟痕。愁生陌上黄骢曲，梦远江南乌夜村。莫听临风三弄笛，玉关哀怨总难论。

桃根桃叶镇相怜，眺尽平芜欲化烟。秋色向人犹旖旎，春闺曾与致缠绵。新愁帝子悲今日，旧事公孙忆往年。记否

青门珠络鼓，松枝相映夕阳边。（王渔洋《秋柳》八首选二）

这都是人所熟知的名篇。诗、词、曲算全了。这里将它作为一个例子，是因为它们的"主题"和情感非常接近，可说都缘起"故国之思"引出的人生慨叹。《桃花扇》写明代刚亡，异常沉重的哀痛伤感外露无余，也符合"曲"的特征（参阅拙作《美的历程》）；姜白石是战乱之后，南宋尚在，但"夜雪初霁，荠麦弥望，入其城则四顾萧条，寒水自碧，暮色渐起，戍角悲吟，予怀怆然"（姜白石该词自叙）。但这所谓的"黍离之悲"比之《桃花扇》，便婉约含蓄得多。王渔洋则明亡未久，"黍离之悲"在政治高压的环境下，反倒裹上了一层奇异的流畅轻快，变得迷离恍惚，却仍感慨系之。感知、想象、理解、情感在这三诗词曲中的结构很不一样。拿"理解"一项来说，第二首（《桃花扇》）最明白，指向的概念最清楚。第三首（《秋柳》诗）则最不明白、最不清楚，却仍然极有风致。你讲不清、道不明那是什么，有感伤、有哀怨，但又那么轻灵快畅，不可捉摸。难怪此诗一出，和者哄起。这三首诗词曲近似而又大有差异的意义，在于它们在诉诸人们的情感感受中又在不断陶冶人的情感，使人的情感（情理结构）变得更为复杂、细致、丰富、深沉，即使同一情感、同一"主题"，仍可以有千差百异，可以去仔细捉摸、体会或领悟，这样也就发展了这情感本身。这里并没有神秘天启，也不是灵魂超越，这里只是平常的人生情感和感伤，但同样可以是"我意识我活着"。它是不同于动物生理性的心灵成长。这种文艺现象，当然中外都有。但中国传统由于执着于此际人生，使这种种尘世的感伤、怀古、议政、惜别、思旧、忆故等普遍生活和普遍情感，更突出在琐细、多样中见深沉，于平凡、表面中出丰富。上面只是一个例子而已，一部《红楼梦》更是明证。

可见，所谓人性的塑造、陶冶不能只凭外在的律令，不管是宗教的教规，革命的"主义"。那种理性凝聚的伦理命令使所建造的"新人"极不牢靠，经常在这所谓"绝对律令"崩毁之后便成为一片废墟；由激进的"新人"到颓废的浪子，在历史上屡见不鲜。只有"以美启真"、"以美储善"的情感的陶冶塑造，才有真正的心灵成长，才是真实的人性出路。它必然是个体的，个性的，自然与社会相合一的。此处强调如果从日常生活即所谓"非本真本己"中完全抽离，个体心理将被掏空，便或容易为邪恶牵引，或沦为纯动物生理性的"存在"。看来，也许只有握住"生活意义即在生活本身"，即使前一个生活意义可以在个体自身生活之外，只要不陷入抽象"乌托邦"，仍然可以使心理趋向"本真本己"，趋向那超有限超时间的境界。一切都将消逝，你什么也挡不住、留不下，除了你独有的这份人世体验和心理情感。这一份存留在你自己心底的酸甜苦辣，却是有价值有意义的。不要轻视，不必低估。也许，只有它能丰富你的"此在"，只有它能使你感到自己独特的存在。在这里，西西弗斯的荒谬也可以成为激情。因此，"桥边红药，知为谁生"？答案只能是，"洞户寂无人，纷纷开且落"。不为谁生，也不为谁落。你（我）不再有此身，一切也仍将如旧。花自开，水自流。"月似当时，人似当时否？"当然不似。不似何妨？只要你生活过，你便可以心空万物而潇洒如故。

可解而不可解，此即人生。人总得活着，唯一真实的是积淀下来的你的心理和情感。文化谓"积"，由环境、传统、教育而来，或强迫，或自愿，或自觉，或不自觉。这个文化堆积沉没在各个不同的先天（生理）后天（环境、时空、条件）的个体身上，形成各个并不相同甚至迥然有异的"淀"。于是，"积淀"的文化心理结构（Cultural-Psychological Formation）既是人类的，又是文化的，从根本上说，它更是个体的。特别随着今日现代全球一体化经济生活的发展，各文化各地域的生活方式，以及由之带来的文化心理状态将日渐趋同。但个体倒由之更方便于吸取、接受、选择不同于自己文化的其他文化，从而个体积淀的差异性反而可以更为巨大，它将成为未来世界的主题。就在这千差万异的积淀中，个体实现着自己独一无二的个性潜能和创造性。这也许是乐观的人类的未来，即万紫千红百花齐放的个体独特性、差异性的全面实现。它宣告人类史前期那种同质性、普遍性、必然性的结束，偶发性、差异性、独特性将日趋重要和突出。每个个体实现自己的创造性的历史终将到来。可见，"积淀"三层，最终也最重要的仍然是个体性这一层。它既是前二层的落实处，也是个体了悟人生、进行创造的基础和依据，是"我意识我活着"的见证。主体的人并没死亡，活在自己的"情—理"世界的心理构造里。如我以前所说，不同于"道"、"气"、"心"、"性"、"理"，"情"无体而称之为"体"，乃最后实在之谓，并非另有一在此多元之外之上的悬绝的存在或存在者。"情"是多元、开放、异质、不定、复杂，它有万花齐放的独特和差异，却又仍然是现实的。它实在而又空灵，正如我最爱的李白名句之一："明月直入，无心可猜。"

（选自《历史本体论》第三章第三节，2002年）

有、空、空而有

犹太教、基督教和伊斯兰教都可说是"有"的宗教。尽管有天堂人世之分、灵魂肉体之分，但仍然非常重视必须由后者到达前者，即以此世间的事务、道理的正确履行和坚决维护，才可能上天堂，登彼岸。从而，这个世界仍然是非常实在的。伊斯兰的基本教义及历史实践证明这一点。基督教也是这样。它的基本教义和历史实践，尽管宣讲的是拯救灵魂，但无论政教合一的十字军或并不合一的救世军，无论或凶狠或热情，都非常重视在这个现实人世中做出事业功绩以回报上帝。它们并不以为这个世界纯属虚幻，相反，强调只有正确对待、处理好这个实在世界，才能拯救灵魂，进入天国。

与此不同，佛教则是"空"的宗教。尽管大乘佛教也以济世救人为要务为功业目标，但其根本教义，仍以这个生老病死的苦难世界没有意义，空幻虚无。色即是空，四大皆空。既然如此，又何必住心？"本来无一物，何处惹尘埃。"包括那敬畏、崇拜、狂热、爱恋的种种宗教情感，也并无意义，应该古井无波，才有真如可得。

不同于耶、佛，儒学吸收道、释之后，其特点成为人生虚无感与实在感的相互重叠、交融合一，即空而有。由于儒学不是真正的宗教，没有真正的宗教教义，这种"空而有"便表达和宣泄在各种形态和各有偏重的"人世无常感"的感伤情怀或人生意义

（无意义）的执着探求中。

所谓人生无常的空幻感，如我在《美的历程》中所描述初唐时代的少年感伤，也如我在《中日文化心理比较试说略稿》中所举出的日本文艺和心理。后者因深受禅宗影响，心空万物而崇死如归，如樱花之匆匆开落，娇美傲岸。前者则如《美的历程》所述，尽管人生空幻，由于仍需活着，从而入世成长、卷进种种悲欢离合和因果环链中，其中又各有时代、社会的特定印痕在。在这里，人生无常感和虚幻感便与人生现实感和承担感经常相互交错混杂。其"有"、"无"负荷之间的关系变得极为错综繁复、深刻丰富。情本体的多元展开也就更为充分。中国的诗词曲、山水画、私家园林、佛寺道院之不同于日本的俳句、山水画、禅境庭院；陶潜、杜甫、苏东坡之不同于初唐之刘希夷、张若虚，都是如此。而曹雪芹《红楼梦》，则将"色即是空，空即是色"即这个"空而有"的人生空幻和人生实在的混杂交融，抒发到了顶峰。中国诗歌对废墟、荒冢、历史、人物，对怀旧、惜别、乡土、景物不断地一唱三叹，流连忘返，却少有对上帝、对星空、对"奇迹"的惊畏崇赞，也少有对绝对空无或深重罪孽的恐惧哀伤，也没有那种人在旷野中对上帝的孤独呼号……所有这些正是这个"空而有"的情理结构的"本体"展现。它展现和宣说的是，这些事件、景物、人生、世界、生活、生命即使虚无空幻，却又仍然可以饶有意义和充满兴味。如果说佛家抓住生死，以一切皆空来对待生，善恶同体，随缘度世，无喜无嗔；如果说海德格尔抓住生死，以赶紧由自己做主做点什么来对待生，执着于有，向前冲行，即使邪恶，也以为善。那么，儒家也抓住生死，虽知实有为空，却仍以空为有，珍惜这个有限个体和短暂人生，在其中而不在他处去努力寻觅奋力的生存和栖居的诗意。"少年听雨歌楼上，红烛昏罗帐。壮年听雨客舟中，江阔云低断雁叫西风。而今听雨僧庐下，鬓已星星也。悲欢离合总无情，一任阶前点滴到天明。"（［南宋］蒋捷）青年声色狂欢，中年辛勤事业，晚岁恬淡洒脱。尽管说浮生若梦，人间如寄；旅途回首，又仍然非常真实和珍贵，令人眷恋感伤。虽知万相皆非相，道是无情却有情。

不过，即使空而有，又仍然可以或采用道家游戏人间、自释自慰、保身全生，或谨守儒家"知其不可而为之"而杀身成仁、舍身取义。这当随各种具体的不同问题、不同事物、不同情境而由自己选择和决定。它们的排斥和互补，构建着个体人生和群体社会的丰富和多元。

从古代到今天，从上层精英到下层百姓，从春宫图到老寿星，从敬酒礼仪到行拳猜令（"酒文化"），从促膝谈心到"摆龙门阵"（"茶文化"），从食衣住行到性、健、寿、娱，都展示出中国文化在庆生、乐生、肯定生命和日常生存中去追寻幸福的情本体特征。尽管深知人死神灭，有如烟火，人生短促，人世无常，却仍然不畏空无而艰难生活。如前所已说过，其中所负荷着的空无感伤反而可以因之而深化。拙作《美学四讲》曾说：

> 从原始时代起，对死亡、葬礼的活动和悲歌便是将动物性的死亡恐惧予以人化，它用一定的节奏、韵律、活动等形态，将这种本能情绪转化为、塑造为人的深沉的悲哀情感，实际丰富了生命，提高了生命……动物性的本能情欲、冲动、力量转化为、塑造为人的强大的生命力量。这生命力量并非理性的抽象、逻辑的语言，而正是出现在、展开在个体血肉之躯及其活动之中的心理情感本体。也正因为此，艺术和审美才不属于认识论和伦理学，它不是理知所能替代、理解和说明，它有其非观念所能限定界说、非道德所能规范约束的自由天地。这个自由天地恰好导源于生命深处，是与人的生命力量紧相联系着的。（第四章第三节）

这种生命力量便区别于动物恋生本能，尽管在生物学上仍以它为基础，但毕竟是彻底地"人化"了。它正是我所说的"情本体"。

（选自《论实用理性与乐感文化》下篇第三节，2004年）

珍　惜

　　人总想要活下去，这是动物的强大的本能（人有五大动物性本能：活下去、食、睡、性、社交）。但人总要死，这是人所独有的自我意识。由于前者，就有人的维持生存、延续的各种活动和心理。由于后者，就有各种各样、五光十色、自迷迷人的信仰、希冀、归依、从属。人"活下去"并不容易，人生艰难，又一无依凭，于是"烦"生"畏"死出焉。"生烦死畏，追求超越，此为宗教。生烦死畏，不如无生，此是佛家。生烦死畏，却顺事安宁，深情感慨，此乃儒学。"（拙作《论语今读·4.8记》）

　　因为人生不易，又并无意义，确乎不如无生。但既已生出，很难自杀，即使觉悟"四大皆空"、"色即是空"，悟"空"之后又仍得活。怎么办？这是从庄生梦蝶到慧能和马祖"担水砍柴，莫非妙道"、"日日是好日"，到宋明理学"以其情顺万物而无情"、"廓然大公，物来顺应"等所寻觅得到的中国传统的人生之道。这里没有灵肉二分的超验归依，而只有在这个世界中的审美超越。这涉及"在时间中"和"时间性"。

　　"在时间中"是占有空间的客观时间，是社会客观性的年月、时日，生死也正因为拥有这个占据空间的年月、时日的身体。

　　"时间性"是"时间是此在在存在的如何"（海德格尔）的主观时间。所谓"不朽"（永恒），也正是这个不占据空间的主观时间的精神家园。似乎只有体验到一切均"无"（无意义、无因果、无功利）而又生存，生存才把握了时间性。海德格尔所"烦"、"畏"的正是由于占有空间的"在时间中"，所以提出"先行到死亡之中去"。

其实，按照中国传统，坐忘、心斋、入定、禅悟之后，因仍然活着，从而执着于"空"、"无"，执着于"先行到死亡中去"，亦属虚妄。海德格尔所批评的"就存在者而思存在"、"把存在存在者化"，倒是中国特色，即永远不脱离"人活着"这一基本枢纽或根本。中国传统的"重生安死"，正是"就存在者而思存在"，而不同于海德格尔"舍存在者而言存在"之"奋生忧死"。本来无论中西，"有"（中国则是"易"、流变、生成）先于"无"，"有"更本源。"无"是人创造出来的，即因自己的"无"生发出他者（事物、认识）之"无"，从而"有"即"无"。于是，只有"无之无化"，才能"无"中生"有"。只有知"烦"、"畏"亦空无，才有栖居的诗意。这也才是"日日是好日"，才是"群籁虽参差，适我无非新"。

中国传统既哀人生之虚无，又体人生之苦辛，两者交织，形成了人生悲剧感的"空而有"。它以审美方式到达没有上帝耶稣、没有神灵庇护的"天地境界"。存在者以这种境界来与存在会面，生活得苍凉、感伤而强韧。鲁迅《过客》步履蹒跚地走在荆棘满途毫无尽头也无希望的道路上，"知其不可而为之"，明知虚无却奋勇前行不已。生命的意义、人生的价值就在此行程（流变）自身。这里不是 being，而是 becoming；不是语言，而是行走（动作、活动、实践）；不是"太初有言"，而是"天何言哉"，成了中国文化传统的"道"（Way or Dao）。这就是流变生成中的种种情况和情感，这就是"情本体"自身。它并无僵硬固定的本体（Noumenon），它不是上帝、魂灵，不是理、气、心、性的道德形而上学或宇宙形而上学。

奥古斯丁说："现在是没有丝毫长度的。"（《忏悔录》）海德格尔说:"此在的有限性乃历史性的遮蔽依据。""昨日花开今日残"是"在时间中"的历史叙述,"今日残花昨日开"是"时间性"的历史感伤。感伤的是对"在时间中"的人生省视,这便是对有限人生的审美超越。

"逝者如斯夫,不舍昼夜。"(《论语》)孔老夫子这巨大的感伤便是对这有限人生的审美超越,是"时间性"的巨大"情本体"。这"本体"给人以更大的生存力量。

所以,"情本体"的基本范畴是"珍惜"。今日,声色快乐的情欲和精神上无所归依,使"在时间中"的有限生存的个体偶然和独特分外突出,它已成为现代人生的主题常态。在商业化使一切同质化,人在各式各样的同质化快乐和各式各样的同质化迷茫、孤独、隔绝、寂寞和焦虑之中,如何去把握住自己独有的非同质的时间性,便不可能只是冲向未来,也不可能只是享乐当下,而该是"珍惜"那"在时间中"的人物、境迁、事件、偶在,使之成为"时间性"的此在。如何通过这个有限人生亦即自己感性生存的偶然、渺小中去抓住无限和真实,"珍惜"便成为必要和充分条件。"情本体"之所以不去追求同质化的心、性、理、气,只确认此生偶在中的林林总总,也就是"珍惜"之故:珍惜此短暂偶在的生命、事件和与此相关的一切,这才有诗意地栖居或栖居的诗意。任何个体都只是"在时间中"的旅途过客而已,只有在"珍惜"的情本体中才可寻觅到那"时间性"的永恒或不朽。从而,世俗可神圣,亲爱在人间。

(选自《实践美学短记之二》,2006 年)

儒学是哲学还是宗教？

儒家是哲学还是宗教？这是有争论的问题。有人认为是宗教，但大部分人认为是哲学，不是宗教。孔子没有说：我是上帝的儿子或天之子，他是普通人，"吾非生而知之者"，说得很明白。

他没有像耶稣一样创造奇迹，盲人的眼睛一摸就亮了。他老说：我只是好学。儒学没有人格神的观念，也没有宗教性的组织。孔子说"敬鬼神而远之"，他不否定、也不肯定鬼神的存在，说"未知生，焉知死"；"未能事人，焉能事鬼"。孔子的态度很有意思，相当高明。这令我感到惊讶！因为到现在为止，科学也不能证明鬼神到底存不存在。

从这个角度来衡量的话，儒学的确不是宗教。

海内外学者因此认为，儒家就是哲学。我觉得这也有问题。儒家对一般的人民起的作用，不是哲学或哲学家，不论是苏格拉底、柏拉图、亚里士多德，还是康德、黑格尔等所能企及的。哲学主要对某些科学家、知识分子起影响。孔子不一样，他的学说有点像西方的《圣经》，很长的时间对一般老百姓起了重要的影响，像上面讲到的那些，就不是哲学家所能起的作用。

因此，说宗教儒家不是宗教，说哲学儒学不是哲学。西方哲学一般讲究理论系统，儒家却很少去构成真正的大系统，它讲究的是实践。所谓"礼者，履也"，功夫即本体，等等。假如远离行为去构建一套理论体系，在儒家看来，是没有意义的。中国逻辑不发达也有这个原因在内。

西方哲学家，可以躲在房间里，想自己的，不管实际，理论本身就有它的意义。但是，不管是孟子、荀子以及后来的宋明理学，都反对这种态度。而且，他们的学说对人们日常生活也的确起了很大的作用。《颜氏家训》、《朱子家礼》、《治家格言》和曾国藩的家书等，都把儒学贯彻到日常生活中，管制着人们的行为、思维和生活。康德、黑格尔等西方哲学并不能管人的生活。所以儒学既不是宗教，也不是哲学，用西方宗教、哲学等这些概念来套便很难套上。

儒学可说是半宗教半哲学、亦宗教亦哲学，这牵涉到一系列的问题。例如西方哲学，从中世纪神学分化出来以后，主要成为一种思辨性的理论论证。儒家当然也讲理论，但更讲感情。

孔子在学生提出父母死后要守三年丧，会不会太久时，本可以有几个可能的回答：这是天的意志、上帝的要求，你必须这么做；或者说，这是政府的规定，必须遵循；或者说这是历来的习俗，必须服从，等等。但孔子偏偏不这么回答。他反问门徒：父母死了，不守丧你心里安不安？门徒回答：我安。孔子说安就不需要守了！

从这里可以看出，孔子不是把道德律令建立在外在的命令上，如上帝、社会、国家、风俗习惯等，而是建立在自己的情感上。他说，父母生你下来，也要抱你三年，父母过世了，不服丧，你心里安不安啊！孔子提出的是人性情感的问题。动物也有自然情感，雌虎、母鸡保护小虎、小鸡是自然现象。公鸡就不行了。动物长大后，就根本不理"父母"了。

但儒家却强调父慈子孝。这就不是自然情感，而是人性情感。儒家认为，人的一切、社会的一切，都应建立在这个基础上。这样就把情感提高到崭新的深度和极高的水平上，这是孔子的一大功绩。他把理性、智慧、道理的各种要求，建立在人性的情感上面。这就是我认为儒家不同于一般哲学思辨的重要特征。

这一点，过去很少人从根本理论上加以强调。儒学强调情理不能分隔，而是渗透交融和彼此制约着的。例如"理无可恕，情有可原"。同时强调情里面有理，理里面有情，"理"的依据是"情"，而"情"又必须符合理性，从而"理"不是干枯的道理，"情"不是盲目的情绪。所以，尽管儒学提倡忠、孝，却反对愚忠愚孝。

中国人喜欢讲合情合理。我上课讲儒家的下述原则时，外国学生听得笑了。我说，如果父亲生气，拿根小棍子打你，你就受了吧！要是用大棍子，就赶快跑！这就是所谓的"小棍受，大棍辞"。我问他们：为什么？古人做过解释，父亲是一时气愤，真的打伤了孩子，父亲也伤心。孩子逃跑，反而真正"孝顺"了父亲，不逃反而是愚孝，你受伤，父亲心理也受伤，名声也不好。左邻右舍会说：这个父亲多么残忍啊！你逃是很有理的，不只保护你自己，也保护了你父亲。

孔、孟都讲"经"与"权"。"经"翻译成现代语言就叫原则性，基本原则必须遵守；另一方面，"权"是灵活性，要你动脑筋，要有理智，有个人的主动性。有经有权，才真正学到儒学。儒学不是一种理论的条条而已，在政治、经济、生活上都有用处，既讲原则性，也有灵活性。不是情感上的盲目服从，也不是非理性盲目信仰。君王或父亲都有犯错的时候，做臣子或做孩子的，都要考虑到这个问题。这跟日本的武士道不一样。中国在大事上强调过问是非。好像父亲、君主要你去杀一个人、打一个仗，也要考虑到对不对，日本武士道就只讲输赢，不问对错，盲目服从、信仰、崇拜，打输了就切腹自杀。

中国历史上有一些著名的关于刺客的故事，遇到好人杀不下手，不杀又对不起主人，就自杀了。他没有盲目地服从，儒家很赞赏。儒家有所谓"从道不从君"、"从义不从父"等说法，就是说服从道理比服从个人包括君、父重要。这是非常理性的态度。儒家没有并反对宗教性的狂热，但非常强调人的情感性的存在，并认为人的行动都以情感为基础。

儒家的好些基本观念、思想以至范畴，如仁、义、礼、敬、孝慈、诚信、恩爱、和睦等等，无不与情感直接间接相联系。

儒家强调情感，甚至把宇宙也情感化。天地（自然界）本来是中性的，老子说，"天地不仁，以万物为刍狗"。但儒家偏偏要给它一种肯定性的情感性质。你看，天地对你多好，赐给你生命，"天地之大德曰生"，"天行健，君子自强不息"，你要努力才符合天地的规律。儒家使世界充满着情感因素，我认为这点十分重要，"人性善"才因此产生，这与基督教传统不一样。

有人说，基督教才是中国人的前途，只有基督教能够救中国。当然，基督教在中国还有相当大的发展空间，信教的人会越来越多，但是，要中国人尤其是知识分子完全信奉基督教，我觉得会比较难。例如，对中国人来说，原罪说很难被接受：为什么我一生下来就有罪呢？为什么生命是一种罪过？我要去赎罪？中国人认为给予生命是一种幸福。所以，我说，相对于西方的罪感文化、日本的耻感文化，中国文化是乐感文化。

孔夫子在《论语》第一章说："学而时习之，不亦说乎？有朋自远方来，不亦乐乎？"这种快乐不是感官的快乐，不是因为我今天吃了螃蟹特别高兴，而是精神上的快乐。归根究底这还是一种包含理性的情感，是某种情理交融，可见儒家讲的理性是活生生的，带有人间情感的，与现实紧密联系在一起的理性。这也就是人性。儒家的根本问题就是建造完美人性的问题。

儒家这种实用理性和乐感文化始终讲究奋斗，讲究韧性、坚持，所以我说中国很少有彻底悲观主义者。自杀的中国文人比日本少，日本一位诺贝尔文学奖得主自杀了，在中国这大概很难发生。

中国人即使在困难时，总愿意相信前途美好，明天时来运转，所以只要坚持下去，好日子总会来。中华民族也好，海外的千万华人也好，因此能够经历各种艰难困苦而生存下来。孔子说，"岁寒，然后知松柏之后凋"，就是这种儒学精神，也是中华文化的基本精神，它培养了一种人格、操守、感情、人生理想、生活态度。可见儒学虽然不纯粹是宗教，但它却包含着宗教的热情；儒学虽然不纯粹是哲学，但它却包含了哲学的理性。从哲学的角度来看，儒家是最讲实际、最重情感的；从宗教的角度来看，儒学是最宽宏、最讲理性的。这就是儒学的特点。

（选自《为儒学的未来把脉——在马来西亚的演讲》，原载马来西亚《南洋商报》1996 年 1 月 28—30日）

辑　四

"同心圆"

我在高中最后一个时期对哲学发生兴趣，哲学是研究人生根本问题，人活着为什么？有何意义？世界为什么是这样的？有没有神灵上帝？等等。但我以第一志愿报考大学哲学系，主要还是受了时代的影响。由于在中学时的数理化相当好，同学很奇怪，问我考这个干什么，是不是要学算命什么的。当年街头算命卜卦看相测字的地摊常挂着"哲学算命"的招牌。这说法也有一定道理，都有关乎命运的探询。

我的研究工作开始得比较早，大学一二年级就开始了。因为性格比较内向，不喜欢和人交流，也不喜欢向人请教，研究太早，没有经验，走了不少弯路。我当时独立搞研究，这与当时政治气氛和政治运动相当脱节，于是说我是"只专不红"，当时还没有这个词，就是那个意思。有位团干部批我批得很厉害，我也不管他，我坚持干我的。如今他也没话可说了。虽然见面仍有些气呼呼的。

当时我主要是研究中国近代思想史。也开始考虑中国哲学史上的一些问题，却有意识地集中相当力量学西方哲学史。当时主要是读著名西方哲学家的原著，觉得受益匪浅。因之鄙夷当年名重一时的苏联著作及哲学专家。我那时受影响最大的哲学家，除马克思外，有休谟、康德、黑格尔、莱布尼茨、柏克莱等。

关于美学，高中读过朱光潜的《文艺心理学》，大学一年级继续看英文的，但英文美学书似乎也不多。我记得看过本子不大的两本很老的美学史，以后在旧书店还买到过。鲍桑葵的美学史也没有中文本，比较难看，但我也看了。康德《判断力批判》是那时我最重要的读物，书不大，却极有深度，当时有眼前一亮的感觉，至今记得。其实那书后一部分讲目的论极重要，可惜中外注意的人不多。黑格尔的《美学》倒没怎么看，太大了，啃不动。由于积累了一些看法，所以1956年遇上美学讨论，也就很自然地参加了进去，形成了朱光潜所说的三派，朱（光潜）、蔡（仪）、我，三方均未受苏联讨论多少影响。当时主要是批评朱光潜教授，但我觉得要真能批好，必须有正面的主张，自己倒是较早就明确地意识到了这一点，几十年来我很少写单纯批评的文章，我觉得揭出别人的错误一、二、三并不太难，更重要的是能针对这些问题提出一些新看法。

《论美感、美和艺术》（1956年）是我第一篇美学论文，主要的论点是"美感两重性"，它从黑格尔而来。八十年代末《美学四讲》好些观点也是从"美感两重性"发展出来的。"两重性"中讲直觉性时，我直接引用了黑格尔的《小逻辑》。"直觉性"一提出来就被很多人反对，说是资产阶级的"直觉主义"。直到九十年代初蔡仪还批判说，李的理论谬误是从五十年代直觉性开始的。在五十年代，讲弗洛伊德，就是反动，罪莫大焉，就是那样一种在政治阴影笼罩下的思想学术氛围。我强调应研究美感，重视人所特有的心理特征（可说是以后提出"文化心理结构"和"情本体"的依端），第一篇文章把美感放在第一的位置上，之后才讲美。当时有人要我倒过来，我没同意。当然整个讨论还是围绕美而进行，我强调美依存于社会存在，"在人类以前，宇宙太空无所谓美丑，就正如当时无所谓善恶一样"，1957年这一看法，也可说是日后"事实与价值同源"的历史本体论的起点。这里也可顺便提一下，我接受马克思的理论，主要是1948

年读周建人编译《新哲学手册》中《德意志意识形态》费尔巴哈部分的节译，当时我非常费劲地仔细研读并完全信服了（当然后来又多次读过）。至今没多少根本上的改变，觉得比起来自己学马克思的起点较高。

在国内美学文章中，这篇文章大概是在讨论中最早提到马克思的《1844年手稿》的。这本著作并不是讲美学，它是讲经济学和哲学问题的。马克思大概不会想到，一百多年以后，中国学人会从美学角度突出这部著作的伟大意义，认为这部著作为美感和美的本质提供了哲学基础。《手稿》一个很重要的论点，是谈人的感觉与需要具有不同于动物的非功利性，马克思强调人与动物在感受、感觉、感知上的区别，动物满足它的生存需要必须不停地寻觅食物，它的生理器官和官能大都为此服务。人与动物在这方面有所区别。人的感性不只是为了生存的功利而存在。马克思在《手稿》中再三强调感性的社会性，而不是理性的社会性。理性的社会性好理解，什么逻辑呀、思维呀这些东西。而马克思恰恰讲的是感性的社会性，感性的社会性是超脱了动物性生存需要的功利。眼睛变成了能欣赏绘画的人的眼睛，耳朵变成了能听音乐的人的耳朵。马克思说："因此，（对物的）需要和享受失去了自己的利己主义的性质，而自然界失去了自己的赤裸裸的有用性，因为效用成了属人的效用。"就是说它不是属于个体的、自然的、消费的关系，不是与个体的直接的功利、生存相关的。也有如马克思所说，对于一个饥饿的人，并不存在食物的人的因素。忧心忡忡的人，对于最美的风景也无动于衷。一个饥饿的人跟动物吃食没有什么区别，这是有深刻道理的。中国古老的吃饭筷子上常刻有"人生一乐"几个字，把吃饭当成是人的快乐与享受，而不是纯功利性的填饱肚子。这样，人的感性也就失去了非常狭窄的维持个体生存的自利性质，而成为一种社会的东西，这也是美感的特点。它具有感性、直接性，亦即直观、直觉，虽不经过理性却又渗透着理性的特点，这也就是它的客观社会性。从那时起，我就一直认为，应研究理性的东西是怎样表现在感性中，社会的东西怎样表现在个体中，历史的东西怎样表现在心理中。后来我就造了"积淀"这个词。再以后我提出"新感性"，并日益突出"情本体"等概念和词语。当时也较明确意识到，马克思是从生产力向外走，我是向内走，他走向生产关系、社会交往、无产阶级革命等等，我走向文化心理形成、理性来源、情理结构等等，他更重视历史的社会变迁，我更看重历史的心理积累，后来就与康德联系上了。

这一时期最主要的美学论文是 1962 年发表的《美学三题议》，它修正和补充了第一篇文章。当时，如何令人信服地解释自然美成了检验各种哲学理论的试金石。我反对美在自然典型、可以与人无关的论点，也反对将美等同美感主要只与人的心理活动、社会意识相关的论点，主张用马克思"自然的人化"来解释美学问题，认为美的本质离不开人，人类的实践是美的根源，内在自然的人化是美感的根源。我强调"人化"不能做简单的字面理解，"人化"分外在、内在两个方面和狭义、广义两种含义。"外在自然的人化"，主要指自然环境与人的关系的根本变化，由敌对变为亲密，其中包括未经加工改造的日月星辰、森林沙漠等。加工改造过的山川田园果蔬禽畜等则是狭义的人化。"内在自然的人化"包括硬件（如生理器官的移植、改造、未来的基因工程、芯片植入等）和软件（如人的生理感官、感知、情感具有了社会性质），两个方面和两种含义的"人化"都是长久社会实践生活基础上的历史产物，使人具有了超生物的肢体、器官、经验、价值等。与"自然的人化"相对应，我提出"人的自然化"，包括人与自然环境的亲密相处、人与山水花鸟比拟性的符号或隐喻共存、人与宇宙节律的生理—心理的一致或同构等层次，并以为，形式美和美感首先出现在原始人群的物质动作和生活活动中，然后扩展到其他方面，人的外在文明和人的内在人性最初是同源同步的，其后才发生背离和矛盾，等等。

从哲学上讲，从五十年代到1962年发表《美学三题议》止，可说是提出圆心的第一阶段。

*   *   *

"文革"开始前和"文革"中，我写了《人类起源提纲》和《积淀论提纲》（现称《六十年代残稿》），这《残稿》颇为重要，它开始了自己的哲学论述。出发点是"人活着"，我认为这是最初现象、原始现象；这是前提和起点，可以看做等同于胡塞尔的纯粹意识、黑格尔的绝对理念、康德的纯粹理性等，他们首先讲认识论，但我以为认识论并非哲学根本问题，强调认为"认识如何可能只能由人类如何可能来解答"。因为没有人神两个世界的有意识或无意识的心理背景，"一个世界"观的中国传统使我认为事实与价值在最终本体上是同一的："人类生存延续"（即"人活着"）是最大的事实（历史），也是最高的价值（至善）。《人类起源提纲》是想做发生学的规定，指出从猿到人的过程。后来我觉得不必这样，确定"人活着"是一个基本现象就行了。"人活着"就有"怎么活"（即"如何活"）的问题，也从而才有"活的意义"、"活得怎样（人生境界）"的问题。

我强调"人活着"不同于动物所在，就是制造和使用工具的实践活动。这一特有的实践活动从根本上打破了任何生物种族的局限，"产生了宽广地主动利用自然本身的规律性力量以作用自然界并具有无限扩展可能的改造自然的强大力量，它面对自然区别于自然（客体）而构成主体。这就是主体性或人类学的本体存在"。这个《残稿》实际上是我的"康德书"（《批判哲学的批判》）的前奏。我的好些基本概念和核心思想都在其中。

写这个《残稿》前两年，我和老同学和好朋友赵宋光仔细讨论过人类起源问题，我们对使用—制造工具的实践操作活动在产生人类和人类认识形式上起了主要作用，语言很重要但居于与动作交互作用的辅助地位等看法完全一致，我们二人共同商定了"人类学本体论"这个哲学概念。"积淀"这个词是我造的。在讨论争辩中，我与赵的意见也未能完全达成一致。例如他坚持用"淀积"，我坚持用"积淀"，一直到这个世纪仍如此。这两个词的意思不同。什么不同？"积淀"是先积累然后沉淀下来，在这里我强调的是历史的积累性，"淀积"只能用在"积淀"的心理成长上。对居于辅助地位的语言，看法也有差异，他强调交往方面，我强调因保存了实践经验（即制造—使用工具活动中群体生产和人际关系及交往沟通的经验）而有大不同于动物交往的"语义"。七十年代以来，他走向幼儿数学教育中操作重要性的实证研究和非常具体的教学设计，我的人文背景使我仍然停留在哲学领域，突出"文化心理结构"问题，在人类学本体论加上非常关键的"历史"两字，提出至今仍遭激烈批评的"经验变先验，历史建理性，心理成本体"；我也更注意从根本上去了解和承续中国哲学传统，六十年代我曾拟定"中国理性主义"一词以区别于西方的先验理性，未公开发表，后改为至今仍用的"实用理性"。同时因为关注西方哲学，康德成了我所选择的研究对象，也成了自己哲学思想发展中的一个要素。对我来说，康德与马克思和中国传统的交会是重要的。在"文革"中写了我的"康德书"（即《批判哲学的批判》，1979年3月出版），以"客观社会性"来解说康德的"普遍必然性"，否认绝对性、先验性的"普遍"、"必然"。

这两个提纲和七十年代末的"康德书"外，八十年代初以来我陆续发表了四个"主体性"（subjectality）论纲，似有影响。1994年发表《哲学探寻录》和2002年出版《历史本体论》，算是较全面地表述了自己的哲学。我的核心思想除了后来对"物自体"和"客观自然规律"的观点有重要改变从而可影响全局外，没有什么实质性的变化。当然，在中国传统的研究中，我先后制造了"实用理性"、"乐感文化"、"儒道互补"、"一个世界"、"巫史传统"、"度的艺术"等新概念和新看法，也仍是围绕着积淀说的圆心，相互支援，彼此补充，扩展延伸，圆越画越大越圆而已。美学也好，康德也好，中国思想史也好，都如此。我强调"文化心理结构"，看重心理，但不是心理学的经验描述和科学研究。"积淀"只是点明实践、历史、文化在人的心理上的累积、沉淀。我年轻时想了很多东西，区分得比较清楚，所以我在根本观点上没有变化。

"人活着"从"我活着"、"我意识我活着"开始，由"我"而"人"，"我"的"活"离不开群体，所以我说"我思故我不在"。我一直不赞成原子个人这样的理论：没有什么原子个人。这种好像和周围没有什么关系的人的存在，是一种非历史的设定。不过自笛卡儿"我思故我在"以来，个体主观性（subjectivity）便成了近代哲学的主题，是哲学史上的认识论大转折，上世纪语言哲学是这认识论转折的伸延和深化，非常重要。承继认识论转折而更挑战于它，从马克思、杜威到尼采、海德格尔，从外（人活着的外在活动）到内（人活着的内在心理），开展了颠覆性的实践论大转折，这理论转折的起点和终点都是有血有肉的个体的人，不是认识论转折的思辨抽象中的个体的人，不是设定性的无负荷的原子个人；它是物质性现实性的人的活动，即人的主体性。今天我主张的心理哲学转折包括情本体（情理结构），等等，则是这个实践论大转折的伸延和深化，它有如语言哲学转折之于认识论。当年便有人批判我是存在主义，存在主义的确突出了每个个体实存的独特性。

＊　　　＊　　　＊

　　当年社会环境很闭塞，资料很少，科学院哲学所图书馆是很好的，可以说在国内当时是最好的。它比北大哲学系有更多经费，每年可以购买最新的学术著作，由我们勾书目。我那时看了一些英文书，像皮亚杰的《发生认识论》、《结构主义》，卡西尔的《符号形式的哲学》，卡西尔的书看了好些本。还有其他的一些人类学著作，如《金枝》、马林诺夫斯基、Baos 等等。这些书看了很兴奋，很惊喜，因为发现有很多地方和我想的一样，更增加了信心。海德格尔的书也看，不过一开始是通过存在主义哲学摘编之类。那是质量很高的书，是北大一些老教授编译的，像熊伟、任华、洪谦、王太庆等，量不多，但质不低。当年哲学所还订了很多国外杂志，比北大多得多，大都是英文，也有德文的、法文的。因此也了解一点国外哲学的动向。当时杂志没几个人看。而我一直是重视看学术杂志的，因为杂志发表的常常是最新的研究成果。

　　读皮亚杰的著作，印象很深。不是因为我接受了他，而是感觉他的东西相同于我要说的。他主要是讲动作，认为人的认识完全是从动作开始的，人的所谓理性思维和逻辑是从动作开始的。还有杜威。我的《批判哲学的批判》，是把他们俩连在一起讲的，在这一要点上，我认为杜威、皮亚杰和我相当一致。我读了杜威《确定性的寻求》（傅统先译），后来也找英文版看过，我很重视这本书，觉得是杜威最好的著作。我强调使用工具、制造工具的群体实践活动是看这两人的书之前。而他们恰恰不是从制造—使用工具的活动讲，他们就是讲动作，讲动作是认识的来源，都没有强调使用工具的动作和活动。但杜威将数学拉了进来。皮亚杰也如此，他和数学家贝斯（Beth）合作写过讲数学的书，我记得很厚，我太高兴了，觉得证实了自己的看法。但我跟他们还是不同，完全一样的话，我就不写了，我是从人类学讲的，他们不是。皮亚杰是从儿童心理学讲的，杜威是讲一般的动作。而我特别强调制造—使用工具的实践活动，这是马克思的。但马克思没讲与认识、与理性、与语言等的关系，也就是没怎么讲内在自然的人化问题。荣格（Jung）我也读得一些，包括他早期有名的《心理类型》（*Psychological Types*）。荣格有许多神秘主义的东西，挺有趣的。荣格是神秘的，弗洛伊德（Freud）是"科学"的。荣格讲集体无意识，与我的"积淀"就有些关系了。

我怀疑辩证唯物论，由来已久，"文革"时基本形成。"文革"结束后 1978 年发表的《略论鲁迅思想的发展》，为掩人耳目，故意用一个不起眼的小注指出"辩证唯物论"这个词马克思、恩格斯从来没用过。伯恩斯坦、考茨基也没用，是普列汉诺夫开始使用这个词语，列宁跟着用了以后，就成为经典，一直写进政治文献。这个东西变成了一个框架，到处套用，危害很大，因为离开历史唯物论，它便变成离开严格规定的具体社会基础、无往而不适的关于斗争的玄想。辩证唯物论作为理论体系及其运用都是不成功的。但是，也不能否认其中一些辩证法的观念还是有益处的。

在"文革"中，我对"革命"的看法也有所改变。1949 年以前，我也充满激情，曾经冒着生命危险传送过毛泽东的油印文告。记得从湖南省立第一师范毕业时写的毕业赠言是："不是血淋淋的斗争，就是死亡——敬录 KM 语赠别本班同学"。KM 就是 Karl Marx，那时我是接受马克思主义的，但不能讲，那是在国民党白色恐怖统治下的 1948 年春夏，只能写 KM。五十年代以来，革命热情慢慢消退，越来越看不惯好些现实和课程上的教条，也很反感思想改造之类。

大概是 1951 年，第一次读恩格斯《法兰西阶级斗争·序》，我注意到恩格斯由革命转向改良的思想路径。恩格斯晚年看到当时军事技术装备的发展，深知革命［当时是大城市（如巴黎）工人起义的街头巷战］如无正式军队参与，已不可能成功。而当时工人可以参加投票的议会选举却成绩很大，极有可为。恩格斯曾多次表述过放弃革命、转向改良的看法。例如在 1874 年的《英国的选举》文中，他认为虽然仍由资产阶级全面控制，工人作用甚微，但他说，"暴力革命在许多年内是不可能了……因此只剩下一条开展合法运动的道路"。在 1886 年为《资本论》写的序言中，恩格斯说马克思也得出"结论"，"只有英国这个国家，不可避免的社会革命能完全由和平的手段来实行"。其他国家则不可能。但这里便显出，马、恩并不认为"革命"是绝对不可改变的教条和圣物，是一条各国必经之路。既然英国当年可以，其他国家以后也未必不行。

因此，到了"文革"，我开始对这种"造反有理"、"革命总是正确的"的观念产生了怀疑：革命为什么一定就是好的？就是正确的呢？这种"先验"原则是从哪里来的呢？由于对改良派有过一些研究，对一贯被视为"保守"、"倒退"的康有为、严复有些同情和了解。因之对法国革命、辛亥革命、十月革命等等，我一直怀疑，对 1949 年革命，我亲身经历过，倒一直认为是蒋介石逼出来的。这个"告别革命"可说是"文革"时对"文革"的一种反动。"文革"开始时，我觉得这很像法国大革命，连各种名称包括街道、医院甚至人名都要"革"掉换掉，很"革命"，很激进，但很浅薄，我由四十年代对马克思的全面接受转到六十至七十年代对马克思有舍有取。我基本舍弃他的革命理论和经济学说，但仍然肯定唯物史观的基础部分（不是全部）。我觉得马克思不是一个成功的经济学家或革命家，却是一个非常重要的历史哲学家。

"文革"中我读了伯恩斯坦的《社会主义的前提和社会民主

党的任务》、《社会民主党内的修正主义》、《什么是社会主义》等著作，感觉与自己的思考"不约而同"，但我晚了六十多年。我是在自己观点已初步形成时才读到他的书，当时极感震惊，留下了深刻印象而不敢说。同时我也觉得，自己的哲学思路比他要深入彻底。伯在理论上并无深度，只是比较起来我以为他更为踏实和更为理性，不随波逐流，不为革命情绪所左右。他同工人阶级的"实际运动联系多"，使他从现实经验出发，第一个勇敢地提出了对马克思理论的"修正"。

台湾《文星》杂志（1987 年 12 月）、大陆《南方人物周刊》（2010 年 6 月）、香港《明报月刊》（2010 年第 10 期）

我最早读《资本论》是 1952 年，当时中文本只有第一卷，读时觉得《资本论》的方法了不起，到"文革"，对《资本论》产生怀疑，也恰恰是在这个哲学方法论上。马克思将"商品二重性"归结为"劳动二重性"，其中关键是将"交换价值"归结为"抽象劳动"。这在思辨上很有道理，但"抽象劳动"或

"抽象的人类劳动"这些基本概念，和由此推出的"社会必要劳动时间"等到底有多大的经验可操作性，使我非常困惑。特别是马克思将"劳动力"从具体"劳动"中抽离，这个"劳动力的支出"以及其推演便完全脱开了历史具体的劳动活动的结构体，而成了一种黑格尔式的精神思辨的抽象运动。"劳动二重性—抽象劳动—社会必要劳动时间→按劳分配（从而废除商品生产，实行计划经济）—按需分配（各取所需。按劳分配也是一种资本主义法权）"这样一条哲学逻辑成了贯串了马克思经济政治理论（剩余价值、阶级斗争）到策略理论（无产阶级革命、无产阶级专政）的基础，我以为这一逻辑是有问题的，陷入了康德所谓的"先验幻相"。与黑格尔不同，康德说过逻辑的可能性不等于现实的可能性，从而脱离作为历史现实经验的前景论述就极易成为空想。马克思一向重视现实，更特别重视科技和生产工具，认为科技—生产工具—生产力是推动社会进步和经济发展的根本动力和基础，却没有在《资本论》著作中充分地和详尽地论证，而完全被掩蔽在对资本主义生产关系的仔细分解中消失不见了。我以为，这可能是《资本论》以及整个马克思理论的悲剧所在。

"文革"前，我一直被扣有三项帽子，一是不靠拢组织，二是不接近群众，三是不暴露思想，今天年轻人不可能理解，当年却是严重的问题，需要改造，在单位里，我是除右派外，下放劳动最多的人，自由的读书时间并不多；"文革"中，作为"逍遥派"，很少上班，倒是读了一点书，除提纲外，没写文章。但我后来发表的文章，不少是在那个时候思考的。人们很奇怪，"文革"后怎么一下出那么多书，而且是似乎不相干的，康德、中国思想史、《美的历程》。其实想法和材料很早就有了，包括我现在写的东西，有许多还是过去积累下来的。所以我这一辈子没怎么苦思冥想过。

*　　　*　　　*

　　1992年我旅居美国，迄今已逾25年（期间教了八年书）。我还是我，基本看法没有变化。如美学上仍然坚持"自然人化"的唯物论和实践论；哲学上仍然是人类学历史本体论和个体创造论（"以美启真"、"以美储善"等）；中国思想史方面依旧是实用理性和乐感文化说，等等。但是，比起八十年代来，毕竟又有了一些变化和有更明确的地方。

　　中国九十年代的思想学术界已大不同于八十年代。八十年代充满了启蒙情绪。九十年代则大量搬来了西方后现代主义和各种反理性主义，反对启蒙和理性。这些思想流行在大城市校园某些教授和学生中，似乎成了当时学术主流，我不赞同这种"新潮流"，主张中国应该"走出一条自己的路"，反对亦步亦趋地模仿西方，无论在经济上、政治上或文化上。

　　1991年春写定、1994年春改毕并发表的《哲学探寻录》，非常简陋地勾勒了我的哲学。九十年代新一代的教授们鼓吹自由主义的政治哲学，强调资本主义经济—政治秩序的普遍适用性，轻视不同国家的文化、传统和现实的特殊背景。我注意自汉代以来，体现着"实用理性"精神的"儒法互用"，即儒家重人情重实情的世界观，融入重形式重理智的法家体制，获得长期的社会稳定和人际和谐的传统经验，设想中国文化传统在今日法制建设（政治）中所可能走出的"新路"，注意避免追求抽象形式、理性、本质所带来的在原子个人主义基础上的现代社会中人情淡薄、人际冷漠以及政治冷漠等等。为此，在伦理学，我提出对错与善恶应予分开的"两种道德"的理论，一是与政治哲学相关的现代社会性道德，它是建立在个体单位和契约原则上的自由、平等、人权、民主，以保障个人权益，规范社会生活。另一是与宗教、信仰、文化传统相关的宗教性道德，它有关终极关怀、人生寄托，是个体寻求生存价值、生活意义的情感、信仰、意愿的对象。前者是公德，是公共理性，应该普遍遵循；后者是私德，是个人意识，可以人自选择。你可以选择基督教、伊斯兰、印度教、佛教、儒学或共产主义等等。宗教性道德对社会性道德有范导和适当构建作用，一般不应起绝对或基本建构的作用。

我提出两种道德的理论后，不久高兴地读到罗尔斯（Rawls）的《政治自由主义》，感到他的"重叠共识"理论（即与传统脱钩）与我有近似处，要求"公德"从各种文化传统、宗教、主义中脱离出来；不同处在于：我认为"现代社会性道德"之所以具有普世意义，有其经济根由，它是现代以高科技为基础的经济发展和全球一体化所带来的历史结果和要求，与众多群众广泛而迫切地要求改善"人活着"（衣食住行等物质生活和与之相应的精神生活），有直接的密切关系。正是这点使它的普世性无法抗拒，而或迟或早会冲破各种阻挠，曲折、反复而艰难地成为现实。也与此同时，我认为即使"脱钩"之后，却又仍然需要重视不同文化传统和宗教对公德所能和所应产生的范导作用，使众多文化、民族的道德观念、行为和规范仍然同中有异，各具特色。例如，中国法律规定子女对父母有赡养义务（这已适度地参与建构）；在民事诉讼中，中国将更重视调停、和解甚于是非判决，在特定限度、意义和范围内，和谐高于公正。如此等等。

在《论语今读》（1999）、《由巫到礼　释礼归仁》（2015）、《伦理学纲要》（2010）、《伦理学纲要续篇》（2017）等论著中，较系统阐述了我的哲学伦理学。总的说来，就是继承中国传统，在人类学历史本体论哲学视角下，从"人之所以为人"出发，将道德、伦理做内外二分，道德又外做传统宗教性与现代社会性二分，内做能力（意志）、情感、观念三分，并以此为基点，讨论伦理学的一些根本问题，确认道德心理和行为中，理性为动力，情感乃助力；人性能力在道德领域乃（自由）意志，等等。

　　总之，我承继启蒙，反对假"儒教"、"国学"、"文化传统"和各种反理性主义的理论学说之名来"蒙启"，另方面又强调超越启蒙，主张以儒学为主体的中国文化传统，来纠正和改变启蒙在根本理论和现实实践中的诸多重大缺失，以走出一条有普世意义的中国自己的路。这些都是我七八十年代提出的课题的展开，如哲学上反对感性和理性的异化，强调人性不同于动物性（反社会生物学）和机器性（反人工智能将控制人类说），政治哲学上反对自由主义和"集体主义"等等，其中"一个世界"、"巫史传统"、"情理结构"、"道德伦理作内外两分"等等，是九十年代以来我比较着重论说的题目，但也仍是这个"同心圆"的顺延，这里就不必细说了。

　　　　（摘编、改写自《浮生论学》2002 年、《该中国哲学登场了？》2011 年、《中国哲学如何登场？》2012年、《哲学自传》2003 年、《美学四讲》1989 年、《李泽厚哲学美学文选》1985 年、《马克思主义在中国》2006 年、《"情本体"对谈拾遗》2014 年、《杂著集》2008 年等）

"理性的神秘"

　　平和、恬淡、宁静而又刚健、坚韧、"日日新"的阴阳互补的精神动态，它的前提设定不是一个与人异质的精神性的上帝，而是一个虽至高至大无与伦比却与人同质的"宇宙—自然的协同共在"，即"天地"。我说的"物自体"实际也就是中国传统的"天地"，是具有动态性"规律"的存在。所谓"协同共在"即"规律性"之意，但不是任何具体的规律、法则。敬畏和爱戴这个外在的具有规律性的"天地"是非常重要的。这"天地"即"天道"，即"神意"。今天强调"畏天道"，就是强调要进一步突破中国传统积淀在人心中的"自圣"因素，克服由巫史传统所产生的"乐感文化"、"实用理性"的先天弱点，打破旧的积淀，使人在无垠宇宙和广漠自然面前的卑屈，可以相当于基督徒的面向上帝。正因为"上帝死了"，这种"畏天道"便具有人类普遍性，而不止于中国。宗教在这里便可以成为审美感情的最高状态。"畏天道"成为"人的自然化"的最高要求和"情本体"的终极境地。

　　宇宙—自然作为总体超越于人的认知，人对宇宙的经验（包括天文学家）也总是有限的。任何人所看到即经验到了的"天地"都只是非常狭隘窄小的。"宇宙总体"只能是一种理论推论的设想和假说。就总体说，宇宙—自然超出因果范围。因果只是人从感性经验世界中通由实践所产生和形成的概念和范畴（见

《批判哲学的批判》和《论实用理性和乐感文化》）。宇宙存在本身和为何存在超出了这个范围，所以是不可理解的。维特根斯坦说"神秘的是世界就如此存在着"，我以为就是这个意思。宇宙存在和在根本上会如此这般的存在（即这存在为何在根本上具有规律性，即我说的"协同共在"）是不可以用理知去认识、解说的，更不是任何经验所能感受到的。至于可经验和可推论出、由理性和经验所感受和认识的人有关宇宙—自然存在的具体规律性，则是人的发明（"发现"）。康德由"二律背反"走向不可知的"物自体"的深刻性，我以为也在这里。这是"理性的神秘"，即不是理知（概念、判断、推理）所能处置对待即永远无可解答的"神秘"。它根本不同于感性神秘的宗教经验。但可以引发更深刻的敬畏感情和信仰体验，而属于审美—宗教范围。我常说夜晚面对星空可以产生这种心理。这也就是康德所谓"不可知之，但可思之"，即不可通由理知的推论所能认识，但理知推论可以设想和思考其存在。对康德，这就是上帝；对我，这就是作为整体的宇宙自然，即"天地"。

　　这里想及欧洲经院哲学家安瑟伦对上帝存在本体论的理性证明。1952年我读到它时感到震惊，觉得了不起，比宇宙论、目的论的理性证明强多了。"上帝"当然没法用理性证明，从康德到维特根斯坦讲得很清楚。安瑟伦的证明是错误的。但他的这个证明本身似乎简单，却异常精美，很有逻辑力量。他说：上帝既是人人心中都有的一个至高存在，所以它必然存在，否则就自相矛盾（不是至高至上、无与伦比了）。安瑟伦讲的是无限的未可经验的"上帝"，不是任何可经验的有限感性对象。这些经验对象设想其存在而实际不存在是完全可能的；但那个至高的"上帝"，按安瑟伦却不可能在人心中不存在，所以它就必然客观地存在。安瑟伦的"上帝"以"人人心中都有"的"经验"做支撑，但并非古往今来且不分地域、文化、年龄的"人人"都有此经验。

例如中国人就没有，所以这推论的前提不能成立。但中国人都有"天地"的观念，因为每个人都经验到某块天地，而且这块天地是物质性的。从而推论"宇宙自然与人物质性的协同共在"的总体作为物自体的某种设定，就未为不可。

可见，人类学历史本体论的"天地"或"宇宙—自然物质性的协同共在"，是以人人均有的有限时空经验做支撑，从而前提和推论便都可以成立。即是说那个有言有令的精神性实体存在的"上帝"并非"人人心中都有"的经验，而物质性的有限时空却是人人都有的经验。因之，历史本体论所推论应"敬畏"、"爱戴"人赖以生存的不可知的"物自体"，亦即"世界如此存在着"，便具有真正的客观社会性，即康德所谓的普遍必然性。"理性"与"神秘"本是相互排斥的，因之所谓"理性的神秘"，指的只是由理性所推导至不是理性所能认识和解答的某种巨大感性实体作为敬畏爱戴对象的感情存在。它也仍然不是理性认识。

"感性的神秘"或神秘经验可以由未来的脑科学做出解说、阐明，甚至复制，它的"神明"也就很难存在，变得并不神秘。"理性的神秘"却不是脑科学和心理学的对象，也不能由它们来解答。"世界如此存在"不是神秘经验，即不是"感性的神秘"，而是由于超出因果等逻辑范畴从而理性无由处理和解答的"神秘"，这大概是永远不可解答的最大的神秘，也是将永远吸引着人们去惊异、感叹、思索的神秘。感性神秘经验不具普遍必然性，经常只是极少数人能感受或获得，无法普遍证实。几大宗教之所以有各种经典、教义，就因为"感性神秘"难得又期望人们接受信仰，从而才做出各种理性的推论证明，使之具有"普遍必然"。但从理性上恰恰没法论证信仰，没法论证超验的精神实体即"上帝"人格神的存在。所以也才有"正因为荒谬，我才信仰"、"不理解才信仰"、"信仰之后才能理解"种种说法。而所谓"理性的神秘"中的"神明"也就是说宇宙—自然本身就是神明，它既不是超宇宙—自然即宇宙—自然之上之外的神明，如基督教的"上帝"，也不是以任何局部自然如风雷雨电为神明，如原始宗教。更不是说宇宙—自然由于"神明"，它的各种具体变化和历史演进无由解释，而只是说它的总体存在无由解释。这个无由解释的、不很确定而又规律性的行走就是"神明"。

《论实用理性和乐感文化》上篇将"以美启真"与这个不可知解的"物自体"相接连，认为各种具体的规律的存在如何得来，则是人通由自己的"度"的实践从而"创造"出来的。其中，不只是逻辑和理性，而且人的感受、感情、想象都起某种重要作用，这也正是"以美启真"的核心。可见，它并不只是认识论、科学发明发现问题，而且有存在论（本体论）的深沉意义在。

我在排列中国"十哲"中，把庄子名列第二。原因之一就在他有这种高度智慧和思辨能力。至今你也无法用理知推论来否定整个人生—宇宙不过是"蝶梦庄周"的一场空幻。佛家之所以能打动人心，也在于此。佛学以无生为尚，一句"阿弥陀佛"便切断、止住一切喜怒哀乐，要人们无有任何感受，更无论情感或认识了。而"宇宙—自然物质性协同共在"所以比之更具优胜性，正在于它恰恰相反，不但不拒绝情感、感情或认识，而且以每个人都有的时空经验为它们的来由和依托，因为这所谓经验依托仍然是"人活着"这一难以否定的历史性的存在。"理性的神秘"以及它生发出深刻的敬畏以及神秘感情，可以使"人活着"更具意义和力量；即使你设想这经验、这"活着"也不过是春梦一场，是"空"或"无"，但你却仍得把这个"空"或"无"不断地继续下去。即使人生短促、生活艰辛、生存坎坷、生命不易，从而人生如幻、往事成烟、世局无常、命途难卜，不如意事常八九，但人总仍然是在努力地活下来活下去，并尽可能地使之具有意义和情感。于是佛教来中国，也转换性地创造出"日日是好日"、"担水砍柴，莫非妙道"的禅宗：即使空无也乐生入世。何况还有那个协同共在的天地，人生便并不空无而是充满了历史的丰富。"逝者如斯夫，不舍昼夜"（《论语》），"及时当勉励，岁月不待人"（陶潜），不需要去追求另个世界，这也是我把孔子排在"十哲"第一的原因。

儒家所讲的"孔颜乐处"，即"天地境界"，不同于许多追求狂放昂扬的宗教情热，大都是从理性角度讲的某种较持续、稳定的心境、情态、体验。当然，有好些也就是神秘经验，如孟子和阳明学讲的"与天地万物合为一体"、"上下与天地同流"等等。但它们最终仍落脚为一种基于道德又高于道德，而与宇宙万物相合一的感情所产生的较长久、稳定的生活心态和人生境界。

人类学历史本体论所讲的"天地境界"，承续这个中国传统，不强调神秘经验，而是由上述"理性的神秘"所开出的一种不执意世间事物的广阔、稳定、超脱的感情、心境、状态。它包括孔子的"无可无不可"，庄子的"真人"、"至人"、"神人"，后世的"孔颜乐处"，特别是它开展为对世间人际的时间性珍惜，即展开人的内在历史性，由眷恋、感伤、了悟而承担。但它又不完全相同于受佛教深重影响偏于宁静的"孔颜乐处"，而更着重于理性与感性之间活泼泼的现代紧张关系和永远前行的生命力量。它是通由历史感悟的时间性珍惜，有意识和无意识地对生命的现代情感性的紧紧把握和展开。

（摘编自《关于"美育代宗教"答问》2008 年）

"情爱多元"

　　记得我年轻时看高尔基的《克里萨木金的一生》第一卷末尾，那个女孩在第一次性经验时想，这就是朱丽叶所希望而没有得到的么？细节完全记不清楚了。但这一点似乎没忘记。当时我感觉她提出了一个很有意思的问题，即性与爱的关系、二者的共同和差别问题。在现代，"爱"这种罗曼蒂克被一些人认为早已过时了，只堪嘲笑，因之强调的完全是性的快乐。性的快乐当然重要，它在中国长期遭到传统禁欲主义的过分压抑，值得努力提倡一下。而且性的快乐（做爱）也有人的创造，并非全是动物本能，如中国房中术、印度《爱经》所描述的种种姿态、花样。但它们毕竟不是人类心理发展的全貌。从整个文化历史看，人类在社会生活中总是陶冶性情——使"性"变成"爱"，这才是真正的"新感性"，这里边充满了丰富的、社会的、历史的内容。性爱可以达到一种悲剧感的升华，便是如此。同时它也并不失去有生理基础作为依据的个体感性的独特性。每个人的感性是有差异的。动物当然也有个性差异，但动物的差异仍然只服从本能以适应自然。人类个性的丰富性由社会、文化和历史而远为突出，所谓"性相近，习相远"，"差之毫厘，谬以千里"，从而"新感性"的建构便成为极为丰富复杂的社会性与个体性的交融、矛盾和统一。

　　人有"七情六欲"，这是维持人的生存的一个基本方面，它的自然性很强。这些自然性的东西怎样获得它的社会性？像安娜·卡列尼娜、林黛玉的爱情，那是属于人类的。可见，人们的感情虽然是感性的、个体的、有生物根源和生理基础的，但其中积淀了理性的东西，从而具有超生物的性质。弗洛伊德讲艺术是欲望在想象中的满足，也正是看到了人与动物的这种不同。

*　　　*　　　*

五四新文化运动反对"三从四德"，提倡恋爱自由，反对守节"贞操"，完全正确，包括"破坏"传统一元的情爱观念、夫妻观念的功绩。一个活生生的生命，在丈夫死后，没有选择新配偶的权利，这还有什么对生命的尊重？一个妇女，结婚后情况发生了巨大变化，包括根本无法与丈夫相容相处，也包括上述丈夫死亡这种变化而希望嫁给另一个男人，展开情爱的另一页，这就不是一元，而是二元。所以离婚再嫁，也可理解，多元并不神秘。"从一而终"、"终身大事"都是在传统社会人际接触相对固定和观念极端狭窄的时代中形成的，在开放的现代社会中，生活接触面极大地扩展，男女产生恋爱的机遇和可能极大地增加，上述规则的失败理所当然。对下一代男女便不可能用上述标准去要求或规范。他（她）们的性行为、恋爱经验会丰富得多。如果"度"掌握得好，这绝非坏事；相反，它使人生更充实、更丰富、更有意义。我对青年男女只提三条：一、不要得艾滋病；二、不要怀孕或使人怀孕；三、不要过早结婚。当然还有一个前提，这就是必须两相情愿，不能勉强对方。这看来似乎太简单，其实做到并不容易。当然，不要过早结婚包括不要早有小孩，美国未成年的妈妈成为一大问题，按中国话说，简直是"造孽"。

在中国现代作家中，我不大喜欢周作人，但赞成周作人特别尊重妇女的观念。我觉得所有的男人都应当尊重妇女，谁也没有什么特权，所以我对顾城杀妻特别反感：他以为他能写点诗就可以如此肆无忌惮、胡作非为，真是岂有此理，完全是罪犯。我认为他死有余辜，他倒聪明，自知不免一死而自杀，其实应由法庭判决他死刑才更好。但奇怪的是他死后居然有那么多人怀念他、讴歌他。我当年也称赞过他的诗，但我是"原则问题"绝不让步的。

我认为爱情可以多元，就是要堵塞这种暴虐。中国的帝王贵族，自己可以有三宫六院，妻妾成群，但不许妻妾有情人，一有迹象，则处以极刑。顾城不就是这种变形的暴君吗？值得惋叹的是顾妻，倒有情爱多元的襟怀，真情一片，牺牲一切，容得下英儿，却落得如此痛苦的死。没有对性爱的宽容，就不可避免如此。在这种观念下，自然是"寡妇门前是非多"，自然是"男女之大防"，自然是对隐私生活进行无休止的侵犯。过去和今天的一些伦理观念、道德准则其实质与顾城这种简单的"一元化斧头"来解决问题，相差不远。

＊　　　＊　　　＊

食、色，性也。关于食，研究得较多，财产制度、阶级斗争等等，都可说在"食"的范围内，但"色"的问题却研究极为不够。弗洛伊德开了个头，但太局限而且片面。在中国，更如此，以前连弗洛伊德也不让谈。其实人的性爱情欲，既不全是动物性，又不脱离动物性。我讲人类的"情本体"，就是说人的情爱，既不等于动物界的"欲"，也不等同于上帝的"理"。所以就变得非常复杂。

人是很复杂的。性，感情，爱欲，是很复杂的，既可以有精神度很高的爱，也可以有精神度不高甚至很低的爱，也可以并行不悖，特别男人更如此。男人对所爱的女人常常有性行为的要求，对不爱的女人也可以有性行为或性要求。女人似乎不同，女人对所爱的男人不一定有性的要求，对不爱的男人则绝对不愿意有性行为。这当然就一般来说，但这些问题都值得研究讨论。

人类的爱，特别是男女的情爱，总是包含着性、性的吸引和性的快乐。性爱中常常一方面是要求独占对方，同时自己又倾向多恋。男女均如此。这既有社会原因，又有生理原因。纯粹的精神恋爱，柏拉图式固然有，但究竟有多大意思，究竟有多少人愿意如此，我怀疑。没有性的吸引，很难说是男女情爱。但一般来说，人的性爱，又总包含着精神上、情感上的追求。人与动物的性爱之所以不同，就因为人的性爱不是纯粹的生理本能，而是人化了的自然，也就是人化了的性。这就是所谓"情"。"情"也就是"理"（理性）与"欲"（本能）的融合或结合，它具有多种形态，具有多种比例。有时性大于爱，有时爱大于性，有时爱扩大到几乎看不到性，有时性扩大到几乎看不到爱。总之，灵与肉在这里有多种多样不同组合，性爱从而才丰富、多样而有光彩。夫妇的爱和情人的爱，就不能相互替代。中国只讲夫妇的爱，认为此外均邪门；西方则要求夫妇之爱等于情人之爱，于是，现代离婚率极高，问题愈来愈严重。其实，可以有各种不同层次、不同比例、不同种类、不同程度、不同关系的性爱。我们不必为性爱这种多样性、多元性感到害羞，而应当感到珍贵。

还想再重复一次，我说的"多元化"当然不只是对男性，对女性也一样。有人说男人多恋，女人单恋，这已为性心理学所否定。但如前所说，男女性心理和生理也确有不同。而不管男女，个性差异在这方面更是特别显著、特别重要。人的生理、心理、气质、爱好等不同特点会充分表现在性爱上，自然（生理）和社会（如观念）不同结构的个性复杂性，都会在这里展现、表达，所以不能强求一律。所有这些，都说明要慎重对待这一问题，并深入地进行研究。性爱中有好些矛盾和悖论，如一开头讲的"独占"

与"多恋"以及双方感情支付的不均衡等等，都不能用政治的或某种既定的先验模式、伦理道德来简单处理。顾城杀妻就是这种简单处理的一个极端例子。1993 年美国畅销小说《廊桥遗梦》描写一位始终忠实于家庭的妻子与一位路过的单身汉的爱情故事，那么狂热（包括性行为描写）和执着。那位女主人公对丈夫、子女、家庭的情爱与对男人的"真正的"情爱极为痛苦地并存，在现代的生活背景下颇为苍凉，作者似乎力图把它升华到一个近乎宗教感情的高度，使我感到有点回到 19 世纪的味道，这种浪漫和温柔，在实际生活中，特别是美国，恐怕少有了，但它是"畅销书"，大家仍愿意读它。为什么？

*　　　*　　　*

文学以情为本，离开妇女，文学就失去"本"的一大半。文学应当是最自由的，作家可以把自己对世界的感受、体验和认识做极端性的表述，所以我主张作家有各自独立的文学选择，而不必管各种社会观念的干扰；但是，如果要我做选择，当然站在易卜生这边，只是我也会像鲁迅那样提出疑问：娜拉走后怎么办？

情爱与文学艺术有各种不同的关系和情况。对于有些作家艺术家来说，性爱是创作的动力。例如毕卡索，就在数不清的女人身上得到灵感。但也不一定都这样，达·芬奇一生独身，鲁迅的生活也相当简单。这里有巨大的个性差异，陈独秀嫖妓出名，胡适则并不如此。

有的婚后才华发光，托尔斯泰的《战争与和平》等巨著是在婚后安宁幸福中写成的。有的则相反，婚后贫病交加却创作出很好的作品。总的来说，作家在性爱上有更多的观察、思考和体验，其作品将会更加丰富。我反对婚姻与性爱上的随意性、不负责任和利己主义。但主张对性爱要宽容，不要太多地干预和指责别人的私生活，这不仅是对作家，应该包括所有的人。作家艺术家在这方面并无特权，如上面已讲的顾城事件。尽管作家艺术家因为更加放任情感，风流韵事似乎更多一些。

所以我说不能简单化地对待情爱这种复杂问题。鲁迅一生极其严肃。他以最大的力量承受旧式婚姻的痛苦之后，做婚姻方式之外的情爱追求，并不破坏倒恰恰完整了他的整个生活态度和人生观念。

对于性爱，男女的生理—心理需求就有差异。我不是专家，无法多说。前面已提及，一般可以感到，女子的心理需求较重，男人的生理需求较重。这种差异也会形成性爱的多元和复杂。美国不久前所爆出的妻子割切丈夫生殖器的著名新闻，大概也表达了女人厌烦、憎恨男人过多的生理需求，所以许多女士同仇敌忾支持这位割器的女英雄。

《红楼梦》中的性爱有许多种，性与爱的比重各不相同，差距很大，所以很精彩。林黛玉、薛宝钗，包括王熙凤、晴雯、袭人等都是心理大于生理，贾瑞、贾琏等则相反。贾宝玉的性爱至少包括三个方面：一是未婚的少女；二是已婚的少妇，包括对秦可卿、平儿、王熙凤，都包含着性爱，只是分量的轻重不同罢了；三是对男性少年。宝玉的爱更多表现在他与少女的关系，而与已婚少妇的关系，性的分量似乎更重一些。可惜我们的中国文学，除了《红楼梦》之外，太不善于描写性心理了。

文学的性爱主题和性爱描写已经多元，但一提到现实上，大家还是感到很突然。其实今天的中国，实际生活包括性生活，特别是青年一代，恐怕已相当开放、多元，但就是不准公开说，不许研究讨论，这不好。

*　　　*　　　*

家庭关系和夫妇、亲子、兄弟姊妹的亲爱感情，是人类自己创造的极可珍贵的"人性"财富。这人性是由动物自然性经过理性化的提升而成的情感。孔子和儒学的根本价值也在于提出和强调维护这种情感和人性。儒家以此具有自然血缘纽带的家庭情感和关系为核心，辐射为各种人际关系和情感，一直到鸟兽虫鱼林木花卉。"民吾同胞，物吾与也"，这也就是康有为《大同书》里的"去类界，爱众生"。康主张"去家界，为天民"，这也有其伸张个性和个人自由、反抗祸害颇为严重的传统家庭秩序的重大时代意义。就当今说，去家不去家，倒确实成了具有世界普遍性的现实问题。今日在欧美发达国家，家庭破碎，无家可归，单亲家庭已成常态，但我仍然以为，孔子和儒家的不去家但补充以现代个人的性爱和各种婚姻形态，可能是更幸福、更快乐的生活方式。康有为的"去家界，为天民"和儿童从出生后便公共抚养的"公养"、"公教"等等，包括柏拉图、恩格斯、毛泽东等人的去家思想，我不认为是值得赞赏的人类前景未来。我以为中国传统讲亲情、讲人情等可能反而是对世界文明的重要贡献。家庭是人类情感的一个基础方面，这也是我所谓情本体的具体呈现。

与此相关，夫妻之间就远不仅是性爱关系，而是长期朝夕生活所建立起来的相互支持、帮助、关怀、体贴、容忍、迁就等关系，和这种关系所产生的情感，它们体现在许许多多数不清说不尽的日常生活细节之中。看来似乎并不重要，但这就是真实的、具体的"生活"。日常生活也就是这些穿衣吃饭中的许许多多琐碎事情，夫妇之间在这些事情中的紧密关系和由此而产生或形成的情爱关系，是别人和别种情爱如情人的爱所不能替代的，这是双方在长期生活旅途中彼此给予对方的一种"恩惠"，所以我常说"夫妇恩"。这种"恩"就是一种很特殊的情爱。我在课堂上和美国学生说，"爱"不难，要长期和谐地快乐地生活在一起，就不那么容易了。他（她）们都同意地笑了。

我主张有家庭，家庭的感情不是其他感情能代替的。但不是说人这一生只能爱一个人，只能跟一个人有性关系。我觉得可以开放些，男女都一样，可以有妻子和丈夫，也可以有情人。发现对方有情人就分手，我认为是很愚蠢的。情人的爱未必能等于或替代夫妻之爱。从性心理学上来讲，如前面所讲，都希望独占对方而自己有情人，女的也这样，男性更强，以前也讲过，这有族类生存竞争的生物学的进化基础，特别是女人有了孩子，她们的情感和心思主要都放在孩子身上，"男性更强"这点就更突出了。在动物界，为延续后代，男性需广种，女性可拒绝，于是男性便以健壮的身躯、漂亮的羽毛、强大的力量、优美的姿态以显示自己的保护能力来吸引女性；到人类，这些便转变成以财富、地位、权势、名声、才干以及身躯体格等仍无非是显示出众的保护能力和强势力量来吸引女人。总之，每个人的生理和心理情况不一样，自己选择，自己决定，自己负责。一些人可能对此点不赞同、想不通，想不通就想不通好了，也是一种选择。

* * *

"婚外情"是个很复杂的问题，很难简单地说"对"、"错"；婚外情的第三者一般也不该受谴责，男女感情只要是两情相悦，彼此相爱，不是出于金钱、权势等引诱逼迫等，那便是无可厚非的；当事人如果能妥善处理这个"三角关系"，那就更好。

人类的恋爱倾向有很多种，有的是自恋，有的是多恋，有的是单恋，有的是同性恋。比如同性恋，它是先天的或后天的？我以为主要是先天即基因决定的。以前，同性恋等于犯罪，今天同性恋的人数可能扩大，甚至可以结婚，但它绝不会成为主流，对人类来说毕竟是极少数，无伤生存延续的人类大局。

性爱和婚姻高度自由化，能使每个人在心理和生理上取得平衡和健康，有助于个性的全面发展，使人身心开阔和愉快。再强调一次：人就像树叶一样，每片叶子都是不同的，每个人的生理和心理结构也是不同的，他（她）应该了解自己的个性和需求，顺其自然地发展。同时，每个人都应该把握自己，去主动地选择、决定、思考、行动、创造和奋斗，努力追寻自己的快乐。

当然，婚姻自由化并不是指不负责任或欺骗别人的感情，相反，它反映了人类对爱情的处理态度越来越理智、成熟和自觉，不需要再靠结婚证书、道德规范、法律制裁去维系感情。

（摘编自《理念与情爱的冲突》1995 年、《谈男欢女爱》1988 年、《该中国哲学登场了？》2011 年、《哲学纲要》2010 年、《美学四讲》1989 年、《马克思主义在中国》2006 年等）

"历史在悲剧中前行"

　　历史在悲剧中前行，人们很少理解和理会这一点。"这一点"倒是我一二十年来非常关注和反复申说的。

　　人类从动物开始。为了摆脱动物状态，人类最初使用了野蛮的、几乎是动物般甚至凶残远超动物的手段，这就是历史真相。历史并不在温情脉脉的人道牧歌声中进展，相反，它经常要无情地践踏着千万具尸体而前行。战争就是这种最野蛮的手段之一。原始社会晚期以来，随着氏族部落的吞并，战争越来越频繁、规模越来越巨大。中国兵书成熟如此之早，正是长期战争经验的概括反映。"自剥林木（剥林木而战）而来，何日而无战？大昊之难，七十战而后济；黄帝之难，五十二战而后济；少昊之难，四十八战而后济；昆吾之战，五十战而后济；牧野之战，血流漂杵。"（罗泌《路史·前纪卷五》）大概从炎黄时代直到殷周，大规模的氏族部落之间的合并战争，以及随之而来的大规模的、经常的屠杀、俘获、掠夺、奴役、压迫和剥削，便是社会的基本动向和历史的常规课题。暴力是文明社会的产婆。炫耀暴力和武功是氏族、部落大合并的早期宗法制这一整个历史时期的光辉和骄傲。所以继原始的神话、英雄之后的，便是这种对自己氏族、祖先和当代的这种种野蛮吞并战争的歌颂和夸扬。

　　战争经常是推动历史进步的重要因素，但哀伤、感叹和反对战争带来的痛苦、牺牲，也从来便是人民的正义呼声。《诗经·

采薇》等篇很早就表示了这种矛盾。杜甫的《兵车行》、"三吏三别",两方面都对,这才是悲剧性。其实黑格尔早就讲过,冲突两者都有合理性才构成悲剧。人类在悲剧中行进。

康德说,"上帝的事业从善开始,人的事业从恶开始"。黑格尔和恩格斯也说过,恶是"推动历史发展的杠杆"。文明通过暴力、战争、掠夺、压迫、剥削、阴谋、残酷、滥杀无辜、背信弃义等来斩榛辟莽,开拓旅程。大英雄、大豪杰、大伟人也经常是大恶棍、大骗子、大屠夫。"窃钩者诛,窃国者为诸侯;诸侯之门而仁义存焉。"就人类说,历史经常在这悲剧性的恶的事业中发展前行;就个体说,从古至今,幸福与道德也很少一致。

许多看来是限制、奴役、强制的东西,如权力、工具理性等等,作为异化的某种形式或某个方面,从历史来看,却是合理的、必要的、重要的。我多次说,用浅薄的感伤主义和人道主义来观察、解说历史,是抓不住要害的。

我曾以庄子那个反对用机械灌溉以节省人力的久远故事,来作为这个历史悲剧的最早序幕。庄子不但尖锐而深刻地揭露"窃钩者诛,窃国者为诸侯",而且认为"有机事者必有机心",要求彻底废除文明,回到"山无蹊径,泽无舟梁"、"民知其母,不知其父"、"与麋鹿共处"的母系社会的原始阶段。当然,不止庄子,历史上好些批判近代文明的浪漫派思想家们,从卢梭到现代浪漫派都喜欢美化和夸张自然(无论是生理的自然,还是生活的自然),认为"回到自然"才是恢复或解放"人性"。比起他们来,庄子应该算是最早也最彻底的一位。因为他要求否定和舍弃一切文明和文化,回到原始状态,无知无识,浑浑噩噩,无意识,无目的,"居不知所为,行不知所之","生而不知其所以生",像动物一样。庄子认为,只有那样,才能得到真正的幸福。

但历史并不站庄子这一方。从整体来说,历史并不回到过去,物质文明不是消灭而是愈来愈发达,技术对生活的干预和在生活中的地位，也是如此。尽管这种进步的确付出了沉重的代价，但毕竟带来的正面贡献更为重要，使人类日常生活即食衣住行性健娱大有改善，并由少数人群扩及多数甚至整体，历史本来就是在这种文明与道德、进步与剥削、物质与精神、欢乐与苦难的二律背反和严重冲突中进行，具有悲剧的矛盾性；这是发展的现实和不可阻挡的必然。正像当年马克思、恩格斯论述过的资本主义在历史上的进程那样。因之，庄子（以及后世一些批判文明的进步思想家们）的意义，并不在于这种"回到自然去"的非现实的空喊和正面主张，而在于揭发了阶级社会的黑暗，描述了现实的苦难，倾诉了人间的不平，展示了强者的卑劣。

重复一下，正由于历史经常以恶为杠杆，在污秽和血泊中曲折前行，因此这种哲学的价值就在于，它宣示必须与历史文明行程带来苦难现实相对抗、从而追求不计利害因果、"知其不可而为之"的反抗意志和牺牲精神。这种精神对现实黑暗和权威/秩序的英勇斗争，在形成和培育人们的道德意识、正义感情、公正观念上，具有着伟大的、光辉的、独立的意义，而为人们所世代承继和不断发扬。这就是拙著中再三提及的"伦理主义"，并以此来构建人们的心灵，从而推动历史。当然，渗透了暴力和黑暗的权威/秩序却又仍然在推动着文明，其中也包括改善社会生产和人们生活，这也就包含在我所讲的"历史主义"中。历史与伦理并不一定同行，常常是在二律背反的悲剧中行进。

数千年来，科技（生产力的核心）作为人们物质生活的基础，的确带来了各种"机事"和"机心"，这也就是各种社会组织和思想智慧，从而也带来了各种罪恶和肮脏。特别是二十世纪空前发展的科技和组织，带来的正是最大规模的犯罪和屠杀。揭露、谴责这历史"进步"带来的各种祸害和罪恶，如环境污染、贫富悬殊、人心异化、核能杀人等等，早已满牍盈筐。但一切高玄论理和道德义愤似乎无济于事，历史和科技依旧前行，今天克隆牛羊，明日"制造人类"。我常说，坏人杀好人或好人杀坏人不算悲剧，好人杀好人才算悲剧，即双方均有正义性和片面性，历史与伦理的二律背反将这一特点突出得最为尖锐。这其实黑格尔早就说过，只是后人没能充分认识和展开讨论。

在中国，道家早就宣称天地乃中性，并不仁慈；人世更险巇，必须装假。它不像儒学那样去傻乎乎地建构一个有情宇宙观或本体论来支撑人世秩序（纲常礼教）和人生目的（济世救民）。道家冷静观察了人事变迁的历史轨迹，知道它是"恶的事业"；包括"仁义礼智"，也只造成灾难祸害，从而充分揭示荣辱相因、胜败相承、黑白相成、强弱相随等辩证关系，强调人们应主动掌握它、运用它。所以它是行动的辩证法，而非语言或思维的（如希腊）辩证法。

今天中国的现实也正沉重地肩负着这个二律背反在蹒跚前行。百年中国为进入历史的现代阶段，真是千辛万苦，曲折艰难。回首当年，洒尽志士仁人们的头颅鲜血，难道是为浸透肮脏的全球资本在中国生根发展，开辟道路？今日白发苍苍行走不便的老干部，当白天面对豪华酒店林立、酒色狂欢，夜晚想起当年陕北窑洞、太行土屋中的艰苦情景，会不会感慨历史而竟如此？"纵然是齐眉举案，到底意难平"？更重要的是，如何走未来的路呢？回到"纯洁的"四、五、六十年代去？"前进"到贫富更为悬殊的"发达"社会？中国现代化道路中的历史主义与伦理主义的二律背反，正以怵目惊心的形态展现在今日人们的面前。

我提出这二律背反，整三十年了，一直被人批判，但我坚持认为这是个很重要的问题：既是历史事实，也是现实情况，这无可避免，从而如何使两者有一定的调解，就显得很重要。如何调解？我认为，只能适时适地"艺术地处理之"——这十五年前在报上作为大字标题发表过，也就是在二律背反的悲剧进程中，强调主动掌握和创造出不同时期不同层次不同方面不同具体情况的各种合适的"度"，以对待、处理效率与公平、放任与控制、发展与污染、建设与拆迁等等问题，使这个进程的悲剧性减少至最低限度，甚至泯合两者，这在历史上也曾有过。另一则是融合"太上立德"的中国传统回归康德，突出伦理道德有独立的绝对价值，而不同于黑格尔、马克思把道德归属于历史的伦理相对主义。"度"的复杂性和灵活性往往体现在这种时候。这不是抽象的理论争辩，而是具体的行动方略。这就要靠制定和执行政策的人的理性、智慧、责任心和同情心了。一方面发展经济，物质改善，另方面悲天悯人，仁民泽物，使历史感伤和人道感情范导"度"的把握与建立。这就是"政治艺术"，它需要政治家、舆论界和学者们共同把握和商讨。个体小我也将在这里更加显出自己的光辉。所以仍以儒家为主线，吸收道家和黑格尔、马克思等等，来主动把握和积极展开人类历史的行程和命运。

历史在悲剧中前行以及如何可能摆脱，涉及伦理、政治、宗教（如原罪、根本恶 radical evil）诸多问题，只能以后再说了。

（摘编自《孔子再评价》1980 年、《美的历程》1981 年、《中国古代思想史论》1985 年、《哲学探寻录》1994 年、《说历史悲剧》1999 年、《中华文化的源头符号》2004 年、《中国哲学如何登场?》2012 年等）

要启蒙，不要"蒙启"

　　我对"五四"的看法没有改变。在诋毁"五四"、盛行尊孔并成为时尚的今天，我更顽固地坚持原有的看法："五四"了不起。胡适、陈独秀、鲁迅之大功不可没。谈论中国近现代史，特别是近现代文化史，前不可能绕过康（有为）、梁（启超）、严（复），后不可能绕过陈（独秀）、鲁（迅）、胡（适）。他们是重要的文化历史存在。可以不讲陈寅恪、钱锺书，但不可不讲胡适、鲁迅。

　　"五四"时期各种思潮汇聚，当时的无政府主义思潮就很盛行。"五四"突出个人，张扬个性。可惜后来"个性"又被消灭了。"五四"了不起，在于它的主题鲜明，击中要害，中国缺的正是个性和个体独立的精神与品格。

　　"五四"批判孔家店不同于"文革"的批孔，"五四"是"启蒙"，"文革"是"蒙启"，两者在精神上是背道而驰的。汉代"独尊儒术"以来，唐、宋、元、明、清都尊孔。其中的确有维护传统专制统治的方面。康有为的变法改制还必须打着孔子的旗号，可见走向现代化，举步维艰。直到"五四"才直接挑战孔子，结束两千年一贯的尊孔历史。"文革"时的批孔恰好是维护专制统治。第一幕是了不起的悲剧，第二幕是可笑的闹剧。记得李大钊等当年也说过，他们批判的孔子，是宋明道学家塑造过的孔子。其实只有批判掉这个孔子，才能恢复原典儒家的孔子，只有批判"存天理灭人欲"、专重心性修养的孔子，才能恢复重视情感、重视物质生命、重视人民现实生活的孔子。"五四"反对的是在孔子名义下的君臣秩序、父子秩序、夫妻秩序以及所延长的妇女"节烈"观等等（连僻远的山区如张家界也可以看到贞节牌坊）。这一套确实非常不符合于现代社会的生存发展，是"五四"发出了第一声强烈的抗议呐喊。

上世纪八十年代人们喜欢将自己"事事不如人"全归结于"文化不行"，于是反传统。我曾经批评过、反对过，我写《中国古代思想史论》，惹来不少咒骂。现在，经济发展、国力增强了，发现自己并非"事事不如人"，又开始吹嘘自己的传统文化如何了不起。对此我也反对，结果又会有人骂。

我不欣赏"少儿读经"之类的笼统做法、提法，那样可能会从小就培育原来传统政治体系所需要的奴性道德，它很难与当年袁世凯的"尊孔"彻底分清。有人甚至公开谴责蔡元培先生当年取消读经。在我看来，如果"五四"那批人是"启蒙"，那么现在一些人就是"蒙启"：把启开过的蒙再"蒙"起来。

我是主张培育宗教性道德的，但我不赞成不分青红皂白地提倡"读经"。儒家经典中的许多道德是与当时的政治、法律体制和生产、生活方式联系在一起的，它产生在已有严格等级的氏族社会中，发展在专制政治体制的传统社会里。所以"天尊地卑，乾坤定矣；卑高以陈，贵贱位矣"、"天王圣明，臣罪当诛"等便是这种道德的核心内容。"经"也有一大堆，"四书"、《诗经》以及《周易》、《礼记》可以选读一些，但《尚书》、《春秋》也要人去读去背吗？《仪礼》、《周官》、《尔雅》呢？需要人人必读吗？我以为不需要。

我上世纪八十年代写的《中国古代思想史论》，九十年代写《论语今读》，对"儒家人格"评价不低。但现在问题是一些知识分子喜欢耸人听闻，以煽情的激烈话语来鼓吹"民族精神"或

"道德义愤"，我以为这是危险的。余英时说，当年"五四"反传统的人物，都是饱读旧籍、深知传统的人，今天反传统的人物其实并不知传统为何物。我觉得今天某些提倡传统或传统道德的人也大体如此。从他们的言谈论著行为活动中看不出一点传统的影子，看不出一点孔老夫子那种"温良恭俭让"、"知之为知之，不知为不知"的道德、精神或风貌。所以，剩下的便只是激情口号、妙论奇谈，很可笑也很危险。

一些人正在大搞复古主义，大搞各种民间迷信，花大量钱财建庙宇，立巨像，搞祭拜，知识人也大倡立孔教、办国学，主三纲、穿汉服、贬五四、骂鲁迅，反对过圣诞，要用七夕代替情人节，用孟母节代替母亲节，用孔子纪年代替公元纪年，甚至公开主张专制，行跪拜礼、形形色色，热闹得很。

其实，今天关键并不在应否提倡传统、提倡道德，而在于如何阐释这些道德和应否以此来排斥、反对、贬低建立在现代生活基础之上的社会性道德（自由、平等、独立、人权等等），这两种道德（宗教性道德和社会性道德）有一致处，也有冲突处。我的"两种道德论"就是为探求这个问题而提出的。现在有人则根本否认现代社会性道德，似乎硬要回到"君、父、夫"具有绝对权威、绝对统治，"臣、子、妻"必须绝对服从的传统道德。"三纲六纪"是传统道德的核心，张之洞、陈寅恪等很多人都讲过。"中国首重三纲而西人最明平等"，是严复的名言，看来，梁启超、严复，更不必论胡适、鲁迅，统统是有人责骂的"跟着西方走"，都应该是由这些"蒙启"的学人所猛烈讨伐的对象。

我最近看国内的电视，宣传一个地方"绣龙"（号称"龙乡"的某地，数十人同时在一大幅布面上绣出龙的形象），说开工那一天和完工那一天，都下了雨、雪，而那个地方那个季节是极少下雨下雪的，说得神经兮兮，大有天人感应、龙的神灵出现的味道。而这正是在宣扬"传统"、"国粹"旗号下进行的，这种宣传并不止这一次。我当时立即觉得还是鲁迅棒，现在仍然需要鲁迅。

十多年前我写《论语今读》，返回孔子。现在尊孔成了时髦，我就不再谈了。因为讲孔子成了掩盖更重要更必需的东西的手段。中国急需建立公共理性，需要的还是"德先生"、"赛先生"。我高度评价孔子，但反对以尊孔的潮流来掩盖现代文明所要的科学与民主。对于传统，我主张承继中国传统的"神"，而不求形似，更反对复古，主张"人类视野，中国眼光"。视角是人类的，但是站在中国的立场上看，中国是人类的几分之几，是很大一部分，中国文化大有希望，孔子是我们的重要资源，但不能代替我们的现代创造。我一直强调这一点。

（摘编自《共鉴五四新文化》2009 年、《要启蒙，不要蒙启》2005 年、《该中国哲学登场了？》2011 年等）

反思民族主义

　　"民族"这个概念本来就相当含混，定义很多，西方的社会学者不必说了，孙中山、斯大林都有过定义。仅"民族如何形成"就是个麻烦问题，例如说"中国人"，这是种族概念还是文化概念？"中华民族"是什么意思？"民族"是以种族为主来界定，还是以文化、宗教、地域、语言、风貌、生活方式来界定？所有这些问题都不清楚。"民族"如此，"民族主义"更如此了。提倡一个并不清楚的东西，我看是相当危险的。

　　1992年香港的一次学术会议上，我强调民族主义是个多义的、复杂的概念，应先做语词分析，以"民族主义A"、"民族主义B"来分注不同含义，否则很容易掉入陷阱。所以我反对民族主义一词的滥用，包括反对所谓"文化民族主义"之类的用语和说法。我认为民族主义是一个严格的政治学和政治思想史的概念，它与近代西欧"民族国家"（nation-state）的兴起有关，不能随便乱用。在亚非拉，民族主义在十九世纪和二十世纪上半叶有抵抗帝国主义和建立民族国家等正面意义，但今天大都只剩下负面作用了，对人民、民族、国家、世界大不利。至今尚未解决的世界局部战乱就是例证。中国对此要提高警惕，不管对内对外，提倡民族主义都没有好处。

　　民族主义的危险就是对外容易变成大国沙文主义，对内则容易引起不同民族之间的纷争，同时也容易以民族、国家的名义来压制个人的自由、独立、人权。抗战中，蒋介石不是高喊"国家至上，民族至上，意志集中，力量集中"吗？这可以理解，因为当时是在和日本帝国主义作战，但永远如此，就大成问题了。在"至上"、"集中"的大帽子下，个人的一切都可以成为无足轻重的附属品或牺牲品。这也是今天提倡民族主义的一大危险。

我曾说过，应从世界一体化的角度来看民族主义。所谓"世界一体化"，就是注意从世界发展的总趋势来考察和评价民族主义。十九世纪末（一直延伸到二十世纪上半叶）和二十世纪末的世界已很不相同：十九世纪末帝国主义到处侵略，殖民主义远未结束，而传统王朝非常黑暗，对外屈从压迫，这个时候强调民族独立、建立民族国家当然是进步的；但二十世纪的后半叶特别是现在，世界总趋势是经济在科技的带动下高速发展，原先不发达的国家大都取得了政治独立，并且步发达国家的后尘快速走向现代化。这种发展的潮流，正在打破各种地域、国家、宗教、种族、文化、意识形态的隔阂与限制，使世界逐渐走向一体化。以前的所谓"德法世仇"，今天居然为了共同的经济利益，克服种种困难和障碍走到一起来了，开始组织一个和平的、超民族的社会。我以为这在世界历史上是件非常重大的事情。西欧是两次世界大战的发源地，今天它的发展我觉得才是真正化解民族主义、民族仇恨最为健康的历史方向。当然，世界一体化也还有许多问题，如发达国家对不发达国家的剥削压迫，各个国家内贫富差距拉大，各种移民、难民问题以及发达国家之间严重的经济冲突等等，但这些都不能诉诸民族主义来解决。

在《批判哲学的批判》第六版（2007年），我加了一段话，在第381页上。我说要注意德国思想的教训，有一点现实针对性："一个值得探讨的问题是，与康德、歌德不同，自费希特、谢林、黑格尔，到尼采、韦伯，到海德格尔、施米特，也包括显赫一时的各种浪漫派，尽管德国思想硕果累累，但如本书第一章所叙说，德国从分散、落后、软弱变而为统一、强大、富足的过程，由于对英、法所代表的资本体制和平庸世俗的不满和愤懑，它以民族文化的特殊性来对抗和'超越'现实生活的普遍性，却终于最后走上一条反理性的发疯之路。希特勒的出现和获得'全民拥戴'（包括海德格尔、海森堡、施米特等大量知识精英）并非偶然。我以为这是不容忽视的德国思想史的严重教训。"我觉得宣讲民族主义，在一个国家贫弱的时候，有好处，它可以让人振奋起来。但在一个国家强大起来的时候，大肆宣扬民族主义，那就很危险。德国的历史是教训。现在有些知识精英，我看有这个倾向。德国思想界当年也是否定平庸的现实。因为资本主义的确是非常平庸的，商业化的，自私自利的，世俗化的，你看不起它，想用民族精神来"超越"它，反对它，排斥它，结果却非常可怕和危险。民族主义、国家主义最容易煽动人的情感，容易造成可怕的盲从，希特勒杀犹太人，即便很多人知情，当时德国民众普遍还是支持希特勒。

只有经济的发展，才是世界一体化的自然走向，其他办法如政治压力、战争、意识形态等，都不能成功。从罗马帝国、奥斯曼帝国到希特勒的第三帝国、苏联的社会帝国主义统统失败了。人们盼望世界和平与世界大同为时已久，但这"和平"、"太平"都不是军事、政治、文化、意识形态所能办到的，不是什么"国际联盟"、"联合国"、"无产阶级国际主义"等所能办到的，实现它恐怕至少还得几百年吧——何况历史有时还会倒退，有时倒退可以几十年甚至更久，但在人类历史上却不过一瞬。如今好些地方的民族主义、原教旨主义，便呈现出这种倒退潮流。这并不奇怪，历史经常曲折行走。但迟早还是会被经济即人民大众的生活发展推回到一体化的正道。

我多年来被批评，一谈经济前提或经济决定，学者们便大摇其头，有的甚至认为不值一提，认为只有谈论心性伦理才有价值，才是根本，实际这是本末倒置。我认为马克思主义说的"人民群众是历史的创造者"并不错，经济生活、物质生产才是亿万人民群众日常活动的主要部分。每个人都要吃饭，都有衣食住行等方面的要求和切身利益，这都与经济发展直接相联。正是亿万普通人的利益，使得政治、军事、文化、种族、宗教不同甚至敌对的国家有了走向联合和统一、走向共同市场的可能，或者说是"共同富裕"吧，这其实就是一体化的根源，这也就是所谓的"吃饭哲学"。但好些民族主义者不注意这一点，不顾自己人民的死活，只关心民族"地位"（好些实际上是少数人的政治利益），或只注重民族霸权。结果或以大欺小，妄图用意识形态或武力吞并别人；或以小傲大，要求绝对自由或独立，认为这才不受欺侮压迫。结果便是各种争斗和战争，把本来就不行的经济弄得更糟。

中国人民通过自己的活动一定能创造出统一的新形式。现在大陆、台湾经济交流的势头不错，这样发展下去，两岸百姓的共同利益就会逐渐地形成一种共同体。政治和意识形态上的冲突，也只有在这一基础上才可能逐渐消解——这当然是一个比较长的过程，一切都不能性急。想用一个民族主义的口号来快速地统一两岸或分裂两岸（如"台独"），都是不好的。

现在中国的民族主义又盛行起来了，一些年轻人更为激动，他们模仿日本的一本书名，说"中国可以说'不'"。这些做法不仅颇为情绪化，而且摆出一副要打架的恐吓架势，实在相当低级。现在中国在发展经济，首要任务是改善占人类 1/4 人口的生活状况。我们当然不能受欺侮，例如钓鱼岛事件，应有坚定甚至强硬的态度，这是政府的责任所在，但不应当煽起"抵制某国货"之类的群体民族情绪。我们仍应当理性地和世界沟通，理性地吸取世界各国的经验和教训。中国可以向美国说"不"，毛泽东早已说过了，他在中国非常落后时，就对当时不可一世的美国说"不"。不久他又对社会主义大家长的苏联说"不"，坚定地维护了中国的主权。但今天仍然高声喊叫说"不"，甚至摆出一副"不惜一战"的姿态，就没有意义了。邓小平主张不和美国搞对抗，正是从经济利益的原则出发，而不受意识形态的束缚。今天简单地说"不"，容易流为某种危险的民族主义的道德原则、意识形态原则，煽动群体情绪，却在根本上损害了中华民族的利益。

有人提出"越是民族的越能走向世界"的口号，我不赞成。这个口号实际上是抵制接受西方的东西，想原地踏步、原封不动，这是没有出路的。这个口号也不符合中华民族的精神。中国儒家讲"日日新"。"日日新"才能生存！我强调"转换性创造"，这个创造不脱离民族基础，但要以现代生活为根本。所以才有"西体中用"说。中国的统一、独立、富强，不在于提倡民族主义，仍在于经济共同发展，在于对内阻止地方分裂和民族分裂，对外平等交往，不受欺侮也不欺侮别人。中国是多民族的国家，民族主义极易煽动仇外情绪，它是非常有害的双面刃，既可以引起周围国家对中国的紧张、恐惧，也可以煽起国内少数民族的仇汉情绪，两者都不是好事。

过去我在谈孙中山的时候，也论及他所提倡的民族主义内涵的转变。辛亥革命前，孙的民族主义主要集中在"反满"革命上，所谓"驱除鞑虏，恢复中华"。其后，他的民族主义的重心转向"反帝"，也因此与共产党的纲领相接近，只是共产党是用阶级斗争观念，而孙中山是用"王道"、"霸道"来解释。现在我们讲"反霸权"，倒有点接近孙中山，但孙中山是反对义和团那种盲目仇外的情绪和行为的。更值得我们注意的是，孙中山在中华民国建立后，就把民族主义的重心转到建设上来，提出详细的"实业计划"，希望能成功地建设一个强大的祖国。民族主义可以装进各种内容，孙中山能及时把民族主义重心移到经济建设上来，是聪明而负责任的。

民族主义不仅是一个政治、意识形态问题，也与文化心理相关。社会学家格林菲德的"羡憎交织"心情描述真是入木三分：羡慕和憎恨互相交织，确实是落后国家很典型的文化心理现象。羡慕心态占上风时盲目崇洋，憎恨心态占上风时盲目排外。这甚至也表现在当前中国大陆的学术界：一方面是拾洋人之唾余，亦步亦趋，彻底打倒传统，公然说让中国做三百年殖民地也无妨；另一方面是国粹第一，大反西方，大讲要用中国文明拯救世界。如此种种，真是令人哭笑不得。

（摘编自《提倡一个并不清楚的东西很危险》1997年、《该中国哲学登场了?》2011年、《世纪之交的中西文化和艺术》1999年等）

思想与学问

"思想家淡出，学问家凸显"，是 1993 年我给香港的《二十一世纪》杂志"三言两语"栏目写的三百字左右中的一句话，并非什么正式文章。后来很多人引用，但并不知道是我提的。用了一段时间以后才找到源头，原来在我这里。我提出这个看法本是对当时现象的一种描述，并没做价值判断，没有说这是好是坏。

当时的情况是，1989 年后，流行钻故纸堆，避开政治思想，风靡一时的是"回到乾（乾隆）嘉（嘉庆）"、"乾嘉才是学问正统，学术就是考证，其他一律均狗屁"、"只有学问家，没有什么思想家"等等；同时，陈寅恪、王国维、钱锺书被抬得极高，一些人对胡适、鲁迅、陈独秀这批人的评价和研究也就没多大兴趣了。对此，我是不大赞同的。当然，这种现象有其客观原因，大家心知肚明。现在好多人可能淡忘或不知道这些事了。

但我的那说法却被误读，以为我反对搞学问。王元化先生在上海就提出：要做有思想的学问家和有学问的思想家。但我认为，这讲法意义不大，有哪个真正的思想家没有学问作根底，又有哪个学问家没有一定的思想呢？难道陈寅恪、王国维他们没有思想了？难道鲁迅、胡适他们一点学问也没有？王先生的话恰恰把当时那重要的现象给掩盖了。正如以前我的一些朋友也是著名的学者如周策纵、傅伟勋提"中西互为体用"、"中学为体，西学也为体"等等，来反对我的"西体中用"，看来很正确、公允、全面，其实没有意义，等于什么话也没有说。但王先生这句话后来却被认为是定论，认为这才是全面的、公允的、正确的提法。一位朋友说，实际上王先生这句是"正确的废话"。

即使抛开上世纪九十年代初的具体情况来一般说，陈寅恪、王国维、钱锺书仍然很不同于胡适、鲁迅、陈独秀。尽管陈独秀的小学做得很好，胡适也搞过考证，鲁迅《中国小说史略》也证明了他有学问，但他们毕竟不是以这些学问、而是以他们思想的广泛和巨大影响而闻名的，尽管陈、胡著作今日看来是如此的幼稚，尽管鲁迅也并无系统的思想理论。但是鲁迅通过文学作品使他情感成分极重的"思想"极为广泛而长久地影响了广大青年。胡适也不用说，尽管他的学问不大，也谈不上什么独特的思想，但他坚持宣传的自由主义和宽容仍很重要，至今也一直影响和吸引着人们。（顺便说一句，现在把胡适捧成国学大师，我觉得非常好笑，其实他的学问当时根本被人看不上）而且说到底，现代中国如果没有胡适、陈独秀、鲁迅，与如果没有王国维、陈寅恪、钱锺书相比，情况恐怕也会不大一样吧?!

可见，这两批人之间有差别或很大的差别，"思想"和"学问"也有显著的不同。而"有学问的思想家和有思想的学问家"的说法，一下把这种不同拉平了。

不同时代需要不同的人，同一时代也需要不同的人，这样才有意义。任何时代都需要思想家与学问家这两种人，不必一定要比个高低上下。我向来反对连基本的知识也没有，就去建构空中楼阁的思想体系和所谓的"思想家"，我素来希望年轻学人先对具体问题做微观的实证研究。我在八十年代说过，中国在现代化的进程中需要大量的专家，自然科学、社会科学是这样，人文学科也是这样，我们需要有胡塞尔专家、海德格尔专家、董仲舒专家、朱熹专家以至哲学史家、史学家等等。总之，各种各样专家的大量涌现，是时代的需要。但认为只有考据、微观、实证才是真功夫，"思想"则既不能称为学问，对社会也并无用途；而且似乎谈思想搞宏观是非常容易的事，既不需要下扎实功夫，反可以名利双收，因此颇为鄙薄，这却是不对的。

学问家与思想家各有所长，各有其用，互相均不可替代。学问家固然需要基础扎实，厚积薄发，思想家又何莫不然？在知识结构上，思想家读书也许不如学问家精专，但在广博上则常有过之。思想家必须具有广阔视野和强有力的综合把握能力，才能从大千世界中抓住某些关键或重点，提出问题，或尖锐，或深刻，反射出时代心音，从而才能震撼或广泛影响人心而成为思想家。可见所要求于思想家的这种种能力便不可多得，而光有能力，没有足够的学识也还是不行。这也就是为什么那么多的宏观论著，那么多想当思想家的人中，却只有极少数论著和人物能成为真正的思想论著或思想家。古往今来的学问家何止千数，而大思想家又有多少？即使"小"却能真正长久广泛影响人们的思想家恐怕也为数不多吧？当然，大学问家的某些著作不仅有其专业学术领域内的价值，而且有时也能超出其专业，具有某种更广泛的"思想"意义。王国维的历史研究所采取的近代方法与他对西方哲学的兴趣有关，并渗透了他对人生的思索，具有思想史的某种意义。陈寅恪之所以能够"较乾嘉诸老，更上一层"，也在于他有自己的文化感受和判断，陈著以"思想"（观点、方法）而非以"材料"胜。但他们仍然是学问家而非思想家。

当然，如同学问家有大小一样，思想家也有大小之分，两者都有各种层次的差异和等级。此外，也还有两者各种不同程度和形态的混合或突显，如所谓刺猬与狐狸，等等。

中国需要有大批（人数多多益善）从事各种专业研究的大小

专家，学术大师也只能从他们中间成长起来，同时，也需要有一些（也许数量不必过大）年轻人去勇敢地创造大小"思想"。

　　　　（摘编自《再谈思想与学问》2010年、《与陈明的对谈》1994年等）

关于哲学论证

我不以为要去构建一个无所不包的形而上学新理论，哲学是科学加诗，用过于清晰的推论语言和知性思辨未必能真正把握哲学的精神，正如用理性来论证上帝的存在（已为康德所驳难）、用理论来解说诗一样，既不可能，也没意义。它们只成为解构的对象。哲学既只是某种对命运的感受和关怀，它只提供某种观念或角度，并不需要去构建人为的庞大体系。从形式说，我不大喜欢德国那种沉重做法，写了三大卷，还只是"导论"。我更欣赏《老子》不过五千言。《论语》篇幅也远小于《圣经》，但它们的意味、价值、作用并不低，反而可以玩味无穷。我也很欣赏禅宗那些公案，你能说它们没有"体系"，没有巨著，就不是哲学吗？从这两方面，我都认为哲学只能是提纲，不必是巨著。

我的好些文章都写得相当"粗"，都是提纲式的，很多就是提纲稍加充实拿出来发表。我喜欢先画出一个粗线条的轮廓，先有个大致的框架，以后有时间和机会再去"工笔重彩"，细致描画。"先立乎其大者，则其小者不能夺也。"对微观研究我是有兴趣的，自己开始就是做谭嗣同、康有为的《大同书》等微观研究，遗憾的是没有坚持下去，但至今与宏观论著相比，我仍然更喜欢看那些材料翔实、考证精当、题目不大而论证充分的文章，搞研究写文章也主张先要专、细、深。但治学之法有多途，各人宜择性之所近。我后来采取宏观的方向和方法，主要是因为对当时好些大的理论框架，很不满意。一般说来，宏观勾画在突破或推翻旧有框架，启发人们去进行新的探索，给予人们以新的勇气和力量去构建新东西，只要做得好，仍然是很有意义的。

"文革"中我拟了九个提纲，本来想变成书，结果提纲变成的还是提纲，由于主客观的一些原因，变不成书，真是抱愧又遗憾，我爱看书不爱写书。《己卯五说》里的五篇文章都是提纲，每篇都可以写成一本专著。我原来也是那样计划的，后来放弃了，原因一是时间不够，资料不好找；二是我认为，作为搞哲学著作，提纲也不一定比专著差，主要看所提出的思想和观念。恩格斯《费尔巴哈论》的附录，即马克思的十一条提纲，不过千字左右吧，就比恩格斯整本书分量重得多，也重要得多。当然，写成专著，旁征博引，仔细论证，学术性会强许多，说服力会更大，这本书的确留下了许多空隙，值得别人和我自己以后去填补。如由巫而史而全面理性化的原典儒学的具体过程，如周公、孔子的关联，等等。《历史本体论》才七万字，本可以写十几万字，我觉得写那么多不太必要，虽然也许更符合所谓学术规范，但我想让读者自己去思考，留下更多的发现和发展空间，不也好吗？《论实用理性与乐感文化》也是我一贯的提纲性写法，只有六万字，本来我可以写六十万字，至少可以写十六万字，但是我懒。我想我的书从来便不是原原本本地传授一套套知识，而只是想对读者有一点，启示谈不到，启发而已。我希望能找到时代所需要的有价值的新东西。只要有一两句话能够引发人们去思考，我也就感到欣慰和满足了。我发现自己写提纲时最愉快，因为是自己的"新意"，但铺衍成文章，核资料，做论证，特别是要写一大堆话，就觉得很不愉快了。所以常常是"因陋就简"，都是提纲，书中也多次如此交代，我对好些人每天必写（如冯友兰）很羡慕，但自己做不到。

我反对故作高深。我对自己有两个要求：一是没有新意就不要写文章，二是不为名利写文章。从一开始就是这么规定自己的：别浪费自己的时间和读者的时间。几十年基本做到了。写文章要有新东西，发现别人没讲过或没讲清楚，或者发现了别人还没发现的问题、资料，等等，这才叫自己的研究成果。无论读书或写文章，我非常重视单位时间内的效率，从不苦读苦写。我还以为，文章要写一篇是一篇，既不怕骂，也不自满。"文章千古事，得失寸心知"，既知得也知失，所以每次都抱着从零开始的态度。中国传统里一些经验谈，还是很好的，像"满招损，谦受益"，自满了就很难有进步。我作文是能减省一个字就尽量减省。我不欣赏现在"弯弯绕"、"团团转"的文章。"弯弯绕"是讲了半天，其实一句话就能讲清楚。"团团转"就是转得你头晕脑涨、天昏地暗，兜来兜去，最后仍然不知道在讲什么，读起来太费劲了。这不是什么"论证"，而是在做游戏，虽很符合所谓后现代的学术模式，我倒宁愿自己更"过时"更"古典"一点，能学当年英美哲学的清晰明畅而无其繁细碎琐，能学德国哲学的深度力量而无其晦涩艰难，我以为这才是中国风格、中国气派的承扬，很难做到，心向往之。

在文章材料的运用上，我讲有两种办法：一种是"孤本秘籍法"；一种是"点石成金法"，就是普通材料、大路货，大家熟见的，也不多，但讲出另外的东西来。陈寅恪治史，所用材料也是不多的。他材料看得极多极熟，但用的时候，只把关键的几条一摆，就定案。他主要是有 insight，洞见，有见识、史识。他的书常常并不厚，如《唐代政治史述论稿》、《隋唐制度渊源略论稿》。你看一看那里的材料和观点，就清楚了。此外，他似乎随意讲的几句话，也并未论证，也极有见识，极有分量，抵得上一篇文章或一本书。他的史识极高，有如王国维。王国维一篇《殷卜辞中所见先公先王考》，抵得上多少本书啊，太了不起了，有洞见！我的《美的历程》引的材料都是大路货，我当时是自觉这样做的，我就是要引用大家非常熟悉的诗词、图片、材料，不去引那些大家不熟悉的。大路货你讲出一个新道道，就会觉得更亲切。写的时候觉得这本书有意义，因为每章每节在当时都是特意"标新立异"，这可以拿当时的那些书籍文章来对照。

近年来，我的哲学论述多采用通俗答问体，可能让许多学人颇不以为然。其实，哲学本是从对话、答问开始的，属于意见、观点、视角、眼界，而非知识、认识、科学、学问。当然，也如我所说，难免简陋粗略，有论无证，不合"学术规范"。但有利总有弊。也许，利还是大于弊吧。《朱子语类》不就比《朱文公文集》更重要，影响也大得多吗？"通俗化"不是一个肤浅问题，它要求把哲学归还给生活，归还给常人。通俗答问体有好处，彼此交流思想，生动活泼，鲜明直接，并无妨深刻尖锐，不会成为高头讲章，不为繁文缛节所掩盖，使人昏昏欲睡。真正重要的东西，常常几句话就可以讲清楚，不必那么繁琐。

从而，哲学是不是需要论证？什么叫哲学"论证"？这都是问题。

休谟最有影响的不是《人性论》。这本大书出版后没多少反响，可能与他讲得太繁细有关。他后来写的《人类理解研究》，很薄的小册子，就很有影响，那本书相当好看，而且的确最重要，他要讲的主要内容都在里面，够了。《纯粹理性批判》很厚，可是厚得有道理，这是康德最重要的书，其中包含了后来发挥开来的许多思想。他的《判断力批判》也很薄。有关历史、政治的几篇论文，都不太长，但分量多重！黑格尔完全是从那里出来的。笛卡尔的《哲学原理》等几本书，都是很薄的，只有几万字，非常清晰，一目了然。霍布斯一本《利维坦》，贝克莱三本小册子，卢梭也是几本小薄书，就够了。杜威写那么多书，我看中的也就是《确定性的寻求》，如再加一本，是《艺术即经验》，其他的我都看不上。有些人有些书就写得太厚、太多。海德格尔的全集据说有一百卷，这实在太多了。除了极少数专家，恐怕没人也不需要有许多人去读。许多全集均如此。汤用彤《魏晋玄学论稿》才七万字，我以为超过了别人七十万字的书，他也是不做繁琐论证、材料堆集，几句话就把问题讲清楚了，尽管你可以不同意他的观点。汤用彤一生好像只出了三本书。牟宗三写了那么多书，我说可以砍掉一半，不会损害他的分量。余英时同意我的看法。

再说维特根斯坦，此人不谈论哲学史。他跟海德格尔不一样，对哲学史没花功夫，基本不读。而且，他也不爱做"论证"。他有时是一两句话，说一个观点，就完了。维特根斯坦说："对于不可说的，只能保持沉默。"就一句话，没有论证。维特根斯坦的作品非常少，生前只出版了一本《逻辑哲学论》，极薄的书，却影响巨大，成了分析哲学的祖师爷。

尼采也不论证。伽达默尔曾说，尼采不算哲学，康德、黑格尔才算哲学。那《老子》呢？《老子》篇幅那么短，观点一个接一个，玄之又玄，更找不到论证了。黑格尔认为：老子是哲学，孔子不是哲学。现在大都是把《老子》作为哲学看的。老子和禅宗，都不做"论证"。我在此重复问一遍：什么叫"论证"？哲学到底需不需要"论证"？你总不能说《老子》不是哲学、禅宗不是哲学吧？哲学主要是制造概念提出视角，如果它们是独特的，站得住脚的，那就可以了。哲学也并不一定要用西方那种"严密"的语言（如德语）和语言模式。而且"西语"也可以加以改变而"中用"。海德格尔说，只有德语才配讲哲学，我就不同意。

刘再复谈过我的文章和方法，他说我用的是中国功夫里的"点穴法"：一是直击要害，二是点到为止。这倒的确是我想做到的。我一直喜欢"要言不烦"这四个字。《说巫史传统》开头说："所说多为假说式的断定；史料的编排，逻辑的论证，均多疏阔。

但如果能揭示某种关键，使人获得某种启示，便将是这种话语的理想效果。"这可能就是我的追求了。

（摘编自《中国哲学如何登场？》2011 年、《该中国哲学登场了？》2012 年、《关于"美育代宗教"答问》2008 年、《哲学答问》1989 年、《浮生论学》2002 年、《"飞机失事死最好"》2004 年）

关于海德格尔

海德格尔可以说是二十世纪最重要的两个哲学家之一（另一个是维特根斯坦）。海德格尔影响最大的作品是《存在与时间》，简单化地通俗概括一下，就是提出了个体死亡的问题，把西方的个人主义从哲学上突出到了极点。个体的死亡是真正切身的无可替代的本真，只有对死亡的自我警觉，才会有生的激情，才会突显出自我选择、自我决断的重要。这确乎很震撼，且具有普世性。尽管海德格尔用的语言非常抽象，但强调指明了，你的生是在不断走向死，明确体认这一点，生才能成为有意义的生，本真的生，其他的东西都是非本真的。海德格尔把一切都剔除出去，用现象学的办法"搁置"起来，使这个"本真"成了空的深渊，"在深渊边上徘徊"是很可怕的事。读《存在与时间》有一股悲从中来、一往无前的动力在。无以名之，二十余年前我名之曰"士兵的哲学"。

海德格尔通过死亡来体验生的意义，所以我说他的哲学公式与孔子相反，孔子是"未知生，焉知死"，海德格尔则是"未知死，焉知生"。海德格尔被纳粹任命去做校长，在政治上自觉地衷心拥戴希特勒，并无疑义，但这还是表层的方面，更重要的是海德格尔哲学本身的问题。他的哲学充满生命激情，有吸引力，即对生存的执着，对明天的悲情与盲目行动，我说他的哲学是士兵哲学正是指这一面。这种哲学提示你，人必然要死，面对这一未定的必然，人要赶快行动，要自己抉择，要决断未来，这才是真实的存在。日常生活、常人习俗，都是非本真的存在，只有摆脱平常的生活时时刻刻用行动去把握未来，才是本真的生活，才是真实的存在，这一点与老子、庄子和禅宗并不相同，尽管海德格尔翻译老子，还讲过禅宗（经铃木大拙介绍）所说正是他要说的，好些中国学者也如此认为，我颇不以为然。海氏哲学的危险是中国哲学所没有的那种盲目而强厉的冲动性。例如，"存在"（Being）这个大概念在海德格尔那里到底是什么，众说纷纭，包括海德格尔自己也从未说清楚过。我以为有一点至为重要：与时间有关联，海德格尔的 Being 并非纯精神性的，它具有强大的现实物质性能和动态样状，却又总是那样的不确定。在我看来，它成了上帝神秘性和生物生命性某种独特的结合，也是基督教和尼采的奇异统一。我以为这是关键所在。Being 通由 Dasein 而敞开、现出，Dasein 是意识到那死的无定的必然而由"烦"（"何时忘却营营"）而"畏"（"出郭门直视，但见丘与坟"），除去了一切世俗的"非本真"、"非本己"之后，"本真本己"与上帝的会面，便构成了一个空洞深渊，客观上便会要求物质来具体填充。海德格尔哲学导致了纳粹填补深渊的合理性，"去在"（Dasein，"此在"，我译为"去在"。但约定俗成，我仍常用"此在"）的生命激情成了罔顾一切只奉命前冲的士兵的牺牲激情和动力。海德格尔反对高科技的现代化，希特勒也反对平庸的资本主义，并以种族、国家、集体名义扼杀个人。海德格尔的哲学后来竟充满个体献身国家、集体的激情，个体的"去在"（"此在"）成了人民的"去在"（"此在"），这个强调个体的哲学，走向了反面。

当"二战"高潮期，海德格尔哲学曾一度被希特勒官方指责为对生死无所谓的虚无主义，是反对逻辑的纯情感哲学，"畏"是怯懦。这当然是巨大的误解。在 1943 年海德格尔发表《形而上学是什么?》之"后记"中做了回应。1943 年是德苏战争最为激烈紧张的生死关头，回答官方的浅薄指责，海德格尔强调"不容任何计算"即不容逻辑认知、对利害考虑的一己存在者的告别、牺牲，正是把自己转让给"存在"，才真是维护真理、本质、存在。这是从哲学根本上给正在酣战中的德国士兵以鼓励、歌颂和"打气"，深刻地赞扬他们面对死亡那一往无前的自我选择和决断明天。海德格尔在上世纪二十年代所提供的充满情感的死亡进行曲，在这个时候，便历史具体地奉献给希特勒了。"血与土"（Blood and Land）终于成了纳粹与这位壮健农夫的结合点。它悲情满怀（知道我必然要死），一往无前（不容计算地自我选择和决断），在"先行到死亡中去"亦即在进入无中去体验存在。对人生意义做这种"本真本己"即除去与他人共在的绝对自我的追求，实际是将这一高蹈的精神性注入原始物质冲力中。由于空洞总要被填补，又否定存在与伦理学相关，于是"先行到死亡中去"、"先行到无有关联的可能性中去"的 Dasein，可以使人在特定环境条件下，成为客观时间历史中某种反理性实践的一往无前的冲锋士兵，以作为面临这无底深渊的现实出路。

近偶读到一本书，其中说到"在第二次世界大战的各大战场上，盟军在打扫战场时经常可以从德军士兵的尸体上发现海德格尔的头像以及他的《存在哲学》（应为《存在与时间》——引者），这些纳粹士兵或许最能理解海德格尔的向死的哲学"（刘国柱《希特勒与知识分子》）。我上述哲学抽象判断竟有如此巧合史实，颇出意料，为之愕然不已。

海德格尔是无神论哲学。Being 有"神"的阴影，却不是神。因此，如果不能依归于神，便也可以走向游戏。"未知死，焉知生"在战争时期可以是满怀激情无所计算地向前冲行；和平时期便也可以是无所计算地服药狂欢，唯当下快乐是务。由海德格尔走向后现代颇顺理成章：人生、自我均已化为碎片，便不必他求，当下人生即可永恒，此刻快乐就是上帝。从尼采、海德格尔的无神论往下一转，便是今日后现代的彻底虚无主义。海德格尔一再说，"畏把无敞开出来"，"万物和我们本身都沦陷于一种冷漠状态之中"，"在畏中，存在者整体变得无根无据"……

因之，海德格尔之后，该是中国哲学登场出手的时候了？

我以前讲，虽然海德格尔喜欢过老子，但不应拿老子来附会类比，而应由孔子即中国传统来消化和填补海德格尔，让哲学主题回到世间人际的情感中来，让哲学形式回到日常生活中来。以眷恋、珍惜、感伤、了悟来替代那空洞而不可解决的"畏"和"烦"，来替代由它而激发出的后现代的"碎片"、"当下"。不是一切已成碎片只有当下真实，不是不可言说的存在神秘，不是绝对律令的上帝，而是人类自身实存与宇宙协同共在，才是根本所在。

海德格尔把本真和非本真分开，那是个错误。中国哲学恰恰强调的是，本真就在非本真中，无限就在有限中。海德格尔一定要两分，那就是问题，他只强调自我选择、决定、决断、走向明天，但怎么走呢？怎样选择和决定？他没说。所以，我一直认为海德格尔政治上的问题，还是次要的，主要是他的哲学本身，很容易被邪恶的力量所利用。

以"情本体"消化和填补海德格尔，就是要想一想，你选择什么，决断什么。不要怕被批评为"非本真"，也别怕被说成"浅薄"。因为：（一）人是被扔入的，不是自己选择被生下来的，而生下来就有一种继续活的欲求，这是动物都有的本能，无法逃免。（二）人活在一个"与他人共存"即与他人共同生活在这个世界上，这就是"日常生活"。它是"非本真"，也即是"本真"，就看你如何对待。"情本体"也就是追求日常生活的生物欲望中渗透、融合理性。人的本能力量是极其强大的，"色胆包天"，今日欧美神父丑闻（侵犯幼童）便如此。但将它们人化，便使这强大的"欲"变为丰富、复杂、多样的"情"。即使包括

"理性凝聚"的道德能力，也必须有人性情感的特定助力才能实现。"以美启真"、"以美储善"都在揭出有非语言、非理性所能控制和囊括的重要人生奥秘，"不汲汲于富贵，不戚戚于贫贱"，"水流心不竞，云在意俱迟"，也并不是理性命令，而且是情感性的人生态度、生活境界。因之所谓"情本体"也就在这日常生活中，在当下的心境中、情爱中、"生命力"中，也即在爱情、亲情、友情、故园情、人际温暖、漂泊和归宿的追求中。加缪在《鼠疫》中说过："人是一种概念，脱离了爱情，这概念极短促。"只有这种多样化的生活、实践、情爱，才能使人把握偶然性，消除异化，超越死亡，实现有血有肉的个性本身，并参与建立人类心理本体。我想，这也就是填补海德格尔的空了。其实，也就是重视生命本身，重视日常生活，把日常生活本身提到哲学的本体高度，心甘情愿地回归我们普通的日常的人生。

海德格尔写过一本讲康德的书，好些康德专家严厉批评他乃误解和歪曲，他坦然回说：这样更好，是一种对话。我对海德格尔的这种看法也可能会遭同样的批评，我也愿做同样的回答。

当然，这"消化和填补"也许还很难被理解？也许，需要的是编造一套西方哲学的抽象话语，否则就不算"哲学"？……是耶非耶，我不知道。

（摘编自《中国哲学如何登场？》2012年、《历史本体论》2002年、《论实用理性与乐感文化》2004年等）

关于《红楼梦》

　　对于《红楼梦》，我赞同周汝昌的看法。他考证得非常好，我认为在百年来的《红楼梦》研究里，他是最有成绩的。不仅考证，而且他的"探佚"很有成就。他强调如把《红楼梦》归结为宝黛爱情那就太简单了。他认为黛玉是沉塘自杀，死在宝钗结婚之前。我也觉得两宝的婚姻，因为是元春做主，没人能抗。姐姐的政治位势直接压倒个人，那给宝、黛、钗带来的是一种多么复杂、沉重的情感。周汝昌论证宝玉和湘云最终结为夫妇，不然你没法解释"因麒麟伏白首双星"；还有脂砚斋就是史湘云等等，我觉得都很有意思。周说此书写的不仅是爱情而是人情即人世间的各种感情。作者带着沉重的感伤来描述和珍惜人世间种种情感。一百二十回本写宝玉结婚的当天黛玉归天，具有戏剧性，可欣赏，但浅薄。周汝昌的探佚把整个境界提高了，使之有了更深沉的人世沧桑感，展示了命运的不可捉摸，展现了色即是空，空即是色。这是大的政治变故给生活带来的颠覆性的变化，以后也不再可能有什么家道中兴了。所以我很同意可以有两种《红楼梦》，一个是一百二十回，一个是八十回加探佚成果。后者境界高多了，情节也更真实，更大气。但可惜原著散佚了，没有细节，只见大体轮廓，而且很不清晰，作为艺术作品有重大缺陷。

　　我感兴趣的除了艺术方面，也在考证、探佚。我对《红楼梦》，没有像对鲁迅那么熟，但对《红楼梦》的考证和探佚极有兴趣，尽管有些考证和探佚因未把握好"度"而失真，但还是有味道。我对《红楼梦》也有很多想法，我觉得真假宝玉，可能是两代人，把两代人和事混淆在一起写，似假还真，似真又假。当然其中的关键就是发生在乾隆朝的那件大案与曹家的关系，还没找出材料来。所以可以澄清，说我对《红楼梦》不感兴趣，不对，我非常有兴趣。我感兴趣的主要还不是它的艺术方面，而是考证、探佚方面，但要是真进去了，一入侯门深似海，那就迷在里边出不来了，别的事都不能做了。所以我只是看人家考证，自己不进去。

＊　　　＊　　　＊

关于《红楼梦》，人们已经说过了千言万语，大概也还有万语千言要说。总之，无论是爱情主题说、政治小说说、色空观念说，都似乎没有很好地把握住具有深刻根基的感伤主义思潮（参见《美的历程》第十章第三节）在《红楼梦》里的升华。其实，正是这种思潮使《红楼梦》带有异彩。笼罩在宝黛爱情的欢乐、元妃省亲的豪华、暗示政治变故带来巨大惨痛之上的，不正是那如轻烟如梦幻、时而又如急管繁弦似的沉重哀伤和喟叹么？因之，千言万语，却仍然是鲁迅的几句话比较精粹：

> ……颓运方至，变故渐多；宝玉在繁华丰厚中，且亦屡与"无常"觌面，……悲凉之雾，遍被华林；然呼吸而领会之者，独宝玉而已。（《中国小说史略》）

这不正是上述人生空幻么？尽管号称"康乾盛世"，这个社会行程的回光返照毕竟经不住"内囊却也尽上来了"的内在腐朽，一切在富丽堂皇中，在笑语歌声中，在钟鸣鼎食、金玉装潢中，无声无息而不可救药地垮下来、烂下去，所能看到的正是这种种金玉其外败絮其中的糜烂、卑劣和腐朽，它的不可避免的没落败亡。《红楼梦》终于成了百读不厌的传统末世的百科全书。"极摹人情世态之岐，备写悲欢离合之致"，到这里达到了一个经历了正反合总体全程的最高度。与明代描写现实世俗的市民文艺截然不同，它是上层士大夫的文学，然而它所描写的世态人情、悲欢离合，却又是前者的无上升华。

＊　　　＊　　　＊

　　我不知道你们看《红楼梦》有没有这个感觉：这部书不管你翻到哪一页，你都能看下去，这就奇怪啊！这就是细节在起作用。看《战争与和平》没有这感觉，有时还看不下去。尽管也是伟大作品。读陀思妥耶夫斯基也没有这感觉，尽管极厉害，读来像心灵受了一次清洗似的。这使我想起亚里士多德《诗学》中的"净化说"，与中国的审美感悟颇不相同。《红楼梦》最能展示中国人的情感特色，它让你在那些极端琐细的衣食住行和人情世故中，在种种交往活动、人际关系、人情冷暖中，去感受那人生的哀痛、悲伤和爱恋，去领略、享受和理解人生，它可以是一点也不寻常。就是那种趣味，让你体会到人生的细微和丰富，又熟悉又新鲜，真是百看不厌。

　　外国人看《红楼梦》就看不出什么味道来，因为真是太啰嗦了，简直引不起阅读兴趣。所以它在国外并不受欢迎，尽管有两三种译本。

　　这说明什么呢？这可能说明中国人和外国人的文化心理不完全一样。我们就在这生活的世界里体会人生的意义，体会生活过程中的各种各样的巨细变数，从这里获得感受、珍惜、眷恋、感伤、了悟。这情感就不仅仅是爱情。基督教的精义是认为这个世界太污秽，追求灵魂纯净的天国。从而相比之下，尘世间的这种种人情，价值不大。对鲁迅的作品也是这样，像《故乡》，他们读下来，没什么特别嘛，这有什么好？较难体会里边对世事苍凉的沉重感伤。所以中国人很热衷这个世界的日常生活，包括中国人吃饭。这是因为中国只有一个世界，很肯定这个日常生活的世界。在中国上古，饮食是祭礼中的重要部分，饮食有通鬼神的神圣性和神秘性，得非常仔细、考究。事死如事生，又与巫史传统的根源有关。

在《红楼梦》的日常描写背后，有着巨大的悲痛。正是这一点，外国人看不出来，欣赏不了。

我尝以为《红楼梦》应与《卡拉玛佐夫兄弟》对读。它们两美并峙，各领千秋。但能否取长补短、相互帮助？上帝以至高无上的地位给人生以目的、生命以价值，以及做出最后审判，比起在日常世俗、平凡生活本身中去建立或追求人生目标和生命价值，似要远为顺理成章和稳操胜券。但中华民族以广阔时空和延续不绝的生存事实，却又未必一定有此结论。究竟如何呢？愿提斯问，请教高人。

* * *

以《红楼梦》和《金瓶梅》相比，《红楼梦》就具有哲学智慧。如果抽掉哲学沉思和哲学氛围，《红楼梦》就会变成一般的话本小说、言情小说，就未必比《金瓶梅》高明。

中国的话本小说和清末的谴责小说均缺乏这种哲学氛围和智慧，所以艺术境界难以与《红楼梦》相比。《金瓶梅》中的女性只是一些供男人玩乐的工具，尽管这对社会有揭露的作用，但没有深刻的思索。

《红楼梦》对人生，对个体生命有很深的感慨。它蕴含的是一种独特的对青春（美）的"瞬间与永恒"的思考。我一再讲哲学应当是研究人的命运的哲学。哲学思索命运，文学表达命运，特别是表达人对命运的感伤。生命意义，人生意识，人的情感本性，这不仅是哲学问题，也是文学永恒的主题，《红楼梦》对人的命运的伤感，使整个小说充满着哲学气息。

曹雪芹把人的真性情视为最后的实在，人的意义也蕴含其中，但这种实在遭到如此的重压，这样，人活的意义何在，为什么要活，有人想不清楚，就自杀，但人不会都去自杀，都有恋生之情、恋情之情；于是，就有大伤感。

这种叩问是哲学的叩问，但不是采取纯哲学的形式。陀思妥耶夫斯基倒是以文学形式提问了哲学问题，很深刻，尽管作家本人未必如此自觉意识到。你看，《红楼梦》中的人物命运息息相关，也不是外在的、强加的，不是游离的。《红楼梦》中，既有文学，又有哲学。

（摘编自《该中国哲学登场了？》2011 年、《美的历程》1981 年、《哲学智慧和艺术感觉》1995 年、《论实用理性与乐感文化》2004 年）

关于中国现代诸作家

　　我是顽固的挺鲁派，从初中到今日，始终如此。我最近特别高兴读到一些极不相同的人如吴冠中、周汝昌、徐梵澄、顾随等都从不同方面认同鲁迅而不认同周作人、胡适。这些人都是认真的艺术家和学问家，并非左翼作家和激进派，却都崇尚鲁迅，鲁迅不仅思想好、人品好，文章也最好。

　　我崇尚鲁迅，觉得他远超其他作家，包括超过张爱玲、沈从文等，当然也是郭沫若、茅盾、老舍、巴金等无法可比的。鲁迅具有他人所没有的巨大的思想深度，又用自己创造的独特文体，把思想化作情感迸射出来，确实非同凡响。把张爱玲说成比鲁迅更高，实在可笑。艺术鉴赏涉及审美对象诸多因素的把握和综合性的"判断"，不能只看文字技巧。张爱玲学《红楼梦》的细致功夫的确不错，但其境界、精神、美学含量等等，与鲁迅相去太远了。要论文字，陀思妥耶夫斯基恐怕不如屠格涅夫，但他的思想力度所推动的整体文学艺术水平却远非屠格涅夫可比。陀思妥耶夫斯基的伟大正在于他那种叩问灵魂、震撼人心的巨大思想情感力量。

　　就以鲁迅来说，我也只喜欢他的散文诗《野草》和一部分小说，例如《孤独者》、《在酒楼上》等等，年轻时读了很受震撼。《朝花夕拾》也写得好，也很喜欢。《肥皂》、《离婚》之类就不行。他的杂文有不可否认的文学价值，很厉害。我不喜欢他的

《故事新编》，我觉得《故事新编》基本上是失败的。《铸剑》是《故事新编》中写得最好的，可说是唯一成功的。写作年代也较早，与其他各篇不同。

我不喜欢滑稽戏，包括不喜欢相声，总之，这也许与我的性格有关，只是个人的审美爱好罢了。留给我印象最深的还是深刻的作品。鲁迅的《孤独者》之所以震撼我，就是因为深刻，比《伤逝》深刻。《孤独者》主人公魏连殳那种梦醒之后无路可走的大苦闷化作深夜中凄惨的狼嗥，让人闻之震撼不已，何等孤独，何等寂寞，又何等意味深长，那是极其炽热的声音，却是非常冷静的笔墨。两者相加，才能有这效果。

我并不喜欢鲁迅那些太剧烈的东西，那些东西相当尖刻，例如骂梅兰芳为"梅毒"，男人爱看是因为扮女人，女人爱看是因为男子扮，的确尖刻，但失公允，这只是一例而已。虽然读起来很过瘾，可是没有久远意义。鲁迅那些超越启蒙救亡的思想文字倒是有其长久意义，其人生感悟，是深刻的。鲁迅和冰心对人生都有一种真诚的关切，只是关切的形态不同。可惜鲁迅被庸人和政客捧坏了。鲁迅被抬得那么高，是在解放后，解放前只有一部分人崇敬他，但不是解放后的捧法。

我不喜欢周作人，特别对现在有些研究者把周作人捧得那么高很反感。鲁迅那么多作品让我留下那么深刻的印象，周作人则没有一篇。周作人的知识性散文，连学问也谈不上，只是"雅趣"而已。我不喜欢周作人，归根结蒂还是不喜欢他的整体创作境界太旧，功夫下了不少，但境界与明末作品相去不远。境界正是由思想深度和情感力度所组成的。而思想和情感尽管如何超脱、超越、超绝，仍总有其历史和现实的根基。人们喜欢把二周（周树人、周作人）相提并论，我不以为然。

在中国现代作家中，我一直不喜欢两个人，一是刚刚说过的周作人，还有一个就是郭沫若。一个太消极，一个太积极。我从来就讨厌郭沫若和创造社，我从不喜欢大喊大叫的风格，创造社的喊叫既粗鲁又空洞。《女神》的喊叫与那个时代的呐喊之声还和谐，但我还是不喜欢。他那"天狗"要吞没一切，要吞没太阳，吞没月亮，我觉得太空洞，并不感到如何有力量。我对郭的某些（也只是某些）历史著作，如《青铜时代》中的一些文章以及某些甲骨考证很喜欢，可以看出他的确很聪明。我不喜欢大喊大叫的作家和作品，但并不等于我就非常喜欢完全不喊不叫的作品。例如周作人，他倒不叫唤，很安静地品茶和谈龙说虎，但我也很不喜欢。

我一直也不大喜欢老舍。老舍多数作品流于油滑，甚至连他的最著名的《骆驼祥子》也不喜欢，看了这部作品，使人心灰意懒。我记得是十几岁时读的，和鲁迅一比，高下立见。我不否认他的某些成功的作品，《茶馆》的前半部相当成功，后面就不行了。但从总体上我不太喜欢。我很早注意到胡风对老舍的批评，胡风一点也不喜欢老舍。我读鲁迅，总是得到力量；读老舍，效果正相反。也许我这个人不行，总需要有力量补充自己。

文学界把茅盾的《子夜》这部书捧得那么高，奇怪。《子夜》是政治意识形态的形象表述，它想在书中表达对当时中国社会最新的认识和回答中国社会的出路，然而，认识一旦压倒情感，文学性就削弱了。茅盾不满意冰心，正是不满意冰心没有改造中国社会的革命意识，只关注超越意识形态的"普遍"心灵。可是，如果人类心灵没有美好的积淀，能有美好的未来吗？老实说，要看茅盾的作品还是看他的《霜叶红于二月花》等。我以为《动摇》就比《子夜》好，当然这可能是我的偏见。《子夜》有一些片段很好，但整体不行。

巴金有热情，当时许多青年走向延安，走上反封建之路，并不是读了《共产党宣言》，而是读了巴金的作品。但他的作品热情有余，美感不足，可以说是缺少艺术形式。

钱锺书是大学问家，甚至可以说"前无古人，后无来者"。但也无须来者了。他读了那么多的书，却只得了许多零碎成果，所以我说他买椟还珠，没有擦出一些灿烂的明珠来，永照千古，太可惜了。当然，这并不是否认他做出了重要的贡献，但把他捧得像神一样的，我觉得不可理解。对小说《围城》也是这样，我认为小说《围城》没什么了不起的，我真是硬着头皮看完的。他卖弄英国人的小趣味，不仅不喜欢，还很不舒服，这大概又是我的偏见?!

还有把非常复杂的社会现象和人性现象，简化为两种阶级的符号式的人物决一死战。思想简单，艺术粗糙。《暴风骤雨》尽管粗糙，还有片段的真实感，而《太阳照在桑干河上》却连片段的真实感也没有。但在当时也许可以起革命的作用。不过毛泽东本人却从不读这些作品，他也看不起它们。

八十年代的文学很有生气，很有成就，起点比五四时代和以后高多了。当代作家有点浮躁，急于成功，少有面壁十年、潜心构制、不问风雨如何、只管耕耘不息的精神和气概。作家不可太聪明，太聪明可能成不了大作家。太聪明了，什么都想到、想透，想得很周全、精细，对各种事情有太强、太清醒的判断力，这样反而会丢掉生活和思想情感中那些感性的、偶然的、独特的、最生动活泼的东西。扭曲自己的才能去适应社会，既要作品得名，又要生活得好，有名有利，但这在创作上却要付出巨大的代价，作家应该按自己的直感、"天性"、情感去创作。我觉得作家不必读文学理论，但可以读点历史、哲学等，对历史还是对现实有敏锐和独特的感受，保持这种感受才有文学的新鲜。读文学理论的坏处是创作中会有意无意地用理论去整理感受，使感受的新鲜性、独特性丧失了。我希望我们的作家气魄能更大一些，不必太着眼于发表，不要急功近利，不要迁就一时的政策，不要迁就各种气候。真正有价值的文学作品是不怕被埋没的。

（摘编自《中国现代诸作家评论》1995 年、《理念与情爱的冲突》1995 年、《与刘再复的美学对谈录》2009 年、《彷徨无地后又站立于大地》2010 年、《共鉴五四新文化》2009 年、《浮生论学》2002 年等）

辑　五

二十世纪中国（大陆）文艺一瞥

一瞥者，快速之印象短论也。之所以要从思想史"瞥"一下文艺者，在于文艺能表达非思辨、理论、学说、主张所可表述之心态故也。理论、思想是逻辑思维，文艺是形象思维。形象思维的特征之一，就在于它大于思维。从大于思维中又恰好可以看到中国近现代思维的某些要点。这就是写这篇印象草记的来由。

既然是从思想史角度而并非从文艺史或美学角度来看中国近现代文艺，本文所拟记录涉及的，便只是通过文艺创作者的心态，以观察所展现的近现代中国所经历的思想的逻辑，即由心灵的历程所折射出来的时代的历程。在现代中国，文艺（又特别是文学）一直扮演着敏感神经的角色。

因此，这里的近现代文艺显然不可能是全面的论述，而只是片面的印象。它之所以是近现代，也正因为它以知识分子心态变异为历程，其起点得追溯到二十世纪初，而不直接以五四新文学为开端。

一 转换预告

戊戌变法前后，对中国许多传统士大夫知识分子来说，是一个空前的心灵震撼时代。尽管自鸦片战争、太平天国以来，已不断有先进的士大夫知识者开始具有新的思想、观念、论议、主张，但不仅为数极少，犹如凤毛麟角；而且这些思想、主张也仅仅停留在理智认识的水平，尚远未构成为某种真正的心态变化。这种变化开始于 1894 年在甲午战争中国战败割地求和所掀起的爱国热情（像谭嗣同就是在这时由具有顽固保守思想的士大夫，一跃而变为宣扬平等自由的思想家的），经由庚子（1900年）之后大批留日学生的涌现，中国传统的士大夫知识层开始向近代行进和转化，不仅在思想上、认识上，而且也开始在情感上和心态上。

当然，后者比前者，在中国当时的情况和条件下，其变异和行进要缓慢、模糊和不自觉得多。人们在理智上认识、接受、容纳、许可的东西，在情感和心态的大门前都常常被禁阻入内。在这方面，传统的力量毕竟更有影响，支配和控制得也更久长。新旧模式的激荡和纠缠混杂也更为繁复、多样和难以清理。"剪不断，理还乱，是离愁，别是一番滋味在心头。"是坚决离别传统、告别过去的忧伤哀愁，还是别有一番滋味在心头呢？

例如，二十世纪初的好些留学生知识分子曾不惜个人生命，献身革命，其中有好几位知名人士蹈海自杀。他们之所以选择死亡，不是因为"不值得活下去"，也不是为了在自我的毁灭中求欢乐的疯狂，而是为了要把自己的死与民族国家的生联结起来。他们不是如现代海德格尔所说只有在死面前才知道生，而仍然是传统的"未知生，焉知死"（孔子），因为知道了生的价值才去死，即以一己的死来唤醒大众的生。

所以，尽管这批第一代中国近现代知识分子已经在政治上、思想上接受了西方的自由、民主和个人主义，但他们的心态并不是西方近现代的个体主义，而仍然是自屈原开始的中国传统的承续。在中国这一代近现代意义的知识分子身上所体现的，倒正是士大夫传统光芒的最后耀照。

……吾至爱汝，即此爱汝一念，使吾勇于就死也。吾自遇汝以来，常愿天下有情人都成眷属；然遍地腥云，满街狼犬，称心快意，几家能够？司马春衫，吾不能学太上之忘情也。语云：仁者"老吾老以及人之老，幼吾幼以及人之幼"。吾充爱汝之心，助天下人爱其所爱，所以敢先汝而死，不顾汝也……（林觉民：《与妻书》）。

这是一封在起义前夕写在白布方巾上的真实的家书，并不是有意创作的文学作品。但是，今日读来，却仍然比许多文学作品要感人得多。作者果然在起义中被捕就义。它本是血泪凝成的文字，其中有好些细节描述是极其亲切精致的。那种在选择死亡面前凝聚着的夫妇伦常的真实情感，仍以一种传统的光辉感染着人们。此外，如谭嗣同"我自横刀向天笑，去留肝胆两昆仑"；秋瑾引古诗作绝笔的"秋风秋雨愁煞人"；黄兴吊刘道一的"……我未吞荒恢汉业，君先悬首看吴荒……眼底人才思国士，万方多难立苍茫"；辛亥后宁调元被杀前的"……死如嫉恶当为厉，生不逢时甘作殇；偶倚明窗一凝睇，水光山色俱凄凉"，以及名盖一时的南社诗人们的许多创作，……它们所构成的这个世纪初的悲壮的革命进行曲，基本上仍然是中国传统士大夫家国兴亡责任感和人生世事凄凉感在新时代里的表达。西方近代文化观念的洗礼，还只输入和停步在理知层的意识领域。他们当时主要是企望创造一个民主、共和、强大、独立的新中国，对人生世事、对人际情感以及各种有意识无意识的心态积淀，仍然是传统中国的，传统式的悲愤、感伤、哀痛和激昂。

繁荣的文艺创作是晚清的重要文艺现象。从《官场现形记》、《文明小史》、《二十年目睹之怪现状》到鸳鸯蝴蝶派小说，以及"点石斋"版画，展现出种种世俗风习的画面，它们有片断复现的写实性，如鲁迅所说，"他（指《点石斋画报》主笔吴友如）

画的'老鸨虐妓'、'流氓拆梢'之类，却实在画得很好的，我想，这是因为他看得太多了的缘故，就是在现在，我们在上海还常常看到和他所画一般的脸孔"（《二心集·上海文艺一瞥》）。但在心态、情感上却并没有真正的新东西。他们没有新的世界观和新的人生—宇宙理想，来作为基础进入情感和形象思维，而旧的儒家道家等又已经失去灵光。因此，尽管他们揭露、谴责、嘲骂，却并不能给人以新的情感和动力。这就是晚清小说之所以失败的重要原因。

但是，毕竟在开始转换。欧风美雨毕竟在逐渐进入人的内心。拜伦热、林译小说和苏曼殊三大史例，似乎表现着中国士大夫传统的文化心理结构，在西方冲撞下，开始了某种转换的萌芽。

罗素打破常规，在他的《西方哲学史》中奇特地给拜伦写了一章。罗素并没讲出拜伦有多少哲学，只是指出："在国外，他的情感方式和人生观经过了传播、发扬和变质，广泛流行，以至成为重大事件的因素。"[①] 罗素的所谓"在国外"指的是欧洲大陆，他心目中不会想到中国。但是，正是这位出身高贵、满脸傲气、放荡不羁、难容于祖国俗议的叛逆诗人，在二十世纪初成了中国青年革命者、知识分子所顶礼讴歌、有着强烈共鸣的对象。鲁迅说，"裴伦既喜拿破仑之毁世界，亦爱华盛顿之争自由；既心仪海贼之横行，亦孤援希腊之独立……自由在是，人道亦在是"（《坟·摩罗诗力说》）。鲁迅所谓"别求新声于异邦"的中国的知识分子，与拜伦有了可以感通认同之处。马君武、苏曼殊所译拜伦诗被传诵一时，拜伦那傲岸不驯、愤世嫉俗被罗素名之为"贵族叛徒者"的气质，一方面可与中国传统的英雄主义相沟通，另方面又成了当时知识分子刚起步的个体独立的意识觉醒。

---

① 《西方哲学史》下册，第 295 页，商务印书馆，1976 年，北京。

罗素说，"贵族叛徒者既然有足够吃的，必定有其他的不满原因……他们的有意识的思想中却存在着对现世政治的非难，这种非难如果充分深入，便采取提坦（Titan）或无边无际的自我主张的形式，或者……采取撒旦主义的形式……这种叛逆哲学都在知识分子和艺术家中间灌注了一种相应的思想情感方式"（…inspired a corresponding manner of thought and feeling among intellectuals and artists）[①]。正是这样，以拜伦为象征的西方近代的浪漫主义，那呼号个体独立的"思想情感方式"，在爱国救亡的英雄激情的掩映和保护中，悄悄地、无意识地在中国青年知识群中浸润、出现、传播了。也正因为拜伦具有这两个方面，才使他在中国知识者心中打响了头炮。

从这个角度便能估计林译小说的意义。它之所以风行，不止在于异邦图景和故事的开人眼界，而更在于它是一种新的"思想情感方式"的输入。所以，在改换心态的历程上，它比当时那些中国人写的谴责小说要重要得多。

林纾不识外文，却翻译了百十种小说。古今中外，大概很少有这种事例。这位在五四运动时期拼命反对白话文的落伍者，在辛亥时期却是有其进步的思想的。请读他的《新乐府·知名士（叹经生、诗人之无益于国也）》诗：

> 知名士，好标格，词章考据兼金石。考据有时参说文，谐声假借徒纷纭。辨微先析古钟鼎，自谓冥披驾绝顶，义同声近即牵连，一字引证成长篇。高邮父子不敢击，凌轹孙、洪驳王、钱。既汗牛，复充栋，骤观其书头便疼。外间边事烂如泥，窗下经生犹做梦。……即有诗人学痛哭，其诗寒乞难为读。蓝本全抄陈简斋，祖宗却认黄山谷……

[①] 《西方哲学史》下册，第 295—296 页，商务印书馆，1976 年，北京。

这说明，这位外国文学的翻译者当时是很不满意中国士大夫传统的"经生"、"诗人"的文化心理结构，要求突破乾嘉朴学、同光诗体，从而才翻译引进了新的生活图景、人生观念、情绪感受……也即是新的"思想情感方式"。

这种新的"思想情感方式"如何具体地被输入，如何与传统的文化心理结构相碰击相融合，是一个值得仔细研究的问题。

例如，中国传统历来是"儒道互补"或"据于儒，依于老，逃于禅"，"儒治世，道治身，佛治心"。中国近现代第一批知识群从极热到极冷，从革命斗士到和尚沙门的两极渗透和互补，也是当时的一种特色。谭嗣同、章太炎把这种互补表现在理论和思辨中。弘一法师（李叔同）等人则表现在实际行动上：一个新话剧运动的首倡者很快就扔弃一切热闹，遁入空门以缁衣终身。在清末民初，与革命并行的是佛学昌盛。冷热两极的文化心理互补构架，使章太炎在革命途中想退身去做和尚，连鲁迅在民初也读佛经。为什么？这些开始具有近现代观念和学识的知识者们，仍然在走着传统的路吗？

好像要更复杂一些。已有论文认为，由于对资本主义异化世界的恐怖，章太炎"对古典的资产阶级人本主义从肯定转为不定，对自己的人性学说，也从理性主义转为反理性主义；从科学主义转向反科学主义；从乐观主义转向悲观主义；从面向尘俗世界、面向未来转向鄙弃尘俗世界、鄙弃未来的虚无主义"[1]，"已基本上从资产阶级古典的人文主义转向现代型的批判人文主义"[2]。以此来描绘章太炎，似乎太夸张了一些。但如以此来解释从章太炎到鲁迅，特别是解释以鲁迅为代表的那股近现代中国最

---

[1] 姜义华文，见《复旦大学学报》（社会科学版），1985年第3期，第206、214页。

[2] 同上。

深刻的思想暗流——那大力倡导启蒙又不停留于启蒙的深沉的"思想情感方式"，则是相当准确的。近现代中国在接受西方十六至十九世纪的社会政治学理的同时，便也同时感受到由拜伦到尼采对历史走向一个可怕的资本主义异化世界的坚决的反叛。于是，启蒙主义的理性、乐观、进化思潮与二十世纪的非理性、悲观、反历史思潮相冲突而并来，同在最敏感的中国知识分子心魂中投下了身影。近代与超近代（现代）、理性与反理性、乐观主义与悲观主义、历史主义与虚无主义……使心魂结构变得复杂了。这就超出了"儒道互补"的旧有模式，他们的"逃于禅"，也已经渗入了新的"思想情感方式"。

似乎可以在这种理解下来读苏曼殊。五四时期便有人说，"曼殊上人思想高洁，所为小说，描写人生真处，足为新文学之始基乎？"[1] 并从而被引为"新文学"的同道。郁达夫也认为苏曼殊的诗出于龚定庵，而又"加上一脉清新的近代味"[2]。

且看苏诗及小说：

　　年华风柳共飘萧，酒醒天涯问六朝，猛忆玉人明月下，悄无人处学吹箫。

　　春雨楼头尺八箫，何时归看浙江潮？芒鞋破钵无人识，踏过樱花第几桥。

　　……阿蕙何在？……周大泪涟涟答曰：嫁一木主耳……先见一老苍头，抱木主出。接阿蕙至礼堂，红灯绿彩，阿蕙扶侍女，并木主行婚礼既毕。旋过邻厅，即其夫丧屋也，四顾一白如雪。其姑乃将缟素衣物，亲为阿蕙易之，阿蕙即散发跪其夫灵前，恸哭尽礼……

---

① 《新青年》，3卷2号，1917年4月。
② 柳无忌编：《曼殊大师纪念集》，第427页，正风出版社，1944年，重庆。

周大言毕，生默不一言。……自后粤人亦无复有见生及
　　周大者云。惟阿蕙每于零雨连绵之际，念其大父、阿姊、独
　　孤公子（即生）不置耳。(《焚剑记》结尾)
　　……

　　也并没有什么特殊，不就是漂亮绝句和婉丽的言情小说么？
但是，为什么当年会被青年们那样激赏？只是由于"优美婉丽"
"缠绵凄楚"么？

　　似乎又不是。苏曼殊描述的爱情已不复是《聊斋》里的爱
情，也不再是《牡丹亭》、《红楼梦》里的爱情，当然更不是
《恨海》里的爱情。陈独秀在为苏的小说《绛纱记》作序时说：
"人生最难解之问题有二，曰死曰爱。"[①] 古往今来的文艺总缠绕
着这两个永恒主题。苏的小说和短诗中的这两个主题的特征似乎
在于，尽管如何颓废伤感、孤独哀凄，却传出了某种黎明前的清
新气息。这位曾经热衷于"革命加恋爱"、而后却"行云流水一
孤僧"所反思的爱与死，是在世俗故事中企求超脱，即他似乎在
寻求超越爱与死的本体真如世界。而这个真如本体却又实际只存
在于这个世俗的情爱生死之中。正因为这样，苏作在情调凄凉、
滋味苦涩中，传出了近现代人才具有的那种个体主义的人生孤独
感与宇宙苍茫感。他把男女的浪漫情爱和个体孤独，提升为参悟
那永恒的真如本体的心态高度。它已不是中国传统的伦常感情
（如悼亡）、佛学观念（色空）或庄子逍遥。它尽管谈不上人物塑
造、情节建构、艺术圆熟，却在这身世愁家国恨之中打破了传统
心理的大团圆，留下了似乎无可补偿无可挽回的残缺和遗憾。这
是苦涩的清新所带来的近现代中国的黎明期的某种预告。这些似
乎远离现实斗争的浪漫小诗和爱情故事，却正是那个新旧时代在
开始纠缠交替的心态先声。感伤、忧郁、消沉、哀痛的故事却使

---

　　① 《甲寅》第1卷，第7号，第2页。

人更钟情更怀春，更以个人的体验去咀嚼人生、生活和爱情。它成了指向下一代五四知识群特征的前兆。四顾苍凉侵冷，现实仍在极不清晰的黑暗氛围中，但已透出了黎明的气息。苏曼殊的小说发表仅在五四前几年。

其他文艺部类呢？在国画领域，任伯年似乎显露出与传统高雅有某种离异的上海滩的脂粉味，又仍然清秀可喜。吴昌硕跨越了扬州八怪，泼辣的色彩和金石味的骨力，似乎宣告传统在走向终结。这些是否也在间接意义上反映出某种新的心态、情感呢？很难说，还需要研究。

二　开放心灵

辛亥这一代的心态只开始转换，传统还占压倒优势；五四这一代却勇敢地突破传统，正式实现着这一转换。如果说，前者还只是黎明前的序幕，那么，新时代的黎明现在便正式揭幕了。

这种转换有其现实的基础。几千年皇帝专制在政治体制和观念情感上对知识分子主宰地位的消失或消退，"学而优则仕"的传统科举道路的阻塞，西方文化如潮水般的涌进……给新一代年轻知识者以从未曾有过的心灵的解放，展现在他们面前的图景和道路是从未曾有过的新鲜、多样、朦胧。

之所以新鲜，是由于皇权政治体制的覆灭，与"君君臣臣"连在一起的传统世界观人生观已经崩溃或动摇；而革命年代又已成为过去，悲歌慷慨以身许国不再是急迫课题；从而，作为个体的人在国家、社会、家庭里的地位和价值需要重新安放，这带来了对整个人生、生命、社会、宇宙的情绪性的新的感受、体验、思索、追求和探询。

之所以多样，是由于知识者原来"学而优则仕"的传统单一道路被打破，不再有延续了数百年之久的科举制了，经商、办报、工程师、教员、律师、医生……多种多样的谋生途径和生活机会平等地展开在人们面前。社会生活开始具有了近代性，知识者们不必再把心灵寄托在读书做官这个固定的焦点上，人生目标不再有恒久不变的模式。包括济世拯民、救亡图存、田园隐逸、佛门解脱等传统模式，也不再是理想的高峰和意向的极致。多样化的人生和心灵之路在试探、蛊惑、引诱着人们。

之所以朦胧，则不仅在于传统政体的解体、古旧秩序的破坏，带给未来中国走向何处的前景是含混未定的，而且正因为传统价值和旧有观念控制力量的褪色，人生道路和生活目标的多样可能，个体不再完全依附于官场、制度和群体，自我选择的突出，自我责任感的加重，个体对前景的探索、追求也是朦胧未定的。

一批又一批的青年知识者开始由四面八方汇集到大中都市来"漂泊"、"零余"，为谋生，也为理想。但怎样才能谋生以及如何生活？理想又是什么？有什么可以值得真正信奉的？我到底干什么呢？……一切都是并未有现成答案的渺茫。

与传统的告别，对未来的憧憬，个体的觉醒，观念的解放，纷至沓来的人生感触，性的苦闷，爱的欲求，生的烦恼，丑的现实，个性主义、虚无主义、人道主义……所有这些都混杂成一团，在这批新青年的胸怀中冲撞着、激荡着。

他（她）们已不像上一代曾经长期沉浸和捆缚在传统的观念和生活中，他们是在中国空前未有的自由氛围中开始寻求自己的道路。尽管仍有各种旧的束缚如主观上有意识和无意识的礼教观念，客观上贫穷、困苦、腐败的社会现实在压迫、管制、阻挠着他们。然而，新的生命、新的心灵对新的人生、新的世界的憧憬，却仍然是这一代的"思想情感形式"和人生观的主要标志。在理论、思想上，五四前后出现了那么多的五花八门的"主义"、学说、思潮，弥漫一时。在文学上，抒发胸怀而不成系统，倾吐心臆而尚未定型，散文或散文似的新诗便成了此代心魂的最佳的语言寓所。"如同它的新鲜形式一样，我总觉得，它的内容也带着少年时代的生意盎然的空灵、美丽，带着那种对前途充满了新鲜活力的憧憬、期待的心情意绪，带着那种对宇宙、人生、生命的自我觉醒式的探索追求。刚刚经历了五四新文化运动的洗礼之后的二十年代的中国，一批批青年从封建母胎里解放或要求解放出来。面对着一个日益工业化的新世界，在一面承袭着故国文化，一面接受着西来思想的敏感的年轻心灵中，发出了对生活、对人生、对自然、对广大世界和无垠宇宙的新的感受、新的发现、新的错愕、感叹、赞美、依恋和悲伤。"① "这样一种对生命活力的倾慕赞美，对宇宙人生的哲理情思"② 便是中国现代的Sentimental，是黎明期开放心灵的多愁善感。它具体表现为敏感性、哲理性和浮泛性的特征。

你看，二十岁刚出头的女学生冰心的作品，她那几年的《繁星》、《春水》、《寄小读者》，便第一次以脱去传统框架的心态，用纯然娇弱的赤裸童心，敏感着世界和人生；憧憬着光明、生长、忠诚、和平，但残酷的生活、丑恶的现实、无聊的人世到处都惊醒、捣碎、威胁着童年的梦，没有地方可以躲避，没有东西可以依靠，没有力量可以信赖，只有逃到那最无私最真挚最无条件的母爱中，去获得温暖和护卫。这似乎才是真正的皈依和归宿，才是确实可靠的真、善、美。这里没有超世的神仙，没有人间的礼法，没有各种复杂错综的关系，单纯如水晶般的诚挚的母爱就构成了一个本体世界。所以，这就不再是传统伦常的母爱，不再是"哀哀父母，生我劬劳"、"慈母手中线，游子身上衣"的

---

① 《李泽厚哲学美学文选·宗白华〈美学散步〉序》，第450页，湖南人民出版社，1985年，长沙。

② 同上。

古典咏叹，而是新时代新青年对整个宇宙人生多愁善感的母爱。

……

"浓睡之中猛然听到丐妇求乞的声音，以为母亲已被她们带去了。冷汗被面的惊坐起来，脸和唇都青了，呜咽不能成声……"

……

"你最怕我凝神，我至今不知是什么缘故，每逢我凝望窗外，或者稍微呆了一呆，你就过来呼唤我，摇撼我，说：'妈妈，你的眼睛怎么不动了'，我有时喜欢你来抱住我，便故意地凝神不动。"

……

当她说这些事的时候，我总是脸上堆着笑，眼里满了泪，听完了用她的衣襟来印我的眼角，静静地伏在她的膝上。这时宇宙已经没有了，只有母亲和我。最后我也没有了，只有母亲，因为我本是她的一部分。(《寄小读者·通讯10》)

每个人都有童年，都得到过母亲无私的爱，都有过上述种种体验感受。但旧文学里就没有这样描写过，是冰心第一次把它们写了出来。冰心把这种极其普普通通的母女（子）感情带进了本体世界：

造物者——
倘若在永久的生命中，
只容有一次极乐的应许，
我要至诚地哀求，
我在母亲的怀里，
母亲在小舟里，
小舟在月明的大海里
……(《春水105》)

一切风雨，一切恐惧、烦恼和忧伤，一直到整个肮脏的世界，都要在这伟大的普泛的母爱中消融而洁净。这种爱似乎毫无任何具体的社会、时代的内容，然而它却正好反射了那个觉醒的新时代的心声。对充满着少年稚气的新一代知识者来说，爱，总先是母爱，闪耀着近代泛神论的哲理光亮。

在充满柔情的"父亲、母亲的膝下怀前，姊妹兄弟的行间队里"（《寄小读者·通讯11》），冰心把中国传统的血缘伦常感情放大为"人类在母亲的爱光之下，个个自由，人人平等"（《寄小读者·通讯10》）的宇宙之光和心理本体了。

同样是二十年代的名篇朱自清的《背影》，是写父爱的。它现实、具体得多，渗入了社会生活的具体景象，它以其更可触摸的实在的剪影，同样表现了新一代知识者在走上人生道路中对传统的转换了的感受和体验：那就是摆脱了传统礼教观念（所以心中可以"暗笑"父亲），回到了真正原本的亲子之爱。读《背影》，谈冰心，直到今天，也仍然使人感到返璞归真、保存或回到那纯真无私、充满柔情人性的亲子之爱中的可贵。所以，尽管它们没有多少现实的内容或思想的深度，却可以长久打动人心，有益地培育着千万颗童心。它们几十年来成为中小学优秀教材，是有道理的。

二十年代是一个童年稚气的时代，更是一个正成长着的少年浪漫时代。除了母爱，性爱便更是思绪和情感的主要课题所在，据统计，恋爱占据了当时90%小说的内容和题材。性爱在这里同样具有某种浮泛性。它们作为小说是极其不成功的。想象贫弱，抒情浅陋，构思单调，形象单薄，形式单一，它的重要性只在于它传达了那种把爱情作为人生意义的敏感（甚至病态）的心境情绪：

知识我也不要，名誉我也不要，我只要一个能安慰我体

谅我的心，一副白热的心肠！从这一副心肠里生出来的同情！从同情而来的爱情！我所要求的就是爱情。（郁达夫：《沉沦》）

尽管似乎只是爱情，尽管大部分作品集中于婚姻自主，但实际却是对人生意义的寻觅。鲁迅的《伤逝》是最典型也最成功的。像茅盾对二十年代庐隐等人的创作评论，也很具有代表性：

在庐隐的作品中，我们也看见了同样的对于"人生问题"的苦索。不过他是穿了恋爱的衣裳……"人生是什么"的焦灼而苦闷的呼问在她的作品中就成了主调，她和冰心差不多同时发问。……所有的"人物"几乎全是一些"追求人生意义"的热情的然而空想的青年在那里苦闷徘徊，或是一些负荷着几千年传统思想束缚的青年在狂叫着"自我发展"，然而他们的脆弱的心灵却又动辄多所顾忌。这些人物中的一个说："我心彷徨得很啊！往哪条路上去呢？"……

同样的心情，我们在孙俍工的《前途》也看到了。这一篇借火车开行前的忙乱、焦灼、拥挤以及火车开行后旅客们的"到了么？""几时才到？""能不能平安无事的到？"——种种期望的心情，来说明"人生的旅路"上那渺茫不可知的"前途"。……（茅盾：《现代小说导论》〈一〉）

对"渺茫不可知的前途"的惶恐、困惑、寻觅、苦闷、彷徨……正是构成这一代文艺内容包括恋爱问题的真正主题和背景。传统的框架、规律、标准已在这新一代知识者心中打破，但新的生活、道路、目标、理想还未定型。路怎么走呢？走向何处呢？一切都不清楚。感受、体验到的只是自己也说不清的各种苦恼、困惑和彷徨。正因为还没有确定的目标、道路和模式，也还没有为可确定的将来而奋斗的行动、思考、意愿和情感，于是一切便都沉浸在当下纷至沓来、繁复不定的各种自我感受中、意向中。于是他们这种自我就呈现为一种主观性的多愁善感主义即敏感主义（或伤感主义）。它既不是真正的浪漫主义，更不是现实主义。理性启蒙与浪漫抒情在这敏感中携手同行，使这种多愁善感呈露出朦胧的哲理内容而向人微笑。它表现为多样化的风格，共同的却是空灵、轻快，并无深意却清新可读。

像徐志摩：

> 轻轻的我走了，
> 正如我轻轻的来；
> 我轻轻的招手，
> 作别西天的云彩。
> ……
> 寻梦？撑一支长篙，
> 向青草更青处漫溯；
> 满载一天星辉，
> 在星辉斑斓里放歌。
> 但是我不能放歌，
> 悄悄是别离的笙箫；
> 夏虫也为我沉默，
> 沉默是今晚的康桥！
> ……（《再别康桥》）

像许地山：

> ……

> 林下一班孩子正在那里捡桃花底落瓣哪。他们捡着，清儿忽嚷起来，道："嗄，邕邕来了！"众孩子住了手，都向桃林底尽头盼望。果然邕邕也在那里摘草花。

> 清儿道："我们今天可要试试阿桐底本领了。若是他能办得到，我们都把花瓣穿成一串璎珞围在他身上，封他为大

哥如何？"

众人都答应了。

阿桐走到邕邕面前，道："我们正等着你来呢。"

阿桐底左手盘在邕邕底脖上，一面走一面说："今天他们要替你办嫁妆，教你做我底妻子。你能做我底妻子么？"

邕邕狠视了阿桐一下，回头用手推开他，不许他底手再搭在自己脖上。孩子们都笑得支持不住了。

众孩子嚷道："我们见过邕邕用手推人了！阿桐赢了！"邕邕从来不会拒绝人，阿桐怎能知道一说那话，就能使她动手呢？是春光底荡漾，把他这种心思泛出来呢？或者，天地之心就是这样呢？

你且看：漫游的薄云还是从这峰飞过那峰。

你且听：云雀和金莺底歌声还布满了空中和林中。在这万山环抱的桃林中，除那班爱闹的孩子以外，万物把春光领略得心眼都迷蒙了。（《春底林野》）

当然还有郭沫若：

> 啊啊！
> 生在这样个阴秽当中
> 便是把金刚石的宝刀也会生锈
> 宇宙呀，宇宙
> 我要努力把你诅咒
> 你浓血污秽着的屠场呀
> 你悲哀充塞着的囚牢呀
> 你群鬼叫号着的坟墓呀
> 你群魔跳梁着的地狱呀
> 你到底为什么存在？
> ……（《女神·凤凰涅槃》）

这是与上面那种莞尔微笑相对照的狂暴的愤慨、呼叫，但作为自我的倾泻、意义的探讨，却是同一个倾向。二十年代的文艺知识群开口宇宙，闭口人生，表面上指向社会，实际是突出自己；提出似乎是最大最大的世界问题，实际只具有很小很小的现实意义；这种时代特征，"豪放派"与前述"婉约派"是完全相同的。鲁迅曾说，"那时觉醒起来的知识青年的心情，是大抵热烈而悲凉的。即使寻到一点光明，径一周三，却是分明地看见了周围的无涯际的黑暗"。冰心和郭沫若是在这"无涯际的黑暗"尚未真正扑来，但已初初感到的时候，或用"爱"或用"力"来要求抵御它们的娇弱柔情和粗犷喊叫。也正为此，许地山逃入佛宗，徐志摩顾影自怜，郁达夫沉湎酒色……

总之，无论是回到母亲的怀抱（冰心），或是"把日月来吞食"（郭沫若），无论是对母爱，对性爱，对强力的爱，对自然的爱，对哲理的爱，它们都以敏感和激情在创造性地转化传统的积淀。这是还未脱出古典传统的上一代和已卷入社会波涛的下一代所做不出的。他们在"思想情感的方式"（放大地说即文化心理结构）上，既承续了传统，例如前说的亲子之爱，同时又具有了近现代个性解放和自我独立的意识，那种种温柔、呼喊、苦闷、无聊、寻觅、伤感……已是近现代的个体所具有的特征。他们所高举远慕的，不再是儒家、道家或佛学，而是充满着近现代人的追求意识了。

其中，只有鲁迅是最深刻的。如另文所已指出，鲁迅那孤独而奋进的痛苦心灵，远远超越了启蒙期狂暴喊叫或多愁善感。尽管鲁迅的散文诗和小说也充满了这个时期的敏感主义的某些特征，但它由于包含着经过亲身经历所蕴藏的巨大的思考重量，使他在根本上区别于前述任何一位仅仅从个体感性出发的呐喊或柔情。鲁迅文学作品中有思想的重量，这思想并不是抽象的教义或明确的主张，不是陈独秀锐利猛勇的斗争精神或胡适之平和肤浅的乐观主义，而是的确背负着因袭的重担，艰难地走向未来，深知前景的渺茫，路途的荆棘，从而具有沉甸甸的悲观情绪和浸透了反省理性的伟大感性。在上一个时期的辛亥革命前，鲁迅便已写过《摩罗诗力说》，比喊叫着"光"、"热"、"火"、"我"……的郭沫若早走了十多年；从而他在五四时期，便已超越这种敏感主义和个性解放而达到对所谓"本体"有了真正现代意识的把握。确乎悲观，也无所希冀，但仍然得活，活着就得奋斗。所以，"绝望之为虚妄，正与希望相同"。只有奋身前行是真实的，如 Sisyphus 的推石，生命意义也只在此处，只在此刻的奋进本身，这就是"此在"（Dasien）。前路如何？是玫瑰花还是坟，并无关紧要，也无何意义。重要的是不能休息。不为玫瑰花的乌托邦或坟的阴影所诱惑、所沮丧，不为裹伤的布、温柔的爱而停下来。……死火在冰谷里也要燃烧，尽管并无燃烧的前景，也无确定无疑的燃烧本身和燃烧办法，但总比冻僵了要强。鲁迅达到了现代性的世界高度，但那中国式的人道抒情风，那切切实实为广大人群为劳苦者服务的古典传统，又使它毕竟不同于彻底悲观的现代西方的个体主义。

这就是中国的鲁迅。所以，《野草》、《在酒楼上》、《伤逝》、《孤独者》即使如何悲惨哀伤，最终给人的仍然是奋起前行的力量。如果对比下一代写实性的老舍的《骆驼祥子》悲哀的结局只给人以悲哀，便大不相同。

鲁迅的"呐喊"、"彷徨"是属于心灵开放的这一代的，是这一代的无可比拟的精华。它确乎空前绝后，无与伦比。它超出了个性主义和多情善感，成为指向了下一代的前驱和榜样。

在其他艺术领域里，这一代的特征也明显可睹。像刘半农作词、赵元任作曲的《教我如何不想他》，像"长亭外，古道边，芳草碧连天……一杯浊酒尽余欢，今宵别梦寒"的词、曲，同样是清新、空灵、惆怅、简洁、含蓄的多愁善感主义。并无任何深刻的现实内容，也不是真正浪漫的自我表现，它是夹杂着淡淡哀愁的人生意义的寻求、喟叹。它从形式到内容都是近代的，又明显有中国古典印痕。

丰子恺的漫画，林风眠的水墨，也有同样特点。它是近代的，又是中国的；完全不是具体的写实或激烈的浪漫抒情，却有着对整个人生的淡淡的品味、怅惘和疑问，从而耐人咀嚼。

这就是二十年代这一批知识群的文艺创作所反射出来的典型心态。尽管他们可以不必都具体地创作于这一时期，尽管其中有的人把这一时代风貌拉得很长以至终生，如周作人、俞平伯、丰子恺；有的人搁笔不写了，如沈尹默、宗白华、谢冰心、朱自清；有的则只是指向下一阶段的过渡，如郭沫若、冯雪峰和大多数小说作者，他们实际属于第三代。

三　创造模式

无情的生活一天一天地把我逼到了十字街头，像这样的幻美的追寻，异乡的情趣，怀古的幽思，怕没有再来顾我的机会了。

啊，青春哟，我过往了的浪漫时期哟！我在这儿和你告别了！

我悔我把握你得太迟，离别你得太速，但我现在也无法挽留你了！

以后是炎炎的夏日当头。（郭沫若）

是的，刚觉醒的青年知识者敏感期很快就过去，残酷的中国现代史的血腥斗争和内忧外患（军阀混战、五卅惨案、北伐战争……），很快就打碎了年轻人那种种温情脉脉的人生探求和多愁善感。严峻的现实使人们不得不很快就舍弃天真的纯朴和自我的悲欢，无论是博爱的幻想、哲理的追求、朦胧的憧憬、狂暴的呼喊……都显得幼稚和空洞。冰心的爱，郭沫若的力，郁达夫的性的烦恼，许地山的哲理意味，俞平伯、宗白华的优美雅致……都被迅速地推下时代的前台而不再吸引和感动人了。更年轻的一代已经不再有《桨声灯影里的秦淮河》里的闲情逸致和《春底林野》、《荷塘月色》里的清幽雅丽，已经没有那早春般观花赏月的心情意绪，已经是炎炎的夏日当头，他们得抓紧做事了。他们得选定一个目标、一个方向、一件件事情去实干了。事实上，二十年代的这批青年也都各自找到专业，有人出国又回来了，当上了教授学者，有人从政做官，有人办工厂企业，有人干革命了，有人成了专业作家、艺术家……反射在文艺上，不再能无限期地惆怅、伤感、求索，不再能长久徘徊、彷徨、喟叹，生活的目标、人生的道路在社会真正走入现代的经济政治的形势下，逼着人们做出选择。无怪乎 1921 年鲁迅还鼓励汪静之的《蕙的风》，到 1929 年，却对汪静之说，现在不是写爱情诗的时候了。鲁迅还说，"总而言之，现在倘再发那些四平八稳的救救孩子似的议论，连我自己听去，也觉得空空洞洞了"（《而已集·答有恒先生》）。对向往革命追求改造社会来说，一般的"社会批评"、"文明批评"也嫌不够了，走入革命的知识者正在进行更具体更直接的战斗。

只有少数人停留在第二代中。像冰心、周作人，但他们很快就失去其原有的广大影响，更年轻的一代拥簇着鲁迅、郭沫若、茅盾、巴金继续向前走去。

第二代是短促的，大约是在 1919—1925 年；第三代却较长，他们从 1925 年开始直到抗战爆发前夕。

这一代是在具体专业领域内创造模式的一代。无论在哪个方面，中国现代各个领域的处女地首先是由他们在其中自由驰骋而开拓的，革命事业中的毛泽东、周恩来、刘少奇、邓小平……科技事业中的李四光、竺可桢、梁思成、陈省身……史学领域的郭沫若、陈寅恪、李济、钱穆……正是他们开创和奠定了中国现代许多专业领域内的各种模式，带领和培养了一批批的门徒、学生，占领了统帅了各个事业的阵地，影响了几十年直到今天。

文艺领域内也如此。在这一时期，散文或散文诗退居次要，出现了真正的小说、戏剧和电影，也出现刻意讲求格调、音响、字句、意境的真正的诗歌。承接着鲁迅，现实主义成为主流，尽管思想内容不及鲁迅，但出现了长篇巨制。这里已不是"咀嚼着身边小小的悲欢"，而是面向了真正的社会、现实和生活；不再是那朦胧的憧憬和模糊的感受，而是比较确定、具体、复杂的态度和体验；不再是苍白贫弱的剪影或印象，而是有血有肉有个性有生命的人物、情景和故事。它的纯审美因素减弱了，它的社会性、现实性、目的性更鲜明了。人的各种脸谱及其变化，社会各阶层的不同生活及其特征：大家庭的腐朽的崩溃，农村的落后和毁坏，商人的暴发和破产，官场的黑暗和凶残……开始以其生活本身的面貌展现出来。

首先仍然是革命知识者的自身经验。其中轰动一时并具有开创性的是茅盾的《蚀》，特别是其中的《动摇》。《动摇》已完全不是五四时代那种种感伤、惆怅与人道的呐喊，而是活生生的丑恶现实的写照。即使有夸张、有浪漫，基本素质却是那场大革命中的知识者所见到、听到、遭遇到的种种事实。它具有了上一代所没有的那种社会写实性，从而突破了知识者主观悲欢情感的小圈子，而在一定程度上描写了、记录了、反映了那动乱中的生活相。《动摇》里描写的是 1927 年大革命中的湖北一个县城，其中有天真的革命者，有凶狡的反动派，有浪漫女性，有动摇青年，有男女性爱的情热，有杀人如麻的残酷，其中特别对一个先混入革命而后一下把大量妇女、青年杀戮在血泊中的胜利者的描绘，是如实地反映了中国近代阶级斗争的激烈特色的。从辛亥革命到

1927 年，甚至到以后，总有一批善于投机取巧左右逢源的变色龙谋取了高位，残害了大批真正革命的或真正进步的青年知识者。所以这种生活相由于并非表面现象的随意舍取，而是与时代重要动向——当时那场影响了中国前途的革命连在一起，从而这也与知识者的心境、观念、情感、思想联结在一起。例如，在残酷的阶级斗争面前，知识者只能扮演非常可笑又可怜的角色，幼稚得可笑，天真得可怜，那种种美妙理想、人生感叹、人道呼吁、个性解放……完全淹没在这血腥的烧杀奸淫中而毫无意义了。

《子夜》也是这样。这里没有血的厮杀，却有着另一种同样残酷、凶狠的金钱厮杀。这里没有知识青年的尸体、乳房、头颅，却同样在蹂躏、践踏、粉碎青年们本有的浪漫热情、天真探索、美好幻想。上一代散文诗的主观性成为过去。"《子夜》除了空前成功地塑造了民族工业资本家的形象外，还塑造了金融买办资本家赵伯韬、经济学教授何慎庵、工贼屠维岳以及一大批诸如妓女、交际花、经纪人，还有工人、农民、革命者等众多的各色人物。《子夜》本身就是一个世界，一个赋有了现实世界的丰富性和复杂性的艺术世界。"① 尽管《子夜》因为由概念支配创作，艺术上甚至不如《动摇》，对上述这些人物的塑造也并不能算是很成功，但无论如何，它空前展示了一个现实的客观世界。与五四时代的上一代比，这就是小说领域内的真正的创造。五四时代是所谓"问题小说"，实际并不成其为小说，它们只是一堆对人生意义、生活目标，对劳工、青年、民族、社会，特别是对婚姻、恋爱问题的主观疑问和自我抒发。所以，"'人物都是一个面目的，那些人物思想是一样的，举动是一样的，到何种地步说什么话，也是一个样的'，这种'一个样'的作品，显然与中国社会的真实面貌相去遥远……破除'一个样'的模式，……具体地

---

① 　余秋雨：《深夜里的社会写实》，见《文艺论丛》第 14 期，第 197 页。

描绘出现实生活的真实图画，哪怕是一个家庭、一个角落、一个人的一生——这是三十年代优秀长篇小说之所以能构示中国社会面貌的首要原因，它们从不同的出发点，殊途同归地达到了真实"①。三十年代的小说，开始多方面地展现出真实的社会生活：从经济到心理，从工厂到家庭，从战争到恋爱，众多作者带来了空前广阔的生活视野，迥然不同于以前。

茅盾在喧闹繁华的大都市里，截取了一个生活的横断面，巴金把我们带进一个数代同堂的大家庭的阴森大门，而老舍则记下了一个人力车夫艰难行走的排排足迹。《子夜》宏大，冷隽，深刻；《家》热烈，浓重，深切；《骆驼祥子》细致，诙谐，沉郁。如果说，茅盾是在浓墨重彩地细细描画着社会人物图，那么，巴金是在有血有泪地控诉，老舍则用平静甚至有时显得有点超然的口气讲述一个令人心酸的悲惨故事。但是，正因为这些作家和作品的不同的声音，从不同的角度，用不同的方法，真实而典型地反映了现实生活本来的样子，才使现实主义的文艺领域像现实生活本身一样丰富②。

这里还有沈从文的《边城》。与老舍那尘土风沙的北国城市的世俗风俗画相映对，是南方边远山区未被近代生活腐化的诗意化了的自然风景、社会环境和悲惨故事。与祥子的老实、虎妞的强悍对照的是翠翠的温柔、二老的刚烈。

这里还有曹禺的《雷雨》、《日出》、《原野》。从蛮野的农村到繁华的上海，从古怪的家庭到人事的巧合……戏剧性的情节展现了社会生活的多层面。

---

① 余秋雨：《深夜里的社会写实》，见《文艺论丛》第 14 期，第 191 页。
② 同上书，第 211—212 页。

这里还有如《二月》、《小小十年》……这样一些不同的生活场景和人生画面。总之，二十年代那种种主观的问题，例如对恋爱自由、婚姻自主这个"头等"主题，到三十年代便有了真正客观的描述，例如觉慧对大家庭的反叛和那个腐朽环境中的形形色色……三十年代的作家们把二十年代提出了的问题客观化从而具体化了。

　　因之，这一代知识者的心态或"思想情感方式"便不再是那种泛神的宇宙憧憬和人生感伤，而是更为切实的具体的钻研探觅。三十年代的诗歌，也真正讲究形式、格律、音调、章法了：

　　　　撑着油纸伞，独自
　　　　彷徨在悠长、悠长
　　　　又寂寥的雨巷，
　　　　我希望逢着
　　　　一个丁香一样地
　　　　结着愁怨的姑娘。
　　　　……
　　　　她彷徨在这寂寥的雨巷，
　　　　撑着油纸伞
　　　　像我一样，
　　　　像我一样地
　　　　默默彳亍着，
　　　　冷漠、凄清，又惆怅

　　　　她静默地走近
　　　　走近，又投出
　　　　太息一般的眼光，
　　　　她飘过

像梦一般地，
像梦一般地凄婉迷茫

像梦中飘过
一枝丁香地，
我身旁飘过这女郎，
她静默地远了，远了，
到了颓圮的篱墙，
走尽这雨巷。
……（戴望舒：《雨巷》）

……

你站在桥上看风景，
看风景人在楼上看你。
明月装饰了你的窗子，
你装饰了别人的梦。（卞之琳：《断章》）

……

你从我们居住的小市镇流过，
我们在你的水里洗衣服，洗脚。
我们在沉默的火山中间听着你，
像听着大地的脉搏。
我爱人的歌，也爱自然的歌，
我知道没有声音的地方就是寂寞。
……（何其芳：《河》）

有点近似五四，实际并不相同。它们无论在感受上、音律上、诗境上都深化了，复杂了，精细了，形态多样了。它们不再是散文诗，而是真正的诗歌了。

三十年代另一开创模式并非常成功的文艺领域，是以夏衍、田汉为代表的左翼电影。它的特点也正在以描述的客观认识性取胜。尽管其中仍有中国小市民趣味的传统，但从《十字街头》、《马路天使》、《夜半歌声》等一直延续到四十年代后期的《一江春水向东流》、《万家灯火》、《乌鸦与麻雀》，都如同小说一样，取得了现实主义的重要成就。这里并无哲理的深刻、抒情的浪漫，也没有高大的英雄、离奇的故事，却都有一定程度和范围内的生活的真实。这里重要特点之一，是把中国人所喜闻乐见的世俗悲欢故事渗透以新时代的思想情感，而具有了新意。它们也反映了这一代在专业化的创造模式中，将传统与现代相交融，无论是内容还是形式。有的是更加西化，更加扬弃传统了。有的却更加有意识地吸取、结合传统了；但西学为主，即用西方的观念、情感、形式来处理、对待、吸取传统以进行创造，则是共同的趋势。

这也是因为，文艺圈子基本仍在大中城市，不但创作者、文艺家、读者、观众如此，作品所描写、所反映、所表现的生活、现实、思想、情感也如此。在大中城市，传统已逐渐被西方文化所浸润、修正、改变。但真正的中国的时空实体——广大的农村和农民，却仍然远远没有真正走进这个为近代知识者所创造的文艺中来。反过来说，这也表示着、标志着中国现代知识分子的生活和"思想情感方式"还远远与真正的农村生活和农民群众相当隔绝和脱离。尽管作品里有为数不多的对农村和农民的描写，但离真实毕竟还有很大距离。在三十年代由茅盾、郑振铎向全国征文出版的《中国的一日》短篇巨册中，竟极少真实地揭示出中国农村的一日的。毛泽东青年时代所奇怪并愤愤不平于中国那么多的传统文艺作品中，竟没有描写农民的这一基本事实，在新文学里并未改变。不过，这改变很快也就到来了。

四　走进农村

俞平伯三十年代有首诗：

> 疏疏的星，
> 疏疏的树林；
> 疏林外，
> 疏疏的灯。
> ……

这使人蓦然记起另一首三十年代艾青的诗：

> 透明的夜。
> ……
> 村，
> 狗的吠声，叫颤了
> 满天的疏星。

同样的夜景，却是两个不同的世界。一叶惊秋，上代知识者心灵里的田园恬静和田园画面也进入了兵荒马乱。这就是走向四十年代的特点。本来，比起二十年代来，三十年代的许多文艺创作的政治性或政治内容已浓重得多，并且越来越具体化。这也是脱开五四时期的一般憧憬而走向客观化的人生所产生的结果。中国近现代历史一直以政治为轴心在旋转，政治局势影响着甚至支配、主宰着社会生活的各个方面，从经济到文化，从生活到心理。除了二十年代初略有间歇外，自十九世纪末起，中国一代接一代的青年知识分子总是慷慨悲歌，以身许国，这当然也表现在文艺领域。二十年代"为艺术而艺术"的创造社，很快就一百八十度地转弯，呼喊着无产阶级文艺，到三十年代的自由主义的新月派，等等，也完全抵挡不住左翼文艺的凌厉攻击。"为人生而艺术"既有着"文以载道"的古典传统观念的意识和下意识层的支持，又获得了革命政治要求的现实肯定，左翼文艺便日益顺利地在青年知识分子的"思想情感方式"上取得了统治地位，而所有这一切都是与日趋紧张的救亡局势和政治斗争分不开的。但如果说，在抗日战争爆发以前，由于创作者和接受者大多是城市里的知识青年，他们与广大的农村劳苦大众还相当隔膜；那么，到了抗日战争，便彻底地改变了这一局面，中国知识分子第一次真正大规模地走进了农村，走近了农民，不只是在撤退逃难中，而且更在共产党领导下的战斗生活中。

中国的知识者本来大半出身于小康温饱之家，即他们大多是地主的儿女们，现在是在空前的广阔地域内亲身经历着国破家亡，第一次切身体会下层人民的苦难。如果说，五四一代尽管高喊"劳工神圣"，赞美人力车夫，但最后仍然是坐了上去，"拉到内务部西"（胡适：《尝试集》）。如果说，第三代及其文学已经开始描写工农，像《春蚕》、《包身工》，热切关注着工农大众，但他们本身却还没有进入工农生活，并未与他们真正打成一片，那么在抗日战争共产党领导的军队和地区中，这一点才真正实现了。知识分子真正亲身体会劳苦人民（主要是农民）那没饭吃没衣穿的沉重的真实的物质苦难。

> ……八岁时母死，父病，家贫如洗，即废学。伯祖父八十开外，祖母年过七十，三个弟弟无人照管，四弟半岁，母死后不到一月即饿死。家中无以为生，先卖山林树木，后典押荒土，最后留下不到三分地。家中一切用具，床板门户，一概卖光。几间茅草房亦作抵押，留下两间栖身，晴天可遮太阳，下雨时室内外一样。铁锅漏水，用棉絮扎紧，才能烧

水。衣着破烂不堪，严冬时节，人着棉衣鞋袜，我们兄弟还是赤足草鞋，身披蓑衣，和原始人同。

我满十岁时，一切生计全断。正月初一，邻近富豪家喜炮连天，我家无粒米下锅，带着二弟，第一次去当叫花子。讨到油麻滩陈姓教书老先生家，他问我们是否招财童子，我说，是叫花子，我二弟（彭金华）即答是的，给了他半碗饭、一小片肉。我兄弟俩至黄昏才回家，还没有讨到两升米，我已饿昏了，进门就倒在地下。我二弟说，哥哥今天一点东西都没有吃，祖母煮了一点青菜汤给我喝了。

正月初一日算过去了，初二日又怎样办呢！祖母说："我们四个人都出去讨米。"我立在门限上，我不愿去，讨米受人欺侮。祖母说，不去怎样办！昨天我要去，你又不同意，今天你又不去，一家人就活活饿死吗!? 寒风凛冽，雪花横飘，她，年过七十的老太婆，白发苍苍，一双小脚，带着两个孙子（我三弟还不到四岁），拄着棒子，一步一扭的走出去。我看了，真如利刀刺心那样难过。

他们走远了，我拿着柴刀上山去砍柴，卖了十文钱，兑了一小包盐。砍柴时发现枯树兜上一大堆寒菌，拣回来煮了一锅，我和父亲、伯祖父先吃了一些。祖母他们黄昏才回来，讨了一袋饭，还有三升米。祖母把饭倒在菌汤内，叫伯祖、父亲和我吃。我不肯吃，祖母哭了，说："讨回来的饭，你又不吃，有吃大家活，没有吃的就死在一起吧！"

每一回忆至此，我就流泪，就伤心，今天还是这样。不写了！

在我的生活中，这样的伤心遭遇，何止几百次！

以后，我就砍柴，捉鱼，挑煤卖，不再讨米了。严冬寒风刺骨，无衣着和鞋袜，脚穿草鞋，身着破旧的蓑衣，日难半饱，饥寒交迫，就是当时生活的写真。

这不是文学。这是《彭德怀自述》的第一页。它是彭大将军幼年生活的纪实，是二三十年代文学里并没有很好展现过的真实的苦难和苦难的真实。但多么令人感动，文学的确有愧于此。到四十年代，这种情况才改变了过来。劳动人民（主要是农民）的真实生活和真实苦难和他们的心声第一次大规模地进入了文学。

中国新一代中一大批青年知识分子真正走进农村，在这个过程中，"思想情感方式"起了极为剧烈的动荡。其中，有一点值得留意。

这就是知识者迈向这条道路上的忠诚的痛苦。一面是真实而急切地去追寻人民、追寻革命，那是火一般炽热的情感和信念；另一面却是必须放弃自我个性中的那种种纤细、复杂和高级文化所培育出来的敏感、脆弱，否则就会格格不入。这带来了真正深沉、痛苦的心灵激荡。

其实，瞿秋白在二三十年代便典型地最早呈现了这种具有近代文化教养的中国知识者，在真正的血火革命中的种种不适应的复杂心态。从《饿乡纪程》到《多余的话》，由一个纯然知识青年（瞿自称的所谓"半吊子文人"）到指挥斗争、领导革命，在残酷的阶级斗争和党内斗争中，瞿秋白深深感到力不胜任，"半年（指 1930 年 8 月到 1931 年 1 月后中央领导岗位时）对于我确乎比五十年还长，人的精力已经像完全用尽了似的"（《多余的话》）。心理已经极度疲乏，深深感到自己虽然向往革命、参加革命、领导过革命，临终也终于不过是一个"中国的多余的人"：

寂寞此人间，且喜身无主，眼底烟云过尽时，正我逍遥

处。花落知春寒，一任风和雨，信是明年春再来，应有香如故①。(《卜算子》)

如果对比二十多年后毛泽东的《卜算子》:

> 风雨送春归，飞雪迎春到，已是悬崖百丈冰，犹有花枝俏。俏也不争春，只把春来报；待到山花烂漫时，她在丛中笑。

以及郭沫若的和词:

> 曩见梅花愁，今见梅花笑，本有春风孕满怀，春伴梅花到。风雨任疯狂，冰雪随骄傲；万紫千红结队来，遍地吹军号。

三词都写得不坏，但多么不同。一个是已经失去知识者独立心灵的谀词闹曲，一个是向世界挑战的成功者的健壮自颂，一个是在革命路途上异常疲乏、眷恋、哀伤的知识者在临终时复杂的痛苦心灵。这个心灵在抗战中路翎长篇小说《财主的儿女们》中，作了充分的展露。路翎把知识分子强烈追求革命、同情人民却又悲苦、苍凉、孤独、格格不入的心态和"思想情感方式"，成功地描绘到了极峰。在强烈的个人主义奋斗者蒋纯祖卷入了大撤退的各种士兵中，经历了原始的生存情欲与人性的道德观念相混合的真正的战乱生活，经历了与那些打着"集体主义"旗号的"革命人士"也完全合不来的进步剧团，最后逃避到和病死在四川僻远乡村的小学教师行列中，这位具有思想情感深度的个体英

---

① 瞿同时所作的另几首诗词（包括集唐人句）表达了同一音调，相当优美："廿载浮沉万事空，年华似水水流东，枉抛心力作英雄，湖海栖迟芳草梦，江城辜负落花风，黄昏已近夕阳红。""山城细雨作春寒，料峭孤衾旧梦残，何事万缘俱寂后，偏留绮思绕云山。""夜思千重恋旧游，他生未卜此生休，行人莫问当年事，海燕飞时独倚楼。"

雄，这个热情之极的进步青年，一方面蔑视中上层社会和世俗的一切，另方面又与真正的动乱生活和下层士兵们仍然是那样格格不入，思想情感不能相通。他只好无所作为地悲苦死去，这确乎深刻地象征着当时中国知识分子已走不通约翰·克利斯朵夫那种道路了。当年中国的前景已不是知识分子的个性解放和个人独立，而是农民群众的武器批判。

> 蒋纯祖，像一切具有强暴的、未经琢磨的感情的青年一样，在感情爆发的时候，觉得自己是雄伟的人物，在实际的人类关系中，或在各种冷淡的、强有力的权威下，却常常软弱、恐惧、逃避、顺从。……在这片旷野上，蒋纯祖便不再遇到人们称为社会秩序或处世艺术的那些东西了。但这同时使蒋纯祖无法做那种强暴的蹦跳。……在这一片旷野上，在荒凉的或焚烧了的村落间，人们是可怕地赤裸，超过了这个赤裸着的感情暴乱的青年，以至于使这个青年想到了社会秩序和生活里的道德、尊敬甚至礼节等等的必需。于是这个青年便不再那样坦白了。①

这是蒋纯祖病危临终时的心态：

> 蒋纯祖软弱了……他重新看见那一群向前奔跑的庄严的人们，他抛开他心里那一块沉重的磐石了。他觉得，他被那件庄严的东西所宽容，一切都溶在伟大的仁慈的光辉中，他的生与死，他的题目都不复存在了。②

这个以个人奋斗毕其生却始终没有入列的"小资产阶级"知识分子，却并没有被那庄严的革命所宽容。胡风所预言"时间将

---

① 《财主的儿女们》下册，第741—742页，希望出版社，1948年，上海。
② 同上书，第1396页。

会证明，《财主的儿女们》的出版是中国新文学史上一个重大的事件"①，远远没有被证实。相反，中国革命把它们和他们陆续打进了冷宫以至地狱。

这个所谓"光明、斗争的交响和青春的世界的强烈的欢乐"（路翎），是这一代知识者走向真实革命的痛苦、悲怆和欢乐，是一种"思想情感方式"的主观曲调，所以这本描述客观现实的"史诗"却充满了最大的主观性，以致一些批评家把书中的人物都看做精神病者：那么多的深奥的沉思、纤细的情感、悲凉的心境……连工农兵也知识分子化了。

时代的主题却恰好相反，是要求知识分子工农化。这就要求从真实人物的瞿秋白到艺术虚构的蒋纯祖，都得进行"脱胎换骨"的改造。把知识者那种种悲凉、苦痛、孤独、寂寞、心灵疲乏统统抛去，在残酷的血肉搏斗中变得单纯、坚实、顽强，"雄关漫道真如铁，而今迈步从头越"。

知识者终于表白这种行程、决心和认识：

> 不用太息，
> 我将远去：
> 我随历史的战斗行进；
> 我，从单个人
> 走向人群。
> 我，
> 于我何所有。（天兰：《无题》）
>
> 老是把自己当做珍珠，
> 就时时怕被埋没的痛苦；

---

① 同上书，上册，第1页。

把自己当做泥土吧，

　　让众人把你踩做一条大路。（鲁藜：《泥土》）

　　艾青著名的《火把》、《向太阳》，真诚地表达了青年知识者走向人民、走向革命的"思想情感方式"：

......

我看见过血流成的小溪，

看见过士兵的尸体堆成的小山。

我知道了什么叫做"不幸"，

......

我淋过雨，饿过肚子，在湿地上睡眠，

但我无论如何苦都觉得快乐，

同志们对我很好，我才知道

世界上有比家属更高的感情。（艾青：《火把》）

......

今天

奔走在太阳的路上

我不再垂着头

　　把手插在裤袋里了

嘴也不再吹那寂寞的口哨

不看天边的流云

不彷徨在人行道

......

今天

太阳吻着我昨夜流过泪的脸颊

吻着我被人间世的丑恶厌倦了的眼睛

吻着我为正义喊哑了声音的嘴唇

吻着我这未老先衰的

呵！快乐佝偻了的背脊

……

我奔驰

依旧乘着热情的轮子

太阳在我头上

用不能再比这更强烈的光芒

燃灼着我的肉体

由于它热力的鼓舞

我用嘶哑的声音

歌唱了：

　　　"于是，我的心胸

被火焰之手撕开

陈腐的灵魂

搁弃在河畔……"

这时候，

我对我所看见所听见

感到了从未有过的宽怀与热爱

我甚至想在这光明的信念中死去

……（艾青：《向太阳》）

　　但是，这还不够。这还是知识者自己的心声，还不是为农民所喜闻乐见的呼喊。《在延安文艺座谈会上的讲话》终于出来了，于是有《王贵与李香香》、《李有才板话》、《李家庄的变迁》，有《太阳照在桑干河上》、《暴风骤雨》。

　　　　王九的心里像开了锅，

　　　　几十年的苦水流成河。

　　　　你逼死我父命一条，

你逼着我葱葱女儿上了吊！
我十几年的苦营生没挣过你的钱，
你把我全家十冬腊月往外赶
……（张志民：《王九诉苦》）

羊肚子手巾脖子里围，
不是我哥哥是个谁！
两人见面手拉着手，
难说难笑难开口；
……
挣扎半天王贵才说了一句话：
咱们闹革命，革命也为了咱！（李季：《王贵与李香香》）

《李有才板话》……是大众化的作品。……第一，作者是站在人民立场写这题材的，他的爱憎分明，情绪热烈，他是人民中的一员而不是旁观者，而他之所以能如此，无非因为他是不但生活在人民中，而且是和人民一同工作一同斗争；第二，他笔下的农民是道地的农民，不是穿上农民服装的知识分子，一些知识分子那种"多愁善感"、"担心空想"的脾气，在作者笔下的农民身上是没有的；第三，书中人物的对话是活生生的口语，人物的动作也是农民型的；第四，作者并没多费笔墨刻画人物的个性，只从斗争（就是书中故事）的发展中表现了人物的个性；第五，在若干需要描写的地方（背景或人物），作者往往用了一段"快板"，简洁、有力、而多风趣，……试一猜想，当这篇小说在农民群众中朗诵的时候，这些"快板"对于听众情绪上将发生如何强烈的感应。①

---

① 《茅盾文艺杂论集》下集，第1179页，上海文艺出版社，1981年，上海。

毛泽东算了此夙愿，中国文艺中终于出现了真实的农民群众、真实的农村生活及其苦难和斗争。知识者的个性（以及个性解放）、知识给他们带来的高贵气派、多愁善感、纤细复杂、优雅恬静……在这里都没有地位以致消失了。头缠羊肚肚手巾、身穿自制土布衣裳、"脚上有着牛屎"的朴素、粗犷、单纯的美取代了一切。"思想情感方式"连同它的生活视野变得既单纯又狭窄，既朴实又单调；国际的、都市的、中上层社会的生活、文化、心理，都不见了。如果以这些作品对比一下路翎以至艾青和五四以来的新文学，这距离已是多么之大。为工农兵，写工农兵，工农兵是文艺描写的主角……这便是延安整风运动后所带来的近现代中国文艺历史的转折点的变革。这变革所造成的创作上和理论上的统治局面，一直到八十年代初才有所变化。

这当然极大地影响以至规定了中国知识分子们的心态。自此以后，为工农兵服务，向工农兵学习，改造思想情感，便成了知识者、文艺家的当务之急和必经之途。这个改造又是以一定的理论或"世界观"来引领指导的。所以，有趣的是，在这些小说、诗歌、戏剧等文艺创作中，主观性又是极其鲜明突出的。这种主观性不是五四时代那种个体主义的多愁善感，恰恰相反，这里的主观性表现为所要求的"思想性"，即以明确的目的、意识和观念来指引创作。与路翎以至艾青那种冲动性、情绪性的主观性不同，这里的主观性是理知的、实用的、政治的甚至政策的，它高度重视创作中的理性因素，常常是遵循概念来安装故事、裁剪生活、抒写情怀，这是一种理智的主观性。在这里，包括形式也是理知地被安排着，这就是强调"民族形式"，而与五四以来借重外来形式的新文艺传统相脱离。这里的"形式"当然远不只是具体的外形式或表现技巧而已，它是关于如何对待、处理本土传统与西方文化的问题。如果说，在瞿秋白等人那里，西化观念与中国上层的士大夫传统有所交融，那么，这里则主要是以中国下层农民传统战胜和压倒了西来文化。

整个抗战文艺是发达的，特别是像《黄河大合唱》等昂扬的大众歌曲、黑白版画和立足于民间文艺基础的西北剪纸、《兄妹开荒》等秧歌剧，等等。它们或以悲愤高亢传达出广大人民的抗战心声，或者以拙朴浑厚呈现着中华民族的雄强气派。

抗战的血火洗涤了物质世界，也荡涤了中国知识者的心灵。特别是在解放区和随之而来的三年解放战争期间，文艺知识分子的"思想情感方式"，在四十年代中，与以前几代相比，是极大地被变动了。

五　接受模式

1949 年翻开了中国现代史新的一页，但并没翻开文艺史的新页。

第二代第三代的作家们大都停笔了，或者写些手不从心、主观上相当忠诚、客观上相当滑稽的作品。他们对中国革命胜利带来的国家的独立、统一和社会变动，是兴高采烈无比欢欣的。他们由此而衷心接受党对知识分子的"团结、教育、改造"政策，或封笔改造，或勉强自己去写那并不熟悉也并不一定能热爱的工农兵的大众生活。

第四代来自延安的文艺家们是胜利者，他们大都当了大大小小的干部、领导，他们仍然满怀信心地去继续已经开创了的事业——写工农兵和他们经历过的生活、斗争，因为他们已经成了工农兵的一部分或工农兵的代表了。知识分子的"思想情感方式"就这样被自上而下地规范了下来，在现实生活中，也在文艺创作中。

本来，在艰苦的革命战争环境下，知识者和文艺家的"我"融化在集体战斗的紧张事业中，没有心思和时间来反省、捕捉、玩赏、体验自己的存在。他（她）们是在严格的组织纪律下，在领导和被领导的协同和配合下，进行活动和实现任务的。知识者较少成堆，而是散布在海洋一般的农民群众之中。他们远不是自由的个体，也不只是文艺创作者，而更是部队的秘书、文书、指挥员、战斗员和领导农民斗争的"老张"、"老王"、"老李"（干部）。

但五十年代却不同了，紧张剧烈的战争已经过去，与农民共命运同悲欢的战斗已经结束，社会处在和平生活下，作为知识者的文艺家们又几乎全部回到了或进入了大中城市。尽管也有各式各样的"运动"和"下乡下厂"，但和四十年代毕竟大不一样。于是，毛泽东所说的"最干净的还是工人农民，尽管他们手是黑的，脚上有牛屎，还是比资产阶级和小资产阶级知识分子都干净……我们知识分子出身的文艺工作者，要使自己的作品为群众所欢迎，就得把自己的思想感情来一个变化，来一番改造。没有这个变化，没有这个改造，什么事情都是做不好的，都是格格不入的"，这段本有具体目的（发动农民打败日本）而且行之有效的文艺方针，到这时虽奉为至高无上的圭臬、指针，其实际意义却已大不相同了。它成了一种纯粹内省的修身之道，一种似乎以修身本身为目的的道德纯净的追求。

比起工农兵的单纯、明净、朴实、健壮来，知识者的心灵的确是更为复杂、肮脏、卑微、琐碎，他们有着各种各样的精细的个人打算、名利计较、卑劣情思，各种各样的嫉妒、贪婪、虚伪、做作，各种各样的钻营苟且、患得患失、狭隘小气以及无事生非、无病呻吟，等等。中国本有这种道德主义的传统，宋朝理学家就说过"士大夫儒者视农圃间人不能无愧"[①] 的话，五四时代知识分子高呼"劳工神圣"，以劳动养活自己为荣，工读主义

---

① 《陆九渊集》，第42页，中华书局。

盛行一时，瞿秋白以"忏悔的贵族"自况……也都表现出这一点。

这种传统的道德主义，经过现代这场胜利了的中国农民革命战争，便在知识者的心态中发展到了极致。不是吗？对比起那健壮、勇敢、坚强、纯朴的工农大众（主要又是农民）来，比起他们的苦难、斗争、血泪、牺牲来，比起他们如此高尚、圣洁的品格、道德来，知识分子能不"自惭形秽"么？能不心甘情愿地接受"思想改造"、忠诚老实地忏悔认错么？从五十年代初的大学里的思想改造运动，到六十年代后期知识分子下乡"接受贫下中农的再教育"，从白发苍苍的老教授到乳臭未干的大学生，都自感有罪，自惭形秽，于是忠诚地下乡"锻炼"、"改造"，以至畸形到承认知识是罪恶、大粪有香味……连中枢神经感知也被"改造"了。这种"思想改造"的重要特征恰恰在于它是自愿的，真心实意，无比忠诚的。反衬到文艺领域，第五代知识者在这种强大的思想改造面前，便完全消失了自己。他们只有两件事可干，一是歌颂，二是忏悔。

歌颂人民，歌颂祖国，歌颂革命，歌颂党。这里有《青春之歌》、《红岩》、《雷锋之歌》等等：

> ……
> 我的心
> 合着
> > 马达的轰响，
> > 和青年突击队的
> > > 脚步声，
> 是这样
> > 剧烈地
> > > 跳动！

我

被那

　　钢铁的火焰，

　　和少先队的领巾，

照耀得

　　满身通红！

……我看见

　　星光

　　　　和灯光

　　　　联欢在黑夜；

我看见

朝霞

　　和卷扬机

　　　　在装扮着

　　　　　　黎明。

春天了。

又一个春天。

黎明了。

又一个黎明。

呵，我们共和国的

　　万丈高楼

　　　　站起来！

它，加高了

　　一层——

　　又一层！

……（贺敬之：《放声歌唱》）

……

那红领巾的春苗呵

面对你

顿时长高；

那白发的积雪呵

在默想中

顷刻消融……

今夜有

灯前送别；

明日有

路途相逢……

"雷锋……"

——两个字

说尽了

亲人们的

千般叮咛；

"雷锋……"

——一句话，

手握手，

陌生人

红心相通！

……（贺敬之：《雷锋之歌》）

　　不能说没有强壮的气势，不能说没有真实的感情，不能说它不是那一时期令人振奋的强音，这是一种明朗、单纯的美。一切知识者细腻的、苦痛的、复杂的、纤弱的思想情感，都完全消失在这对集体的功业或道德的高大的歌颂中去了。对比郭沫若《女神》的反叛呼喊，冰心《春水》、《繁星》的呢喃温情，徐志摩的温文尔雅，艾青的苍凉悲愤，这里是以群众气势、以集体力量、以道德光芒取胜的另一个世界。

避开其他一切，专门歌颂集体，歌颂光明，塑造英雄，舍去阴暗，高扬道德精神、牺牲至上……其中也有一些可读作品，但可惜，这条通道一直走到了"文化大革命"中以"样板戏"为代表的文艺创作。而那便不再是文艺，只是教义的号筒；那里已没有知识分子的"思想情感方式"或任何心态可言，而是被"语录歌"、"忠字舞"弄得头脑万分愚蠢、心魂已被摄去的机械创作了。"三突出"、"三结合"、"主题先行"①，这也就走到了文艺的尽头。

知识者除了歌颂，便是忏悔。这一代大都是忘我工作，逆来顺受，不怨天，不尤人，勤勤恳恳，任劳任怨，家居陋室仍克己奉公，席不暇暖以侍候首长（包括侍候"马列主义老太太"）。他们忠诚地信奉"革命的事再小也是大事，个人的事再大也是小事"的"螺丝钉"和"驯服工具"的哲学，恪守着"非礼勿听，非礼勿视，非礼勿言，非礼勿动"的纪律信条，忠诚老实地进行着自我修养和思想改造。如果说，第一代是旧模式的解脱，第二代是新模式的呼唤，第三代是新模式的创立，第四代是扩展，那么这一代便只是接受。他们于各个方面，从科技到文艺，从政治到生活，都很少创造立新。一切"创造"都转向内心，不是转向内心的丰富、复杂和发展，而是转向内心的自我束缚、控制和修炼。

张贤亮的《绿化树》呈现了这一思想史的真实。"《绿化树》确乎不……那样单纯、明了和痛快，而要复杂得多。其中除结尾

---

① "三突出"是突出正面人物，在正面人物中突出英雄人物，在英雄人物中突出主要英雄人物。"三结合"是群众（出生活）、领导（出思想）、作家（出创作）三结合。"主题先行"是首先要有明确的革命的主题思想。

的败笔和描写饥饿等可贵的细节真实外，有对那原始、质朴、粗犷、富有生命力的阔大的美的歌颂，在这背景上衬托出知识者个体的渺小与浅薄；在这些'没文化无知识'的刚健的劳动者面前，一肚子学问文章、满脑子心思巧计的知识者是可以也确然会自惭形秽的。我曾说它有点屠格涅夫《猎人笔记》中描写歌手等篇的味道，尽管作者说他并没有读过这本书。其实，其中还有一些像陀思妥耶夫斯基的东西：通过对肉体和精神的极度痛苦、折磨和摧残来寻得道德上的超升或灵魂的净化：读《资本论》就像读《圣经·启示录》，不好的家庭出身就好像被注定了原罪……本来，每个人总都是有缺点错误的，在'全知全能'的上帝面前，便都可以感到自己有罪过，觉得需要改造，需要检讨、忏悔；正好像'文化大革命'一开始许多干部感到自己的确犯了修正主义错误，需要好好检查一样。而每个人也可以就此寻根究底上纲上线，并通过检讨罪过、否定自己而得到精神上的宽慰和意念上的新生，即所谓'脱胎换骨'。二十世纪仍然演出这种道德神学式的狂热，回顾起来，似乎是不可思议的愚蠢；然而，只要是过来人，便知道那是有其现实的、历史的甚至人性上的根由。我曾问过张贤亮同志，引那么多《资本论》是不是有点嘲讽的意义？他严肃地回答说：'没有。当时确乎是非常认真的。'我完全相信他的话。本来，追求道德上的完善、精神上的圣洁又有什么不好呢？它本来就是件值得毕生努力（所谓'活到老、学到老、改造到老'）的极端严肃认真的事情。中国儒家几千年来就有'一是以修身为本'的准宗教性的道德教义……"①

　　这种修养、忏悔、改造，对今天的中年人来说，是亲身经历过的对"革命"做出的崇高的自我牺牲和奉献；对今天的青年人来说，则是一种不可理解的极端愚昧和个性毁灭。所以中年知识

---

① 　参看拙文《两点祝愿》，《文艺报》1985 年 7 月 27 日。

分子同情地接受着《绿化树》，而青年知识分子却愤怒地拒绝它。中国知识分子群的这个第五代的确忠诚老实、驯服听话、品格纯洁、"行不逾矩"，但同时又眼光狭隘、知识单一、生活单调、思想浅薄……他们善良、真诚却机械、死板，他们的感性生命已被号称集体的理性所彻底吞食和异化掉了。

包括在身上流着最活跃的五四血液的蒋纯祖（路翎的心爱的主人翁），都有知识分子的自我谴责、自我忏悔，那么，在这一代人身上又重新呈现出古旧传统和革命传统相结合的这种道德主义和自我修养，又有什么奇怪呢?! 这一代的精神和知识与外在世界已被隔开，他们的"思想情感方式"还比不上五四和三十年代那么开放和自由。从而这种愚蠢的高尚心态能长久保持并获得肯定性的赞赏，又有什么奇怪呢?!

总有不和谐音，即使是在众口一词唯唯诺诺的年代。这主要表现在王蒙《组织部新来的年轻人》、刘宾雁《本报内部消息》等作品中。这些作品开始敏锐地表现出以集体名义的新官僚、官僚机器与知识分子的矛盾。这本是第一只春燕，但众所周知，很快就被打击消埋下去了。直到今天，这一主题才重新被作家艺术家们拾起，而也仍然有着各种各样的阻挠和困难。

对道德主义的着意追求和鼓励，必然出现一大批假道学、伪君子，他们是各种形态的两面派，或狐假虎威，或奴颜婢膝，或暗箭杀人，或唯唯诺诺。他们打小报告，搞阿谀逢迎，高喊革命却卑劣之极，他们怯懦而凶残，却总是那样左右逢源，青云得志。这种时代产物可惜在我们的文艺中还远没有被写出。

与这一时代特征相适应，是整个文艺的古典之风的空前吹起。"革命的"与"民族的"几乎成了不可分离的口号。从而，齐白石的画、梅兰芳的戏，一时之间成了家喻户晓的荣光骄傲。闭关自守的爱国主义使传统获得了金光闪闪、不可一世的最高奖赏，这与五四的确相距更遥远了。中国确乎有极可珍贵的传统，梅兰芳、齐白石也无疑是难以逾越的古典典范，但是，他们能代表现代的心声吗？

六　多元取向

物极必反。历史终于翻开了新页，十亿神州从"文革"噩梦中惊醒之后，知识分子特别是青年一代（即"红卫兵"一代）的心声就如同不可阻挡的洪流，倾泻而出。它当然最敏锐地反映在文艺上。

一切都令人想起五四时代。人的启蒙，人的觉醒，人道主义，人性复归……都围绕着感性血肉的个体，从作为理性异化的神的践踏蹂躏下要求解放出来的主题旋转。"人啊，人"的呐喊遍及了各个领域、各个方面。这是什么意思呢？相当朦胧，但有一点又异常清楚明白：一个造神造英雄来统治自己的时代过去了，回到了五四时期的感伤、憧憬、迷茫、叹惜和欢乐。但这已是经历了六十年惨痛之后的复归。历史尽管绕圆圈，但也不完全重复。几代人应该没有白活，几代人所付出的沉重代价使它比五四要深刻、沉重、绚丽、丰满。这个时期的文艺成果，尽管才不过数年，却一下就超过了以前的任何时期，无论在质量和数量的平均水平上，也无论在文学、音乐和绘画、雕塑各个领域里。尽管不断有阻挠，有禁令，有批判，这股新生的自由之风却始终挡不住，骂不倒，在为数庞大的青年知识群中获得空前广泛的一致支持。因为它道出了他们的心声、心态和"思想情感方式"。

星星美展……所采取的那种不同于古典的写实形象、抒情表现、和谐形式的手段，在那些变形、扭曲或"看不懂"的造形中，不也正好是经历了十年动乱，看遍了社会上下层的各种悲惨和阴暗，尝过了造反、夺权、派仗、武斗、插队、待业种种酸甜苦辣的破碎心灵的对应物么？政治上的愤怒，情感上的悲伤，思想上的怀疑；对往事的感叹与回想，对未来的苦闷与彷徨；对前途的期待和没有把握，缺乏信心仍然憧憬，尽管渺茫却在希望，对青春年华的悼念痛惜，对人生、真理的探索追求，在蹒跚中的前进与徘徊……所有这种种难以言喻的复杂混乱的思想情感，不都一定程度地在这里以及在近年来的某些小说、散文、诗歌中表现出来了吗？它们美吗？它们传达了经历了无数苦难的青年一代的心声。无怪乎留言本上年轻人写了那么多热烈的语言和同情的赞美。①

这是 1980 年为《星星美展》写的，当时心里想的主要正是朦胧诗。我想着在斗室里悄悄地读着《今天》油印小刊上的北岛诗作，我想着不断传来的对舒婷、顾城的斥责声……一切都似乎如此艰难，黎明的风仍那么凌厉，我准备再过冬天……但曾几何时，却已春暖花开，连小说园地也开始了千红万紫；我当年把它看做新文学第一只飞燕的朦胧诗，终于"站起来了"，没有任何力量、任何手段，"能把我重新推下去"。② 时代毕竟在迅速前进，尽管要穿过各种回流急湍，但一代新人的心声再也休想挡住了，历史就是这样的无情而公正。③

如五四时代的散文诗一样，朦胧诗确乎是这个新时期的第一只春燕。它们最先喊出了积压已久的酸甜苦辣和百感交集。首先是那么温柔的感伤、忧郁和迷茫：

第一次被你的才华所触动

---

① 拙文《画廊谈美》，《文艺报》1981 年第 2 期。
② 均为舒婷《一代人的呼声》中的诗句。
③ 拙文《诗与美》，《读书》1986 年第 1 期。

是在迷迷蒙蒙的春雨中
今夜相别，难再相逢
桑枝间呜咽的
已是深秋迟滞的风
……（舒婷：《秋夜送友》）

我还不知道有这样的忧伤，
当我们在春夜里靠着舷窗。
……
我知道你是渴求风暴的帆，
依依难舍养育你的海港。
但生活的狂涛终要把你托去，
呵，友人，
几时你不再画地自狱，
以便同世界一样丰富宽广。

我愿是那顺帆的风，
伴你浪迹四方
……（舒婷：《春夜》）

……
江水一定还那么湛蓝湛蓝，
杭城的倒影在涟漪中摇荡。
那江边默默的小亭子哟，
可还记得我们的心愿和向往？

……
榕树下，大桥旁，

是谁还坐在那个老地方？

他的心是否同渔火一起，

飘泊在茫茫的江天上

……（舒婷：《寄杭城》）

多么像五四那些散文诗，但比五四要深沉、凝重和复杂多了。它们写于"文化大革命"晚期的七十年代，在那肃杀萧瑟中，受满了创伤的又一代青年知识者就依然有这么清新的深情歌唱。当然，除了柔情，更有愤怒：

卑鄙是卑鄙者的通行证，

高尚是高尚者的墓志铭。

看吧，在那镀金的天空中，

飘满了死者弯曲的倒影。

……

我不相信天是蓝的；

我不相信雷的回声；

我不相信梦是假的；

我不相信死无报应。

如果海洋注定要决堤，

就让所有的苦水都注入我心中；

如果陆地注定要上升，

就让人类重新选择生存的峰顶。

新的转机和闪闪星斗，

正在缀满没有遮拦的天空，

那是五千年的象形文字，

那是未来人们凝视的眼睛。（北岛：《回答》）

到处都是残墙断壁

路，怎么从脚下延伸

滑进瞳孔里的一盏路灯

滚出来，并不是晨星

我不想安慰你

在颤抖的枫叶上

写满关于春天的谎言

来自热带的太阳鸟

并没有落在我们的树上

而背后的森林之火

不过是尘土飞扬的黄昏

……（北岛：《红帆船》）

即使明天早上

枪口和血淋淋的太阳

让我交出自由、青春和笔

我也决不交出这个夜晚

我决不会交出你

让墙壁堵住我的嘴唇吧

让铁条分割我的天空吧

只要心在跳动，就有血的潮汐

而你的微笑将印在红色的月亮上

每夜升起在我的小窗前

唤醒记忆（北岛：《雨夜》）

　　这种愤慨、否定和呼喊，便完全不同于《女神》和《向太阳》那样稚气和单纯，它充满了更多的人生思索和命运疑问。中国新一代知识者的"思想情感方式"熬炼了过多的苦难，比任何其他一代都更顽强、深沉和成熟了。

七十年代后期和八十年代初，这种接近于五四的敏感主义，几乎是遍及各文艺领域的一个主调。它并且呈现为一条美丽的女性画廊——充满着抒情哀伤的女性主人公的苦难倔强，引动着、触发打动着人们。从《报春花》（话剧）里的白洁到《星光啊星光》（歌剧）的蒙蒙，从小说《公开的情书》里的真真到油画《1968年×月×日初雪》中的红卫兵女俘虏，从电影《我们的田野》里的七月到电视剧《今夜有暴风雪》的裴晓芸和女指导员，以及一下涌出的一批女作家群（从张洁到张辛欣）……都似乎比那些或刻意描写的、或当做主角的"文革"中受迫害的"党委书记"以及好些男子汉，要光彩夺目、引人注意得多。

为什么？也许女青年们在这场"史无前例"中感受得更多？也许因为比男性毕竟在身心上更脆弱、更敏感，同一事件落在她们心理上的重量比男性更沉重、更难堪，所付出的真诚、所遭受到的苦痛、忍耐、等待和丧失也就更多？从而，情感的解脱、寄托、抒发、表现也就更强烈？电影《十六号病房》的女主人公说："将来，会好的，会好的。将来一切都会好的。""医药费能找到，工作能找到，对象能找到，什么都能找到，但有一件东西……"失去了的青春还能找到吗？人生的意义还能找到吗？从而，"我的心还能热起来吗？"……这种深沉的伤感和心灵的苦痛大概只能出自女性。

当然，也许这样说不公平，男性毕竟也有深沉的和更有力量的地方。在感伤音调之后，文艺进入了一个探索的世界。在这个世界里，多样化的男性的力量终于表现了出来。这是一个向各方面特别是向内心世界追求、寻找、探索的世界。探索、追求、寻找着自己的前景、理想、力量和生命。

宗教的世界被叩问，那是《晚霞消失的时候》。斗争根源被强力地去思索，那是《拂晓前的葬礼》。向荒蛮世界去找寻没被文明侵蚀没被权势异化的超个体的原始主宰和生命力量，这是

《黑骏马》。向传统文化去追寻民族生存的渊源和活力，这是"寻根文学"（阿城、郑义、贾平凹……），在音乐领域，有荒野的呼喊和传统的反思；在电影，有《黄土地》、《良家妇女》。所有这些，或高亢，或拙朴，或冷峻，或幽默，所传达所反射的都是这种复杂的追寻。这种追寻是非概念而有哲理，非目的性而有意向，因为它们是对于整个人生、命运的询问。所以，它们虽出于对"文化大革命"的舍弃、反省、批判，却已经超越了它们而有了更普遍的意义。

所以，紧接着，很快一些更年轻的几乎没有真正参与过"文化大革命"的作家艺术家出现了。他（她）们扬起了真正的现代之帆，即对自己被扔进去的世界的抗议和嘲弄。"与《绿化树》迥然相异的《你别无选择》（刘索拉），采用了远非镜子的音乐式的文学手法，但也很真。那是与《绿化树》完全不同的另一代人的真。似乎疯疯癫癫、稀奇古怪，却表现出在生活的荒诞无稽、无目的、无意义中要追求点什么。如果说《绿化树》是在灵魂净化中追求人生，那么这里便是在认定人生荒诞中探寻意义。也许，探寻意义本身便无意义？也许，人生意义就在这奋力生活之中而并不在别处？加缪不是这么写过吗？……这大概是我第一次看到的真正的中国现代派的文学作品。它并不深刻，但读来轻快，它是成功的。"① 这是《你别无选择》，也是《无主题变奏》。恰好是两个"无"——一切是虚无，连虚无也虚无，于是像 Sisyphus 徒劳无益，却仍然必须艰难生活着，整个人生便是这样。有什么办法？你别无选择！人不去自杀，就得活。活就得吃饭、睡觉、性交、工作、游玩……嘲弄这个生活，嘲弄你自己，嘲弄一切好的、坏的、生的、死的、欢乐、悲伤、有聊、无聊……这就是一切。一切就是荒诞，荒诞就是一切。

---

① 《两点祝愿》，《文艺报》1985 年 7 月 27 日。

荒诞是否能通过嘲笑而不荒诞呢？不知道。也许。

但就社会的客观行程说，中国与西方发达国家还整整差一个历史阶段。中国要走进现代化，欧美要走出现代化。自二十世纪初起，西方就有对现代社会的抗议呼喊，至少从立体主义、艾略特、卡夫卡便已开始，一直延续至今，成为这个世纪文艺和整个文化的主要潮流。中国自五四起，却主要是以十八、十九世纪的启蒙主义、理性主义为模仿和追赶目标。尽管有现代非理性主义的哲学—文艺思潮的传人，但始终没占主要位置；包括在鲁迅那里，亦然。这一点似乎表示着，中国还没有到"吃饱了怎么办"的那种人生意义的追求阶段，中国现在还是为吃饱穿暖住好，为国家的富强繁荣、生活的安康幸福、个体的自由发展而奋斗。这个看法虽然是老调常弹，却依然是生活现实。既然人还得活着，于是今天就得挤公共汽车，就希望能有更大一点空间的住房和搞点电气化（有电冰箱可以贮存食物，有电炉可做方便烹调……），……为这点追求，也仍然耸立着巨大的怪物（官僚主义、关系学、落后体制……）的严重阻挡。

正因为这，从《人妖之间》到《新星》，便如此得到社会的广泛欢迎。尽管艺术上毫不成功，甚至不一定是艺术品，但它们以其对具体的实实在在的生活的关怀、描写、揭露、抨击、议论，引动了人们首先是知识分子的共鸣。

未来呢？未来的中国文艺会如何发展和走向哪里呢？不知道。任何预言或告诫指引，都将是多余和荒谬的。大概必须多种风格、流派、思想、情感、意向、理想的并行不悖，可以有各种各样的创作、议论、讨论、争论。不应该再去要求其中某一种来代表或统率其他。

中国六代知识分子艰难悲惨地走过了五分之四的二十世纪，从文艺上反映出来与历史主流如此紧密同步的心态，到底是历史的悲剧还是正剧？是中国士大夫传统遗存的优点还是弱点？如果不同步，又有超越或超脱的可能吗？周作人的教训又如何呢？

　　但是，现代心态的形而上学对这六代知识者包括作家艺术家大概仍比较陌生？不可能提出世界历史性问题大概是鲁迅少数中短篇后迄无铄古震今大作品的原因之一？那么，未来能如何呢？未来不可预测。

　　从文艺史看，则经常有这样一种现象：一些作品是以其艺术性审美性，装修着人类心灵千百年；另一些则以其思想性鼓动性，在当代及后世起重要的社会作用。那么，怎么办？追求审美流传因而追求创作永垂不朽的"小"作品呢？还是面对现实写些尽管粗拙却当下能震撼人心的现实作品呢？当然，有两全其美的伟大作家和伟大作品，包括如陀思妥耶夫斯基、托尔斯泰、歌德、莎士比亚、曹雪芹、卡夫卡等等。应该期待中国会出现真正的史诗、悲剧，会出现气魄宏大、图景广阔、具有真正深度的大作品。但是，这又毕竟是可遇而不可求的。如果不能两全，如何选择呢？这就要由作家艺术家自己做主了。反正是自己选择，自己负责，自己的历史自己去写。选择审美并不劣于或低于选择其他，"为艺术而艺术"不劣于或低于"为人生而艺术"。但是，反之亦然。世界、人生、文艺的取向本来就应该是多元的。

　　如果是我，大概会选择后者。这大概因为我从来不想当所谓不朽的人，写不朽的作品，不想去拿奖金、金牌，只要我的作品有益于当下的人们，那就足够使我欢喜了。所以在文学（不是文艺）爱好上，我也更喜欢现实主义，容易看，又并不失其深刻。

　　可惜，我从来不是也不可能是作家或艺术家。所以，这只是空话，就以这空话来结束这已经拖得够长的枯燥文章。

编后记

（一）

李泽厚——中国当代思想界的一个巨大存在！

当我们回顾和反思二十世纪下半叶以来的中国（大陆）思想界，首先跳入人们眼帘的人物，恐非李泽厚莫属了，就观念原创性之早、之强，思想构架之系统、之完整，影响力之广、之大，可谓无出其右。李泽厚先生是中国当代最具原创性、最具系统性、最具影响力、享有世界声誉的大思想家。

后人恐难以想象，在二十世纪八十年代的中国（大陆）思想文化界，李先生"几乎独领风骚，风靡了神州大地"（何兆武语），是一位有着"笼罩性影响"（甘阳语）、"全局性影响"（钱理群语）的人物。

同时，自那时迄今，李先生也是一位存在着巨大争议的思想家。

誉者，赞其为"思想领袖，青年导师"、"思想巨人"、"寥落中的一颗晨星"、"中国思想界一位承前启后的枢纽性人物"、"中国知识青年们实际上的理论领袖"、"中国人文科学领域中一个思想纲领的制定者"、"一个时代的精神教父"、"青年一代的美学领袖与哲学灵魂"、"美学尊神"、"青年一代的思想库"、"深刻影响新时期中国社会的精神进程的一代巨子"、"他是我们学科里这 50 年甚至这 100 年来最重要的学者"……就连一位写了一本 650 页书专批李泽厚的学人也坦言："这么多金光灿灿的称号集中在一个学者、文化人身上，这在整个中国近代学术史和文化史上也是极为罕见的。"①

毁者，或批其"维持对马克思主义信仰深情不变"、"始终坚持与官方意识形态类似的理论倾向"、"害怕冲突的中庸观念、廉价的理想主义、虚幻的乐观主义、保守的理性主义、软弱的服从意识却浸透了李泽厚的所有文字"、"成功地营造了极权主义美学的意识形态"、"曾国藩手下的谋士"、"孔子死了。李泽厚老了。中国传统文化早该后继无人！"……或斥其"为资产阶级自由化思潮提供了理论基础"、"把马克思主义人本主义化"、"否定马克思主义"、"露骨的人性论、人道主义"、"汉奸卖国贼的思想"、"常识性错误就够怵目惊心的"、"伪学术概念"……诚如李泽厚所云："有趣的是，海内批我是'反马克思主义'、'自由化'，海外（当然也包括一些'海内'）批我是'死守马克思主义'、'保守派'。于是，是'马'非'马'，真'马'假'马'，我也只有茫然了。"② 而那些宣称李泽厚"已被超越"、"已经过时"之声，更是不绝于耳，甚嚣尘上。

是耶？非耶？

只好留给历史去检验和评判了。

但李先生早已超脱了这些纷纷扰扰："我坚守自己的信念，沉默而顽固地走自己认为应该走的路。毁誉无动于衷，荣辱在所不计。自己知道自己存在的价值和意义就是了。"③

"一事平生无齮龁，但开风气不为师。"（龚自珍）作为"提

---

① 谷方：《主体性哲学与文化问题》，中国社会科学出版社、中国和平出版社，1994 年，第 1 页。

② 李泽厚：《是马非马——〈批判李泽厚〉序》，1996 年。

③ 李泽厚：《走我自己的路》，《书林》1982 年第 6 期。

倡启蒙"的前驱先路，李先生斩臻辟莽，开风气之先，以自己的创造性工作，成就了中国当代思想文化界一个罕有的特殊阶段——"李泽厚时代"（1979—1989）。"当'十年动乱'刚刚结束，很多人还处于思维混乱的情感宣泄状态时，大部分人还在抚摸昨日的'伤痕'时，李泽厚即以其独到的洞察力和思想深度为创造成熟的历史条件进行了宝贵的思想启蒙工作。"①"八十年代思想最有高度和深度、最成体系、影响最大的思想家，无疑是李泽厚，这得益于他在理论上巨大的吸纳综合建构能力。……李泽厚无疑是八十年代对年轻一代影响最大的人。"②"李泽厚对中国八十年代学界之影响可谓大矣，近乎'精神领袖'，后辈及与我年纪相近之整整一代学子皆喝过其'狼奶'。"③"少年高旷豪举之士多乐慕之，后学如狂"④，李先生沾溉学林，嘉惠后学，影响了远远不止一代学子！有人不无诙谐地概括说，二十世纪八十年代的中国大陆，邓丽君是爱情启蒙老师，李泽厚是思想启蒙老师。

"课虚无以责有，叩寂寞而求音。"（陆机）作为"超越启蒙"的思想大师，李先生融贯中西，独辟蹊径，在哲学、思想史、伦理学、美学等多个领域，均做出重大理论建树，构建起了具有"人类视角，中国眼光"的原创性思想系统——"人类学历史本体论"。"百年来的中国思想界，如果没有康有为、梁启超、胡适、鲁迅，二十世纪下半叶如果没有李泽厚，整个中国现代思想史就是另一种状况。……我一直认为，李泽厚是中国大陆当代人文科学的第一小提琴手，是从艰难和充满荆棘的环境中硬是站立

---

① 陈燕谷、靳大成：《刘再复现象批判》，《文学评论》1988 年第 2 期。

② 徐友渔语，见《李泽厚与 80 年代中国思想界》，《开放时代》，2011 年第 11 期。

③ 夏中义：《谒闻一多书》，《北京文学》1999 年第 1 期。

④ 沈瓚：《近事丛残》评李贽语。

起来的中国最清醒、最有才华的学者和思想家。"① 李先生所独创的话语系统，正逐步走向和走进世界，他已成为"一位具有广阔的全球兴趣的、自成一格的哲学家"，"一位在哲学最宽广范围内汲取自己哲学思辨资源的世界哲学家"，"当今时代伟大哲学家之一"②。1988 年，李先生当选为著名的巴黎国际哲学院（Collège international dephilosophie）院士，跻身于世界著名哲学家的行列，成为二十世纪下半叶唯一入选的中国学者（上半叶冯友兰先生当选）。2009 年，入选《哥伦比亚二十世纪哲学指南》（*Columbia Companion to Twentieth-Century Philosophy*）。这是第一部全面覆盖 20 世纪哲学的指南，被誉"为一个极其重要的世纪的哲学史提供了珍贵无比的评述和全景视角"。这本著作共介绍了九位中国著名哲学家。第一类是七位"新儒家"（the new Confucians）：梁漱溟、熊十力、牟宗三、唐君毅、冯友兰、钱穆、徐复观。第二类是二位"马克思主义的改革者"（the transformation of Marxism）：毛泽东、李泽厚。在介绍这九位中国哲学家时，该书给予了李泽厚最长的篇幅和最重要的关注。2010 年，入选世界最具权威性的《诺顿理论和批评选集》（*Norton Anthology of Theory and Criticism*），被称为"当代中国学术界的一个奇观"。"李泽厚"被列入"美学"、"马克思主义"、"身体理论"三个条目之下。在"美学"（Aesthetics）条目下，仅收入十三位学者，皆是西方哲学史上的巨擘，如休谟、康德、莱辛、席勒、黑格尔等，李先生是唯一的一名非西方哲学家，从而使他"当之无愧地跻身于世界最伟大的

---

① 刘再复：《用理性的眼睛看中国——李泽厚和他对中国的思考》，《华文文学》2010 年第 5 期。

② 均为 Roger T. Ames、贾晋华语，见《李泽厚与儒学哲学·导论》，上海人民出版社，2017 年。

文艺理论家之列"①（顾明栋语）。

"提倡启蒙"的李泽厚与"超越启蒙"的李泽厚，其内在思想理路是一致的，两者相互联系，互为贯通，融为一体。

但遗憾的是，当下的中国大陆学界，看重的是"古人、死人、洋人"，盛行的是"贵远贱近"、"贵耳贱目"之风，李泽厚独创的思想系统远远未得到高度重视和深刻研究；相反，不是无声无息的漠视，就是淹没在"已经过时"的喧嚣之中，甚或受到无端的批判与攻击。其实，当代中国思想界最应反思的是——我们是否真正理解了李泽厚？或者，理解李泽厚的时代尚未到来？未来是否有一个"回归李泽厚"或"从李泽厚再出发"的问题？……

李泽厚的思想火焰不会熄灭，它将持久地散发出迷人的光芒。

（二）

李先生是以"思想"为自己赢得了赫赫盛名。记得二十世纪八十年代，香港文化界有人称李先生为"当代梁启超"。这一类比，从提倡启蒙的角度看，是颇具道理的，因为两人都是打开人们眼界、打破思想禁锢的前驱先路，一个在 1898—1903 年的清末（梁），一个在 1979—1989 年的"新时期"（李）。

除了这一思想史上的意义之外，"当代梁启超"的类比，似乎还包含着另外一层也许属次要的含义，即人们觉得：李先生的思想、论著之所以能吸引人、能抓住人，能在青年学子中被迅速而广泛地接受和喜爱，还在于其深刻而新颖的思想，常常是包裹

---

① ［美］顾明栋：《原创性是学术最高成就的体现——从〈美学四讲〉入选〈诺顿理论与批评选〉看中国文论的世界意义》，《文汇报》2010 年 7 月 7 日。

在清新流丽的笔墨之中不胫而走，此点与梁启超也颇为相似。

李先生是"思想者"（thinker），不是作家，也不是艺术家，但是，这位当代中国大哲的文章，意蕴之深厚，情感之饱满，文辞之清丽，一直以来备受学界称颂。一篇《宗白华〈美学散步〉序》，"曾让我们击节不已"（易中天语），至今仍被许多人津津乐道；一篇得知好友傅伟勋患病（癌）而写下的问候性文章《怀伟勋》，令著名学者郭齐勇赞叹不已："这篇文章洒脱自如，文情并茂，脍炙人口，精美至极，不仅活脱脱凸显了傅先生的性情，也表达了现代士人的存在感受"[①]；而一些即便是周正的学术性文章，在李先生笔下，也变得是那么别样的"漂亮"。

这方面，最著名的当数流传极广、被大学者冯友兰先生称之为"几部大书"（"一部中国美学和美术史，一部中国文学史，一部中国哲学史，一部中国文化史"[②]）的"小书"（十多万字）——《美的历程》。著名美籍华裔学者傅伟勋先生曾这样盛赞道："《美的历程》一书，乃是他那独特的美感经验（感性），与深细的美学思维（理性）之间交相融化而积淀成的一部杰作；我国文学艺术自龙飞凤舞的远古图腾，到既有浪漫洪流又有感伤哀愁，与现实批判的明清文艺思潮，经他灵感迭现的清丽笔调，历历如绘地呈现出来，而中国特有的种种传统美与审美境界，有如万花筒般，也一一跃然纸上，实有足堪雅俗共赏之妙，令人叹为观止。"[③]

因此，选编《李泽厚散文集》，人们最先想到的大概就是这部"令人叹为观止"之作。但此书名声甚大，流布极广，版本众

---

① 郭齐勇：《读傅伟勋教授生死体验的新著——〈死亡的尊严与生命的尊严〉》，1994 年。

② 冯友兰：《谈〈美的历程〉——给李泽厚的信》，《中国哲学》第 9 辑，1983 年。

③ 傅伟勋：《李泽厚的荆棘之路——大陆学界的"苦闷"的象征》，台湾《文星》1986 年 11 月复刊第 3 号。

多，极易寻到，所以，在这部本该作为重点选录的论著中，反而一篇未选（只在《关于〈红楼梦〉》和《"历史在悲剧中前行"》两文中摘录了数百字）——这，恐怕使许多人颇觉意外。

《美的历程》是研究中国美学的"外篇"，"内篇"则是李先生更为看重的《华夏美学》。此书虽远没《美的历程》那么流行，但却是哲学情思极其浓郁的思想华章，更为耐读，更堪玩味，也更为重要，本书从中选录了两篇。

《美的历程》和《华夏美学》是两部纯正的美学论著，是"独特的美感经验（感性），与深细的美学思维（理性）之间交相融化而积淀成的"的杰作。因此，有学者将《美的历程》划入"大散文"的范畴，并视之为"大散文"的开端："大散文什么时候开始的？不是从余秋雨开始的，是从《美的历程》开始的，这个真的是大散文，它有观点，有创意，但又是文学性的文本，可以作为散文来读。所以，有的人把它当文学看，有的当艺术史来看，也有的当资料来看。这本书影响特别大，一直受欢迎，这和它内容上的新奇、扎实，形式上的好读好看，既是理论，又是文学，同时它又不是思想史论那样的专业性的书，一般读者也能够读，都有关系。所以它的长盛不衰不是没有道理的。"①

与沉博绝丽的《美的历程》和《华夏美学》相比，《中国近代思想史论》和《中国现代思想史论》这两部著名的思想史，则是"相当枯燥无味"（李泽厚语）。但是，请你读读所选录的《知识分子主题》、《提倡启蒙，超越启蒙》和《二十世纪中国（大陆）文艺一瞥》，观点之深刻新颖，文辞之清新畅达，真是令人耳目一新。尤其是三万多字的《二十世纪中国（大陆）文艺一瞥》，从思想史的宏观视角，概述了二十世纪中国大陆文艺的发展脉络和历史命运，新见迭出，笔墨酣畅，如行云流水，一气呵

---

① 刘绪源语，见《中国哲学登场》，中华书局，2014年，第47页。

成，蔚为壮观。著名学者黄子平谈到初读该文的感受时说："里面有一篇《二十世纪中国文艺一瞥》，三个人费劲地弄①，他一瞥就完了，我们非常震撼。"②

从《历史本体论》和《论实用理性与乐感文化》中也选录了三篇。这两部书虽篇幅不大，却是李先生晚年的总结性力作，思想深邃、文辞考究、余味深长，全然没有学院派枯燥繁琐之病，许多篇章段落完全可以当做"文学"文本来读。

另外，《儒学是哲学还是宗教?》选自《为儒学的未来把脉》，《珍惜》选自《实践美学短记之二》。

除以上十篇选编外，另有十一篇较为特殊，是经"剪辑"而"合成"的，属摘编、改编。这类文章涉及一些颇为重要而有兴味的话题，譬如，《"理性的神秘"》，似很好地解答了我（相信还有许多人）自小既好奇又无解的一大问题，即宇宙到底是什么? 它是如何存在的? 与人是什么关系? 人如何认识它?《"历史在悲剧中前行"》，李先生说："近看畅销书《人类简史》（*Sapiens：A Brief History of Mankind*），更感此题重要，该作者自相矛盾，即不知此也"；《反思民族主义》，是对盛行正炽的民族主义的忧思；《关于哲学论证》，凸显了李先生论著的鲜明特色；《关于〈红楼梦〉》，颇似传统"词话"，曾得到红学大家周汝昌先生的极高评价，称"这回我才找到了真师和真理"，等等。这些文章，富含深意，平淡简达，可读性强。

以上二十一篇，组成本书第三、四、五辑。〔依李先生的建议，辑五只收《二十世纪中国（大陆）文艺一瞥》单篇〕

本书第一、二辑，则由回忆、杂著、序跋等类文章构成，共计六十三篇。它们更属传统意义上的散文，其中的一部分，曾编

---

① 引者注：指钱理群、陈平原、黄子平所著《"二十世纪中国文学"三人谈》。
② 见《李泽厚与八十年代中国思想界》，《开放时代》2011年第11期。

入李先生上世纪八十年代的《走我自己的路》。这本被李先生自嘲为"乱七八糟集"的书，影响甚大。有香港记者称此书为"知识瑰宝"，有评论者说："这些篇章跟中国古代许多散文一样，篇幅不长，文字洒脱，不多修饰，余味深长。我以为这乃是中国散文的正宗。"① "很多文章短小练达，有思有想有观点，哲学家的思、美学家的想，读起来很有味道，尤其是一些散文，文字不但简洁优美，且情景中饱含时空玄思与人生哲理。哲学家的散文与散文家的散文确有不同。"② 但李先生此类文章甚多，本书也只筛选了其中的一小部分。

总之，这部《李泽厚散文集》完全是依照我心目中的"样子"选编的，假使换成别人，可能会呈现为另外一种状貌来。同时，这也是一个非常遗憾的选本，限于篇幅，许多很好的篇章，只好忍痛割爱了。

至于李先生的文章有什么特色？具体好在哪里？似完全没有必要由我在此置喙，读者可自去品鉴。这里，再提供两则材料，以飨读者：

一则是红学大师周汝昌先生的评说。2011年7月，九十四岁高龄的周先生"听读"了（周已目盲，靠子女读给他听）李先生的《〈红楼梦〉与乐感文化》后，撰文说："……是一种令我心存感激的享受经历，同时还有一种语言表达的享受，就是'恳切'二字。语言的恳切情感是大学者、是仁人君子的美德。什么是'恳切'？'恳'就是真诚，'切'就是渗透。没有真实学问的假学者，往往没有与人为善的好心肠，他们的语言表达里就没有这种宝贵的'恳切'之美，'恳切'之情。"③

① 顾农：《李泽厚的散文》，《文艺报》2011年7月18日。
② 钱勤发：《学者的文字离我们如此之近》，《新民晚报》2012年4月1日。
③ 周汝昌：《红楼美学真理真师》，《今晚报》2011年8月11日。

另一则是李先生自己的话："我对文字没什么特别的追求，辞达而已矣。我喜欢文章能够读，能够朗朗上口，这也是中国传统。由于自己小时候写过骈文，我比较注意对称、简练和节奏，其中注意平仄就是入门功。但并未刻意追求，只是顺其自然。我毕竟不是作家、艺术家。有人说我笔锋常带感情，像梁启超，我并未注意到，也没去学梁。""我对自己有两个要求：一是没有新意就不要写文章，二是不为名利写文章。从一开始就是这么规定自己的：别浪费自己的时间和读者的时间。几十年基本做到了。……我还以为，文章要写一篇是一篇，既不怕骂，也不自满。文章千古事，得失寸心知嘛，既知得也知失，所以每次都抱着从零开始的态度。"①

读罢这本《李泽厚散文集》，相信读者一定能从中深切地品味到周汝昌先生所激赏的那种"宝贵的'恳切'之美，'恳切'之情"。

（三）

这里，要特别申明的是：本书的选编，得到了李先生的亲炙。起初，李先生不同意出版此书，即使在我再三坚持和多方解释下，仍犹豫不决……最后，才勉强应允。依我的想法，是要搞个"全"的大两卷本（已有多家出版社希望将李先生的"杂著"汇集出版），目录也已排好，但李先生坚决反对，他说："不能出两册，一册也以薄本为宜，我素愿宁缺勿滥。"李先生通过电子邮件对本书篇目提出了一些具体的调整和删削建议，并撰写了序文。本书能以现在这样的面貌展示在广大读者面前，与李先生的

---

① 李泽厚、刘绪源：《中国哲学登场》，中华书局，2014 年，第 121 页、第 123—124 页。

指导与帮助密不可分。

在序文里，李先生提到去年编辑出版《人类学历史本体论》之事，这部五十一万字的巨制，是李先生原创性思想系统"人类学历史本体论"的集大成之作和最佳文本，青岛出版社争取到版权后，极为重视，列为 2016 年重点出版项目，精编精制。在帮助李先生编辑此书的过程中（时不过五六个月），我惊讶地发现，已八十六岁高龄的李先生，思想依然非常活跃、敏锐、深刻，思维依旧极为清晰、缜密、快捷，完全不像一位耄耋老人。

其中一事给我留下深刻印象，即李先生坚持要在书的封面和扉页添加"（原名《哲学纲要》）"字样。起初，我不大赞同。我说，序文就此事已交代清楚了，而且青岛版较之前三版（2008 年天津社会科学院版、2011 年北京大学版、2015 年中华书局版），编排迥异，全书各篇也做了最新修订、整理，还增补了十一篇十三万字；再者，添加"（原名《哲学纲要》）"字样，视觉上也不甚美观；若实在要加，只扉页上加即可。但是，李先生态度坚决，要求必须在扉页和封面上都加，他说："我最不愿意让读者误解，以为它是一本新书。"这虽是一小小插曲，但过后思之，仍让人不禁感慨系之。

自 1992 年去国至今，李先生在海外已生活了二十五年（一直持中国护照，拒绝入美国籍），期间担任过德国图宾根大学、美国威斯康星大学、密歇根大学、科罗拉多学院、斯瓦斯摩学院的客席讲座教授，台北"中央研究院"客席讲座研究员等教职，1999 年退休，现居美国 Colorado 的 Boulder。多年前，他在照片上题句："四星高照，生活无聊；七情渐消，天涯终老。"不可否认，由于去国和时代迁移，李先生曾经的巨大身影，早已淡去；但同样不可否认，李先生依旧是中国当代最重要、最具影响力的学者之一，依然受到学界甚或媒体的格外关注。2014 年 5 月，李先生应邀在华东师大开设伦理学研讨班，时不过一周，却引起很大轰动，媒体竞相报道，称之为一桩"文化事件"。

李先生喜欢四个"静悄悄"："静悄悄地写——一生从没报过什么计划、项目、课题，出书或发表文章之前从不对人说。静悄悄地读——我有一群静悄悄的认真的读者，这是我最高兴的。……静悄悄地活——近十年，我的'三不'（不讲演，不开会，不上电视）基本执行了。……还有就是，静悄悄地死——我死的时候除了家人，没人会知道。"①

今年，李先生已八十七岁高龄了。"莫道桑榆晚，为霞尚满天。"在此，衷心祝愿李先生健康长寿，继续"走自己的路"，不断为中国与世界贡献自己的新思考、新观点、新视角！

谨记。

马群林
2017 年春节于江门建馨阁，2018 年 1 月修订

编后记定稿后，曾发给李先生征求意见。先生回复说："我并不完全赞同这编后记，但你是选编者，不能强加于你，我不爱干涉别人"，"如说我八十年代'如日中天'等等，也不符事实。我只在当时默默无闻的大学生、研究生和年轻教师中广有影响，当然也使好些人吃惊，但侧目甚至怒目而视、不以为然的人更多。当时还有好些人倍受人们重视，是可能影响更大的风云人物。可惜现在人们把他们忘记了。我数十年来从未感到得意过，从而也就从没失落感，所以能活到今天"。

2017 年 3 月又记

---

① 李泽厚、刘绪源：《中国哲学如何登场?》，上海译文出版社，2012 年，第 123—124 页。